내 눈물이 너를 베리라

RAZORBLADE TEARS

Copyright © 2021 by Shawn A. Cosby
Published by arrangement with Flatiron Books. All rights reserved.

Korean translation copyright ⓒ 2022 by NEVERMORE BOOKS
Korean translation rights arranged with St. Martin's Press
through EYA Co.,Ltd

이 책의 한국어판 저작권은 EYA Co.,Ltd를 통해 St. Martin's Press와
독점계약한 네버모어에 있습니다.
저작권법에 의하여 한국 내에서 보호를 받는 저작물이므로 무단전재 및 복제를 금합니다.

내 뼈를 베리고 가

RAZORBLADE

S. A. COSBY

S. A. 코스비 장편소설
박영인 옮김

NEVERMORE

MEDIA REVIEW

"S. A. 코스비의 《내 눈물이 너를 베리라》에는 풍성함과 흥겨운 자유로움의 정신이 가득하다."
〈뉴욕 타임스〉

"S. A. 코스비의 문장은 활기 있고 독창적이며, 액션 묘사는 역동적이고 냉혹하다. 소재에 끌려 《내 눈물이 너를 베리라》를 찾은 독자들도 결국 그의 스토리텔링에 반하게 될 것이다."
〈뉴욕 타임스〉 북 리뷰

"《내 눈물이 너를 베리라》는 너무나 특별하고 독특한 소설이다. S. A. 코스비는 대혼란 속에서도 인종과 성 정체성에 대해 유머와 솔직함을 적절하게 섞는 현명한 해법을 제시했다. 그리고 공동체의 슬픔에 대한 묘사, 사랑의 진정한 의미에 대해 자각해 가는 아버지들의 모습, 심지어 역동적인 자연에 대한 코스비의 숭배까지 아름다운 것들로 가득하다. 다소 폭력적이긴 하지만, 그것마저 아름답다."
〈LA 타임스〉

"S. A. 코스비의 새로운 범죄소설 《내 눈물이 너를 베리라》는 도발적이고 폭력적이며, 아름답고 감동적이다. S. A. 코스비는 미국 범죄소설계에서 두 귀를 단번에 사로잡는 목소리를 가진 가장 남성적이고 독창적인 작가로 거듭나고 있다. 엘모어 레너드여, 어딜 가든 항상 경쟁자가 있음을 기억하라."
〈워싱턴 포스트〉

"올해를 대표할 걸작이다. 《내 눈물이 너를 베리라》는 슬프면서도, 액션으로 가득 찬 심오한 작품이다."
〈밀워키 저널 센티넬〉

"걸작 범죄소설. 참회과 구원에 대한 폭력적인 이야기지만, 가슴 저미는 엔딩은 독자들의 눈을 촉촉히 젖게 한다.
〈메일 온 선데이〉

"생생하고, 강렬하고, 속도감 있는 《내 눈물이 너를 베리라》는 S. A. 코스비의 이전 성공작 《검은 황무지》에 버금가는 수준 아니, 그 이상이다."
〈가디언〉

"심장 뛰는 액션과 감각적이고 세심한 캐릭터 간의 교감, 그리고 인종차별과 동성애혐오에 대해 단호하지만 미묘하게 그려낸 표현력이 어우러진 작품. 이처럼 거침과 부드러움, 유머와 진지함을 동시에 느낄 수 있는 작품은 흔치 않지만, 점점 더 발전하는, 완전히 재능 있는 작가에게서 나온 작품이기에 놀랍지 않다."
〈북리스트〉

"아버지들과 아들들, 상대방의 삶을 존중하는 방법을 배워가는 사람들에 대한 S. A. 코스비의 이야기는 폭력적인 액션과 대립적인 분위기가 메인인 작품치고는 놀랍도록 깊이가 있다. 이 대단한 작품은 반드시 모든 도서관에 비치되어야 한다."
〈라이브러리 저널〉

"미국 남부의 폭력적인 현실 한가운데서 자신의 비루한 과거와 겨루는 두 아버지들의 비통한 자화상."
〈타임〉

"범죄소설에서는 찾아보기 힘든 인종과 성 정체성 문제를 정면으로 대담하게 다룬 작품.《내 눈물이 너를 베리라》는 S. A. 코스비에게 또 한 번의 승리를 안긴다."
〈퍼블리셔스 위클리〉

"사회적 문제를 액션과 버무리는 것은 쉽지 않은 기술이다. 하지만 S. A. 코스비는 그것을 해냈다."
⟨데일리 메일⟩

"사색적인 미스터리인 동시에 놀라운 스릴러. S. A. 코스비는 지금껏 읽어본 적 없을 정도로 매혹적인 액션 장면들과 함께 서스펜스가 더해진, 믿을 수 없을 만큼 복잡한 캐릭터들을 균형감 있게 운용하고 있다. 《내 눈물이 너를 베리라》는 당당하고 동조적이며, 선명한 이미지와 함께 어마어마한 감동을 주는 한편, 신랄한 위트와 복잡한 구성 능력을 자랑한다."
⟨북페이지⟩

"매끈하게 구성된 범죄소설. 곳곳에 치명적임과 부드러움이 도사리고 있는 속도감 있는 작품이다. 매력적인 두 명의 반영웅적 인물을 통해 선사하는 이야기에 독자들은 작품의 초반부터 푹 빠져들 것이다."
⟨커커스 리뷰⟩

"대실 해밋의 초기 작품들과 샘 페킨파의 옛 작품들을 떠올리게 하는 걸작. 비통함에 잠긴 두 아버지들, 생각보다 서로 비슷한 점이 많았던 이들에게 폭력을 잠재우는 건 말도 안 되는 일이었다."
⟨월스트리트 저널⟩

"S. A. 코스비는 작년을 후끈하게 달궜던 《검은 황무지》로 우리 모두를 매혹시켰고, 《내 눈물이 너를 베리라》로 다시 한번 우리를 놀래켰다. 사랑, 살인, 복수, 그리고 수용에 관한 진심 어린 이야기로, 두 명의 전과자, 한 명의 흑인과 한 명의 백인이 팀을 이루어 부부로 살았던 자신의 아들들의 죽음에 책임 있는 자들을 찾아나선다. 충격적이고 아름다운 작품, 장르소설 팬과 문학소설 팬 모두가 필독해야 하는 작품이다."
〈크라임리즈〉

"선명하고, 긴장감 어린 작품. 또 한 명의 실력 있는 미국의 흑인 작가 애티카 로크를 떠올리게 하는, 흉포하도록 매력적인 작품."
〈파이낸셜 타임스〉

"엄청나게 뛰어난 작품! 이 한마디면 충분하다."
〈선데이 타임스〉

"《내 눈물이 너를 베리라》는 페라리가 아닌, 픽업트럭처럼 묵직하고 맹렬하게 달려나간다. S. A. 코스비의 문장력은 범죄소설 분야에서 위대한 예술가의 경지에 올라 있다."
〈더 타임스〉

"미스터리 커뮤니티를 뜨겁게 열광시켰던 《검은 황무지》는 내게 있어 지난 해 최고의 소설이었다. 믿든 안 믿든, 《내 눈물이 너를 베리라》가 그 이상이다. 이 작품은 흥미진진한 스릴러일뿐만 아니라, 인종, 성 정체성, 계급구조 등의 소재가 섞여 이야기에 깊이를 더했다. 호소력있는 플롯과 거침없는 전개. 쉽사리 손에서 책을 놓을 수 없었다. 강력하게, 강력하게 추천하는 바다."
〈데들리 플레져 매거진〉

"속도감 있고, 감동적인 스릴러. 활기 넘치지만 세심하게 연출된 액션이 돋보이는 《내 눈물이 너를 베리라》는 쿠엔틴 타란티노의 영화를 연상시킨다. 엘모어 레너드처럼, S. A. 코스비는 단 몇 줄로도 선명하게 빛나는 캐릭터를 탄생시키며, 최악의 상황을 유머로 포장할 줄 아는 능력을 지녔다. 그의 음성에는 온전한 진정성이 담겼고, 그의 캐릭터들은 매력적이고, 놀라우며, 그의 문장력은 단연 특출나다.
〈탬파베이 타임스〉

"강력하고 감동적인 《내 눈물이 너를 베리라》는 인종차별과 동성애혐오, 부모의 역할, 계급차별, 나도 모르게 놓쳐버린 기회들과 간신히 다시 잡게 된 기회들에 대해 말하고 있는 통찰력 있는 소설이다. 세밀한 캐릭터와 고밀도 액션이 버무려진 최고의 작품."
〈사우스 플로리다 선센티널〉

"오감으로 느껴지며, 심장을 날카롭게 타격하는 감각의 작품. S. A. 코스비의 남부식 스릴러가 리 차일드의 능숙한 액션과 구성력, 그리고 애티카 로크의 분위기 및 통찰력과 결합했다."
〈NPR〉

"《내 눈물이 너를 베리라》는 대단히 훌륭하다. 의심의 여지 없이, S. A. 코스비는 범죄소설계뿐 아니라 모든 장르의 문학계의 미래다. 그의 단어들은 강인하고, 캐릭터들 역시 독보적이며, 이야기에는 우리 시대의 가장 중요한 질문들의 핵심을 관통하는 울림이 있다."
베스트셀러 '해리 보슈' 시리즈의 작가, 마이클 코넬리

"주먹을 꽉 쥐게 하는 작품. 상처 받은 사람들에 대해 그리고 있는, 이런 강력한 작품을 마지막으로 읽은 게 언제인지 모르겠다."
베스트셀러 '존 리버스' 시리즈의 작가, 이언 랜킨

"손에서 놓을 수 없게 만드는 폭력적이고 감동적인 복수극. 내가 올해에 읽은 책들 중 최고 중의 하나.
베스트셀러 작가, R. L. 스틴

"S. A. 코스비는 세대를 풍미하는 스토리텔러로, 이제 막 발을 떼었다. 《내 눈물이 너를 베리라》에서 S. A. 코스비는 입이 떡 벌어지는 복수와 냉혹함, 그리고 감동을 선사한다. 그의 상징적인 목소리, 영화 같은 문장력, 그리고 기발한 구성력은 이야기가 마지막을 향해 달려갈수록 한 무리 오케스트라의 크레센도 합주를 듣는 것만 같은 기분을 느끼게 된다. 말 그대로 책에 코를 박고 읽게 될 것이다. 이 소설은 단지 훌륭한 작품이라는 말을 넘어, 범죄소설의 새로운 표준 그 자체다."

베스트셀러 《Bath Haus》의 작가, P.J. 버논

"《검은 황무지》의 후속작은 S. A. 코스비에게 큰 도전이었을 것이다. 하지만 S. A. 코스비는 단지 이야기를 전달하는 데 그치지 않고, 줄곧 캐릭터들에 초점을 맞춘 《내 눈물이 너를 베리라》를 통해 한 단계 더 올라섰다. 팽팽한 긴장감이 어린, 통찰력 있는 《내 눈물이 너를 베리라》는 S. A. 코스비를 동시대 문학계에 가장 중요한 목소리로 등극시켰다."

베스트셀러 《내가 죽기를 바라는 자들》의 작가, 마이클 코리타

내게 가장 중요한 두 가지,
바로 결의와 호기심을 선물해준
나의 어머니 조이스 A. 코스비에게

나의 눈물, 불꽃 되리라.

윌리엄 셰익스피어, 헨리 8세

1

아이크는 배지를 단 남자들이 오늘 아침 일찍 그의 집을 찾았던 때를 떠올려보려 했다. 그들의 방문은 무척이나 가슴 아프고 괴로웠다. 하지만 그 외에는 아무것도 기억이 나지 않았다.

남자 둘이 배지와 권총이 달린 벨트 근처에 손을 얹은 채 그의 현관 앞 협소한 콘크리트 층계참에 나란히 서 있었다. 그들의 배지는 아침 햇살에 금덩어리처럼 반짝였다. 두 경찰은 서로 대조적이었다. 한 명은 큰 키에 강단 있어 보이는 아시아인이었는데, 매우 날카롭고 냉철해 보였다. 반면 동그란 얼굴의 백인 남자는 두꺼운 목에 얹힌 육중한 머리가 마치 역도 선수 같았다. 두 사람 모두 하얀색 셔츠에 클립식 넥타이를 하고 있었고, 역도 선수는 겨드랑이 아래로 땀이 얼룩져 있었다. 그 모양이 어딘지 모르게 영국과 아일랜드 지도와 닮았다.

아이크의 불편한 속이 다시금 뒤틀리기 시작했다. 콜드워터 주립 교도소에서 출소한 지 15년이 지났다. 그 지긋지긋한 상처에서 벗어난 뒤로 그는 조용히 살고 있었다. 재범률 통계 따위 개나 줘버리라지. 그간 과속 딱지 한 번 끊은 일이 없었다. 하지만 두 명의 경찰이 그를 내려다보고 있는 지금 그는 혀가 마르고 목구멍 안쪽이 타는 듯 쓰라렸다. 살기 좋은 이 미국 땅에서 경찰과 마주한 흑인의 입장에서는 충분히 끔찍한 상황이었다. 경찰과 맞닥뜨릴 때면 늘 벼랑 끝에 선 기분이 들곤 했다. 전과자의 경우라면 그 벼랑 끝에 베이컨 기름이 잔뜩 발린 형국이겠지.

"네?"

아이크가 응대했다.

"선생님, 저는 라플라타 수사관입니다. 이쪽은 제 동료, 로빈스 수사관이고요. 잠시 들어가도 되겠습니까?"

"무슨 일이…시죠?"

아이크가 물었다. 라플라타는 한숨을 내쉬었다. 블루스의 저음처럼 나지막하고 긴 한숨이었다. 아이크는 긴장했다. 라플라타는 로빈스를 흘끗 쳐다보았다. 로빈스는 어깨를 으쓱 올렸다. 라플라타는 머리를 푹 숙이더니 이내 다시 고개를 들었다. 아이크는 교도소 시절, 보디랭귀지 읽는 법을 터득했었다. 그들의 태도에 공격성은 없었다. 적어도 열두 시간의 교대 근무를 마친 경찰들에게서 느낄 수 있는 정도의 것 이상은 아니었다. 라플라타가 머리를 떨군 방식은… 슬펐다.

"아이지아 랜돌프라는 이름의 아들이 있으시지요?"

마침내 그가 물었다.

그때 그는 직감했다. 곧 일이 벌어지리라는 것을 직감했던 그때처럼. 약쟁이가 그를 찌르리라는 것을 알았던 때처럼. 내장 깊은 곳에서부터 감지할 수 있었다. 그의 고향 친구 루터가 새틀라이트 바에서 만난 여자를 자신의 집으로 데려갔던 날 저녁에 보았던 석양이 그 친구 인생 마지막 석양이리라 예감했던 것처럼.

그건 육감이었다. 비극이 현실이 되기 직전의 순간을 예감하는 초능력 같은 것.

"우리 아들에게 무슨 일이 있습니까, 라플라타 수사관님?"

아이크가 물었다. 이미 답은 알고 있었다. 뼛속 깊이. 자신의 인생이 전과 같지 않으리라는 것을.

2

장례식을 치르기에 아름다운 날이었다.

푸른 하늘에 새하얀 구름이 피어올랐다. 4월 첫째 주임에도 불구하고 공기는 쨍하니 차가웠다. 물론 여기는 버지니아니까, 10분 뒤에는 양동이로 퍼붓듯 비가 쏟아질 수도, 한 시간쯤 뒤에는 지옥 불구덩이처럼 무더워질 수도 있다.

회녹색 천막 아래 조문객들과 두 개의 관이 자리하고 있었다. 목사는 천막 밖 흙더미에서 흙을 한 줌 쥐었다. 흙더미는 낡은 인조 잔디에 덮여 있었다. 그는 관의 머리맡 쪽으로 자리를 옮겼다.

"흙에서 흙으로. 재에서 재로. 먼지에서 먼지로."

두 개의 관에 흙을 뿌리는 목사의 음성이 묘지에 울려 퍼졌다. 그는 부활과 심판의 날에 대한 언급은 건너뛰었다. 장례지도사가 앞으로 나섰다. 입고 있던 양복과 썩 잘 어울리는 잿빛 피부의 땅딸막한 남자였다. 온후한 날씨였는데도 그의 얼굴은 땀으로 번들거렸다. 몸이 온도가 아닌 단순히 날짜에 반응하는 것 같았다.

"이것으로 데릭 젠킨스와 아이지아 랜돌프의 장례식을 마치겠습니다. 참석해주신 가족, 친지 여러분 감사합니다. 이제 편안히 집으로 돌아가셔도 좋습니다."

그가 말했다. 그의 음성은 목사만큼이나 극적이지 않았다. 천막 안 사람들에게조차 겨우 들릴 정도였다.

아이크 랜돌프가 아내의 손을 놓자 그녀는 쓰러지듯 그에게 몸을 기댔다. 아이크는 자신의 두 손을 물끄러미 내려다보았다. 텅 빈 두 손. 갓 열 살이 되었을 무렵의 아들 손을 잡고 있던 그 손. 아들에게 신발 끈 묶는 법을 보여주던 그 손. 감기에 걸린 아들의 가슴에 가래 연고를 발라주던 그 손. 손목에 철컹거리는 쇠사슬을 찬 채 법정에서 아들에게 작별 인사를 하던 그 손. 아이지아의 남편이 그에게 악수를 청했을 때 바지 주머니에 찔러 숨겼던 그 거칠고 투박한 손.

아이크는 가슴께로 고개를 떨구었다.

어린 여자아이가 마야의 무릎에 앉아 그녀의 브레이즈*를 가지고 놀고 있었다. 아이크는 아이를 바라보았다. 꿀빛 피부가 머리카락 색과 잘 어울렸다. 아리아나는 부모가 죽기 3주 전 막 세 살이 되었다. 지금 무슨 일이 벌어진 건지 과연 아이는 알고 있을까? 두 아빠가 깊은 잠에 들었노라고 이야기해주었을 때, 아이는 아무런 거부감 없이 받아들이는 듯한 눈치였다. 그는 그런 아이의 마음속 탄성이 부러웠다. 그로서는 도저히 불가능한 방식이었다.

"아이크, 저기 우리 아들이 있어요. 우리 어린 아들이."

마야가 흐느꼈다. 그녀의 말에 그는 움찔했다. 덫에 걸린 토끼의 비명을 듣는 것 같은 기분이었다. 접이식 의자의 삐걱 소리와 사람

---

* Braids : 흑인들 특유의 땋은 머리.

들이 자리에서 일어나 주차장으로 향하느라 부스럭거리는 소리가 들렸다. 자신의 등과 어깨를 토닥이는 손길도 느꼈다. 그의 귓가에 웅얼거리는 반쪽짜리 진심의 위로들. 그들이 아무렇지 않다는 이야기가 아니다. 그들도 알고 있다는 뜻이었다. 그런 말들이 그의 영혼의 상처를 치유하는 데 별 도움이 되지 않는다는 사실을 말이다. 그렇고 그런 진부한 단어들은 가식과도 같다. 하지만 그들로서 달리 어쩌겠는가? 누군가 세상을 떠날 때면 으레 내뱉게 되는 말들이니. 그건 식사 모임에 캐서롤을 가져가는 것처럼 당연하고 자명한 일이었다.

사람들이 흩어지기 시작하고 의자들이 완전히 비기까지 그리 오랜 시간이 걸리지 않았다. 5분도 지나지 않아 묘지에는 아이크, 마야, 아리아나와 사토장이 그리고 데릭의 아버지인 듯 보이는 남자만이 남았다. 아이크의 가족들은 장례식에 많이 참석하지 않았다. 데릭 쪽 사람들도 많이 오지 않은 듯했다. 조문객 대부분은 아이지아와 데릭의 친구들이었다. 아이크는 데릭의 가족들을 알아보았다. 그들은 데릭과 아이지아의 지인인, 수염을 기른 재즈 연주가들과 중성스러운 여자들 가운데 서 있었다. 무뚝뚝해 보이는 눈과 햇빛에 그을린 얼굴의 홀쭉한 여자와 남자들. 목덜미가 붉게 달아오른 그들은 하나같이 허름한 차림이었다. 목사의 설교가 30분 가까이 이어지자 그는 그들의 얼굴까지 붉게 달아오르기 시작하는 것을 깨달았다. 그때 목사는 용서받지 못할 죄란 없다고 말했다. 아무리 혐오스러운 죄일지라도 자애로우신 하느님께서 모두 용서해주신다고 말이다.

아리아나가 마야의 땋은 머리 하나를 잡아당겼다.

"그만!"

마야가 말했다. 날카로운 반응이었다. 아리아나는 순간 조용해졌다. 아이크는 다음에 무슨 일이 벌어질지 알 것 같았다. 눈물 바람을 몰고 올 그 고요. 아이지아도 그랬었다.

아리아나는 울기 시작했다. 그녀의 울음이 장례식장의 정적을 깨고 아이크의 귓가를 울렸다. 마야는 아이를 달래려 애썼다. 그녀는 사과하며 아이의 이마를 쓸어주었다. 하지만 아리아나는 아까보다 더 큰 소리로 울기 시작했다.

"아이 데리고 먼저 차에 가 있어. 나도 금방 갈게."

아이크가 말했다.

"아이크, 좀 더 있다 가."

마야가 거절했다. 아이크는 자리에서 일어섰다.

"부탁이야, 마야. 일단 아이를 데리고 가. 내가 금방 따라가서 아이를 봐줄 테니, 그때 다시 여기 와."

아이크가 말했다. 그의 목소리는 갈라지다시피 했다. 마야는 자리에서 일어난 뒤 아리아나를 가슴에 바짝 당겨 안았다.

"약속했어."

그녀는 몸을 돌려 차로 향했다. 아리아나의 울음소리가 점차 멀어졌다. 아이크는 금색 테두리의 검은 관에 손을 얹었다. 그의 아들이 이 안에 있다. 이 사각의 함에 아들이 있다. 방부 처리를 한 고깃덩어리처럼 포장된 채. 거센 바람에 천막 가장자리에 달린 술이 죽은 새처럼 펄럭였다. 데릭은 검은 테두리의 은색 관에 안치되어 있었다. 아이지아는 자신의 남편 옆에 묻힐 터였다. 두 사람은 함께 죽고 함께 안식을 누리게 되었다.

데릭의 아버지가 자리에서 일어났다. 어깨까지 내려온 회색빛 머리카락에 호리호리한 남자. 그는 관의 발치로 다가와 아이크의 옆에 섰다. 사토장이들은 마지막 남은 조문객인 두 남자가 얼른 떠나기를 기다리며 분주히 삽을 살피고 있었다. 호리호리한 남자는 자신의 볼을 긁적였다. 그의 얼굴 아래쪽 절반은 회색빛 수염으로 덮여 있었다. 그는 기침을 하며 목청을 가다듬었고, 이내 다시 기침을 했다. 그가 마침내 아이크를 향해 몸을 돌렸다.

"버디 리 젠킨스. 데릭의 아버지요. 제대로 인사하는 것은 이번이 처음인 것 같은데."

버디 리가 말했다. 그는 손을 내밀었다.

"아이크 랜돌프입니다."

그는 버디 리의 손을 잡아 두 번 흔든 다음 다시 놓아주었다. 그들은 관의 발치에 돌처럼 우두커니 서 있었다. 버디 리가 다시 기침을 했다.

"결혼식에 갔었소?"

버디 리가 물었다. 아이크는 고개를 가로저었다.

"나도 마찬가지요."

버디 리가 말했다.

"작년에 손녀 생일 파티에서 뵀었던 것 같은데요."

아이크가 말했다.

"맞소, 허나 거기도 오래 있지는 않았지."

버디 리는 캐주얼 재킷을 매만지며 쓰읍 소리를 냈다.

"데릭은 날 부끄러워했거든. 뭐, 무리도 아니지."

버디 리가 말했다. 아이크는 뭐라 대답할지 몰라 아무런 대꾸도

하지 않았다.

"장례식에 신경 써주어 당신과 당신 아내에게 고맙다는 말을 하고 싶었소. 우리는 이렇게 근사한 장례를 치를 여유가 안 되거든. 애 엄마는 말할 것도 없고."

"아뇨, 애들이 준비해둔 겁니다. 상조 회사에 미리 예약해뒀던가 봐요. 우린 그저 서류에 사인만 했을 뿐이에요."

아이크가 말했다.

"맙소사. 당신이라면 나이 스물일곱에 장례식 준비를 마쳤겠소? 나라면 절대 그럴 일 없지. 스물일곱에 상조 준비라니, 망할."

버디 리가 말했다. 아이크는 손으로 아들의 관을 쓸었다. 상상했던 순간이 방해받고 있었다.

"손에 그 문신 말이오, 그거 감방 문신 아니오?"

버디 리가 물었다. 아이크는 자신의 두 손을 살폈다. 그의 오른손에는 머리 위로 두 개의 언월도가 달린 사자의 문신이 희미하게 남아 있었다. 왼손에는 '라이엇(RIOT)'이라는 글자가 새겨져 있었는데, 콜드워터 주립 교도소에 수감되고 두 해째 되던 때 그의 조용한 동반자가 되어주었던 단어였다.

아이크는 주머니에 손을 넣었다.

"오래전 일이에요."

아이크가 말했다. 버디 리는 또다시 쓰읍 소리를 냈다.

"어디 있었소? 난 레드어니언에 있었지. 거친 친구들만 오는 곳인데, 거기서 불가리아 친구들도 몇 명 사귰다오."

"미안하지만, 그 얘기는 별로 하고 싶지 않군요."

아이크를 말했다.

"흠, 나 역시 미안하지만, 그 시절 얘기를 하고 싶지 않다면서 문신은 왜 그냥 둔 거요? 듣기론, 제거하는 데 한 시간이면 된다던데."

"이야기하고 싶지 않다고 해서 잊고 싶다는 뜻은 아닙니다. 이걸 볼 때마다 내가 왜 거기로 돌아가면 안 되는지를 떠올려요."

아이크가 말을 이었다.

"이만 자리를 비켜드릴 테니 아드님과 시간 보내시죠."

그는 몸을 돌려 자리를 뜨려 했다.

"나와 이 녀석 사이는 이미 늦었소."

버디 리가 말했다.

"당신 역시 마찬가지겠지."

아이크는 제자리에 멈췄다. 그리고 버디 리를 향해 몸을 반쯤 돌렸다.

"그게 무슨 뜻입니까?"

아이크가 물었다. 버디 리는 그의 질문에 답하지 않았다.

"데릭이 열네 살 때 우리 트레일러 뒤편 숲속 개울가에서 어떤 남자애에게 키스하는 걸 봤소. 난 벨트를 풀어 녀석을 마구 팼지…. 강도라도 때려잡을 것처럼. 변태 새끼라고 욕을 하면서. 녀석의 두 다리가 온통 부풀어 오를 때까지 계속, 계속해서 때렸소. 녀석은 울고 또 울더군. 죄송하다면서. 자기가 왜 그러는지 모르겠다고. 당신은 아들에게 그런 적 없소? 한 번도? 글쎄, 그렇다면 당신은 나보다 더 나은 아버지였는지도 모르겠군."

버디 리가 말했다. 아이크는 턱을 꽉 다물었다.

"우리가 왜 이런 이야기를 해야 하는 겁니까?"

아이크가 말했다. 버디 리는 어깨를 으쓱 올렸다.

"데릭과 단 5분이라도 이야기나눌 수 있다면, 내가 뭐라고 하고 싶은지 아시오? 네가 누구랑 붙어먹든 상관없다고 말하고 싶소, 전혀 상관없다고. 당신은요? 아들에게 뭐라고 하고 싶소?"

버디 리가 말했다. 아이크는 그를 쳐다보았다. 그를 뚫어져라 쳐다보았다. 남자의 눈가에 눈물방울이 맺힌 듯 보였지만, 눈물은 떨어지지 않았다. 아이크는 이를 악물었다. 잇몸이 부서져라.

"이만 가겠습니다."

아이크가 말했다. 그는 자신의 차를 향해 전진했다.

"경찰이 범인을 잡을 수 있을 것 같소?"

버디 리가 그의 등에 대고 외쳤다. 아이크는 걸음을 재촉했다. 차에 도달했을 때 목사가 막 주차장을 빠져나가고 있었다. 아이크는 칠흑같이 검은 그의 BMW가 지나는 모습을 지켜보았다. J. T. 존슨의 태도는 치즈라도 자를 듯 날카롭기 짝이 없었다. 그는 아이크와 마야를 향해 그 어떤 목례나 인사도 하지 않았다.

아이크는 그대로 차도를 달렸다. 그리고 고속도로에 접어들기 직전에 목사의 차를 불러 세울 수 있었다. 그는 창문을 두드렸다. 존슨 목사가 유리창을 아래로 내렸다. 아이크는 자세를 낮춰 차 안으로 손을 내밀었다.

"우리 아들 장례식 주례를 서주셔서 감사합니다."

아이크가 말했다. 존슨 목사는 아이크의 손을 잡고 몇 번 아래위로 흔들었다.

"나한테 감사할 것 없어요, 아이크."

존슨 목사가 말했다. 그의 깊고 풍부한 바리톤 음성은 기름칠을 한 철길 위를 내달리는 화물열차 같았다. 그는 이내 손을 놓으려 했지만, 아이크는 그의 손을 더 세게 붙들었다.

"감사해야 할 일이겠지만, 사실 마냥 그럴 수만은 없지요."

그는 존슨 목사의 손을 더욱 꽉 잡았다. 목사는 움찔했다.

"이거 하나만 여쭙고 싶습니다. 왜 우리 아들 장례식의 주례를 서신 겁니까?"

존슨 목사는 얼굴을 찌푸렸다.

"아이크, 그건 마야가 내게 부탁을 했…."

"압니다, 마야가 부탁한 거. 근데 지금 내가 묻는 것은 그래서 왜 주례를 맡았냐는 거예요. 별로 내키지 않으면서."

아이크가 말했다. 그는 존슨의 손에 더욱 힘을 가했다.

"아이크, 손을 좀…."

"줄곧 혐오스러운 죄악에 대해서만 말씀하시더군요, 계속해서요. 그러니까 그 말은, 내 아들이 혐오스럽다는 겁니까?"

아이크가 물었다.

"아이크, 난 그렇게 말한 적 없어요."

"말할 필요가 없었겠죠. 내가 비록 남의 집 잔디나 깎으며 먹고사는 신세이긴 하지만, 무엇이 모욕인지는 분명히 알아요. 당신은 우리 아들을 무슨 괴물이라도 되는 양 장례식에 있는 모두가 그걸 깨닫기를 바랐죠. 우리 아들이 고작 1미터 앞에 누워 있는데도, 그 앞에서 당신은 그의 죄가 용서받을 수 있을 거라고 지껄였어요. 그의 혐오스러운 죄가."

"아이크, 제발…."

존슨 목사가 말했다. 선량한 목사의 BMW 뒤로 차들이 줄지어 멈춰 서고 있었다.

"우리 아들의 기자 활동에 대해서는 일언반구도 하지 않더군요. VCU*를 수석으로 졸업했다는 사실도, 고등학교 시절 주 대항 농구 경기에서 우승한 사실도 이야기하지 않았어요. 당신은 그저 혐오에 대해서만 말했어요. 대체 당신이 우리 아들을 어떻게 생각했는지는 몰라도….'

아이크는 멈칫했다. 단어가 닭뼈처럼 그의 목에 걸려버렸다.

"이제 그만 손 좀 놔줘요."

존슨 목사가 숨을 몰아쉬었다.

"우리 아들은 망할 혐오덩어리가 아니란 말입니다!"

아이크가 말했다. 그의 음성은 바위를 타고 흐르는 계곡물처럼 차가웠다. 그는 존슨 목사의 손을 더욱 세게 잡아 쥐었다. 그의 손바닥 뼈를 가루로 만들어버리고 싶었다. 존슨 목사는 신음했다.

"아이크, 그만 보내드려!"

마야가 말했다. 아이크는 오른쪽으로 고개를 돌렸다. 그의 아내가 차 밖에 나와 있었다. 그들 뒤로 열 대가 넘는 차량이 줄을 서 있었다. 아이크는 존슨 목사의 손을 놓았다. 목사는 그대로 가속페달을 밟아 고속도로로 튀어 올랐다. 독일산 엔진이 얼마나 빨리 존슨 목사를 실어 가는지 아이크는 그저 놀라울 따름이었다.

아이크는 자신의 차로 돌아왔다. 그가 운전석에 오르자 마야도 조수석에 올라탔다. 그녀는 자신의 좁다란 가슴 위로 팔짱을 끼고 유리창에 머리를 기댔다.

"대체 왜 그래?"

그녀가 물었다. 아이크는 시동을 걸고 기어를 옮겼다.

---

* Virginia Commonwealth University : 버지니아커먼웰스대학교.

"설교 때 뭐라는지 들었잖아. 아이지아에 대해서 뭐라고 했는지."

아이크가 말했다. 마야는 한숨을 쉬었다.

"당신은 더한 말도 했잖아. 아들이 죽고 나니 갑자기 변호하고 싶어졌어?"

마야가 물었다. 아이크는 운전대를 잡아 쥐었다.

"그 애를 사랑했어. 진심으로. 당신만큼이나."

꽉 다문 이 사이로 아이크가 말했다.

"그래? 학교에서 밤낮으로 괴롭힘 당할 때 당신의 그 사랑은 어디 있었어? 아, 맞다. 교도소에 있었지. 근데 그거 알아? 그 애한테 당신의 사랑이 필요했던 건 바로 그때였어. 땅에 묻힌 지금이 아니라."

마야가 말했다. 눈물이 그녀의 얼굴을 타고 흘렀다. 아이크는 그들 사이의 긴장감을 씹어 먹기라도 하듯 턱을 아래위로 움직였다.

"그래서 출소하자마자 녀석에게 싸우는 법을 가르쳤던 거야."

아이크가 말했다.

"아, 그게 최선이었다?"

마야가 물었다. 아이크는 이를 갈았다.

"다시 묘지로 돌아가고 싶거든…."

아이크가 입을 열었다.

"그냥 집으로 가."

마야가 흐느꼈다.

그는 액셀을 밟으며 묘지 주차장을 빠져나왔다.

3

 버디 리는 침대에서 일어나 앉았다. 누군가 트레일러가 흔들릴 정도로 세차게 문을 두드리고 있었다. 그는 협탁 대용으로 가져다 놓은 우유 상자 위의 시계를 확인했다. 6시였다. 장례식은 오후 2시에 끝났다. 버디 리는 피글리 위글리에 들러 맥주 한 상자를 샀고, 4시 30분쯤에 마지막 캔을 우그러뜨렸다. 그런 뒤 침대에 쓰러져 죽은 듯 잠이 들었다.
 또다시 문 두드리는 소리. 경찰이다. 이건 분명 경찰이다. 짭새 외에는 문을 이렇게 세차게 두드릴 사람이 없다. 버디 리는 두 눈을 비볐다.
 달아나.
 그 생각이 LED 사인처럼 그의 마음에 번뜩였다. 매우 이상한 충동에 그는 자리에서 일어나 자신도 모르게 뒷문을 향해 두 걸음을 떼었다. 그리고 순간 자신이 무엇을 하고 있는지 깨달았다. 그는 심호흡을 했다.

달아나.

레드어니언에서 벗어난 지 이제 10년이나 되었음에도 불구하고 그의 머릿속에 충동이 일었다. 찬장에 밀주 한 병, 트럭에 마리화나 두 개 꿍쳐놓은 것이 고작인데 말이다. 3년 전 키치너 시푸드에서 운전 일을 시작한 이후 아무런 문제 없이 지내고 있었다. 하긴, 리키 키치너가 경조사 휴가를 주는 대신 그를 해고했으니, 이제부터는 정말 조용히 지낼 수 있게 되었다만.

버디 리는 손가락 관절을 뚝뚝 꺾으며 현관으로 향했다. 기온은 아까 곯아떨어지기 전보다 훨씬 더 솟아 있었다. 그는 문을 열기 전에 에어컨 스위치를 켰다.

현관 앞 계단 역할을 하는 콘크리트 벽돌 위에는 땅딸막한 남자가 서 있었다. 그의 헐벗은 정수리는 붉은빛 머리카락에 둘러싸여 있었다. 그의 흰색 셔츠 여기저기 포진한 일주일치의 얼룩들은 마치 희미한 상형문자처럼 그의 식사 메뉴를 말해주고 있었다.

"어이, 아티."

버디 리가 말했다.

"집세가 일주일이나 밀렸어, 젠킨스."

아티가 말했다. 버디 리는 트름을 했다. 아까 마신 스물네 캔의 맥주들이 이렇게 자신의 존재감을 드러내고 있었다. 버디 리는 눈을 감고 머릿속에 달력을 그려보았다. 벌써 15일인가? 경찰들이 윗머리가 함몰된 데릭의 사진을 보여준 이후 그에게 시간이라는 개념은 이상하리만큼 하찮아졌다.

버디 리는 눈을 떴다.

"아티, 우리 아들이 죽은 거 알아? 오늘이 장례식이었어."

"들었어. 어쨌든 집세는 제때 내야지. 자네 아들 일은 안됐어. 진심이야. 하지만 집세 늦은 게 이번이 처음도 아니잖아. 지금까지 몇 번은 봐줬지만, 내일까지 내지 않으면, 나랑 이 문제에 대해 진지하게 얘기해봐야 할 거야."

아티가 말했다. 그의 생쥐 같은 작은 눈은 오래된 페니 동전처럼 칙칙한 갈색빛을 띠었다.

버디 리는 낡은 문가에 몸을 기댔다. 그리고 팔짱을 꼈다.

"그래, 자네가 여기서 고생하는 거 나도 알아. 자네의 그 화려한 옷 컬렉션을 유지하려면 돈깨나 들겠지?"

버디 리가 말했다.

"얼마든지 놀려먹어, 젠킨스. 하지만 내일까지 주차비에 트레일러 세까지 내지 않으면, 내가…."

아티가 말했다. 그때 버디 리가 첫 번째 콘크리트 벽돌로 내려섰다. 아티로서는 예상하지 못했던 움직임이었다. 그는 주춤 뒤로 물러나다가 하마터면 땅바닥으로 떨어질 뻔했다.

"자네가 뭐? 뭘 어쩔 건데? 경찰이라도 부르게? 법정까지 가서 이다 쓰러져가는 트레일러에서 날 쫓아낼 허가권이라도 얻으려고? 오, 신이시여, 자비를 베푸소서. 94년 이후로 화장실에 물도 제대로 안 내려가는 이 거지 같은 집 하나로 나한테 생색내는 거야?"

"여기서 무전취식은 안 될 일이야, 버디 리! 여긴 8구역이 아니라고. 그런 걸 바라는 거라면 윈덤힐스에 가서 복지 프로그램이나 알아봐. 애초에 전과자에게 집을 빌려주는 게 아니었어. 우리 와이프 말을 듣지 않은 내가 바보지. 사람들이란 틈을 조금이라도 내주면 결국 이렇게 배 째라 나온다니까."

아티가 말했다. 그의 입술에서 침방울이 튀었다.

"사람들이 그렇게 나오는 건 자네가 한 달에 한 번도 제대로 씻지 않기 시작하면서부터였을 거야. 자네 와이프도 두 손 두 발 다 들었다며."

버디 리가 말했다. 아티는 뺨이라도 맞은 듯 움찔했다.

"꺼져, 버디 리. 자네는 쓰레기야. 젠킨스 집안 사람들 전부 그렇겠지. 그래서 자네 아들도…."

아티는 끝말을 얼버무렸다. 버디 리는 한 걸음 반 만에 그에게 바짝 다가섰다. 그리고 잭나이프의 칼날로 아티의 복부를 압박했다. 오랜 사용으로 갈색의 나무 손잡이는 미끈해져 있었다. 버디 리는 아티의 티셔츠 자락을 움켜쥐고 땅딸막한 남자의 귓가에 입을 가져다 댔다.

"그래서 우리 아들이 뭐? 계속해봐, 어서. 네 불알에서부터 목까지 그어줄까. 도륙당한 수퇘지처럼 말이야. 그걸로 주일 저녁 식탁에 오를 곱창 요리나 만들어보면 어때?"

버디 리가 말했다.

"내… 내 말은… 그러니까 집세를 내란 말이야."

아티가 씩씩거리며 말했다.

"자네 지금 방금 우리 아들을 묻고 온 날 찾아와서는 발정 난 수탉마냥 나대는 거야? 내가 여기 살면서 지금껏 자네 마음대로 지껄이도록 내버려뒀던 건 문제를 일으키고 싶지 않았기 때문이야. 하지만 지금 난 더 이상 잃을 게 없어. 그러니, 계속해봐. 어디 한번 해보라고!"

버디 리가 말했다. 숨이 가쁘게 터지며 그의 가슴이 들썩였다.

"데릭 일은 유감이야. 하느님, 맙소사. 정말 유감이라고. 이제 그만 보내줘. 제길, 미안해."

아티가 말했다. 그의 겨드랑이에서 풍기는 악취에 버디 리의 두 눈에는 눈물이 맺혔다. 적어도 그의 생각은 그랬다. 아들의 이름이 들리자 아티의 자극에 식식거리던 가슴속 방울뱀이 수그러들었다. 금방이라도 폭발할 것 같았던 공격성이 체 사이를 통과하는 물줄기처럼 그에게서 빠져나갔다. 아티는 인정머리 없고 더럽기 짝이 없는 개자식이지만, 데릭을 죽인 건 그가 아니었다. 아티는 그저 데릭이 누구였고, 어떤 존재였는지 제대로 알지 못하는 또 다른 얼간이일 뿐이었다. 버디 리와 마찬가지로.

"깝치지 말고 꺼져, 아티."

버디 리가 말했다. 그는 남자의 셔츠를 놓고 칼을 다시 주머니에 넣었다. 아티는 종종걸음으로 뒤로, 다시 옆으로 물러났다. 그리고 버디 리와의 거리가 충분히 멀어지자 제자리에 멈춰서는 가운데 손가락을 들어 올렸다.

"이거나 먹어, 젠킨스! 경찰에 신고할 거야. 이제 집세 걱정은 하지 않아도 되겠어, 오늘 밤은 감방에서 보내면 될 테니."

"꺼져, 아티."

버디 리가 말했다. 호기 어린 기색 없이, 무미건조하고 무기력한 어조였다. 아티는 눈을 껌뻑였다. 그의 갑작스러운 저자세에 당황한 듯했다. 버디 리는 그에게서 등을 돌려 트레일러 안으로 들어갔다. 에어컨은 제 역할대로 기능하지 못하고 있었다.

그는 소파에 깊숙이 파묻혀 앉았다. 팔걸이에 붙여놓은 덕트 테이프에 팔뚝의 털 몇 가닥이 뜯겨 나갔다. 그는 뒷주머니를 뒤져 지갑을 꺼냈다. 운전면허증 뒤에 잔뜩 구겨진 조그마한 사진 한 장이 들어 있었다. 버디 리는 엄지와 집게손가락으로 사진의 가장자리를 끄집어 꺼냈다. 데릭이 한 살 때 함께 찍은 사진이었다. 그는 한 팔로 아이를 안은 채 접이식 알루미늄 의자에 앉아 있었다. 상의는 탈의했고, 어깨까지 내려온 머리카락은 스페이드의 에이스처럼 검었다. 데릭은 슈퍼맨 티셔츠를 입고 기저귀를 차고 있었다.

버디 리는 사진 속 젊은 친구가 과연 지금의 이 늙은이를 마음에 들어 할지 궁금해졌다. 패기와 투지가 넘치는 젊은이였다. 좀 더 자세히 들여다보면 오른쪽 눈 밑으로 조그마한 멍울을 볼 수 있었다. 출리 페티그루 밑에서 떼인 돈을 받으러 다닐 때 생긴 일종의 기념품이었다. 사진 속 남자는 거칠고 위험했다. 늘 누군가와 싸우고, 나쁜 일에 휘말렸다. 아티가 데릭 욕을 한 것이 그 남자 앞이었다면, 남자는 해가 지자마자 그의 목을 그어버렸을 것이다. 자갈 위로 피를 쏟는 모습을 지켜보다가 어둡고 은밀한 곳으로 다시 끌고 갔겠지. 그의 이빨을 날리고 두 손을 자른 다음 땅에 얕게 묻고 20킬로그램가량의 석회 가루로 덮어버렸을 것이다. 그런 뒤에 집으로 돌아가 자기 여자와 사랑을 나누고, 아무렇지도 않게 깊은 잠에 들었을 테지.

그러나 데릭은 달랐다. 젠킨스 집안의 나무뿌리에 어떤 곰팡이가 슬어 있는지는 몰라도 데릭만큼은 예외였다. 긍정적인 잠재력이 가득했던 아들은 태어났을 때부터 하늘의 별똥별처럼 빛났다. 젠킨스의 핏줄들이 한 세기에 걸쳐 이룩한 것을 전부 모아도 그가 스물일곱 해 동안 이루어낸 것에 견주지 못했다. 버디 리의 손이 떨리기 시작했다. 떨림이 심해지면서 그의 손가락에서 사진이 흔들렸고, 사진은 그대로 바닥으로 떨어졌다. 버디 리는 두 손으로 머리를 감싸고 눈물이 흐르기를 기다렸다. 목구멍이 타는 듯했고, 복통이 밀려왔다. 두 눈은 금방이라도 터질 듯했지만, 눈물은 흐르지 않았다.

"내 아들, 내 소중한 아들."

그는 몸을 앞뒤로 흔들며 계속해서 중얼거렸다.

4

아이크는 온더록으로 럼을 마시며 거실에 앉아 있었다. 양복을 벗고, 흰색 민소매 티셔츠에 청바지 차림이었다. 얼음을 더 넣었음에도 불구하고, 럼은 그의 목구멍을 뜨겁게 타고 내려갔다. 마야와 아리아나는 낮잠을 자고 있었다. 부엌에는 닭고기와 햄, 맥앤치즈가 든 용기들이 빽빽하게 들어차 있었다. 아이지아와 데릭의 친구들 몇몇이 채식용 바비큐도 가져왔다. 그러나 그는 음식 따위 안중에도 없었다.

아이크는 럼을 들어 올려 크게 한 입 털어 넣었다. 그리고 그 기운이 가라앉을 때까지 잠자코 기다렸다. 또 한 잔 마실까 했지만, 이내 마음을 바꾸었다. 술에 취한다고 일이 쉬워지는 것은 아니다. 이 고통을 제대로 느껴야 한다. 가슴에 생생하게 새겨야 한다. 아들은 그럴 만한 가치가 있는 녀석이었다. 그는 늘 그와 아이지아가 언젠가 서로를 이해하게 될 날이 올 거라 생각했다. 시간이 둘 사이의 빙하를 녹여 그 어떤 깨달음을 경험하게 되리라고 말이다. 그가 아들을 이해하기가 얼마나 힘들었는지 아이지아가 결국 깨닫게 되리라고. 반대로 아이크 역시 아들이 게이라는 사실을 받아들일 수 있게 될 것이라고. 하지만 시간은 수은의 강이었다. 시간에 둘러싸여 살지만, 움켜쥐려는 순간 손아귀 사이로 빠져나가버리고 만다. 스물이 마흔이 되고, 겨울이 봄이 되고. 그 사실을 알아차리기도 전에 그는 자신의 아들을 땅에 묻은 늙은이가 되어버렸다. 이 망할 강물이 자신을 어디로 데려가는지 알지도 못한 채.

아이크는 빈 잔을 이마께로 들어 올렸다. 빌어먹을 빙하가 녹길 기다리는 대신 그 위를 걸었어야 했다. 아이지아에게 자신의 감정을 솔직하게 털어놓으며 아버지로서는 실패했다고 말했어야 했다. 아이지아는, 그러니까 아이지아라면 자신의 성적 지향 같은 건 아이크의 부모 노릇과는 아무 상관이 없다고 말했을 것이다. 그런 뒤 둘 다 웃음을 터뜨렸겠지. 어쩌면 그것으로 얼음은 깨졌을지도 모른다.

그는 한숨을 쉬었다. 참으로 근사한 환상이었다.

아이크는 커피 탁자에 빈 잔을 내려놓았다. 그리고 리클라이너에 앉아 눈을 감았다. 리클라이너는 자신에게 준 선물이었다. 하루 종일 초탄과 뿌리덮개*를 나르느라 유약해진 뼈가 쉴 수 있는 유일한 곳이었다.

아이크의 휴대전화가 주머니에서 진동했다. 그는 번호를 확인했다. 아이지아의 사건을 맡고 있는 수사관 중 한 명이었다.

"여보세요."

아이크가 말했다.

---

* 뿌리목 둘레의 포장도로에 설치하는 금속 격자판으로, 가로수 등에서 흔히 볼 수 있다.

"여보세요, 랜돌프 씨. 라플라타 수사관입니다. 어떻게 지내고 계십니까?"

"방금 우리 아들을 땅에 묻고 왔습니다."

아이크가 말했다.

라플라타는 멈칫했다.

"유감입니다, 랜돌프 씨. 저희도 범인 검거에 최선을 다하고 있습니다. 그래서 말씀인데, 혹시 저희가 랜돌프 씨와 부인을 직접 찾아뵙고 말씀 나눌 수 있을까요? 아이지아와 데릭의 친구들이나 지인들 중에 연락 닿는 사람이 있으신가 해서요. 그 사람들에게 연락 취하기가 무척이나 어렵네요."

라플라타가 말했다.

"흠, 결백한 사람이라도 경찰과 이야기하는 건 좀 불편하겠죠."

아이크가 말했다. 라플라타는 한숨을 쉬었다.

"실마리라도 잡아야 할 텐데요. 아직까지는 아드님과 그 남자 친구에 대해 감정이 있을 만한 사람들을 전혀 찾지 못했습니다."

"둘은… 둘은 연인이 아니라 부부였어요."

아이크가 말했다. 불편한 침묵이 이어졌다.

"죄송합니다. 아드님의 고용인과 이야기해봤는데, 올해 초에 살해 협박을 받았던 사실을 알고 계셨습니까?"

"몰랐어요. 나랑 아이지아는… 우리는 별로 그렇게 가깝지 않았거든요. 그러니 도움 될 만한 말씀을 드릴 게 없습니다."

아이크가 말했다.

"부인은 어떠실까요, 랜돌프 씨?"

"지금은 별로 좋은 때가 아니네요."

아이크가 말했다.

"랜돌프 씨, 힘든 시간이라는 것은 압니다. 하지만…."

"안다고요? 수사관님 아들 머리에도 누군가 총을 쏘고, 얼굴에도 총알을 박았습니까?"

아이크가 말했다. 휴대전화를 잡은 그의 손에 힘이 들어가 빠득 소리가 났다.

"아뇨, 하지만…."

"그만 끊겠습니다, 라플라타 씨."

아이크가 말했다. 그는 '종료' 버튼을 누르고 휴대전화를 커피 탁자 위 빈 잔 옆에 내려놓았다. 그는 싸구려 판지로 만든 장식장으로 다가갔다. TV와 함께 열댓 개의 사진 액자가 놓여 있었다. 금색과 파란색의 레드힐카운티 고등학교 농구부 유니폼 차림의 아이지아가 한 손에 농구공을 든 채 무릎을 꿇고 앉아 있었다. 사춘기 직전의 아이지아가 간호학교를 졸업한 마야와 찍은 사진도 있었다. 아이지아의 대학 졸업식에서 아이지아와 마야 그리고 아이크가 함께 찍은 사진도 있었다. 둘 사이에는 분쟁을 피하는 비무장지대처럼 마야가 서 있었다. 그 후의 일이 문제였다. 언론학 학위를 딴 아이지아를 위해 야외 파티를 열었을 때 말이다. 기억해야 할 날이었다. 자연스레 기억에 각인된 날이기도 했다. 의도와는 달리 상처로 얼룩진 채. 아이크는 졸업 사진을 집어 상처투성이의 두꺼운 손가락으로 유리 면을 쓸어보고는 액자를 다시 장식장에 올려놓았다.

아이크는 부엌을 지나 뒷문을 통과했다. 그리고 창고로 향했다. 그는 문을 열고 안으로 들어가 불을 켰다. 기름과 쇠 냄새가 났다. 채광창에 환기구까지 갖춘 12평의 창고는 넓었다. 한쪽 면에는 각종 공구와 정원 장비들이 각 맞춰 정렬되어 있었다. 벽면 고리에 걸린 송풍기 두 대와 제초기 두 대는 전시장의 모델들처럼 반짝거렸다. 갈퀴와 삽들도 병기고의 라이플 총기들처럼 나란히 진열되어 있었다. 그 옆으로 잔디깎이 기계와 마무리용 톱이 놓여 있었는데, 흙 한 톨, 잔디 한 가닥 묻어 있지 않았다. 헛간의 오른쪽 구석에는 뿌옇게 먼지가 내려앉은 육중한 펀치백이 하나 매달려 있었다. 천장에 달린 유일한 불빛이 백 뒤쪽 벽에 요상한 그림자를 드리웠다. 아이크는 백으로 다가가 발꿈치를 들어 가볍게 점프하기 시작했다. 몸을 흔들면서 휙 피하기도 했다가 이내 주먹으로 백을 가격했다. 재빠른 원투 콤비네이션. 맨주먹 관절에 닿는 낡은 가죽의 겉면이 거칠었다.

아이지아는 타고난 운동꾼이었다. 녀석이 이 백을 칠 때면 그렇게 힘이 넘치고 유연할 수 없었다. 발재간 역시 특출했고, 머리 움직임 또한 재빠르기 이를 데 없었다.

아이크가 출소해 집으로 돌아온 후, 아이지아와 함께 즐길 수 있었던 유일한 것이 바로 이 복싱이었다. 주먹을 쥐고 낡은 소가죽을 칠 때면 둘은 달리 이야기가 필요가 없었다. 아이크는 아들이 골든 글러브스*에 나가거나 AAU** 팀에 들어가길 바랐다. 복싱이 둘 사이를 연결하는 다리가 되어주었으면 했다. 하지만 아이지아는 싸움을 거부했다. 아이크가 밀어붙여보았지만, 그는 생각을 굽히지 않았다. 녀석은 여느 열네 살 아이만큼이나 고집이 셌다. 아이크의 압박이 점점 심해지자 결국 아이지아는 논쟁의 심장부를 찌르기에 이르렀다.

---

* Golden Gloves : 1920년대부터 〈시카고 트리뷴〉지에서 개최한 미국 아마추어 복싱 토너먼트 경기.
** Amateur Athletic Union : 미국 아마추어 선수협회

"난 아빠와 달라요. 사람들 때리는 거 싫다고요."

그것으로 끝이었다. 그 후로 두 사람이 함께 창고를 찾는 일은 두 번 다시 없었다. 아이크는 팔꿈치로 백을 가격했다. 그는 턱을 가슴께 깊숙이 숙인 채 뒤로 펄쩍 물러났다가 스타카토의 리듬으로 라이트, 레프트 훅을 연속해서 날렸다. 백의 팽팽한 표면을 일그러뜨리는 주먹 관절의 균일한 박자가 헛간에 울려 퍼졌다.

아이크는 늘 아이지아를 거세게 몰아붙였고, 아이지아는 그런 그에게 반항했다. 마야는 부자지간 아니랄까 봐 두 사람이 꼭 닮았다고 말하곤 했다. 몇 달 전, 둘은 격렬한 말다툼을 벌였고, 결국 아이지아는 문을 쾅 닫고 밖으로 나가버렸다 그게 둘 사이의 마지막 대화였다. 아이지아는 마야에게 데릭과의 결혼 사실을 알리려 집을 찾았었다. 마야는 아이지아를 안아주었다. 아이크는 부엌에 가서 술을 한 잔 따랐다. 엄마와 몇 번의 포옹을 나눈 뒤 아이지아는 그를 따라 부엌에 들어왔다.

"허락 안 하시는 거예요?"

아이지아가 말했다. 아이크는 럼을 들이켠 뒤 조리대 가장자리에 잔을 내려놓았다.

"이제는 내가 허락하고 말고 할 일이 아니잖니. 하지만 이게 단지 네 문제만은 아니라는 건 알고 있어야 할 거다. 이제 그 여자아이도 함께니."

아이크가 말했다.

"아버지의 손녀요. 이름은 아리아나고, 이제는 아버지의 손녀딸이에요."

아이지아가 말했다. 그의 이마 주름에 자리한 맥이 빠르게 뛰기 시작했다. 아이크는 팔짱을 꼈다.

"알겠지만, 너한테 이래라저래라 하는 건 이미 오래전에 때려치웠다. 하지만 그 아이는 말이다, 아이한테는 힘든 일이 될 거다. 이미 흑인 혼혈인 데다가 친모는 돈을 받고 아이를 넘겼고, 이제 게이 아빠가 둘이나 생겼잖니. 이제 뭐가 남았냐? 너희 결혼식에 화동으로 세울 생각이냐? 제퍼슨 호텔을 빌려서 아주 성대한 행사를 치르려나 보구나? 얼마 안 있어 아이를 유치원에 보내게 되면 아이의 반 친구들이 어느 쪽이 너희 엄마냐고 물어보게 될 거다. 너나 데릭은 한 번이라도 그런 걸 생각해본 적이 있냐?"

아이크가 말했다.

"소중한 사람을 만나 결혼한다는데, 제일 먼저 떠오르신 생각이 그거예요? 축하가 아니라? 건성이라도 '잘됐구나'라는 말이 아니라, 다른 사람들이 어떻게 생각할지, 뭐라고 말할지가 먼저 떠오르시던가요? 대단하시네요, 아버지. 전과자 아버지를 둔 덕분에 나는 사람들의 구설수에 대응하는 것쯤 아무렇지 않아요. 아버지는 우리가 사람들 눈을 피해 한밤중 깊은 숲속의 어떤 판잣집에서 비밀스러운 인사를 나누는 것으로 식을 대신하는 게 나을 거라고 생각하시나 보네요. 아버지가 이 사실을 아시는지는 모르겠는데, 세상 사람들 전부가 아버지 같지는 않아요. 모두가 자기 자식들을 혐오하며 살지 않는다고요. 아버지처럼 생각하는 사람들 따위? 상관없어요. 곧 다 없어져버릴 테니."

아이지아가 말했다. 아이크는 자신이 잔을 집어 들었던 것이 기억나지 않았다. 그것을 벽을 향해 던진 것도 기억나지 않았다. 기억나는 것이라고는 아이지아가 그대로 뒤돌아 문을 쾅 닫고 나가버렸던 것뿐이었다.

 석 달 뒤 아들과 그의 남편은 죽었다. 리치몬드 시내의 한 근사한 와인바 앞에서 여러 발의 총을 맞고. 아들과 그 남편이 쓰러진 뒤에도 범인은 둘에게 확인 사살까지 했다. 전문가의 흔적이었다. 죽음의 순간 아이지아에게 떠올랐던 마지막 아버지의 이미지는 부엌 찬장에 맞아 부서진 유리잔의 파편들이었을까. 아이크는 궁금했다.

 아이크는 소리를 지르기 시작했다. 별안간 터져 나온, 긴 단말마의 비명이었다. 육중한 백이 홱 움직이더니 여기저기로 튀어 올랐다. 기술 같은 것은 버린 채 동물적 감각에만 의지한 공격이었다. 주먹 관절의 피부가 갈라지고 백에는 로르샤흐 테스트의 그림과 같은 붉은색 얼룩이 남았다. 그의 얼굴에 흐르던 땀방울이 그의 눈으로 스며들었다. 눈에서 솟은 눈물이 볼을 간지럽혔다. 아들에 대한 눈물, 아내에 대한 눈물. 그들이 맡아 기르게 된 아이에 대한 눈물이었다. 예전의 그들 그리고 그들 모두가 잃은 것에 대한 눈물이었다. 눈물 한 방울 한 방울이 마치 날카로운 면도날처럼 그의 얼굴을 베었다.

5

 버디 리는 손목시계를 확인했다. 7시 55분이었다. '랜돌프 조경'은 월요일부터 토요일까지 아침 8시에 문을 연다고 적혀 있었다. 아이크가 곧 나타날 터였다.
 트럭의 에어컨은 트레일러의 에어컨보다 나을 것이 없었다. 통풍구의 바람은 기껏해야 미지근한 정도였다. 프레온 가스를 새로 주입해야 하지만, 전기세 납부 마감도 이번 주까지였다. 집에 냉장고를 돌리느냐, 트럭의 에어컨을 고치느냐의 문제에서는 매번 냉장고가 승기를 잡았다.
 버디 리는 라디오 채널을 바꾸었다. 이제는 진짜 컨트리 음악을 하는 사람을 찾기 힘들었다. 전기기타나 두드리며 노래를 부르는, 물러터진 애송이들뿐. 화물용 트럭이 길을 따라 내려오더니 버디 리가 정차한 주유소 옆을 지났다. 랜돌프 조경은 스피디 마트 건너편과 레드힐 화원 아래쪽에 위치한, 단층짜리 철제 합판 건물이었다. 버디 리는 레드힐에서 20킬로미터 떨어진 카론카운티에 살고 있었다. 버디 리는 자신의 아들과 아이크의 아들이 서로 20분도 걸리지 않을 거리에 살고 있었으면서도 대학에 가서야 처음 만났다는 사실이 우스웠다. 인생이란 요상한 길을 통해 우리를 운명으로 인도한다.

주유소에 다시 들어가 커피 한 잔을 더 마시려는 찰나 흰색 듀얼 트럭 한 대가 랜돌프 조경 앞에서 속도를 늦추는 것이 눈에 띄었다. 이윽고 트럭이 멈추더니 아이크가 게이트를 열기 위해 차에서 뛰어내렸다. 그는 게이트에 감아둔 쇠사슬을 푼 다음 주차장으로 들어섰다. 버디 리는 그가 다시 트럭에서 내려 건물 안으로 들어가는 모습을 지켜보았다.

고물이나 마찬가지인 자신의 트럭에서 내리려다 말고 그는 기침을 시작했다. 쉽게 멈추지 않을 기침이었다. 솔트워터 태피*를 삼킨 듯 식도가 당기고, 폐는 혈류에 산소를 주입하기 위해 잔뜩 팽창했다. 운전대를 꽉 움켜쥔 탓에 손가락 관절이 하얗게 질렸다. 공포스러운 60초가 지나고 마침내 기침이 잦아들었다. 그는 차에서 내려 바닥에 가래를 퉤 뱉고는 마을을 이등분하고 있는 2차선 고속도로를 가로질렀다.

건물 안은 군 막사만큼이나 황량했다. 입구의 오른편에는 낡은 커피 탁자가 놓여 있고, 그 한쪽에 접이식 철제 의자와 올이 다 풀린 가죽 소재의 안락의자가 놓여 있었다. 왼쪽 벽면에는 전면이 유리로 된, 구식 음료 자판기가 서 있었는데, 상품 진열대는 거의 대부분 비어 있었다. 앞에 "콜라"라고 적힌 파란색 캔 음료 세 개가 전부였다. 양쪽 벽면에는 잔디와 정원 관리용품을 선전하는 포스터들이

---

* 짠맛이 나는 과일 사탕.

즐비하게 붙어 있었다. 포스터의 약속은 잔디를 확실하게 죽인다거나 확실하게 키운다거나 둘 중 하나였다. 그중 몇은 강력한 약제로 해충을 박멸한다고 광고하고 있었다. 로비의 뒤쪽 벽은 가운데에 보안 유리창이 달리고, 왼쪽으로는 문이었다. 아이크는 그 보안 유리창 옆에 서 있었다. 그의 손가락 끝에 커다란 열쇠고리가 대롱대롱 매달려 있었다.

"어이, 아이크."

버디 리가 말했다. 아이크는 열쇠고리를 주머니에 넣었다.

"아, 버디 리?"

아이크가 물었다. 버디 리는 고개를 끄덕였다.

"잠깐 시간 돼요? 할 얘기가 있는데."

그가 말했다.

"길게는 안 돼요. 곧 직원들 출장 보낼 시간이라."

아이크가 말했다. 그는 다시 열쇠를 꺼내 메이소나이트* 문을 열었다. 버디 리는 그를 따라 문을 통과해 건물 뒤쪽으로 들어갔다. 비료가 놓인 운반대, 알갱이 형태의 제초제 그리고 살충제가 셔터 도어가 달린 벽면까지 3미터 전방에 줄 맞춰 진열되어 있었다. 셔터 도어의 오른쪽 벽면 진열대에는 정원 관리용 철제 톱들이 진열되어 있었고, 보안 유리창의 바로 뒤에는 노트북과 롤로덱스**가 놓여 있었다. 책상 뒤로 작은 방이 하나 있었는데, 아이크는 그 방으로 들어가 또 다른 철제 책상 뒤에 앉았다. 버디 리는 책상 앞에 놓인 낡은 나무 의자에 앉았다. 책상은 조금 전의 로비만큼이나 소박했다.

---

* Masonite : 파이버 보드의 일종으로 미국 상표의 목재 건축 자재.

** Rolodex : 회전식 명함꽂이.

노트북과 연필꽂이 그리고 받은 편지함과 보낼 편지함이 전부였다. 그의 사무용 의자 옆에 놓인 장에도 나지막한 서랍 두 개가 들어 있을 뿐이었다.

"그런 건 갖다 놓을 생각 없소? 그걸 뭐라고 하더라, 쇠 구슬이 여러 개 달려서 서로 부딪히게 하는 것 말이오. 무슨 마술처럼."

"아뇨."

아이크가 말했다. 버디 리는 목덜미를 긁적였다. 땀과 싸구려 위스키 냄새가 구름처럼 그를 휘감았다.

"오늘로 두 달째요."

그가 말했다. 아이크는 자신의 육중한 가슴 위로 팔짱을 꼈다.

"압니다."

"어떻게 지냈소? 장례식 이후로?"

버디 리가 물었다.

아이크는 어깨를 으쓱 올렸다.

"글쎄요. 그런대로 지냈지요."

"경찰에서 소식 들은 건 없고?"

"한 번인가 전화가 왔었는데, 그 이후로는 없었습니다."

"나한테도 한 번 전화가 왔었소. 수사에 진전이 있어 보이지 않더군."

버디 리가 말했다.

"계속 수사 중이겠죠."

아이크가 말했다. 버디 리는 청바지 위로 손을 쓸었다.

"난 집구석 늙은이로 살아왔소. 직장과 트레일러만 왔다 갔다 하면서 맥주 들이켜는 게 다였지. 경찰 생각일랑은 전혀 하지 않았단 말이오. 근데 오늘은 아침 6시에 일어나 리치몬드로 향했소. 경찰서에 들러서 데릭 젠킨스와 아이지아 랜돌프 살인 사건을 담당하고 있는 수사관을 만나고 싶다고 했지. 근데 거기서 뭐라고 했는지 알아요?"

버디 리가 말했다. 그의 음성이 떨리고 있었다.

"아뇨, 모르겠군요."

"라플라타 수사관 말이, 지금 수사가 중단되었다는 거요. 사건에 대해 뭐라도 아는 이가 전혀 없다고. 알아도 말을 안 하는 거겠지만."

버디 리가 말했다. 그는 힘겹게 침을 삼켰다.

"당신은 어떤지 모르겠소만, 난 가만 있을 수가 없더이다."

아이크는 대답하지 않았다. 버디 리는 주먹 쥔 손에 턱을 괴었다.

"데릭이 꿈에 나오더군. 뒷머리가 열린 채로, 뇌가 심장처럼 뛰고 있었소. 얼굴은 온통 피범벅인 데다."

"그만."

버디 리는 눈을 껌벅거렸다.

"미안하게 됐소. 경찰이 했던 말이 계속 생각이 나서. 두 녀석 친구들이 경찰에게 이야기하지 않으려 한다더군. 비난할 일만은 아니오. 짭새와 엮이는 게 얼마나 위험한지 잘 아니까."

버디 리가 말했다.

"수사가 중단된 건 그리 놀랄 일도 아닙니다. 경찰에서 우선순위를 줬을 리가 없죠. 그… 아이지아와 데릭 같은 사람들 사건에."

아이크가 말했다. 버디 리도 고개를 끄덕였다.

"그래, 나도 그 빌어먹을 게이 같은 건 좋아하지 않소. 하지만 내 아들은 사랑했지. 항상 그 사랑을 표현했던 건 아니었고, 심하게 대했던 적도 있지만, 그래도 맹세컨대, 내 모든 걸 걸고 그 애를 사랑했소. 아마 당신도 아들에 대해 그런 감정일 텐데. 그래서 당신과 얘기해보고 싶었소."

버디 리가 말했다.

"무슨 얘기요?"

아이크가 물었다. 버디 리는 심호흡을 했다. 한 주 내내 오늘의 이 등판을 연습했지만, 막상 큰 소리로 입 밖에 내려고 하니, 아무래도 미친 소리인 것만 같았다.

"말했듯이, 경찰과 엮이지 않으려는 사람들을 탓하진 않소. 하지만 그들이 경찰과 만나지 않아도 된다면? 경찰 대신 우리를 만나 이야기한다면? 경찰에게 말하지 못하는 것도 슬픔에 잠긴 두 아버지들에게는 기꺼이 털어놓지 않겠소?"

버디 리가 말했다. 끊김 없는 하나의 긴 문장으로 단어들이 쏟아져 나왔다. 아이크는 고개를 갸웃거렸다.

"그러니까, 사설탐정 노릇이라도 하자는 말입니까?"

아이크가 말했다.

"그 개자식이 지금도 멀쩡히 돌아다니고 있지 않소. 아침에 일어나 거하게 아침을 먹고, 낮 동안에는 빌어먹을 제 할 일들을 처하겠지. 밤에는 여자랑 재미 보는지 모르고. 그 망할 개자식이 우리 애들을 죽였소. 머리에 치킨와이어*만 한 구멍을 냈단 말이오. 그런 뒤에도 녀석들 위에 서서 뇌를 산산조각 내놓았지. 당신은 어떨지 몰라도 나는 그 망할 새끼랑 도저히 같은 땅을 밟고 살 수 없소."

---

* Chicken Wire : 육각형 구멍의 철조망.

버디 리가 말했다. 그의 두 눈이 툭 불거졌다.

"당신 말은 설마, 내가 생각하는 그 뜻이 맞아요?"

아이크가 물었다. 버디 리는 입술을 핥았다.

"그 BG 문신은 그냥 갖고 싶다고 해서 가질 수 있는 게 아니잖소. 그건 샷콜러* 문양이오. 당신이 샷콜러였다는 건 뭔가 대단한 일들을 했다는 뜻이겠지. 난 샷콜러까지는 아니었지만, 나름 꽤 잘나갔다오."

버디 리가 말했다. 아이크는 키득거렸다.

"뭐가 웃긴 거요?"

버디 리가 말했다.

"당신이 지금 무슨 말을 하는 건지 제대로 알고 있기나 한지 모르겠군요. 무슨 삼류 범죄영화에 나오는 얼간이 백인처럼 말하고 있으니 말입니다. 영화 《게이터》의 엑스트라처럼요. 여길 봐요. 내 밑에 직원이 열넷이고, 오늘처럼 지각을 밥 먹듯 하는 비서까지 하나 더 있어요. 관리 계약을 맺은 업체가 열다섯 군데이고, 집에는 이제부터 잘 걷어 키워야 할 어린 여자아이까지 있습니다. 우리 아들과 당신 아들이 내 아내를 법정후견인으로 지정한 덕분에. 나한테는 이런 책임들이 있어요. 내게 생계를 의지하고 있는 이들이 있다고요. 근데 뭘해요? 《롤링 썬더》나 《존 윅》 같은 짓거리를 하자는 말입니까? 당신, 취했어요. 아무리 그래도 어떻게 이렇게까지 헛소리를 늘어놓는지 도저히 믿을 수가 없군요."

아이크가 말했다. 버디 리는 집게손가락을 엄지에 갖다 비볐다. 아이크는 손가락의 거친 피부가 마찰하는 소리를 들을 수 있었다.

---

* Shot Caller : 감옥 갱단의 우두머리.

"그래서, 손을 더럽히는 게 무섭다는 거요? 아니면 우리 아들들을 죽인 남자가 자유롭게 돌아다니든 말든 상관없다는 건가?"

아이크의 표정이 굳어졌다. 그는 책상 아래로 주먹을 불끈 쥐었다.

"그래 보입니까? 난 우리 아들 관 뚜껑도 열어보지 못했어요. 장의사가 조각 난 아들 얼굴을 제대로 수습하지 못했거든요. 내 아내는 한밤중에 일어나 아이지아의 이름을 부르며 웁니다. 손녀딸을 볼 때마다 아이가 제 아빠 목소리조차 기억하지 못하겠구나 생각해요. 매일 아침 눈뜰 때마다, 매일 밤 눈 감을 때마다 기도해요. 우리 아들이 나를 증오하며 세상을 떠나지 않았기를. 문신 몇 개 알아봤다고 갑자기 나를 잘 알게 된 것 같아요? 당신은 나에 대해 아무것도 몰라요. 별안간 찾아와서 그런 얘기들을 늘어놓으면 이 덩치 크고 겁 많은 흑인을 부려 몇 사람 죽일 수 있을 거라 생각했습니까?"

버디 리는 아이크의 목 근육이 3D 지도처럼 섬세하게 일어서는 것을 볼 수 있었다. 그의 동공도 눈에 띄게 작아졌다. 버디 리는 앞으로 몸을 기울였다.

"단순히 몇 사람이 아니오. 난 지금 데릭과 아이지아를 죽인 개자식들을 말하는 거요. 나 대신 해달라는 부탁도 아니고. 총이야 얼마든지 구할 수 있으니까."

버디 리가 말했다.

"내 사무실에서 당장 꺼져요."

아이크가 말했다. 아스팔트 위로 시멘트 벽돌을 끄는 듯, 느리지만 야성적인 음성이었다. 버디 리는 움직이지 않았다. 그와 아이크는 시선을 교차했고, 버디 리는 공기의 흐름이 달라진 것을 눈치챘다. 마치 지평선에 번개가 내리치듯 전기가 일었다. 버디 리는 주머니를 뒤져 낡은 영수증 하나를 꺼냈다. 그리고 아이크의 펜 하나를 집어 그 뒷면에 자신의 휴대전화 번호를 적었다. 그는 종이를 한 번 접은 뒤 아이크의 책상에 올려놓았다. 그런 뒤 자리에서 일어나 문으로 향했다. 그러다 잠시 멈춰 다시 아이크를 돌아보았다.

"오늘 밤 잠자리 기도 때, 한번 잘 귀 기울여보시오. 당신 아들이 왜 일을 바로잡기 위해 직접 나서지 않느냐고 묻지는 않는지. 그 질문에 답할 준비가 되거든 내게 전화해요. 준비가 안 되었다면, 그 사자 문신은 뚱보 고양이 그림으로 가려야 할 거요."

버디 리가 말한 뒤 휙 방을 나섰다.

아이크는 버디 리가 건물을 나서면서 울리는 차임벨 소리에 귀를 기울였다.

그는 책상 아래로 쥐고 있던 주먹을 꺼냈다. 그리고 짧고 얇은 숨을 내뱉었다. 아이크는 팔을 들어 주먹으로 책상을 내리쳤다. 연필꽂이가 들썩이며 책상 위로 넘어졌다. 아이크는 또다시 책상을 내리쳤고, 이번에는 노트북이 휘청거렸다.

백인 애송이가 감히 날 찾아와 아이지아 따위 신경 쓰지 않는 것이냐는 말을 하다니. 그 면상에 주먹을 날릴 걸 그랬다. 아이크는 자리에서 일어나 사무실 밖으로 나왔다. 그리고 창고 한가운데에 서서 손의 저린 감각들을 떨쳐내려 부지런히 손가락을 움직거렸다.

버디 리는 이번 일로 상처받은 사람이 정말 자신뿐이라고 생각하는 건가? 그에게 슬픔의 독점권 같은 게 있을 리 없다. 아이크는 매 순간 아이지아를 생각하고 있었다. 그 일은 매일 조금씩 힘들어지기도, 조금씩 쉬워지기도 했다. 고통이 서서히 누그러질 때마다 그는 죄책감을 느꼈다. 매초, 매 순간 고통을 느끼지 않으면 아이지아의 기억에 불경한 짓을 하는 것만 같았다. 그 과정이 힘들어질 때면 그는 창고에 앉아 몸을 가누지 못할 지경이 될 때까지 술을 들이켰다.

책상을 펄쩍 건너뛰어 버디 리의 멱살을 잡았어야 했다. 그 앙상한 엉덩이가 의자에서 들리도록 쥐고 흔들었어야 했다. 사무실 벽에 그를 밀치고 팔뚝으로 그의 목을 짓눌렀어야 했다. 꿈속에서 아이지아의 얼굴을 날려버린 사람들을 잡았었노라고 이야기할 수도 있었다. 그 사람들을 고즈넉하고 조용한 곳으로 데려갔었노라고. 펜치와 망치, 공업용 토치들이 가득한 곳으로. 그리고 그들에게 라이엇 랜돌프를 소개해줬노라고 이야기할 수도 있었다. 과실치사 건을 제외하고도 아홉 건의 전과가 있는 그 남자.

아이크는 관자놀이를 주물렀다. 그곳을 벗어난 지 오래되었다. 2004년 6월 23일 이후로는 쭉 그러했다. 그날은 그가 콜드워터 주립 교도소에서 출소한 날이었다. 그날 아이크는 여러 개의 게이트를 통과해 이방인들을 만났다. 다른 사람들과 함께 있던 아내. 어느덧 소년티를 벗어버린 아들. 아들은 그와 눈을 마주치려 하지 않았다. 그가 사랑했던 이방인들은 그의 손길에 움찔했다.

집으로 돌아온 첫날 밤 그는 결심했다. 이제 끝이라고. 과거의 인생에서 벗어나겠다고. 예전의 라이엇은 감옥에서 죽었다. 아이크는 가족을 위해 그를 희생시켰다. 에이브러햄이 자신의 가족들을 위해 그러했던 것처럼. 처음에는 마을 사람 누구도 그의 결심을 믿지 않았다. 집에 돌아온 뒤 두어 달 동안 약쟁이들은 여전히 그에게 접근해 뭐든 갖고 있는 게 있는지 묻곤 했다. 레드힐 경찰서는 여러 해 동안 심심하면 그를 불러내 차 수색을 하곤 했다. 식료품점에서 만나는 사람들은 그를 피하며 곁눈질을 해댔다. 그는 그들 모두를 무시했다. 머리를 숙이고 다니며 목표에만 집중했다. 그는 골동품이나 다름없는 낡은 승용식 잔디깎기와 녹슨 칼날로 잔디 관리 서비스를 시작했다. 그냥 열심히 일한 것이 아니라, 인근 다섯 개 카운티의 어느 누구보다도 더 열심히 일했다. 아이지아가 대학을 졸업할 무렵 그는 자신의 힘으로 집과 사업장을 마련할 수 있었다.

그는 성질 죽이는 방법을 배웠다. 교도소에는 비폭력적 문제 해결법이라는 건 없었다. 우선 주먹을 날리고, 그다음 더 세게 날리는 것이 방법이었다. 그렇게 하지 않으면, 다른 개자식의 팬티나 빠는 신세가 되고 말았다. 출소하고 처음으로 도로에서 추월을 당했을 때가 제일 고비였다. 그 작자를 추격해 차에서 끌어낸 뒤 흠씬 두들겨 패고 싶은 충동을 참기 위해 젖 먹던 힘을 다해야 했으니 말이다.

버디 리는 완전히 틀렸다. 아이크는 손이 더럽혀질까 두려운 것이 아니었다. 피를 흘리게 될까 두려운 것이 아니었다. 다시는 멈추지 못하게 될까, 그것이 두려웠다.

6

그레이슨은 차고 문을 올렸다. 열기는 살아 있는 생명체처럼 그에게로 손을 뻗었다. 그 손길에 그는 숨이 턱 막혔다. 기름기 머금은 아지랑이 탓에 주변 모든 것이 오래된 사진에 갇힌 듯 회색빛을 띠었다. 오후의 햇살은 동쪽 자동차 수리점에서 피어오르는 배기가스를 뚫고 서쪽 판금 공장이 뿜어내는 연기와 열기를 관통했다. 그레이슨은 무거운 한쪽 다리를 오토바이 위로 넘긴 다음, 너부데데한 머리에 헬멧을 눌러썼다. 긴 금발이 헬멧 아래 목덜미까지 떨어졌다. 막 할리의 시동을 걸려는 찰나 사라가 문을 열고 그를 불렀다.

"당신 휴대전화에 전화가 왔어. 협탁 위에 있는, 당신이 손도 대지 말라고 했던 거."

그녀가 외쳤다. 그레이슨은 헬멧을 벗었다.

"가져와."

"오, 이제는 손대도 된다?"

"씨발, 망할 휴대전화나 처가져와."

그레이슨이 말했다. 사라는 뭐라고 할 것처럼 입을 열었지만, 이내 마음을 바꿔 집 안으로 사라졌다. 그녀가 다시 돌아왔을 때 그녀는 엉덩이께에 제리코를 안고 비어 있는 다른 한쪽 손에 휴대전화를 들고 있었다.

"그 여자한테 전해. 당신한테 키스하지 않는 게 좋을 거라고. 당신 입술에 내 거시기 냄새가 잔뜩 묻어 있을 테니."

사라가 휴대전화를 건네며 말했다.

"젠장, 애 앞에서 말조심해."

그레이슨이 말했다.

"당신은 퍽이나?"

사라가 말했다.

"망할, 집으로 꺼져."

"좋아, 날 그런 식으로 계속 개차반 대접해. 언젠가 내가 말도 없이 사라질 날이 올 거야."

"약속할 수 있어?"

그레이슨이 말했다. 사라는 가운데 손가락을 들어 올린 뒤 집으로 들어갔다. 그레이슨은 큭 소리를 내며 짧게 웃었다. 오늘 밤 증오의 사랑을 나누면 될 터였다. 두 사람은 지난 5년 동안 똑같은 레퍼토리를 반복하고 있었다. 하지만 누구도 떠나지 않았다. 둘 다 잘 아는 사실이었다.

그레이슨은 휴대전화를 열어 발신번호를 확인하고 덥수룩한 머리카락을 흔들어 뒤로 넘긴 뒤 전화를 받았다.

"여보세요?"

"여보세요. 내가 왜 전화했는지 알 텐데."

"짐작 가지."

수화기 반대편에서는 오랫동안 말이 없었다.

"그러니까, 여자를 찾지 못했군."

"벌써 두 달째야. 사람들을 시켜 온갖 곳을 뒤져봤다고. 고향 친구들한테까지 더듬이를 뻗어봤는데도 소용없었어. 그년, 완전히 증발했어. 기자에게 일이 생겼으니 쉽사리 나타나지 않을 거야. 걱정할 필요 없다니까."

그레이슨이 말했다. 수화기 건너편에서는 이번에도 1분 가까이 말이 없었다. 두 사람이 다시 입을 열었을 때에는 단어 하나하나에 야만적인 강도가 더해졌다.

"여자 입을 제대로 막아야 돼. 웬 창녀 때문에 우리 계획이 수포로 돌아갈 참이니."

"정말 그대로 밀고 나갈 생각인가?"

그레이슨이 물었다.

"당연하지. 우리 쪽 사람들은 이미 준비가 됐어. 그러니 여자가 방해가 되면 안 되지. 그래서 너를 시켜 찾는 거야. 그러니까 제대로 처리해."

"이봐, 네가 준 주소지에 여자는 없었어. 기자가 죽은 이후로는 일도 하지 않고 있고. 감쪽같이 사라졌다니까. 그 정도면 그쪽 일 처리가 깔끔했던 것 아니겠어?"

"내가 지금 이 자리까지 어떻게 올라온 줄 알아? 그건 내가 이런 자질구레한 일들까지 꼼꼼하게 챙겼기 때문이야. 난 너랑 네 클럽에 마땅한 보상을 했어. 그리고 그 보상은 여자를 처리하는 것까지 포함이었고. 어디, 다시 옛날로 돌아가봐? 나한테 또 협박당해봐야 정신 차리겠어? 난 별로 그러고 싶지 않거든. 수년 동안 우리 관계는 상호 유익했잖아. 우리의 돈줄이 위태로워지는 건 안 될 일이지. 그러니 24일 전까지는 여자를 반드시 찾아."

그레이슨은 입을 꾹 다물었다. 그리고 잠시 얼굴에서 휴대전화를 멀리 떨어뜨렸다. 심호흡을 두 번 한 뒤에야 그는 다시 이야기를 나눌 수 있었다.

"네가 뭔 말을 하는지는 똑똑히 알겠어. 우리가 알고 지낸 지도 오래니 내가 엄포 놓는 사람이 아니란 것쯤은 알겠지. 여자는 계속해서 찾아볼게. 그러겠다고 했으니까. 하지만 말은 똑바로 해야지. 네가 얘기한 우리 관계? 그건 쌍방이야, 개자식아. 똑똑히 기억해둬."

그레이슨이 말했다.

"잘 알아두지. 그 관계를 어떻게 칭할지는 다음 기회에 의논하자고. 당장은 그년부터 해결 봐."

"또 어디를 찾아보면 좋겠어?"

수화기 반대편이 또다시 1분가량 조용해졌다.

"그 기자 말이야, 여자에 대해 메모 남긴 게 있을 거야. 여자에 대한 기사를 쓰려고 했거든. 그 여자가 내 야망과 어떤 연계가 있는지. 알아듣겠어? 그자의 메모를 뒤져보면 여자에 대한 단서를 찾을 수 있을지도 몰라. 그자 집에 가봐."

그레이슨은 웃음을 터뜨렸다. 가래가 낀 듯 쿨럭이는 그의 쉰 음성이 차고에 메아리쳤다.

"그 사람이 자기 컴퓨터에 '출장 매춘부를 찾으려면 여길 가보라'며 지도라도 남겨놨겠어? 말도 안 돼."

"어떻게 찾으면 되냐고 내게 조언을 구했잖아. 너한테도 별다른 수가 없을 텐데. 그리고 너더러 지도나 그려보라는 게 아니야. 우리 모두가 알고 있는 네 본연의 모습이 되라는 거지. 킬러 말이야. 그자 주소는 문자로 보내지."

전화가 끊어졌다. 그레이슨은 휴대전화를 닫아 주머니에 넣었다.

"재수 없는 새끼."

그는 중얼거리며 오토바이에 시동을 걸었다.

7

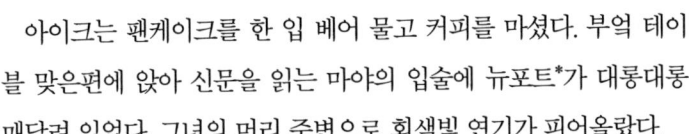

아이크는 팬케이크를 한 입 베어 물고 커피를 마셨다. 부엌 테이블 맞은편에 앉아 신문을 읽는 마야의 입술에 뉴포트*가 대롱대롱 매달려 있었다. 그녀의 머리 주변으로 회색빛 연기가 피어올랐다.
"오늘 아리아나랑 뭐 할 거야?"
아이크가 물었다. 마야는 그를 쳐다보지 않았다.
"모르겠어. 오늘이 휴가 마지막 날이라 뭔가 재미있는 걸 하고 싶은데 딱히 떠오르지 않아."
그녀가 말했다. 아이크는 다시 커피를 마셨다. 그는 킹스 도미니언**에 가보라고 하고 싶었지만, 또다시 마야에게 무안당하고 싶지 않았다. 요즘 들어 아이크가 아리아나와 관련해 무슨 의견이라도 낼라치면 금방 묵살당하기 일쑤였다.
"뭐든 생각해둔 게 있겠지."

---

* Newport : 흑인들이 선호한다고 알려진 고타르의 멘톨 담배.
** Kings Dominion : 버지니아 도스웰의 놀이공원.

그가 말했다. 마야는 재떨이로 사용하는 찻잔에 담뱃재를 톡톡 털었다.

"글쎄. 생각이 잘 나지 않아."

아이크는 이번에도 잠자코 있었다. 마야는 담배를 길게 빨았다. 담배 끝이 용의 눈처럼 붉게 타올랐다.

"경찰에서는 아무래도 범인을 잡을 생각이 없는 것 같아."

그녀가 말했다. 아이크는 팬케이크에서 고개를 들었다. 그녀는 신문을 접어 테이블에 올려놓았다. 그녀의 꿀빛 갈색 눈이 그를 뚫어져라 바라보았다.

"왜?"

마야가 물었다.

"'왜'라니, 뭐가?"

"당신의 그건 '뭔가 좀 거슬려'라는 뜻의 한숨이잖아. 뭔데?"

마야가 물었다.

아이크는 의자에 등을 기댔다.

"데릭의 아버지가 지난주에 가게에 왔었어."

"뭣 때문에?"

아이크는 쓰읍 소리를 냈다.

"경찰에서 아이지아의 사건 수사를 중단했다고 하네."

"알아. 월요일에 라플라타 수사관이랑 통화했어. 지난주로 딱 두 달 됐잖아."

마야가 말했다. 아이크는 눈을 감았다. 그는 장례식 이후로는 라플라타와 이야기해본 적이 없었다. 묘소에도 가지 않았다.

"그래서, 데릭 아버지는 우리가 같이 범인을 찾아봐야 한다는 거야."

아이크가 말했다.
"그럴 생각이야?"
마야가 물었다.
"뭐? 직접 나설 생각이냐고? 당신도 알잖아, 그럴 수 없다는 거."
"어째서?"

마야가 물었다. 아이크는 부지런히 턱을 움직였다. 관절에서 뚝뚝 소리가 났다.

"당신도 알잖아. 당신과 아이지아에게 약속한 거. 일단 나서기 시작하면 정말로 범인을 찾을 수 있을지 모르지. 하지만 찾게 되면 죽여버리게 될 거야."

그가 아무런 감흥 없이, 밋밋한 어조로 단어들을 내뱉었다. 두 사람은 그가 열다섯, 그녀가 열셋일 때부터 알고 지낸 사이였다. 마야는 그의 말에 조금의 과장도 없다는 것을 알고 있었다.

아이크는 그가 할 수 없는 말을 그녀가 대신 해주기를 기다렸다. 경찰에서 알아서 하도록 내버려두라고 이야기해주기를 바랐다. 그는 기다리고 또 기다렸다. 제빙기에서 딸각 얼음 소리가 나면서 두 사람 사이의 침묵이 깨졌다.

"아리아나를 깨우러 가야겠어."

마침내 마야가 말했다. 그녀는 찻잔에 담배를 비벼 껐다. 그리고 자리에서 일어나 계단을 오르기 시작했다.

아이크는 그녀가 계단을 오르는 모습을 지켜보았다. 그녀의 걸음에는 그녀가 응당 홀로 짊어져야 한다고 생각하는 짐의 무게가 더해져 있었다. 어쩌면 마야가 옳을지도 모른다. 어쩌면 그에게는 아이지아를 추모할 자격이 없는지도 모른다. 그토록 인색하게 굴었던 대상을 실컷 애도한다는 건 어찌 보면 불공평한 일이 아닐까.

아이크가 점심 도시락을 들고 막 문을 나서려는데 바지 주머니에서 휴대전화가 진동했다. 그는 휴대전화를 꺼내 화면을 확인했다. 모르는 번호였지만, 그는 전화를 받았다.

"여보세요."

"여보세요, 랜돌프 씨. 저는 그린힐 메모리얼 공원묘지의 케니스 D. 애드너라고 해요."

"네."

아이크가 말했다.

"선생님, 이런 말씀 드려서 죄송하지만, 아드님 묘소에 문제가 좀 생겼어요."

"돈은 이미 다 지불된 걸로 알고 있는데요. 우리 아들이 미리 준비해놓은 상조 상품이 있었다고."

"아뇨, 비용 이야기가 아니에요. 아드님 묘소가 조금 훼손이 되어서요."

"무슨 훼손요?"

아이크가 물었다.

"선생님이 직접 오셔서 확인하는 게 좋겠어요. 전화로 나눌 이야기는 아닌 것 같아요."

케니스가 말했다.

아이크는 아들의 묘소(이 표현은 아직도 기가 막힐 따름이다) 비석의 한 부분이 조금 깨진 것일지도 모르겠다고 생각했다. 승용식 잔디 깎기 칼날에 닿은 자갈은 총알처럼 사방으로 튀곤 하니까. 그래서 그는 직원들에게 안전장비 착용을 지시하고, 보험에도 가입했다. 아니면, 잔디 한쪽이 휑하니 뜯겨 나간 것일지도 모른다. 열의가 넘치는 관리인이 신상 제초기를 시험하다가 그런 일이 발생한 것일지도. 아이크도 야외에서 일을 하는 사람이었다. 묘소가 손상될 법한 일들은 그 외에도 많았다.

하지만 이런 것은 그로서도 전혀 예상하지 못했다.

그와 매니저는 묘소의 발치에 나란히 섰다. 매니저의 안색은 생선의 배만큼이나 창백했다. 금발에 젤을 얼마나 많이 발랐는지, 파리가 앉으려다 미끄러져 목이 부러질 정도였다. 매니저는 빵빵한 에어컨 바람 덕분에 북극 같았던 공원묘지 사무실에서 막 빠져나왔음에도 불구하고 처음 만났을 때부터 땀을 흘리고 있었다. 그 모습에 그는 묘소의 문제라는 게 생각보다 더 심각할지도 모르겠다고 예감했다.

아이크는 비석으로 다가갔다. 아이지아와 데릭의 이름이 검은색 화강암에 함께 새겨져 있었는데, 누군가 그 비석을 둘로 갈라놓았다. 대형 해머를 사용한 모양이었다. 그렇게 쪼개어놓은 비석에는 동성애와 이인종 관계*에 대한 욕설이 난무했다.

뒈진 호모 깜둥이, 뒈진 깜둥이 호모의 애인이라는 글귀가 조각 난 비석 각각에 형광빛 초록색 스프레이로 새겨져 있었다. 각 묘소의 잔디 위에도 똑같이 스프레이를 뿌려놓았다.

"얼마나 죄송스러운지 모르겠어요, 랜돌프 씨. 물론 비석은 다시 원상복귀 시킬 거예요. 잔디 부분은 좀 어렵겠지만."

케니스가 말했다.

---

* 백인과 흑인의 결혼 등 서로 다른 인종 간 맺어진 관계를 가리킨다.

"파내고 새로 심으면 됩니다."

아이크가 말했다. 마치 녹음된 음성 같았다.

"아, 네. 그것도 방법이겠네요."

케니스가 말했다.

"잔디는 오늘 손봤으면 합니다. 어서 비석부터 치워요. 우리 아내가 오늘 여길 들른다고 했어요. 아내한테는 관리소 트럭이 실수로 밟고 지나갔다고 하죠."

"네, 선생님. 그렇게 하시죠. 다시 한 번 진심으로 사과드립니다. 이 불상사에 대해서는 그린힐이 전적으로 책임지겠습니다."

케니스가 말했다. 그는 공감 어린 표정으로 미소를 지으려 했지만, 아이크가 그의 눈을 똑바로 쳐다보자 입가에 미소가 싹 가시고 말았다.

"잔디는 오늘 엎어요."

아이크가 말했다. 그리고 자신의 트럭을 향해 걷기 시작했다. 매니저와 그의 골프 카트는 그대로 내버려둔 채. 그는 이상한 기분이 들었다. 이 분노가 너무도 익숙했다. 그의 안에 도사리던 악마가 이 순간만을 기다려온 것 같았다. 손상된 비석을 본 순간 우리에 갇혀 있던 굶주린 야수가 자유롭게 풀려나고 말았다. 그러나 이 친숙한 느낌이 금세 현실로 다가오진 않았다. 그의 시야가 핏빛으로 물든 것도 아니었다. 그의 비위가 요상하게 뒤틀리지도 않았다. 이게 바로 마비 증세를 겪은 환자들이 말하는 그런 것일까? 외력으로 자신의 한계를 넘게 되었을 때 전신으로 퍼지는 그 저림 증상.

아이크는 트럭에 올라탄 뒤 사무실로 전화를 걸었다.

"랜돌프 조경의 재즈민입니다. 뭘 도와드릴까요?"

"재지, 내 사무실로 가봐. 책상에 영수증이 하나 있을 거야. 뒷면에 전화번호가 있는데, 나한테 문자로 보내줘."

"알았어요. 그나저나 좋은 아침이에요, 사장님."

"어서 가서 번호나 확인해, 재지."

아이크가 말했다.

"알았어요. 그런데, 괜찮으세요? 목소리가…."

아이크는 전화를 끊었다.

버디 리는 '샌더스 그랩 앤 고(Grab and Go)' 주차장에 진입했다. 그는 이곳의 이름이 실제 시스템과 맞지 않는다고 생각했다. 이곳은 '테이스티프리즈'나 '데어리 퀸'*과 비슷했다. 주문 창구가 있고, 픽업 창구가 있는 것은 사실이었다. 두 곳 모두 아크릴 유리로 만든 미닫이식 창문이 달려 있었다. 하지만 건물 앞에는 밝은 빨간색의 피크닉 테이블이 군데군데 놓여 있었다. 버디 리는 어쩌면 그 이름이 영 뜬금없는 것은 아닐지도 모르겠다고 생각했다. 음식을 집어 바로 그 앞의 테이블로 가면 되는 것이니 말이다.

아이크는 건물의 저쪽 끝 테이블에 앉아 있었다. 버디 리는 주차장에 트럭을 세운 뒤 성큼성큼 그에게 다가갔다. 아이크는 빨간색과 하얀색의 체크무늬 종이박스 안에 담긴 것을 먹고 있었다. 그는 생선 튀김을 조각내고 탄산음료를 마셨다.

"어이."

입에 머금고 있던 음식물을 꿀꺽 삼킨 뒤 그가 말했다.

"다시 볼 줄 몰랐소."

---

* 두 곳 모두 소프트 아이스크림을 주력으로 하는 미국의 프랜차이즈 패스트푸드점이다.

버디 리가 말했다.

"앉아요."

아이크가 말했다. 버디 리는 망설이다가 자리에 앉았다. 그는 테이블 위에 놓인 플라스틱 메뉴판을 자세히 살펴보았다.

"여긴 뭐가 맛있나? 너무 배가 고파서 뱃가죽이 등가죽에 달라붙을 것 같군."

버디 리가 말했다. 아이크는 휴대전화를 꺼내 테이블 위에 올려놓았다.

"메기 요리가 괜찮아요. 오크라 튀김도 먹을 만하고. 옥수수빵은 비추예요. 벽돌 씹는 것 같거든요."

"사무실에서 당장 꺼지라고 했던 걸 사과하려고 날 여기로 불러낸 거라면, 그 사과 받아주겠소. 당신이나 나나 요즘 정신머리가 영 말이 아닐 테니."

"그 일로 연락한 거 아닙니다."

아이크가 말했다.

"그렇다면 참으로 어색한 만남이 되겠구먼."

버디 리가 말했다. 아이크는 얇은 갈색의 냅킨에 손을 닦았다. 그리고 팔뚝에 몸을 기댔다.

"지난번에 했던 말들은 전부 진심이었어요. 책임이 있다는 것. 난 맨땅에서 사업을 일궜어요. 빈손으로 시작해서 이만큼이나 키웠단 말입니다. 난 그게 자랑스러워요. 출소한 이후로는 매일 소처럼 일했죠. 아내와 아들에게 좋은 삶을 선물하기 위해서요."

아이크가 말했다. 그는 잠시 멈칫했다. 두 테이블 건너에 앉은 10대들의 웃음소리가 그 침묵을 메워주었다.

"대체 어떻게 조경사가 된 거요? 나쁜 뜻은 아니고, 뭐 그렇게 꽃을 사랑하는 사람처럼은 보이지 않아서."

버디 리가 말했다. 그는 여전히 메뉴판을 향해 머리를 푹 숙이고 있었다.

아이크는 자신의 손을 내려다보았다. 자신의 문신을. 백인 남자아이들이 탄 트럭이 주차장에 들어섰다. 차체를 얼마나 높이 올려 개조했는지 그 망할 트럭에서 내리려면 사다리가 필요할 정도였다. 뒷유리창은 남부연방기로 장식되어 있었다. 그들의 트럭은 가는 길마다 검은 매연으로 족적을 남겼다.

"그냥 끌렸어요. 감옥에 있을 때 그런 강의들도 들었고, 출소 후에도 관심이 가더군요. 그 분야에서라면 사회 나가서도 내가 할 만한 일이 있을 것 같았어요. 37도가 넘는 무더위에 야외에서 한담 나누며, 톱질하고 싶은 사람이 그리 많진 않으니까요."

아이크가 말했다. 남부연방기 소년들이 트럭을 주차했다. 그들은 차에서 내려 주문 창구로 향했다. 무리 중 하나가 아이크를 흘끗 쳐다보았다. 뭔가 마뜩치 않은 눈빛이었지만, 소년은 금세 시선을 돌려버렸다.

"그렇게 몇 년이 지나서는 그런 이유가 진짜 이유라고 생각하기 시작했죠. 사람들은 누구나 무엇 하나 잘하는 게 있기 마련이라잖아요, 안 그래요? 하지만 꽃을 심고 덤불을 다듬는 짓거리가 내가 이 일을 하는 주된 이유는 아니에요. 내가 그런 일에 소질이 있어서가 아니란 말입니다. 그다지요."

아이크가 말했다.

버디 리는 고개를 들었다.

"여기 메기 요리가 맛있단 걸 알려주려고 내게 전화를 한 건 아니겠고."

버디 리가 물었다. 아이크는 주머니에서 휴대전화를 꺼내 테이블에 올려놓았다.

"묘소에 마지막으로 갔던 게 언젭니까?"

버디 리는 메뉴판을 옆으로 치웠다.

"에… 이번 주에 가려고 했는데, 일이 미친 듯이 몰아쳤소. 그러니까… 젠장, 사실 장례식 이후로는 가보질 못했지."

버디 리가 말했다. 아이크는 휴대전화 화면을 터치한 뒤 테이블 위로 밀었다. 버디 리는 메뉴판을 닫고, 휴대전화를 들어 화면을 쳐다보았다.

"이 망할 것이 대체 뭐요?"

그가 말했다.

"뭐처럼 보입니까? 우리 아이들을 죽인 개자식들이 묘소까지 와서 아이들을 욕보이고 갔어요."

아이크가 말했다. 버디 리는 휴대전화를 다시 아이크에게로 밀었다. 그는 혀로 아랫입술을 핥았다.

"정말 그 새끼들 짓이오?"

"달리 누구겠습니까? 아이지아와 데릭은 유명인이 아니었어요. 비석만 봐서는 아무도 알지 못할 거란 말입니다, 아이들이… 다르다는 사실을요."

아이크가 말했다. 그는 손가락으로 테이블 위를 타다닥 두드렸다. 버디 리는 몸을 앞으로 숙이며 테이블에 몸을 기댔다.

"어디 보자. 그러니까 당신은 지금 행동에 나설 준비가 되었단 뜻이군."

그가 말했다. 아이크는 그의 음성에서 일말의 빈정거림을 느꼈다.

"모든 걸 경찰에게 맡기려 했어요. 그들이 어쩌면 범인을 검거하지 못할지도 모른다고 생각했음에도 불구하고, 그 개자식들을 그들 손에 맡기려 했단 말입니다. 아내와 아들에게 했던 약속이 다른 무엇보다 중요했기 때문에. 하지만 그 새끼들이 아들 묘소까지 와서 분탕질을 해놨어요. 그걸 보니 이런 생각이 들더군요. 아들은 죽고 아내는 땅에 묻힌 사람이 차라리 나였기를 바라는 눈빛으로 쳐다보는데 그런 약속 따위가 다 무슨 소용이냐고. 당신 말대로예요. 그 두 동강 난 비석은 마치 우리 아들처럼 내게 묻더군요. 지금 대체 뭘 하고 있냐고."

아이크가 말했다.

그는 눈을 감았다. 그의 기억 저 깊은 곳에서 아이지아의 얼굴이 둥실 떠올랐다. 네 살의 아이지아. 아이크가 일을 시작했던 무렵 일곱 살이었던 아이지아. 처음 운전면허를 땄던 열여섯의 아이지아. 장례식장에서 머리의 절반 이상을 잃은 채 관에 누운 스물일곱의 아이지아. 그는 지난번 버디 리가 비수처럼 날렸던 말을 믿고 싶은 심정이었다. 아이지아가 정말로 저 위에서 심령 메시지라도 보내온다면 얼마나 좋을까. 하지만 아이크는 동화 같은 천국 이야기 따위 믿지 않았다. 내 아들은 죽었다. 산 날보다 그렇지 못한 날이 더 많았다. 사실, 마음속 깊은 곳에서 아이크는 결국 일이 이렇게 될까 두려웠었다. 반무의식적으로 스스로의 맹세를 깨게 될까 봐. 그렇다면 비석 사건은 단지 촉매제일 뿐이다. 목적을 달성하기 위한, 예상치 못했던 수단. 지난주 버디 리에게 했던 그 모든 말은 사실 헛소리였다. 이것이 그리 쉬운 결정이 아니라는 것을 그에게 보여주기 위한 쇼.

"어이, 설교는 교회에서나 하고. 그럼 언제 시작할 거요?"

버디 리가 말했다. 그의 눈빛은 젖은 콘크리트처럼 빛났다. 아이크는 눈을 떴다.

"이제 우린 같은 선상에 서게 된 겁니다. 이 일에 함께할 거면 머리부터 깨끗이 비워요. 일이 끝날 때까지 술은 끊어야 할 거예요."

아이크가 말했다.

"어이, 걱정 마시오. 술 몇 잔 정도야…."

아이크가 그의 말을 잘랐다.

"아직 해가 중천인 지금도 술에 취해 있잖아요. 술도 자제하지 못하는 사람과 전쟁에 나서고 싶지 않습니다."

버디 리는 의자에 기대어 앉았다.

"그렇게 최악인가?"

"술독에 빠졌다 나온 사람처럼 냄새가 고약해요."

아이크가 말했다. 버디 리는 웃음을 터뜨렸다.

"그것 참 정확한 표현이로군. 좋소, 한번 해보지."

버디 리는 어떻게 술을 자제해야 좋을지 알 수가 없었지만, 그래도 시도해보기로 했다. 어차피 잠시만이니.

"한 가지 더. 아이들이 무슨 일에 엮여 있었는지는 몰라도 그렇게 처참하게 죽은 걸 보면 아주 질 나쁜 일이었던 게 분명해요. 여기저기 캐고 다니다 보면 아마 상황이 거칠어질 겁니다. 지난번에 당신이 했던 말뜻을 이제 분명히 알아요. 하지만 지금 상황을 당신이 제대로 이해하고 있는 게 맞는지 확인은 해봐야겠어요. 일단 시작한 이상 난 그 개자식들을 찾기 위해 뭐든 할 겁니다. 사람이 다치더라도, 누군가를 죽여야 한대도, 마찬가지로 망설임 없이 할 거예요. 그 개자식들을 잡기 위해 깨진 유리 위로 100킬로미터를 기어가야 한다고 해도 마땅히 할 겁니다. 난 그럴 거예요. 기꺼이 피를 흘릴 준비가 됐단 말입니다. 당신은요?"

아이크가 물었다.

버디 리는 고개를 뒤로 젖혀 하늘을 올려다보았다. 지평선으로 몰려드는 구름 떼가 어딘가 모르게 친숙한 형상을 그려내고 있었다. 말, 개, 차, 씁쓸한 미소를 짓는, 어쩐지 데릭 같은 얼굴.

그는 고개를 내리고 아이크의 눈을 똑바로 마주했다.

"빌어먹을, 당연하지."

8

 버디 리는 아이크의 건물 주차장, 아이크의 차 옆에 트럭을 세웠다. 그런 뒤 차 문을 잠그려다가 이내 멈추었다. 과연 이런 고물 트럭을 훔쳐 갈 인간이 있을까. 아이크가 조수석 잠금장치를 풀자 버디 리가 운전석에 올라탔다. 아이크는 트럭에 시동을 걸었고, 후진을 한 뒤 차를 돌려 큰길로 진입했다.
 "내 트럭을 저기 둬도 괜찮겠소? 방해가 되면 안 될 텐데."
 "괜찮아요. 재지에게 일러뒀어요."
 "어디로 가는 거요?"
 "아이지아의 직장에요. 경찰에서 그러는데, 작년에 녀석이 살해 협박을 당했다더군요. 아내가 전화로 직장 주소를 알려줬어요. 뭐든 시작하기에 좋은 곳일 겁니다."
 아이크가 말했다.
 버디 리는 속 깊은 곳에서 익숙한 찌릿함이 올라오는 것을 느꼈다. 하지만 이내 무시해버렸다. 술을 마시고 싶었다. 젠장, 술이 필요했다. 두 사람은 침묵 속에 몇 킬로미터를 달렸고, 버디 리는 더 이상 참을 수 없었다.

"어이, 음악 좀 틀 수 없소?"

아이크는 엄지손가락으로 운전대의 버튼을 눌렀다. 운전석은 이내 좋은 시절을 그리는 알 그린*의 천사 같은 노랫소리로 가득 찼다. 버디 리는 조수석 의자에 기대어 손가락으로 자신의 허벅지를 두드렸다.

"컨트리 음악은 별로겠지?"

버디 리가 물었다.

아이크는 툴툴거렸다.

"왜요, 내가 흑인이라서?"

버디 리는 손으로 자신의 머리카락을 쓸었다.

"뭐, 그러니까, 맞소. 나쁜 뜻이 있는 건 아니고. 당신 부류가 컨트리 음악 좋아하는 걸 본 적이 없어서."

"'당신 부류'라고 한 번만 더 얘기했다가는 당장 트럭 밖으로 던져버릴 줄 알아요."

아이크가 말했다. 그는 언성을 높이지도, 버디 리를 쳐다보지도 않았다.

처음에 버디 리는 그의 말을 잘못 들은 줄 알았다. 하지만 백미러로 그의 표정을 확인한 순간 자신이 올바로 들었음을 깨달았다.

"미안하오. 정말 아무 뜻 없이 한 얘기요. 제길, 가끔 입이 머리랑 따로 논다니까."

"백인들이 '당신 부류'라고 얘기할 때마다 내가 우리에 갇혀야 할,

---

* Al Green : 미국의 싱어송라이터. 70년대 대표적인 소울 가수이다.

빌어먹을 동물이라도 된 것 같아서 기분 엿같아요. 하지만 이걸로 퉁칩시다."

"퉁쳐?"

"못 들은 걸로 하겠다는 말입니다. 당신도 말했듯이 우리 둘 다 지금 정신머리가 정상은 아니니. 하지만 다음번에 또 그런 비슷한 말을 했다가는 턱주가리를 날려버릴 겁니다."

아이크가 말했다.

"어이, 이봐요. 미안하다고 했잖소. 흑인 친구들이 꽤 된다는 거짓말은 하지 않겠소. 왜냐하면 없는 게 사실이니까. 편하게 지내는 친구가 몇 있긴 하지만, 시체 묻을 때 도움 청할 만큼은 아니거든."

버디 리가 말했다. 아이크는 그를 흘끗 쳐다본 뒤 다시 도로로 관심을 돌렸다.

"난 인종차별주의자도 뭐도 아니오. 그저 아는 흑인들이 많지 않을 뿐이지."

버디 리가 중얼거렸다.

"인종차별주의자라고 얘기하지 않았어요. 당신도 나나 흑인들의 삶 따위 아랑곳할 필요가 없는 또 다른 백인일 뿐이라는 거지."

아이크가 말했다.

"있잖소, 사실상 문제가 되는 유일한 색은 초록이오. 당신을 봐요. 어엿한 자기 사업체도 갖고 있잖소. 경조사 휴가로 협박하는 사장도 없고, 근사한 집도 있지. 난 거지 같은 트레일러, 공원의 개떡 같은 트레일러에 산다오. 당신은 잘해내고 있소. 나보다도 더 잘해내고 있단 말이오. 거기다가 당신은 꽤 잘생긴 흑인이잖소."

버디 리가 말했다. 아이크는 운전대를 꽉 움켜쥐었다. 손가락 관절이 팽팽하게 도드라졌다.

"그렇게 해내기 위해 내가 얼마나 힘들게 일했는지 당신은 모릅니다. 문제가 되는 유일한 색은 초록이라고 했어요? 그렇다면, 이거 하나 물읍시다. 나랑 바꿀 수 있다면 바꾸겠어요?"

"그럼 이 트럭도 내 것이 되는 건가? 이것도 내 것 된다면, 젠장, 당연히 바꾸지. 바꾸겠소."

버디 리가 말하며 나지막하게 키득거렸다.

"아, 이 트럭이 탐나신다? 하지만 한 달에 네댓 번은 운전석에서 끌려 나오게 될 겁니다. 어디, 흑인 따위가 이런 트럭을 몰고 다니냐면서. 이런 트럭을 가지면 보석상 주변에서는 추적을 당하기 일쑤일 거예요. 강도질을 하러 온 줄 알고. 이런 트럭을 갖게 되면 거리를 걸을 때마다 백인 여자들이 핸드백을 움켜쥐는 광경을 목격하게 될 겁니다. 폭스 뉴스에서는 매일같이 당신 같은 사람들이 돈을 강탈하러 다닌다고 방송하니까요. 이런 트럭을 갖게 되면 폭력적인 경찰들에게 매번 해명해야 할 거예요. '아뇨, 경찰관님. 불응하려는 게 아닙니다'라고. 이런 트럭을 갖게 되면, 뒤통수에도 눈이 달려야 할 겁니다. 고개를 돌리지 않고 휴대전화를 집어야 하니까."

아이크가 말했다. 그는 버디 리를 쳐다보았다.

"그래도 바꾸겠어요?"

버디 리는 침을 꿀꺽 삼키고는 고개를 돌려 창밖을 바라보았다. 그리고 아무 말도 하지 않았다.

"그럴 줄 알았어요. 그 문제 많다는 초록도 흑인 손에 있으면 대수가 아니지요."

아이크가 말했다. 그들은 차 안을 유영하던 알 그린의 자리를 대신해 감미롭게 노래하는 디안젤로*의 가락 속에서 도로를 달렸다.

아이크는 고속도로에 접어들어 리치몬드로 향했다. 50분 뒤 그는 시내 쪽 출구로 빠져나온 다음 빵이라도 자를 듯 날카롭게 진출 차선을 통과했다. 그는 백미러를 확인한 뒤 블루스프링스 드라이브에 진입했다. 교통량이 많아 운전이 두 배로 힘들어졌다. 아이크는 도시 주행이 싫었다. 좁다란 길 위에 있다 보면 미로에 갇힌 생쥐가 된 기분이 들기 때문이었다.

GPS는 목적지가 60미터 내에 있다고 알려주었다. 아이크는 오크나무 수풀 한가운데 오른편으로 5층짜리 평범한 갈색 건물을 볼 수 있었다. 리치몬드시 설계자들은 센트럴버지니아의 자연환경 보존과 도시 구역 확장에 대한 욕망 사이에서 꽤 갈등했던 모양이었다. 두 개의 서로 상충된 결합 속에 R. C. 존슨 빌딩이 자리하고 있었다.

아이크는 주차장에 들어선 뒤 시동을 껐다. 엔진이 죽으며 툴툴 소리를 내더니 이내 고요해졌다. 아이크는 차에서 뛰어내렸고, 버디리도 그 뒤를 따랐다. 두 사람이 사무실 문을 열고 들어서면서 두터운 유리문이 끼익거렸다. 로비는 1980년대를 그대로 타임캡슐에 담아 온 듯한 모습이었다. 양쪽 벽면에 걸린 초상화에서는 입술에 네온사인을 단 석고상들이 두 사람을 쳐다보고 있었고, 요상한 기하학적 무늬의 의자들이 여기저기에 흩어져 있었다. 검정색 페그보드**에 적힌 하얀색 글씨가 저마다의 방향을 알려주고 있었다.

"'레인보우 리뷰'는 3층이군요."

아이크가 말했다.

---

*   D'Angelo : 미국의 R&B 가수. 네오소울의 전성기를 이끌었다.
** Pegboard : 나무못을 꽂는 판.

"허, 그것 참 게이스럽군."

버디 리가 말했다. 아이크는 곁눈질로 그를 째려보았다.

"뭐요?"

버디 리가 말했다. 아이크는 머리를 절레절레 흔들며 곧장 엘리베이터로 향했다. 버디 리는 눈을 굴린 뒤 그의 뒤를 따랐다.

《레인보우 리뷰》사무실은 건물에서 제일 작은 공간이었다. 책상 네 개가 들어갈 만한 공간에 무려 여섯 개의 책상이 빠듯하게 들어차 있었고, 각 책상에는 거대한 PC와 노트북이 올려져 있었다. 그리고 그런 책상에 강렬한 인상의 남자와 여자 직원들이 앉아 있었다. 모두가 키보드를 두드리고 있거나, 휴대전화로 통화를 하고 있거나, 아니면 둘을 동시에 하고 있었다. 버디 리와 아이크는 문에서 제일 가까운 책상으로 다가갔다. 붉은 머리에 수염을 기른 남자와 레게 머리를 한 흑인 여자가 가까이 붙어 앉아 여자의 태블릿에 띄운 이미지를 두고 이야기를 나누고 있었다. 남자가 고개를 들었다.

"차를 또 옮겨야 돼요?"

"네?"

아이크가 말했다.

"조경업체에서 나온 거 아니에요?"

수염 난 남자가 물었다. 아이크는 한숨을 쉬었다. 그는 여전히 작업복 차림이었다. 셔츠 주머니에 '랜돌프 조경'이라는 문구가 수놓여 있었다.

"이따가 하면 안 될까요? 지금 좀 바빠서요."

레게 머리 여자가 말했다.

"어이, 빨간 머리. 우린 조경업체 사람들이 아니오."

버디 리가 말했다. 그 말이 붉은 수염의 관심을 끌었다.

"뭐라고요?"

붉은 수염이 물었다.

"이 사람이 뭐라고 하는지 들었잖아요."

아이크가 말했다. 붉은 수염의 얼굴이 머리 색과 비슷해지기 시작했다.

"원하는 게 뭐예요?"

그가 말했다.

"당신이 여기 사장이오?"

버디 리가 물었다. 남자는 그의 말을 무시했고, 레게 머리 여자가 대신 대답했다.

"아뇨, 전 어밀리아 왓킨스라고 여기 상무예요. 우리 신사분들을 어떻게 도와드리면 될까요?"

어밀리아가 말했다. 그녀는 두 사람의 얼굴을 쳐다보고 있었지만, 버디 리는 그녀의 왼손이 책상 아래로 들어가는 것을 눈치챘다.

"그 방아쇠 당기기 전에 이거 하나는 알아두시오. 우리는 소란을 일으키고 싶지 않아요."

그가 말했다. 어밀리아는 입술을 꾹 다물었다.

"말이 나와서 얘긴데, 요즘은 언론가에게 참 위험한 시대거든요. 특히 우리처럼 LGBTQ* 공동체에 초점을 맞추고 있는 비영리 언론사의 경우에는 더더욱요."

그녀가 말했다. 그녀의 깊은 음성에는 울림이 있었다. 버디 리는

---

* 성소수자를 지칭하는 약어로 레즈비언 (Lesbian), 게이 (Gay), 양성애자 (Bisexual), 트랜스젠더 (Transgender), 성소수자 전반 (Queer) 혹은 성 정체성에 관해 갈등하는 사람 (Questioning)까지 아우르는 단어.

몇 년 전 오스틴에서 들었던 블루스 가수의 노래가 생각났다.

"난 아이크 랜돌프라고 합니다. 여긴 버디 리 젠킨스고요."

아이크가 말했다. 어밀리아는 자리에서 일어나 책상을 돌아 나왔다. 그녀는 아이크와 맞먹을 정도로 키가 컸지만, 날씬하고 우아했다. 그녀의 레게 머리는 잘록한 허리 아래에서 치렁거렸다.

"아이지아의 아버지시군요."

"네, 맞아요. 여기, 버디는 데릭의 아버지입니다. 따로 얘기 좀 나눌 수 있겠습니까?"

"아래층 커피숍으로 가시죠."

어밀리아는 빠른 속도로 블랙커피를 마셨다. 버디 리는 자신의 컵에 위스키가 가득 담겨 있다면 좋았겠다고 생각했다. 아이크는 아무것도 마시지 않았다. 어밀리아는 컵을 구겨 1미터 밖의 쓰레기통으로 던졌다. 컵은 공중을 날아 정확히 쓰레기통에 안착했다. 완벽한 골인.

"농구합니까?"

아이크가 물었다.

"너무 진부하지 않나요? 농구를 잘하는 레즈비언이라니. 하지만 네, 맞아요. 농구를 즐겨 해요. 대학도 농구 장학생으로 갔어요."

"아이지아도 농구를 꽤 했었죠."

아이크가 말했다.

"맞아요, 외곽 슛이 끝내줬어요."

"어떻게 그렇게 운동을 잘했는지."

아이크가 말했다.

어밀리아는 웃음을 지었지만, 유쾌함이라고는 느껴지지 않았다.

"게이니까 목도리라도 떠야 한다고 생각하셨나 보죠?"

아이크는 테이블 위로 손가락을 두드렸다.

"글쎄요. 나는… 왜 그 애가 그렇게 된 건지 이해할 수 없었어요. 그게 우리 사이 문제의 원인이었고요."

"알아요. 얘기 들었어요."

어밀리아가 말했다.

"그래요?"

아이크가 물었다.

"처음 우리 회사에 왔을 때 서로 커밍아웃 스토리를 오픈했었거든요. 내 경우와 얼마나 비슷한지. 우리 아빠도 우리의 이런 성 정체성에는 뭔가 특별한 설명이 있어야 한다고 생각했어요. 우린 그냥 우리일 뿐인데. 아버지와 문제가 생긴 건 아이지아가 게이이기 때문이 아니었을 거예요. 그 부분을 어떻게 풀어나가야 할지 몰랐기 때문이거나 아예 풀려고 하지 않았기 때문이죠."

어밀리아가 말했다.

아이크는 눈을 껌벅거렸다.

"그건… 그건 그렇게 간단한 문제가 아니에요."

어밀리아가 어깨를 으쓱 올렸다.

"뭐, 정 그렇다면. 그래도 아버님은 아이지아와 이야기는 하셨네요. 난 고등학교 2학년 이후로 아빠와 말을 섞어본 적이 없어요."

어밀리아가 말했다.

"미안한데, 우리는 여기 무슨 심리치료 받으러 온 게 아니오. 이쪽 아들이 작년에 살해 협박을 받았다던데 그 일을 알아보러 왔소이다."

버디 리가 말했다. 아이크는 그를 째려봤지만, 버디 리는 그저 어깨를 으쓱할 뿐이었다.

"아, 네. 그 블루 아나키스트들 말이죠."

어밀리아가 말했다.

"뭐요?"

버디 리가 말했다.

"블루 아나키스트요. 건설적인 연설에 술병이나 화염병 따위를 던지는 급진주의자들이에요. 불온한 정치 행사에 우르르 몰려다니는, 특권의식에 젖은 날라리들요. 고등학교 시절에는 그저 고스* 정도였을 건데."

어밀리아가 말했다.

"그렇게 위협적인 존재는 아닌가 보군요."

아이크가 말했다. 어밀리아가 두 팔을 활짝 펴고 어깨를 들썩였다.

"아이지아가 자기 칼럼에 그 사람들은 성전환혐오주의자에다 터무니없는 허풍꾼들이라고 썼었어요. 그쪽에서 발끈하리라 예상했지만, 그래도 기사는 그대로 내보냈어요. 후회하는 것보다는 조심하는 게 나으니까."

어밀리아가 말했다.

"그럼 그들 짓은 아니다?"

버디 리가 물었다.

"제 감으로는 그렇지만, 누가 알겠어요? 요즘은 모두가 미쳐 날뛰는 세상이니. 안 그래도 지금 아이지아와 데릭을 비롯해서 최근에

---

* Goth : 고스 문화에 심취하여 주로 검은 옷을 입고 흰색과 검은색으로 화장을 한다.

그렇게 살해당한 퀴어들에 대한 기사를 쓰려고 조사 중이었어요."

"그런 일들이 많소?"

버디 리가 물었다.

"게이와 양성애자들에 대한 살인 사건이 지난해에 비해 40퍼센트 이상 증가했어요. 누군가 또다시 혐오 분위기를 북돋우는 것처럼요."

어밀리아가 말했다.

"그 블루 아나키스트들이 활동하는 곳이 어딥니까?"

아이크가 물었다. 어밀리아는 웨이트리스에게 손짓했다. 젊은 아시아인 여자가 커피 한 잔을 더 가져다주었다.

"글렌알렌에 있는 마약상이 그놈들 본부예요. 주소 알려드릴게요. 하지만, 걔들은 그저 양아치들일 뿐이라는 걸 유념해주시길 바라요."

어밀리아가 말했다.

"그 주소는 어떻게 알았습니까?"

아이크가 물었다.

"아이지아에게 우편으로 협박 편지를 보내왔지 뭐예요. 예스러운 걸 얼마나 좋아하는지."

어밀리아가 말했다.

"그쪽이랑 얘기해보고 싶소. 우리 아이들에게 무슨 일이 있었던 건지 알아보려고 하는 거니까. 경찰에서는 추적의 실마리가 보이지 않는다고 하더군. 당신 쪽이나 아이들 친구들 쪽에서도 이야기하려 하지 않는다고. 탓을 하는 건 아니오. 그저 그 개자식들이 미울 뿐."

버디 리가 말했다. 어밀리아는 기지개를 켰다. 아이크는 그녀의 팔뚝과 어깨에 불뚝 솟은 근육에 눈길이 갔다. 그렇게 보기 싫은 광경은 아니었다.

"경찰에 얘기 안 하려는 게 아니에요. 변명처럼 들리시겠지만, 전 정말 아는 게 없거든요."

"아이지아가 무슨 기사를 쓰고 있었는지도 얘기하지 않았습니까?"

아이크가 물었다.

"사실 우리 기사들로는 별로 살해당할 일이 없어요. 그런 방면에서는 흑인이나 게이가 되는 게 더 빠를걸요?"

어밀리아가 말했다. 버디 리는 천장의 타일로 시선을 돌렸다.

"그럼 우리 아들이 운 나쁘게 증오범죄의 희생양이 되었다는 겁니까?"

아이크가 물었다. 어밀리아는 커피를 마셨다. 그리고 한참 후에 입을 열었다.

"아뇨, 이번 사건은 어떤 연유였는지는 몰라도 불운의 문제는 아니었을 거란 얘기예요."

마침내 그녀가 말했다.

"좋아요. 그럼 이제 주소를 알려줘요."

"저기, 그 애들을 손봐주려는 건 아니죠?"

어밀리아가 물었다. 아이크는 고개를 갸우뚱했다.

"왜요?"

"문신을 봤어요."

어밀리아가 말했다.

"그런 걱정일랑 하지 마시오. 우린 그저 자식들에게 무슨 일이 있었던 것인지 캐묻고 다니는 늙은이들일 뿐이니. 현관에 나와 앉은 사냥개들만큼이나 무해하다오."

버디 리가 말했다. 어밀리아는 웃음을 터뜨렸다. 이번에는 웃음이 그녀의 눈빛에까지 번져 반짝거렸다.

"과장이 심하시네요."

그녀가 말했다.

"그럴 리가."

버디 리가 말했다. 아이크는 고개를 흔들며 한숨을 내쉬었다.

9

아이크는 트럭의 시동을 켜고 차를 후진시켰다. 버디 리는 손에 든 쪽지를 물끄러미 쳐다보았다.
"아까 그 여자, 완전 게이 같았소?"
버디 리가 물었다.
"내가 알게 뭡니까?"
아이크가 말했다.
"아니, 그냥 궁금해서."
버디 리가 말했다. 아이크는 브레이크를 꾹 밟았다.
"우린 지금 아이들을 죽인 놈을 찾으러 나선 건데, 레즈비언과 시시덕대다니. 이번 일을 진지하게 생각하고 있기나 합니까? 정말 그래요?"
아이크가 말했다.
"내가 먼저 당신을 찾은 거 잊었소? 내가 진지하지 않다고? 난 당신과 다르오, 아이크. 나의 그 방 두 개짜리 아담한 트레일러에는 기다리고 있는 사람도 아무도 없단 말이오. 애 엄마는 아주 오래전에 나와 데릭을 배신하고 웬 덩치 큰 판사와 결혼했소. 그러니 내가 망할 수도승이 아니라는 걸 좀 알아줘요. 그리고 내가 이번 일에 진지하게 임하고 있는지도 두 번 다시 묻지 말고. 진심이오."

버디 리가 말했다.

"좋아요."

아이크가 말한 뒤 트럭의 액셀을 밟았다.

버지니아주 리치몬드의 블루 아나키스트 본부는 스테이플스밀 로드의 신축 쇼핑몰에 위치하고 있었다. 아이크는 트럭을 세우고 시동을 껐다.

"어밀리아 말이 옳은 것 같소."

버디 리가 말했다.

"그 여자가 오줌 대신 꿀과 레모네이드를 싸지른데도 믿을 판인데요."

트럭에서 내리며 아이크가 말했다. 가게 문 위에 달린 간판에는 '타임(TIME) 앤드 타임(THYME) 유니크 기프트'라고 적혀 있었다. 그곳에서는 페퍼민트와 아이크가 딱히 명명할 수 없는 무언가의 향이 났다. 머릿기름과 장미향이 뒤섞인 듯한 냄새. 벽면에는 음악 밴드와 그가 잘 알지 못하는 만화 캐릭터의 포스터들이 빼곡히 붙어 있었고, 선반에는 물담뱃대와 파이프, 대마초용 액세서리들이 즐비했다. 그중 몇 개의 선반은 만화책 미니어처와 수집품들 전시에 할애하고 있었다. 가게 스피커에서 흘러나오는 거친 목소리는 떠난 사랑과 바람에 날리는 침대 시트 그리고 어두운 하늘에 대해 노래하고 있었다.

판매대로 사용하고 있는 유리 진열장 뒤로 세 명의 홀쭉한 백인 청년들이 앉아 있었다. 한 명은 수염을 길렀고, 다른 한 명은 깨끗하게 면도한 채 단안경*을 끼고 있었으며, 그중 유일한 여자는 쇳덩어리 신발을 한 주 내내 신고 다니기라도 한 듯 피곤해 보였다.

"도와드릴까요?"

여자가 물었다.

"네, 블루 아나키스트 쪽 사람과 얘기를 좀 하고 싶은데요."

아이크가 말했다. 세 명의 청년들은 은밀한 시선을 주고받았다. 마침내 수염을 기른 청년이 자리에서 일어났다.

"우리 모두 블루 아나키스트예요. 난 브라이스고, 여기는 테리, 여기는 매디슨이에요. 근데 우리가 다는 아니죠. 점점 더 많은 사람들이 강요된 애국심과 제국식 통제의 혼수상태에서 각성하면서 매일같이 회원이 늘고 있거든요."

브라이스가 말했다. 자기 자신에게 굉장한 자부심을 느끼는 듯했다.

"꽤 연습했나 본데?"

버디 리가 말했다.

"우리의 매니페스토니까요."

브라이스가 말했다.

"당신 매니페스토를 들으려고 여기 온 게 아닙니다. 아이지아 랜돌프와 데릭 젠킨스에 대해 물어보고 싶은 게 있어서 왔어요."

아이크가 말했다. 그는 가슴께로 팔짱을 꼈다.

"누구요?"

단안경을 낀 테리가 물었다. 아이크는 앞으로 나섰다. 브라이스는

---

* 안경다리가 없는 외눈안경.

다시 제자리에 앉았다.

"아이지아 랜돌프요. 아이지아가 작년에 당신들에 대한 기사를 내보낸 것 때문에 살해 협박 편지를 보냈다면서요."

아이크가 말했다. 그러자 브라이스가 저항하듯 자리에서 일어섰다.

"아, 우리 명성에 먹칠한 그 남자? 그건 살해 협박이 아니었어요. 독설 기사에 대한 정정 요청이었을 뿐이지."

브라이스가 말했다.

"맙소사, 그 몇 줄 기사로 뭐 손해 본 거라도 있소?"

버디 리가 물었다.

"그 사람이 죽었어요. 그 사람이 바로 내 아들인데, 죽었다고요. 난 당신 쪽 사람들이 우리 아들 사건과 연관이 있는 게 아닌지 알고 싶은 겁니다."

아이크가 말했다. 벨이 울리더니 한 커플이 가게로 들어왔다. 하지만 뭔가 이상한 분위기를 감지했는지, 그대로 몸을 돌려 다시 나가버렸다.

"아들이 죽었다니 유감이에요. 하지만 우리랑은 상관없어요. 근데 사실 놀랄 일도 아니죠. 그 사람도 결국 산업형 공동체의 도구였을 뿐이니까요. 이제 사람들이 각성하고 있어요. 이제는 가만히 뒷짐 지고 서서 미디어의 개들이 쏟아내는 거짓 뉴스에 현혹되지 않을 거란 말이에요. 그러니 어이, 당신들도 이만 깨어나요."

브라이스가 말했다. 아이크는 고개를 왼쪽으로 기울였다. 버디 리는 곰덫이 열렸다 닫히듯 아이크가 두 주먹을 꽉 쥐었다 풀었다 하는 모습을 지켜보았다.

"우리 아들이, 뭐라고?"

아이크가 물었다. 브라이스는 혀로 윗입술을 훑었다.

"아니, 그러니까…."

아이크의 팔이 마치 코브라처럼 앞으로 튀어나갔다. 그는 브라이스의 수염을 움켜쥐었고, 그 야수 같은 동작에 브라이스의 머리는 아래로 떨어져 이마를 유리 진열대에 부딪히고 말았다. 아이크는 왼손으로 브라이스의 오른손을 잡아 뚝 소리가 날 때까지 꺾었다. 테리가 자리에서 벌떡 일어났지만, 버디 리가 잭나이프를 꺼내 칼날을 열었다.

"진정하지, 파나마 잭."

그는 나이프로 테리의 가슴을 가리키며 말했다.

아이크는 몸을 숙여 브라이스의 귀 가까이에 입을 가져갔다.

"이제부터 우리 아들에 대해 뭘 알고 있는지 내가 물어볼 거야. 대답이 맘에 들지 않을 때마다 손가락 하나씩 부러진다."

그가 말했다. 매디슨이 울기 시작했다.

"쉿, 예쁜 아가씨. 다칠 일 없어. 몇 가지 물어보는 거라니까."

버디 리는 여자를 향해 미소를 지었다. 그녀는 더 격렬하게 울음을 터뜨렸다.

"우리 아이들 사건과 조금이라도 연관 있나?"

아이크가 물었다.

"맙소사. 피 나요!"

브라이스가 진열대에 눌린 채 웅얼거렸다.

"그 대답, 맘에 안 들어."

아이크가 말했다. 그는 브라이스 왼손의 새끼손가락을 잡았다. 오른손으로 남자를 내리누르며, 그는 야만적인 동작으로 새끼손가락을 꺾었다. 뚝. 매디슨은 쓰러지듯 주저앉아 바닥에 구토를 했다.

"다시 물을게. 누가 우리 아들을 죽였어?"

아이크가 물었다. 그는 자신의 목소리를 알아들을 수 없었다. 아이크 랜돌프는 관객석으로 물러나고, 폭군이 그 자리를 차지하고 말았다.

"젠장, 몰라요. 우리는… 그냥… 그냥 꼴리는 대로 협박 편지 쓴 게 다라고요."

브라이스가 울부짖었다. 버디 리는 광나는 바닥으로 오줌 줄기가 떨어지는 소리를 들었다.

"아이크. 저놈 말은 사실인 것 같소. 방금 쉬를 쌌어."

버디 리가 말했다.

"용의자 새끼들이 경찰서에서 얼마나 많이 오줌을 싸지르는지 압니까?"

아이크가 말했다.

"하지만 봐, 개미 한 마리 죽이지 못할 것 같은 애송이라고."

버디 리가 말했다. 아이크는 버디 리의 제안을 따랐다. 브라이스의 이마 주변으로 피가 흥건히 고였다. 그 피는 매대 아래 바닥으로 뚝뚝 떨어지고 있었다. 아이크는 그의 눈동자를 볼 수 있었다. 눈동자는 마치 볼베어링*처럼 굴러다니고 있었다. 아이크는 그를 놓아주고 싶었지만 폭군은 손가락을 몇 개 더 부러뜨리고 싶어 했다. 어밀리아의 말이 옳았다. 이 아이들은 살인범이 아니다. 그저 지나치게 이상주의적인 양아치 무리일 뿐이었다. 악행이라고 해봤자 어딘가에 멀쩡히 살아 있을 제 아버지나 어머니를 실망시키는 정도겠지.

---

* Ball Bearing : 굴대와 축받이 사이에 몇 개의 강철 알을 넣어 마찰을 적게 하는 베어링.

아이크는 깊게 숨을 들이마신 뒤 이 사이로 그 숨을 내뱉었다.

그는 진열대에 내리눌렀던 브라이스를 풀어주었다. 청년은 자기 스툴로 툭 떨어졌다가 의자에 오른팔을 걸친 채 바닥으로 쓰러지고 말았다. 매디슨이 그의 옆으로 다가갔다. 그녀의 입가에는 주홍색과 분홍색의 토사물이 묻어 있었다. 아이크는 매대에서 한 걸음 뒤로 물러났다.

"방금 말이 거짓이면, 다시 와서 남은 손가락을 마저 부러뜨릴 줄 알아."

아이크가 말했다. 그리고 등을 돌려 가게 밖으로 나섰다.

"이번 일은 발설 않는 게 너희들 신상에 좋을 거야."

버디 리가 말했다. 그는 잭나이프를 접어서 다시 뒷주머니에 넣었다.

아이크는 트럭에 올라타자마자 시동을 걸었다. 그리고 버디 리가 미처 조수석 문을 닫기도 전에 액셀을 밟아 쇼핑몰 주차장에서 벗어났다. 그는 Y턴을 하며 잔디가 깔린 중앙분리대를 넘었다. 마약상에서 얼마간 멀어지자 버디 리가 함성을 질렀다.

"뭡니까?"

아이크가 말했다.

"우라질, 이제 정말로 뭔가 하고 있는 것 같은 기분이 들어요. 이제 더 이상 어두운 집구석에 앉아 울고만 있지 않아도 되니까. 우리가 지금 아이들을 위해 뭔가를 하고 있지 않소. 이 순간만큼은 내가 형편없는 아버지처럼 느껴지지 않는군."

버디 리가 말했다.

"알아낸 게 아무것도 없잖습니까. 시간만 버렸어요."

아이크가 말했다.

"그래도 양아치들에게 제대로 본때를 보여주니 기분 좋지 않소? 제길, 걔네들 부모가 진즉 했어야 했던 일들을 대신 해준 셈이지. 망할 블루 아나키스트들 같으니라고. 이름 꼬락서니하고는."

버디 리가 말했다.

"즐기고 있군요?"

아이크가 말했다.

"그쪽은 아닌가?"

버디 리가 말했다.

아이크는 대답하지 않았다.

10

"저기 저곳 같군."

버디 리가 말했다. 아이크는 트럭을 갓길로 몰아 손쉽게 평행주차를 했다.

"이놈을 꽤 잘 굴리는데."

버디 리가 말했다.

"이것도 일이니까요."

아이크가 말했다.

그들은 트럭에서 내려 인도를 몇 미터가량 걸었다. 그리고 문에 LED 간판이 번쩍이는 건물 앞에 멈춰 섰다. 간판에는 '에센셜 이벤트 베이커리'라고 적혀 있었다.

"정말 여기가 확실합니까?"

아이크가 물었다.

"물론이오. 데릭과 마지막으로 통화했을 때 승진을 앞두고 있다고 하기에 어디서 일하느냐고 물었더랬지. 처음에는 말해주지 않으려고 하더군. 내가 갑자기 나타나서 젖꼭지 케이크라도 만들어달라고 할 줄 알았는지 어쨌는지."

"젖꼭지 케이크?"

아이크가 말했다.

"말했잖소. 외로운 늙은이라고."

버디 리가 말했다. 아이크의 얼굴에 웃음이 슬며시 새어 나오는 듯했지만, 이내 그는 웃음기를 걷어냈다.

"안에 들어가기 전에 말해두고 싶은데, 아까 젊은 친구의 공격을 막아준 거 고마웠습니다."

아이크가 말했다. 버디 리는 어깨를 으쓱 올렸다.

"당신이 나와 다르다는 건 알고 있소. 아니, 솔직히 말해 당신은 나보다 더 재수 없는 부류지. 그래도 이제는 한배를 탄 신세니까."

버디 리가 말했다.

"그렇군요. 그나저나 저 사람들이 사건에 대해 아는 게 있겠습니까?"

아이크가 물었다.

"알 턱이 있나. 하지만 달리 갈 데 있소?"

버디 리가 대답했다.

에센셜 이벤트 베이커리는 높은 천장에 다양한 모양의 밝은 초록색 채광창이 달린, 동굴 같은 공간이었다. 내부는 생동감 넘치는 신록의 빛이 가득했다. 아이크는 공기 중에 떠다니는 설탕 맛을 느낄 수 있었고, 빵 굽는 냄새도 맡을 수 있었다. 마치 파블로프의 개처럼 그의 입에 침이 고였다. 건물 곳곳에 놓인 테이블에는 다양한 상품들이 진열되어 있었다. 6단 웨딩케이크, 꽃 모양의 식빵, 컵케이크

타워, 풍요의 뿔*도 놓여 있었다. 버디 리는 케이크 중 하나에 다가가 손가락을 뻗었다.

"폴리우레탄으로 포장했어요."

젊은 남자가 말했다. 그는 금전등록기와 함께 에센셜 이벤트에서 능히 창조할 수 있는 여러 예술작품 샘플들이 전시된 판매대 뒤에 서 있었다. 그의 뒤에 걸린 흑판에는 밝은 빨간색 분필로 '오늘의 스페셜' 상품들이 적혀 있었다.

"아이싱이 겁나 근사한데."

버디 리가 말했다. 그러자 젊은 남자가 활짝 미소를 지었다. 그의 창백한 피부만큼이나 새하얀 치아가 큼지막하게 드러났다. 밝은 빛의 금발은 스모 선수의 상투처럼 머리 위로 둥글게 말아 올렸다.

"그렇죠. 하지만 이건 전시용이랍니다. 마음에 드는 게 있으세요?"

젊은 남자가 물었다. 버디 리는 판매대로 다가갔다. 그리고 남자에게 미소를 지었다.

"음, 솔직히 우리는 여기 빵 사러 온 게 아니오. 난 버디 리 젠킨스요."

버디 리가 손을 내밀며 말했다.

"전 브랜든 페인터예요."

브랜든이 버디 리의 손을 잡고 흔들었다. 임종의 순간 맞잡았던 할머니의 손보다 아주 살짝 더 강한 정도의 악력이었다.

"만나서 반갑소, 브랜든. 저기 뒤에 덩치 큰 친구는 아이크 랜돌프."

---

* Cornucopia : 동물 뿔 모양의 용기나 바구니에 과일과 꽃을 가득 얹은 장식물.

"두 분의 특별한 날을 축하하기 위한 케이크를 찾으시나요? 일종의 기념일?"

브랜든이 미소를 지으며 말했다. 버디 리는 미간을 찌푸렸다.

"무슨 말이오?"

그가 물었다. 그러자 브랜든은 다시 미소를 지었다.

"여기서는 괜찮습니다. 우리는 콜로라도의 여느 제빵소와는 다르거든요. 우리는 차별 없이 모든 분들에게 케이크를 만들어드려요. 두 분, 무척 잘 어울리시는 걸요."

브랜든이 말했다. 버디 리는 어깨 너머로 아이크를 넘겨보았다. 아이크는 버디 리를 쏘아보았다.

"아니, 이 친구가 오해를 했군. 우리는… 그런 게 아니오. 우리 아들이… 데릭 젠킨스인데, 그놈이 아이크의 아들, 아이지아와 만났었지."

버디 리가 말했다.

"오, 세상에. 데릭의 아버님이시군요. 왜 진즉 알아차리지 못했을까. 어머, 세상에. 정말 죄송해요. 우리 모두 데릭이 얼마나 그리운지 몰라요."

브랜든이 말했다. 그의 목소리가 갈라졌다.

"나 역시 마찬가지요. 음, 그래서 우린 그 일에 대해 알아보고 있소. 경찰에서 별다른 실마리를 찾지 못했다고 해서. 어떤 건지 알지 않소? 사실 경찰이란 것들, 두 손에 손전등을 쥐고도 제 엉덩이 하나 못 찾을 인사들이지. 데릭이 누군가에게 협박을 받는다든가 하는 얘기를 한 적 없소? 미치광이 진상 손님이라든가?"

버디 리가 물었다.

"아뇨, 그런 얘기는 없었어요."

브랜든이 말했다.

"개인적인 얘기는 어떻소? 누군가와 사이가 좋지 않다거나? 어쩌면 다른 제빵사와?"

"아뇨, 여긴 마피아 조직이 아니에요. 버터크림 프로스팅이 형편없다고 총을 들 사람은 없거든요."

"흠, 그럼 사건이 있기 전에 뭔가 이상한 얘기를 했다든가?"

브랜든은 고개를 가로저었다.

"정말 별로 아는 게 없어요."

"그래요. 뭐, 경찰에서도 그럽디다. 데릭과 아이지아의 친구들이 별로 진술한 게 없다고. 그 말을 믿지 않았는데, 당신이 지금 여기 이렇게 내 앞에 서서 거짓말을 늘어놓고 있군."

버디 리가 말했다. 아이크는 그의 음성 끄트머리에서 그 어떤 날카로움을 느낄 수 있었다. 철과 철이 맞부딪히는 듯 날카로운 음색.

"네? 거짓이 아니에요. 정말로 아는 게 없어요."

브랜든이 말했다. 그의 두 손이 죽은 송어처럼 판매대 위에서 빈들거렸다.

"아니, 맞소. 당신한테도 그런 게 있군, 브랜든?"

"네?"

"거짓말을 할 때 나타나는 신호. 다들 하나씩은 갖고 있지. 저마다 다르게. 당신? 당신 신호는 아주 사소한 거요. 그게 뭔지 알겠소?"

버디 리가 물었다. 그는 판매대로 가까이 다가가 부들부들 떨고 있는 브랜든의 손을 쥐었다.

"데릭에 대해 당신이 아는 바가 무엇인지 세 번 물었소. 근데 세

번 다 대답하기 전에 귓불을 잡아당기더군. 그게 당신 신호야, 브랜든. 뭔가 알고 있으면서도 내게 거짓말을 한다는 뜻이지. 자, 정말 데릭이 그립고, 당신이 진정 그 아이의 친구였다면, 아는 걸 말해보시오."

버디 리가 말했다. 아이크는 그의 목소리가 다소 누그러진 것을 알아차렸다. 심지어 설교하는 목사처럼, 혹은 자백을 받아내려는 경찰의 목소리처럼 온후하게 느껴지기까지 했다.

"정말 아무것도 모른다니까요."

브랜든이 말했다. 그는 버디 리의 손아귀에서 손을 잡아 뺐다.

"이제 그만 돌아가주세요. 할 일도 많고 곧 있으면 사장님이 오신단 말이에요."

버디 리는 판매대에서 물러섰다. 그리고 몸을 돌려 아이크 옆을 지나친 뒤 진열용 테이블 중 한 곳으로 다가갔다.

"그만 가주시라고요."

브랜든이 말했다. 그의 손이 또다시 떨리기 시작했다.

버디 리는 뒤를 돌아 브랜든을 쳐다보았다. 그리고 그 상태에서 한 손으로 진열용 테이블을 엎어버렸다. 6단 웨딩케이크가 바닥에 뭉개지고 말았다. 화학적으로는 여전히 제빵 제품일 덩어리들이 마치 커다란 촛농 조각들처럼 일그러졌다.

"무슨 짓이에요?!"

브랜든이 울부짖었다.

"뭔가 알고 있잖소, 브랜든. 말해요."

버디 리가 말했다. 브랜든이 판매대 앞으로 나섰다. 아이크는 그와 버디 리 사이에 섰다. 그는 젊은 남자의 가슴에 손을 올리고 그의 행동을 제지했다. 아이크는 그의 심장이 벌새의 날개처럼 퍼덕이는 것을 느낄 수 있었다. 버디 리는 또 다른 테이블로 다가갔다. 그리고 이번에는 두 손으로 테이블을 엎어버렸다. 테이블이 달그락거리고 다리들이 접히면서, 여섯 개의 서로 다른 컵케이크들이 바닥에 우르르 쏟아졌다.

"맙소사! 그만!"

브랜든이 포효했다. 버디 리는 그에게 성큼성큼 다가가 티셔츠 앞자락을 움켜쥐었다. 아이크는 뒤로 물러섰다.

"어디 제대로 해볼까? 당장 아는 걸 말하지 않으면 저 망할 케이크보다 더한 꼴로 만들어주지. 그러니까 아는 걸 말해, 브랜든. 도와달라고. 이번 일을 바로잡을 수 있게 도와달란 말이야."

버디 리가 말했다.

"무서워요."

브랜든이 말했다. 그는 턱이 거의 버디 리의 손에 닿을 정도로 푹 머리를 수그렸다. 버디 리는 그의 티셔츠 자락을 놓은 뒤 그의 어깨에 두 손을 올렸다.

"그렇겠지. 그럴 거요. 하지만 뭐든 알려주기만 하면 절대 다른 데서는 말하지 않겠소."

그러자 브랜든이 그의 가슴께에서 무언가를 중얼거렸다.

"뭐?"

버디 리가 물었다.

"그러니까, 데릭이 어떤 여자를 만났다고요. 음반사를 소유한 어떤 남자가 주최한 파티에 출장을 나갔다가요. 그 여자가 어떤 거물과 내연 관계에 있었는데, 세상에 그 사실을 알리고 싶다고 했대요.

데릭은 여자의 얘기에 정말 화가 나 있었어요. 그 내연남이 정말 최악의 인간쓰레기라면서. 아이지아에게 말해서 여자의 이야기를 기사화해야겠다고 했어요. 그리고 2주 뒤 두 사람이 죽은 거예요."

브랜든이 말했다.

아이크는 큰 망치로 복부를 가격당한 것 같은 기분이었다.

"그 여자가 누구요?"

버디 리가 물었다. 브랜든은 어깨를 으쓱 올렸다.

"몰라요. 이름은 얘기 안 했어요. 파티에서 우연히 만났다고만 했고."

"어떤 파티? 누가 연 파티였습니까?"

아이크가 물었다. 브랜든은 고개를 들고 놀란 사슴처럼 휘둥그레진 눈으로 아이크를 쳐다보았다.

"그것도 몰라요. 전 카운터 담당이라 출장은 나가지 않거든요. 누군지는 데릭이 말해주지 않았어요. 그 남자가 한 일만 얘기해줬지. 그게 제가 아는 전부예요. 정말이에요. 경찰이 왔을 때는 너무 무서워서 아무 얘기도 할 수 없었어요."

브랜든이 말했다. 그의 목소리가 거의 속삭임처럼 나지막해졌다.

"좋아, 브랜든. 아주 좋아요."

버디 리가 말했다. 그는 머리로 문 쪽을 가리켰다. 아이크는 벌써 걸음을 떼기 시작했다.

"브랜든, 누군가 묻거든 웬 애들이 몰려와서 가게를 엉망으로 만들어놓고 도망갔다고 해요. 알겠소?"

버디 리가 말했다.

"네."

브랜든이 말했다.

아이크는 다시 트럭을 몰고 고속도로로 향했다. 오후의 교통 흐름은 느리고 지루했다. 도로변에 세워놓은 차들 위로 석양빛이 반사됐다.

"아까 그 '신호' 얘기 참으로 그럴싸하더군요. 그런 명칭은 처음 들어요. 그러니까, 나도 공기 흐름 정도는 파악할 줄 알아요. 누가 먼저 튀려고 하는지는 금방 알아차리죠. 근데, 당신은 사람들이 서 있거나 손을 놀리는 모습 같은 걸 유심히 보는가 봅니다. 과거에 도박에 손댄 적 있어요?"

아이크가 말했다.

"뭐든 조금씩 건드려봤소. 도박은 우리 노친네가 했지. 삼촌들은 모두 범법자였고. 오직 우리 엄마만이 좁고 옳은 길을 걸으려 했소. 늘 예수님처럼 굴었다오. 그래도 엄마한테 배운 것보다는 아빠한테 배운 것들이 더 손쉽더이다."

버디 리가 말했다.

"6시가 다 됐군요. 이제 어디로 갈까요? 여자는 어떻게 찾죠?"

아이크가 물었다. 버디 리는 턱을 긁적였다.

"안 그래도 생각 중이었소. 애들 집으로 가보는 건 어떻겠소? 한번 둘러보기도 할 겸. 그 거물의 정체를 알게 될지도 모르잖소."

버디 리가 말했다.

"여자에 대해서도 알 수 있을지 모르겠군요. 좋아요. 마침 아이지아의 열쇠도 갖고 있으니 잘됐습니다. 거기도 장례식장에서 데릭의 물건들을 전달받았죠?"

아이크가 말했다. 버디 리는 손톱을 깨물었다. 그는 아이크가 고속도로에 접어들어서야 입을 열었다.

"얘기는 들었소만, 그때 내 상태가 영 말이 아니어서 받지 않겠다고 했소. 뭐, 데릭이 그렇게 가버린 사실에 놈한테 엄청 화가 나 있었던 것 같기도 하고. 그놈 물건을 받으면, 그게 정말 현실이 되어버릴 것 같았지. 그날 꽤 취하기도 했고 말이오."

버디 리가 말했다. 아이크는 입술 사이로 휘파람 같은 숨을 내뿜었다.

"무슨 말인지 압니다. 마네킹처럼 누운 내 자식이 도무지 진짜처럼 느껴지지 않는 거. 그날 밤 나도 럼 한 병을 다 들이켰던 것 같아요."

"어이, 이 팀에 알코올중독자는 나 하나로 족하오."

버디 리가 말했다.

그때 아이크의 휴대전화가 주머니에서 진동했다. 그는 휴대전화를 꺼내 화면을 확인했다. 마야였다.

"어이."

"당신, 어디야? 가게에 전화했더니 오늘 출근 안 했다던데?"

"볼일이 좀 있어서. 무슨 일이야?"

"방금 묘지에 다녀왔는데, 아이지아의 비석이 파손됐대. 당신 혹시 연락 받았어?"

아이크는 사이드미러를 확인한 뒤 차선을 바꿨다.

"안 그래도 집에 가서 얘기할 참이었어. 비석은 교체해주겠대."

"맙소사, 도대체 관리를 어떻게 한 거야?"

마야가 물었다.

"사고가 있었나 봐. 알아서 손봐줄 거야."

"아리아나가 오늘 묘소 앞에서 무릎을 꿇었어. 내가 뭐하는 거냐고 물었더니, 제 아빠들한테 '안녕'이라고 인사하는 거 있지?"

마야가 말했다. 아이크는 아무 말도 하지 않았다. 둘 사이의 침묵이 점점 그의 목을 조였다.

"하마터면 무너질 뻔했어. 그대로 묘소에 누워버리고 싶더라."

마야가 말했다.

"마음 아프군."

아이크가 말했다.

"나아지지 않겠지?"

마야가 물었다.

"글쎄."

아이크가 말했다. 마야의 숨소리가 무거워졌다. 그녀의 흐느낌이 그의 귓가를 가득 채우기 시작했다.

"그럼, 집에서 봐."

그녀가 흐느끼며 말했다. 그리고 전화가 끊겼다.

"괜찮소?"

버디 리가 물었다.

"아뇨."

아이크는 휴대전화를 다시 주머니에 넣으며 말했다.

11

그레이슨은 먼지안개 속에서 클럽하우스 가까이 멈춰 섰다. 남부에서 샌드스턴*까지의 여정은 고역이었다. 빌어먹을 오랑우탄의 겨드랑이에 끼인 기분이랄까. 그는 오토바이에서 내린 뒤 헬멧을 벗어 손잡이에 걸었다.

클럽하우스는 사방으로 테라스를 두른, 낡은 2층짜리 농가였다. 그레이슨의 전임 사장이었던 '빅 보스' 토미 해리스는 현재 종신형을 선고받고 복역 중이었는데, 클럽하우스 뒤편에 차 세 대 정도 세울 수 있는 거대한 차고를 만들었다. 거기서 조직원들이 오토바이를 손보고, 클럽 일도 처리할 수 있도록 말이다. 메인 건물 왼쪽으로 오토바이들이 줄지어 서 있었다. 새로운 범법자들을 위한 철제마들.

두 명의 조직원이 테라스에 나와 있었다. 부사장인 돔은 테라스의 지붕을 받치는 기둥들 중 하나에 기대어 있었고, 클럽 정비공이자 군 원사인 그렘린은 테라스 한쪽 구석에 놓인 가죽 리클라이너

---

* Sandston : 미국 버지니아주 헨라이코카운티에 있는 자치구.

에 앉아 있었다. 열린 출입문으로 남부 스타일의 록 음악이 흘러나왔다. 풀 냄새와 더불어 여자의 하이 톤 웃음소리도 그 뒤를 따랐다.

그레이슨이 다가오는 것을 보자 돔이 자세를 바로 했고, 그렘린도 자리에서 일어섰다.

"안녕하세요, 사장님."

"별일 없으세요?"

그렘린이 말했다.

"놈들은 아직이야?"

그레이슨이 물었다. 돔과 그렘린은 은밀한 시선을 주고받았다.

"왔었어요. 근데 잉그램 MAC-10*은 사지 않겠다네요."

돔이 말했다.

"씨발, 왜?"

그레이슨이 물었다.

돔은 한쪽 발에서 다른 쪽 발로 무게중심을 옮겼다.

"거기 보스가 일단 보류하겠다고 했대요. 사장님과 직접 얘기하겠다던데요."

"그래서 그냥 보내줬단 말이야?"

그레이슨이 물었다.

돔은 입술을 핥았다.

"그래도 다른 건 구매했어요."

"권총은 모두 사 갔어요."

그렘린이 나섰다. 그레이슨은 왼쪽 발을 테라스의 제일 아래쪽 계단에 올렸다. 그리고 돔에게 가까이 오라고 손짓했다. 키가 큰 그

---

* 휴대성이 높은 블로우백 방식의 기관단총.

는 망설였지만 이내 그가 시키는 대로 몸을 숙였다. 그레이슨은 돔의 오른쪽 귀에 달린 고리 모양의 귀고리를 잡고 그의 귓볼을 무자비하게 비틀었다. 돔이 소리를 지르는 가운데 그레이슨은 그의 귀에 속삭였다.

"네 폐에 숨이 남아 있는 한, 앞으로 두 번 다시는 밑지는 거래를 하지 마. 잉그램 MAC-10을 사겠다고 했으면, 잉그램 MAC-10을 사야 하는 거야. 여긴 얼어죽을 버거킹이 아니라고. 우릴 물러터진 호박 취급하게 내버려두지 말란 말이야. 네 등 뒤 패치에 뭐라고 적혀 있어?"

그레이슨이 물었다.

"'레어 브리드'!"

돔이 포효했다.

"근데, 감히 네 놈이 여길 물로 봐? 우리가 무슨, 쓰러진 임팔라 등이나 후리는 촌구석 양아치들인 줄 알아?"

그레이슨이 귀고리를 4분의 1 바퀴 더 돌렸다.

"아뇨!"

돔이 비명을 질렀다.

"웬 놈이 또다시 우리 돈을 갖고 유유히 사라지도록 내버려두기만 해. 넌 지금 망할 부사장이야. 그럼 부사장답게 굴어."

그레이슨이 말했다.

"알았어요, 알았어요!"

돔이 쌕쌕거렸다.

"잉그램 MAC-10을 살만 한 다른 손님들을 알아봐."

그레이슨이 돔의 귀를 놓아주었다.

"그리고 앤디와 오스카에게 테이블에서 내가 보잔다고 전해."

그레이슨이 말한 뒤 차고로 향했다. 돔은 귀를 문질렀다. 그의 손가락이 빨갛게 물들었다.

"알코올이라도 갖다줄까?"

그렘린이 물었다.

"가서 녀석들이나 찾아봐."

돔이 말했다.

그들이 미적거리며 들어왔을 때, 그레이슨은 테이블 머리에 앉아 있었다. 침침한 노란 불빛이 테이블을 포함한 차고 전체에 미약한 그림자를 드리웠다. 테이블 가운데에는 클럽의 엠블럼인, 철 투구를 쓴 여우 머리가 그려져 있었다. 클럽에서 공식적인 사안을 다룰 때 이용하는 테이블이었다. 앤디와 오스카가 테이블 발치에 멈춰 섰다. 그레이슨은 그들에게 앉으라고 권하지 않았다.

"너희들도 각자의 패치를 원하겠지?"

그레이슨이 물었다. 두 남자가 고개를 끄덕였다. 오스카는 어찌나 심하게 끄덕였는지 얼굴로 머리카락이 흘러내릴 정도였다. 앤디는 묘목처럼 키가 크고 홀쭉했다. 반면 오스카는 걸어 다니는 냉장고처럼 푸짐했다. 그레이슨은 그들이 꼭 숫자 10 같다고 생각했다. 둘 모두 밑단을 접어 올린 청바지 차림이었다.

"일명 '탄제린'이라는 여자를 찾고 있어. 찾은 지 몇 달 됐지. 그 여자랑 만나다 얼마 전 살해당한 기자 새끼가 있는데, 그놈 집에 한번 가봐. 강제로 문을 따고 들어가야 할 거야. 가서 탄제린에 대한 단서가 없는지 찾아봐. 뭐라도 찾아오면 그 즉시 네놈들을 우리 조직에 넣어주지."

"강제로 따고 들어가라고요?"

오스카가 물었다.

"씨발, 내가 말을 더듬었나? 문 따야 된다고 한 말 못 들었어? 대체 뭐가 문제야?"

그레이슨이 말했다. 그는 단어 하나 끝날 때마다 주먹으로 테이블을 쾅쾅 내리쳤다.

"알았어요. 걱정 마세요. 실망시켜드리지 않을게요."

앤디가 말했다.

"그래야지."

그레이슨이 말했다. 그는 자리에서 일어나 주먹을 뻗었다. 앤디와 오스카도 각자 주먹을 뻗었다. 세 남자는 서로 주먹을 부딪혔다.

"브리드를 위한 희생."

앤디가 말했다.

"브리드를 위한 희생."

오스카가 말했다.

"제대로 해."

그레이슨이 말했다.

12

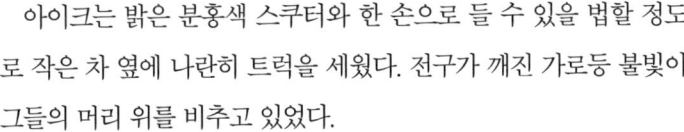

아이크는 밝은 분홍색 스쿠터와 한 손으로 들 수 있을 법할 정도로 작은 차 옆에 나란히 트럭을 세웠다. 전구가 깨진 가로등 불빛이 그들의 머리 위를 비추고 있었다.

"여기는 처음이오."

버디 리가 말했다.

"난 집들이 때 한 번 와봤습니다. 아이들 식이… 있었던 직후에. 마야가 집에 가서 청소라도 해주자고 하더군요. 그리고 두 달이 지나서야 아들과 처음 얘기를 했죠."

아이크가 말했다.

집들이. 고성과 쿵 소리의 문 닫힘으로 끝나버린 또 다른 밤. 그는 차 문을 열었고, 버디 리는 그의 뒤를 따랐다. 도시설계학적으로 식수된 오크 나무들이 500미터 간격으로 인도 변에 자리 잡고 있었다. 두 사람은 가로등 불빛을 따라 인도를 걸었다. 자전거 고정대가 철제 울타리처럼 몇 미터마다 한 개씩 튀어나와 있었다. 아이크와 버디 리는 나란히 아이들의 집으로 향했다.

"여기도 많이 변했습니다."

아이크가 말했다.

"흠, 그렇소?"

버디 리가 말했다.

"예전에 여기서 한 노인이 마약을 대량 유통했어요. 그때는 근방이 전부 코카인 가게들이었죠. 거리에는 코카인 중독자들이 좀비처럼 돌아다녔고. 그런 놈들에게 10달러만 주면 그쪽 여자들을 시켜 거시기도 빨아줬답니다. 시간이 없을 때는 자기들이 직접 하기도 하고. 한번은 그 노인 심부름으로 여기 일대 거리에 스프레이로 '아첨꾼'이라고 도배를 한 적이 있었어요. 그런 다음 부리나케 레드힐로 도망쳤죠."

"누구를 노린 거요?"

버디 리가 물었다.

"기억도 안 나요. 그 사람 눈에 성가신 놈이 있었는지, 아니면 누군가 '새틀라이트 바'에서 그 사람 부하의 발이라도 밟아 나를 시켜 본보기를 보여주려고 했는지도. 모르겠어요. 그때는 나도 시시껄렁한 불량배들 위해 뻘짓 많이 했습니다. 감방에 들어가서야 힘들게 깨달았어요. 그런 짓거리들이 아무 의미 없다는 걸."

아이크가 말했다.

"뻘짓으로는 나도 만만치 않지. 마지막으로 감방 갔던 건 온전히 나 때문도 아니었소."

버디 리가 말했다.

"정말입니까?"

아이크가 물었다.

"내 배다른 동생 딕과 함께 마약이 가득 든 가방을 운반하게 됐소. 출리 페티그루라는 이름의 작자 부탁으로. 딕은 전과가 없었소. 반면 내 전과는 미라를 둘둘 말고도 남을 정도였지. 동생은 애초에 그런 인생이 아니었소. 그러니 녀석이 잡혔다가는 큰일이었지. 교도소란 곳이 걔를 산 채로 잡아먹을 테니. 그래서 난 녀석의 최초이자 마지막 도주를 돕기 위해 최선을 다했소. 출리에 대해 입을 꾹 다물고, 딕의 죗값까지 모두 떠안았지. 결국 5년형을 선고받고, 만기 복역했소. 내가 잡혀간 후에 딕은 서부로 가서 천연가스 회사에 취업을 했다더군. 아마 지금도 거기 있을 거요."

"흠."

아이크가 말했다.

"왜요?"

"메스암페타민 가방을 날랐는데 5년형? 내가 그랬다면 그보다 훨씬 중형을 맞았을 겁니다. 내 친구들 중에는 고작 마리화나 소지죄로 5년형을 받은 놈이 있어요. 꼴랑 마리화나로."

아이크가 말했다.

"글쎄올시다."

버디 리가 웅얼거렸다.

"여기예요."

아이크가 말했다. 그는 2층짜리 타운하우스 앞에 멈췄다. 짙은 자주색 얼룩의 널판을 두른 건물이었다. 전면 계단은 부드러운 크림색이었고, 계단 옆에는 커다란 검정색 도자기 화분이 놓여 있었는데, 거기에는 IR & DJ의 이니셜이 적혀 있었다. 하얀색 페인트로 직접 쓴 듯 보이는, 통통하고 납작한 모양의 알파벳이었다. 아이크는 주머니에서 열쇠를 꺼내 문을 열었다.

두 사람은 차분한 파란색과 흰색으로 장식된, 협소한 현관으로 들어섰다. 왼쪽으로 우산꽂이와 유목을 깎아 만든 코트걸이가 나란히 놓여 있었다. 움직임 하나 느껴지지 않는 집 안은 마치 장막을 덮어쓴 듯 고요했다. 공기 중으로 쾨쾨한 냄새가 났다. 겉으로 드러나 있는 모든 표면에 먼지가 내려앉아 있었다. 죽음은 이곳까지 제 찬 손을 뻗어 그 심장을 얼려버렸다.

차분한 색감은 거실에서도 느낄 수 있었다. 모듈식 소파가 거실 대부분을 차지하고 있고, 소파와 마주한 벽면에는 평면 TV가 걸려 있었다. 오른편에는 아이지아와 데릭이 함께한 순간을 찍은 사진들이 놓여 있었다. 함께 갔던 여행, 함께 참석했던 파티. 소박하고 진솔한 순간들. 갓 태어난 아리아나를 안고 있는 두 사람의 사진. 레스토랑에서 종이로 만든 해적 모자를 쓰고 있는 세 사람. 아리아나가 민들레 씨를 불어 날리는 모습이 담긴 흑백 사진. 아리아나가 만화처럼 우스꽝스러운 글씨체로 '증서'라고 적힌 포스터를 들고 셋이 함께 찍은 사진. 데릭과 아이지아가 환하게 웃고 있는 와중에, 아리아나는 울상을 짓고 있었다.

사진들은 그들이 함께한 여정을 모자이크처럼 보여주고 있었다.

"행복해 보이는군요."

아이크가 말했다.

"그렇군."

버디 리가 말했다. 그는 증서 사진을 가리켰다.

"집 대출을 다 갚았나 보오. 데릭이 언젠가 내게 말했지. 자기는 트레일러 말고 꼭 번듯한 집을 갖겠다고."

버디 리가 말했다.

그는 두 손을 세게 맞잡았다. 그 소리가 집 안에 울려 퍼졌다.

"어디서부터 시작할까."

버디 리가 말했다.

"흩어지는 게 좋겠어요. 난 침실부터 살필게요. 아이지아가 집 뒤편에 사무실 공간을 마련했던 것 같아요. 뒤쪽 현관을 막았다고 얘기했던 게 기억나요. 당신은 여길 둘러보면 어때요?"

아이크가 말했다.

"좋소. 서랍이 달린 건 전부 뒤져보리다."

버디 리가 말했다.

"뭔가 발견하거든 불러요."

아이크가 말했다. 그는 거실을 가로질러 좁은 복도로 들어섰다. 버디 리는 소파 끝에 놓인 작은 테이블부터 시작했다. 안에는 광고 우편과 잡동사니들로 가득했다. 그는 양쪽에 두 개의 서랍이 달린 커피 탁자로 이동했다. 녀석들의 가구 취향이 참으로 이상하다고 생각했지만, 우유 상자를 협탁 삼아 쓰고 있는 그가 뭘 알겠는가? 서랍 한 곳에는 각종 리모컨들이 들어 있었고, 다른 서랍에는 잡지 몇 권이 들어 있었다. 버디 리는 서랍을 닫고 사진들이 걸린 벽 쪽을 살폈다. 사진들 아래 장식용 협탁이 놓여 있는 것은 조금 전까지 알아차리지 못했다. 협탁에는 조그마한 접이식 사진 액자가 놓여 있었다. 액자를 집은 순간 그는 가슴이 들썩였다. 한쪽에 그가 지갑에 갖고 다니는 것과 같은 사진이 들어 있었던 것이다. 맞물린 다른 액자에는 어린 흑인 소년과 지금의 아이크보다 훨씬 젊어 보이는 남자가 함께 찍은 사진이 들어 있었다. 남자는 소년에게 목말을 태우고 있었다. 버디 리는 액자를 다시 탁자에 내려놓았다. 그 옆에는 그가 20년 넘도록 보지 못한 사진이 하나 더 놓여 있었다.

크리스틴과 데릭. 세 사람이 트레일러 계단에 앉아서 찍은 것이었다. 버디 리가 마지막으로 교도소에 가기 전의 일이었다. 크리스틴은 석양만큼이나 아름다웠다. 적갈색 머리카락이 폭포수처럼 그녀의 등 뒤로 흘러내렸다. 커다란 수레국화* 같은 두 눈. 수년 전 두 사람이 처음 만났을 때 그녀의 보조개는 그를 미치게 만들기에 충분했다. 그는 모닥불 앞에서 그녀에게 춤을 청했고, 그녀는 거절했다. 냉정하거나 오만한 태도가 아닌, 간결하고 명료한, 방해받고 싶지 않다는 식의 태도. 그는 밖에 나가 야생화들을 한 손 가득 꺾었다. 그리고 그녀와 그녀의 친구들이 앉아 있는 나무 그루터기로 돌아와 한쪽 무릎을 꿇었다.

"나와 춤춰줄래? 한 번만 춰주면 두 번 다시 귀찮게 하지 않을게."

"약속해?"

"스카우트의 명예를 걸고."

"스카우트 대원 같지 않은데."

"넌 하느님이 창조한 이 녹토에서 가장 예쁜 여자일 거야. 어서, 한 번만. 그럼 다시는 추근거리지 않을게."

그 말에 그녀는 웃음을 터뜨렸다. 여름처럼 밝고 달콤한, 풍성하고 허스키한 웃음이었다. 그들은 춤을 추었다. 또 키스를 했다. 그리고 그의 카마로**까지 긴 흙길을 내려가 보름달 아래서 천국을 발견

---

* 청색 꽃이 피는 야생화의 일종.
** 쉐보레의 스포츠카 쿠페 차량.

했다. 몇 년간은 마법 같았다. 하지만 마법도 손장난에 불과할 뿐. 결국 마법사의 조수에게는 보여줄 수 있는 기술이 바닥나버리고 말았다. 그가 두 번째 수감 생활을 마쳤을 때 크리스틴의 인내심도 바닥이 났다. 그는 그녀가 그를 떠나 돈 많은 얼간이와 결혼한 것이 못마땅하지 않았다. 그였어도 자신 같은 남자와는 당장 이혼했을 것이다. 충분히 이해할 만한 상황이었다. 하지만 그녀 인생에서 데릭을 내친 것은 잘못이었다. 버디 리 역시 제대로 된 아버지였다고 할 수 없지만, 세상에 어느 어머니가 자식에게 그렇게 한단 말인가?

버디 리는 액자에서 사진을 꺼내 뒷주머니에 넣었다. 그리고 부엌으로 자리를 옮겼다. 버디 리는 그 공간에 수직으로 쌓인 장비들에 압도되고 말았다. 부엌 인테리어에는 옛 미국의 정취가 가득했다. 흑백의 바둑무늬 바닥. 스테인리스 소재의 도구들. 화강암 상판을 얹은 검정색 수납장들. 버디 리는 저 많은 요리 도구들과 데릭이 수년 동안 사들인 기구들을 감당하려면 상판을 화강암으로 할 수밖에 없었겠다고 생각했다. 자신은 여기 있는 것들의 절반가량 그 정체를 알지 못하지만, 자신의 아들만큼은 아마도 그 모든 것을 섭렵하고 있었으리라. 데릭은 케이크 반죽을 하는 할머니를 처음 만난 후부터 요리를 사랑했다. 버디 리의 사촌인 샘도 요리사였다. 젠킨스 가문에는 요리사의 피가 흘렀다. 그 피가 그저 버디 리를 건너뛰고 데릭에게로 이어졌을 뿐. 요리에 대한 데릭의 애정이 버디 리에게 게이처럼 느껴졌던 적은 한 번도 없었다. 그건 그저 아들이 소질을 보이는 일이었을 뿐이다. 두 사람이 말다툼을 할 때도—비록 자주 있는 일은 아니었다. 데릭을 그 정도로 자주 보지 않았기 때문에—버디 리는 데릭이 요리사가 된 것을 한 번도 비난한 적이 없었다. 아들의 솜씨가 뛰어나서가 아니었다. 굳이 그런 말까지 하지 않아도 될 정도로, 다른 후회스러운 말들을 마구 퍼부었기 때문이었다. 데릭이 죽고 나서야 그 사실을 깨닫게 된 것이 끔찍할 따름이었다.

버디 리는 찬장을 뒤졌다. 설탕 그릇들과 뚜껑이 달린 소스팬들. 마리화나도 발견했지만 놀라진 않았다. 대부분 그런 걸 부엌에 숨겨두곤 하니까. 수없이 많은 집들을 털어본 그로서는 그게 이례적인 일이 아니라는 것쯤은 잘 알고 있었다. 서랍에는 칼과 포크, 숟가락 외에 없었다. 버디 리는 한 손을 엉덩이에 얹고 다른 손으로 이마를 문질렀다.

대체 뭘 하고 있는 거지? 이건 시간 낭비다. 여자 이름이 적힌 수첩 같은 것을 찾는 게 아니다. 아들을 죽인 사람의 이름을 찾고 있다. 그들의 위치가 적힌 주소 말이다. 다시 베이커리로 돌아가 거기 직원과 다시 이야기를 해봐야겠다. 바이스에 낀 사과처럼 아들의 머리를 으깨어놓은 작자의 이름을 그에게서 다시 쥐어짜내야겠다. 버디 리는 이마에 손을 가져다 댔다. 제빙기에서 얼음이 떨어지기 전 나는 진동 소리에 소름이 끼쳤다. 버디 리는 그게 꼭 마라카스* 소리 같다고 생각했다. 그는 앞으로 한 걸음 내딛었다. 냉장고에 자석으로 메모지가 하나 붙어 있었다. 버디 리는 메모지를 집었다. 첫 번째 페이지에 무언가가 끼적여 있었다. 꽤 괜찮은 솜씨로 그린 신발 한 켤레와 화살표 그리고 감탄사와 함께 과일 조각처럼 보이는 것이 그려져 있었다. 버디 리는 수첩을 쥐고 그의 손에 부채질을 했다.

그는 그 페이지를 찢어 앞주머니에 넣었다. 자신의 감을 믿긴 했지만, 항상 그 감을 따르는 것은 아니었다. 그래서 두 번이나 감방

---

* Maracas : 양손에 들고 흔들어 소리를 내는 간단한 악기.

신세를 진 것이었겠지. 그는 천재가 아니었지만, 그래도 자신의 실수로부터 배운 것들이 있었다. 물론 전부는 아닐지라도 말이다.

아이크는 처음 들어선 방의 문가에서 한참을 서 있었다. 그곳은 아이지아와 데릭의 침실이었다. 두 사람이 서로를 부둥켜안고 잠들던 곳. 아이크는 아이지아를 이해할 수 없었다. 아이크가 마야에게 느끼는 감정을 어떻게 데릭에게서 느낄 수 있는지 말이다. 아이크는 머리를 설레설레 저었다. 만약 아이지아가 여기 있었다면, 그에게 말했을 것이다. 사랑은 사랑일 뿐, 다른 특별한 것이 아니라고. 하지만 아이지아는 이곳에 없다. 아들은 죽었다.

아이크는 방으로 들어가 하나씩 뒤지기 시작했다. 그는 침대 협탁의 서랍을 열어 침대 위에 쏟았다. 되는 대로 서랍에 들어가게 된 잡동사니들이 가득했다. 손톱다듬기, 안약, 반창고, 윤활유, 술집을 다니며 모은 냅킨 한 묶음. 아이크는 냅킨 하나를 집었다. 귀퉁이에 필기체로 '갈런드'라고 적혀 있었다. 냅킨 대부분이 '갈런드' 것이었다. 아이크는 냅킨을 둥글게 말아 쓰레기통에 던졌다. 그리고 몸을 돌려 옷장으로 향했다. 제일 위의 선반에 여러 스타일의 모자들이 진열되어 있었다. 야구 모자, 페도라, 스컬캡* 그리고 빵모자. 옷장은 색깔별로 걸려 있는 셔츠와 바지들로 터져 나갈 듯했다. 아이크는 미소를 지었다. 아이지아는 어렸을 때 제 운동화들도 이렇게 정리해놓곤 했다. 하지만 미소는 금세 옅어졌다.

아이크는 침실에서 나와 곧장 아이지아의 사무실로 향했다. 그 공간은 옷장만큼이나 잘 정돈되어 있었다. 멀리 왼쪽 구석에 놓인 좁다란 책장에는 제목의 알파벳순으로 책이 꽂혀 있었다. 그리고

---

* 테두리 없는 베레모.

오른쪽 구석에는 키가 큰 파일 캐비닛이 놓여 있었고, 중앙에는 투명한 합성수지 소재로 만든 책상이 놓여 있었다. 책상 가운데에는 컴퓨터가 있었고, 옆으로는 박물관에서나 볼 법한 유선전화기가 놓여 있었다. 전화기 옆에는 수첩이 있었는데, 아이크는 그 수첩을 열어 보았다. 아이지아의 손글씨로 적힌 메모들로, 대부분 이해할 수 없는 내용들이었다. 아이지아만이 판독할 수 있을 정도의 속기였다. 그나마 마지막 줄은 하나의 간결한 문장이었다.

"그녀도 알까?"

아이지아는 그 옆에 찌푸린 얼굴을 그려놓았다. 아이크는 페이지를 유심히 쳐다보았다. 대체 무슨 뜻일까? 여기서 '그녀'는 누구를 말하는 걸까? 파티에서 만났다는 그 여자인가? 아니면 그 여자와는 상관없는 또 다른 여자? 아이크는 수첩을 다시 책상에 내려놓았다. 경찰에서는 이런 짓거리들을 어떻게 하는 것일까? 그는 이런 단서들만으로 무언가를 추측할 수 있을 만큼 아이지아의 인생에 대해 알지 못했다.

아이크는 전화기의 버튼을 눌러 통화 기록을 살펴보았다. 영화에서 형사가 이렇게 하는 것을 본 적이 있었다. 그는 이렇다 할 목적 없이 전화번호들을 아래로 훑어 내렸다. 아이지아의 친구들을 전혀 몰랐기 때문에 눈앞의 번호들은 그에게 그저 숫자의 나열일 뿐이었다. 3월 24일 이후로는 아무도 전화하지 않았다. 그날이 바로 사건이 있었던 날이다. 그러던 중 무언가가 그의 눈에 떠었다. 아이들이 총에 맞기 전날, 같은 번호가 여덟 번 연속해서 찍혀 있었다. 아이크는 전화기의 또 다른 버튼을 눌러 메시지를 확인했다. 기계 음성이 열두 개의 메시지가 도착해 있음을 알렸다.

아이크는 '재생' 버튼을 눌렀다.

메시지의 대부분은 대수롭지 않을 것들이었다. 경찰에서 이미 작업했다는 것을 알 수 있었지만, 직접 들어본다고 해서 해될 것이 없으리라는 생각이었다. 마지막 메시지는 사건이 있기 전날 들어온 것이었다. 숨이 턱까지 찬 듯한 음성이 스피커에서 흘러나왔다.

"저기, 나예요. 나 맘이 변했어요. 그만둘래요. 미안해요. 너무 무서워요. 그럼, 잘 지내요."

메시지는 기계음과 함께 툭 끊겼다. 누구의 목소리인지는 몰라도 여자인 것은 확실했다. 그녀는 그저 무서운 정도가 아니라, 공포에 떨고 있었다. 아이크는 전화번호를 확인했다. 지방 지역번호가 찍혀 있었다. 아이크는 펜을 집어 책상 위 종이에 그 번호를 받아 적었다. 번호를 옮겨 적은 그는 이런 생각이 들 수밖에 없었다. 데릭이 대체 아이지아를 무슨 일에 끌어들인 거야?

13

 앤디는 주머니에서 드라이버를 꺼냈다. 그리고 문설주와 잠금장치 사이에 끼웠다. 오스카는 그의 뒤에 서서 큰 덩치로 사람들의 시선을 막아주고 있었다. 사실 가리개 따위는 필요 없었다. 거리에는 거의 아무도 없었기 때문이다. 그저 2차 술자리나 잠자리에 대한 걱정밖에는 없는 몇몇의 비틀거리는 영혼들뿐. 그들은 정의감에 불타는 시민이 앤디의 차 번호를 적을 것에 대비해 차를 세 블록 떨어진 곳에 세워두었다.

 그는 손잡이를 쥐고 돌리면서 드라이버를 문설주에 더욱 세게 밀어 넣었다. 놀랍게도 손잡이는 쉽게 돌아갔다.

 "젠장, 열려 있었나 봐."

 "쳇, 얼른 끝내자고."

 앤디는 멈칫했다. 왜 문이 잠겨 있지 않았던 거지? 이미 안을 뒤지고 있는 누군가와 맞닥뜨리게 되는 것이 아닐까? '아이러니'라는 말의 의미를 정확히 몰랐지만, 지금 상황이 그것과 거의 가깝지 않을까 싶었다. 앤디는 등 아래쪽을 만졌다. 콜트 파이톤 357구경이 그의 허리춤에 꽂혀 있었다. 클럽하우스에서 나올 때 그레이슨에게서 받은 것이었다. 굳이 필요할 것 같진 않았지만, 미리 준비하면 더 이상의 준비가 필요 없다. 개망나니나 다름없었던 어머니가 한 말들 중 유일하게 쓸모 있는 것이었다.

"그래, 그러자."

앤디가 말했다. 문이 왜 잠겨 있지 않은지는 별문제가 되지 않았다. 문 뒤편에 무엇이 있는지도 문제 될 것 없었다. 그레이슨이 시킨 것을 찾아 정식 조직원이 되는 것만이 중요할 뿐이었다. 앤디는 문을 열고 안으로 들어갔다.

버디 리는 싱크대에 몸을 기댔다. 가슴이 옥죄어왔다. 그는 기침을 하려 했지만 폐에 산소가 충분하지 않은 듯했다. 그는 수독꼭지를 틀었다. 그리고 두 손을 컵처럼 모아 받은 물을 얼굴에 끼얹은 다음 심호흡을 했다. 그런 뒤 기침을 몇 번 하고 싱크대에 가래를 퉤 뱉었다. 밝은 초록빛 가래 군데군데에 빨간 점이 섞여 있었다.

"아, 좋지 않군."

그가 중얼거렸다.

그때 현관문이 열렸다.

버디 리는 고개를 들고 몸을 돌려 거실을 바라보았다. 남자 둘이 집 안에 들어서고 있었다. 그중 하나는 길쭉하게 키가 컸고, 다른 하나 엄청난 거구였다. 옆의 동료에게 20킬로그램을 떼어줘도 여전히 탱크처럼 위풍당당할 듯했다.

그들은 겁 많은 사슴 한 쌍처럼 까치발로 거실에 들어왔다. 버디 리는 싱크대에 등을 기댔다. 그리고 세척 바구니에서 제일 먼저 짚이는 것을 꺼냈다. 무거운 장식용 유리컵이었다. 그는 오른손으로 컵을 쥐고 등 뒤로 숨겼다. 그들은 아직 그를 알아차리지 못한 듯했다. 부엌에서 슬그머니 빠져나와 복도를 통해 자리를 피할 수도 있었다. 실패할 수도 있지만, 시도해볼 만했다. 물론, 그렇게 하면 그들이 아들의 집에 대체 왜 들어온 건지 물을 수 없겠지. 적어도 여호와의 증인들은 아닌 것 같으니 말이다.

"어이, 거기 친구들."

버디 리가 부엌에서 말했다. 두 남자가 걸음을 멈추었다.

"안녕하세요."

앤디가 말했다. 그는 오른손을 뒷주머니로 가져갔다.

"내 아들 집에 노크도 없이 무슨 일이오? 친구들인가?"

앤디와 오스카는 시선을 주고받았다. 버디 리에게는 익숙한 눈빛이었다. 둘 중 누가 거짓말을 할 것인지를 정하고 있는 것이다. 앤디가 미소를 지었다.

"네, 친구들이에요."

"같은 신문사 동료인가 보군."

버디 리가 말했다. 앤디는 손을 총으로 더 가까이 가져갔다.

"맞아요, 같은 신문사에 있어요."

앤디가 말했다. 버디 리는 앤디를 향해 미소로 답했다.

이런 거짓말쟁이 새끼들, 그는 생각했다.

앤디는 버디 리의 얼굴에 미소가 스미는 것을 보았다. 하지만 그 미소는 눈가에까지 미치지 못했다.

젠장, 그는 생각했다.

집 안은 조용했다. 버디 리는 싱크대 위에 걸린 시계가 째깍거리는 소리를 들을 수 있었다. 거리를 지나는 차량의 소리도 들렸다. 집의 한숨과 신음이 곧 닥칠 미래를 대비하듯 단일체가 되어 집 안에 가라앉았다.

제빙기가 또다시 달그락거렸다.

앤디는 드디어 총을 집었다.

순간 버디 리는 손에 들고 있던 유리컵을 던졌다. 컵은 앤디의 오른쪽 뺨 주위에서 산산조각이 났다. 버디 리는 컵을 던지는 것과 동시에 몸을 움직여 앤디에게로 몸을 내던졌다. 그가 거실로 나왔다는 사실을 오스카가 미처 깨닫기도 전이었다. 앤디와 버디 리는 한데 뒤엉킨 채 커피 탁자로 떨어졌다. 두 사람의 무게를 합쳐봤자 200킬로그램이 되지 않는데도 불구하고 커피 탁자는 박살이 났다. 앤디는 총이 자신의 엉덩이 사이에 끼인 것을 느낄 수 있었다. 총을 다시 쥐어야 했지만, 이 늙은이는 있는 힘껏 자신에게 주먹을 날리고 있었다.

버디 리는 젖 먹던 힘까지 다해 앤디의 얼굴 오른편에 주먹을 날렸다. 애송이는 그의 주먹을 막으려 했지만, 소용이 없었다. 앤디가 눈과 이마를 보호하기 위해 손을 뻗자 버디 리는 그의 턱을 공격하기 시작했다. 그가 손의 위치를 바꾸자 이번에는 그의 뺨에 공격이 가해졌다. 늙은이는 거미원숭이만큼이나 독했다.

버디 리는 갑자기 붕 뜨는 기분을 느꼈다. 오스카가 마치 세탁 주머니를 들 듯 그의 허리춤을 붙잡은 것이다. 거구가 버디 리를 세게 조이는 탓에 금방이라도 불알이 터져버릴 듯했다. 마치 배 위에서 펄떡거리는 한 마리 송어가 된 것 같았다. 앤디가 한쪽 무릎으로 몸을 일으키는 가운데 버디 리는 있는 힘껏 그의 얼굴에 발길질을 했다. 젊은 남자는 커피 탁자의 잔해 위로 다시 쓰러졌다. 버디 리는 머리를 앞으로 당겼다가 뒤로 휙 재꼈다. 오스카의 코뼈 부러지는 소리가 그의 귀에 음악처럼 들렸다. 거구는 그제야 그를 죽일 듯 옥죄던 팔을 풀었다. 버디 리는 다시 두 발을 땅에 딛고 오스카의 오른쪽 정강이에 킥을 날렸다.

앤디는 콜트의 개머리판을 휘둘러 버디 리의 옆머리를 가격했고, 바닥에 나뒹군 버디 리의 눈앞에 별이 번쩍였다. 그는 자신이 탁자 잔해의 날카로운 무언가에 손을 찔렸음을 어렴풋이 느낄 수 있었다. 유리 파편들이 굳은 살 박힌 그의 두꺼운 손바닥을 뚫고 안으로 파고들었다. 그는 속이 울렁거렸지만, 토하지는 않았다. 오스카는 자신의 정강이를 붙잡은 채 문에 몸을 부딪히며 쓰러졌다.

앤디는 다시 파이톤의 총열로 버디 리의 관자놀이를 가격했다. 버디 리는 얼굴에 피가 흐르는 것을 느꼈다. 솜털 사이로 핏줄기가 흘러내렸다. 하지만 순간 앤디의 윗입술이 부풀어 오르기 시작했다. 뺨은 불이 붙은 듯 화끈거렸다. 왼쪽 눈의 시야는 뿌연 안개가 낀 것처럼 흐릿했다. 늙은 남자가 슈퍼볼*에서 결승 골을 차듯 그의 얼굴을 발로 세게 걷어찬 것이다.

"TV 선으로 묶어."

앤디가 말했다. 버디 리는 바닥에 분홍빛 덩어리를 뱉었다. 침과 피가 정확히 반씩 섞여 있었다. 오스카는 주머니에서 잭나이프를 꺼내 텔레비전 위를 타 넘은 뒤 버디 리의 두 손을 등 뒤로 묶었다. 오스카는 이 늙은이의 재빠른 몸놀림을 감히 믿을 수 없었다. 부엌에서 별안간 등장한 형체가 마치 번개처럼 튀어 다녔으니 말이다.

---

* 미국 미식축구리그 NFL의 결승전.

"노친네 때문에 이빨 하나 나갔어."

앤디가 말했다. 그는 혀로 오른쪽 잇몸을 더듬었다. 혀의 침입에 이가 씰룩거렸다.

"내가 풀려나면 더한 일도 각오해야 할 거야."

버디 리가 말했다. 그러자 앤디가 웃음을 터뜨렸다. 그는 총구로 버디 리의 머리를 눌렀다.

"곧 머리에 구멍을 내줄게. 하지만 그전에 내가 몇 가지 물어볼 건데 제대로 대답해주길 바라."

앤디가 말했다.

"어이, 진심으로 말하는데, 엿이나 먹어."

버디 리가 말했다. 앤디가 그의 복부를 걷어찼다. 그의 폐에 남아 있던 몇 가닥의 공기가 쉭! 소리와 함께 입 밖으로 터져 나왔다. 버디 리는 앞으로 푹 수그러졌고, 얼굴이 깨진 유리파편 위로 떨어졌다. 유리 조각 몇 개가 그의 입 안으로 비어져 들어왔다. 앤디가 그의 머리카락을 움켜쥐고 위로 들어 올렸다. 그리고 버디의 귀에 입을 가까이 가져갔다.

"아들이 그립나? 곧 만나게 해주지."

그가 말했다.

앤디가 그를 또다시 걷어찼다. 이번에는 아까 먹은 점심이 울렁거리더니 토사물이 식도를 타고 올라오며 그의 목구멍을 간지럽혔다. 그리고 마침내 내용물이 그의 입술에서 폭포수처럼 터지고 말았다.

"얼른 날 죽이는 게 좋을걸."

버디 리가 헐떡이며 말했다. 앤디는 웃음을 터뜨렸다.

"오오, 널 죽이는 게 좋을 거라고?"

그가 하이 톤의 콧소리를 섞어 말했다.

"여자에 대해 물어봐야 하지 않을까."

오스카가 제안했다. 앤디가 낄낄대던 웃음을 그쳤다.

"참, 여자에 대해 아는 거 있나?"

앤디가 물었다. 오스카가 제안하기 전부터 생각했어야 하는 일이었다. 현재 상황에 집중한 나머지 임무에 대해서는 완전히 잊고 말았다.

"날 당장 죽이는 게 좋을 거라니까. 그렇지 않으면 네 엄마의 말라비틀어진 젖꼭지나 빨아젖히던 요람에서 기어 나온 걸 후회하게 될 거야."

버디 리가 말했다. 앤디는 빠르게 몇 번 눈을 깜박거렸다.

"우리 엄마 젖꼭지, 허? 할아버지 아들한테 안부나 전해줘."

앤디가 말했다. 그리고 콜트의 공이치기를 당긴 다음 버디 리의 얼굴을 겨냥했다. 버디 리는 끝이 보이지 않는 수직 탄광과도 같은 총구로 굴러떨어진 듯한 기분이었다. 앤디는 그의 볼에 총구를 대고 눌렀다. 버디 리는 눈을 감았다. 데릭을 만날 수 있다면 좋겠지만, 그들이 과연 같은 공간에서 영원한 안식을 누리게 될지는 알 수 없는 노릇이었다.

그때 집 뒤편에서 귀가 먹을 만큼 큰 소리가 났다.

"망할, 뭐야? 어이, 할아버지. 여기 또 누가 있어? 오스카, 가서 확인해봐."

앤디가 말했다. 오스카는 자신의 아랫입술을 핥았다.

"난 총이 없어."

그가 말했다.

"징징대기는. 어서 가서 확인해."

앤디가 말했다. 오스카는 얼굴을 쓸고는 자신의 손을 쳐다보았다. 손바닥에 산스크리트어처럼 피가 얼룩져 있었다.

"알았어."

그가 말했다. 거구는 고질라처럼 느릿느릿 복도를 걸었다. 처음 들어왔을 때 복도에 불이 켜져 있었던가? 오스카는 기억이 나지 않았다. 어쨌든 지금은 불이 꺼져 있었다. 그는 벽의 스위치를 올렸지만, 불은 켜지지 않았다. 그는 불규칙적이면서도 빠른 속도로 숨을 내쉬었다. 그의 코는 망가질 대로 망가진 상태였다. 콧구멍으로 공기를 빨아들일 수가 없었다. 그는 어둠 속으로 발을 내딛었다.

"내 아들을 죽인 게 넌가?"

버디 리가 앤디에게 물었다. 번쩍거리던 별이 잦아들고 마침내 시야가 깨끗해졌다. 앤디는 그의 얼굴에서 총구를 치웠고 이제 총은 그의 다리 부근을 무방비하게 알짱거리고 있었다.

"닥쳐."

앤디가 말했다.

"누가 보냈어?"

버디 리가 쌕쌕거렸다. 이렇게 긴 시간 힘들었던 적은 없었다. 심장 박동이 느려지고 있었다. 목구멍 안쪽이 너무도 건조해 기침을 하면 자갈이 튀어나올 것만 같았다.

"입 닥치라고."

앤디가 말했다.

오스카는 복도 왼쪽 편 문 앞에 도달했다. 문은 살짝 열려 있었다.

이미 지나친 다른 세 개의 방보다 더 협소한 곳이었다. 화장실이 분명했다. 누군가 권총을 들고 욕조에 숨어 있는 것은 아닐까? 영화에서 그런 장면을 본 적이 있었다. 악당 중 한 명이 오줌을 싸고 있을 때 착한 놈이 총을 쏘았다. 오스카는 두 손가락을 이용해 문을 활짝 열었다. 화장실이 맞았다. 천장에서 비추는 은은한 푸른색 불빛 탓에 실내는 으스스했다. 푸른색 불빛은 배기팬에서 흘러나온 것이었다. 화장실에는 샤워부스와 세면대 그리고 담청색 좌변기가 자리하고 있었다. 아니, 좌변기 색깔은 어쩌면 푸른색 LED 불빛 때문인지도 모르겠다. 오스카는 얼굴을 찌푸렸다. 좌변기의 물탱크 뚜껑이 온데간데없었다. 수조에 물이 채워지는 소리가 들렸다. 누군가 물 내림 버튼을 누르기라고 한 듯. 오스카는 다시 복도로 물러섰다. 그때 발밑으로 유리가 바스락거리는 소리가 들렸다. 그는 고개를 들고 눈을 가늘게 떴다. 원래 천장에는 장식용 전등이 달려 있었다. 세련된 펜던트 등 말이다. 하지만 지금은 가느다란 철제 관만 매달려 있을 뿐이었다. 누군가 부숴버린 것처럼.

오스카가 몸을 돌리자마자 아이크는 들고 있던 물탱크 뚜껑으로 그의 머리를 내려쳤다.

"날 진즉 죽이지 않은 걸 후회하게 될 거야, 애송이."

버디 리가 쉰 목소리로 말했다.

"개소리 쩌네. 입 닥치고 있어, 술주정뱅이 할아버지. 당신한테도 우리 아빠한테 났던 지독한 냄새가 나."

버디 리는 그의 음성에서 미세한 떨림과 그 아래 숨은 불안을 느낄 수 있었다. 오스카가 어두운 복도로 사라지고 얼마 뒤 온 집이 흔들렸다. 화강암 같은 육중한 무언가가 바닥에 쓰러졌다.

앤디는 무의식적으로 총을 들고 복도 쪽으로 걸음을 내딛었다. 무릎을 꿇고 있던 버디 리는 앤디가 몸을 움직인 순간 윙크를 하듯 재빠르게 엉덩이로 주저앉아 두 다리로 그의 오른쪽 무릎 옆을 가격했다. 무언가 부러지는 소리를 들은 것도 같았다. 앤디는 비명을 지르며 뒤로 쓰러졌다. 그가 쓰러지면서 손에 들려 있던 커다란 피스톨이 진저브레드맨처럼 밖으로 튕겼다. 앤디는 순간적인 고통에 무릎을 움켜잡았다가 이내 총을 놓쳤음을 깨달았다. 그는 왼편으로 굴러 콜트를 향해 오른손을 뻗었다.

그때 아이크가 네메시스의 영혼이 환생이라도 한 듯이 그림자 속에서 모습을 드러냈다. 그는 앤디의 오른손을 밟았고, 버디 리는 이번에도 분명 뼈가 부러지는 소리를 들었다. 아이크가 그의 셔츠를 잡고 들어 올리는 가운데 앤디는 또다시 비명을 질렀다. 그가 마침내 제 발로 서게 되자 아이크는 맹렬하게 어퍼컷을 날렸다. 젊은 남자는 못해도 10센티미터 정도 공중으로 날아올랐다가 벽걸이 TV 아래로 떨어졌다. 아이크는 잠시 그를 쏘아본 뒤 콜트를 집어 허리춤에 끼웠다. 그는 버디 리에게 다가가 그의 뒷주머니에서 잭나이프를 꺼냈다. 그리고 그의 손에 묶인 전선을 자르고 그를 일으켜 세웠다.

"파티에 온 걸 환영하오."

버디 리가 말했다.

"소란이 있기에 잠시 물러서 있었어요. 두 명 이상인 것 같기에 그들 주의를 끌려고 일부러 옷장을 넘어뜨렸죠. 서로 찢어지게 하려고. 사실, 그쪽이 혼자 처리할 수 있을 줄 알았는데. 실망입니다."

아이크가 말했다.

"흠, 나를 그렇게 평가했다니 기쁘지만, 이거 하나는 물어야겠소. 저들이 내 머리를 날려버렸으면 어쩌려고 그랬소?"

버디 리가 물었다.

"하지만 그러지 않았잖아요. 그러니 그 답은 굳이 찾을 필요가 없겠습니다."

아이크가 말했다. 버디 리는 고개를 설레설레 저었다. 그리고 깡마른 애송이의 구겨진 자태를 내려다보았다.

"거봐, 날 죽이지 않은 걸 후회하게 될 거라고 했잖아."

버디 리가 말했다.

"정말 그렇게 말했어요?"

아이크가 물었다.

버디 리가 고개를 끄덕였다.

"진심이었소."

14

 앤디의 눈꺼풀이 파르르 떨렸다. 그는 브리드를 위한 희생을 각오하겠다고 약속했다. 하지만 테이블은 엎어졌다. 지금 피를 흘리는 것은 그였고, 금방 멈출 것 같지도 않다. 그는 고개를 들려 했지만, 머리는 벽돌이 가득 들어찬 듯 무거웠다.
 버디 리는 있는 힘껏 애송이의 뺨을 때렸다. 그리고 가슴을 향해 원투 주먹을 날렸다. 그는 뒤로 한 걸음 물러난 뒤 두 손으로 무릎을 짚고 몸을 앞으로 숙였다. 폐에서 가래 덩어리가 끓어오르고 있었다. 그는 입을 꾹 다물고 아이크의 창고에 딸린 두 번째 셔터도어 근처 쓰레기통으로 다가갔다. 그리고 조그마한 갈색 휴지통에 가래를 퉤 뱉었다. 가래에 아까보다 더 진한 피가 섞여 있으리란 것은 굳이 보지 않아도 알 수 있었다.
 "괜찮아요?"
 아이크가 물었다.
 "몸이 좀 좋지 않은 것뿐이오. 그건 저 친구한테 물어보지 그래요?"

버디 리가 말했다. 그는 뿌리덮개가 실린 운반대로 다가가 그 위에 앉았다. 아이크는 간이 사무실로 들어가 자신의 회전의자에 앉았다. 애송이와 마주하는 위치였다. 그런 다음 공구 보관대로 다가가 탬퍼를 가지고 돌아왔다. 거목을 심을 때나 스프링클러 선을 연결할 때 땅을 파는 용도로 사용하는 것으로, 120센티미터 길이 나무 손잡이와, 끝에는 평평한 사각의 검정색 쇠가 달려 있는, 상당히 간결한 도구였다. 그는 그와 애송이 사이에 탬퍼를 내려놓고 회전의자에 앉았다.

애송이는 사무용 나무 의자에 앉아 있었다. 아이크는 케이블 타이로 그의 손목을 팔걸이에 묶어놓았다. 버디 리가 상황을 정리한 다음 그들은 아이지아의 사무실에 깔려 있던 러그를 걷어 그 안에 애송이를 눕혀 돌돌 말았다. 애송이를 데려가는 것은 그들로선 당연한 선택이었다. 일말의 고민도 없었다. 애송이와 거구가 아이들의 사건에 어떻게든 연관이 있는 것이 분명했기 때문이다.

애송이는 제 동료보다 50킬로그램 정도는 더 가벼웠다. 그놈이 유전학적으로 운이 나빴다고 할 수밖에 없다. 그래서 그들은 거구를 복도 바닥에 내버려둔 채, 달밤의 짐꾼들처럼 빼빼 마른 애송이를 집 밖으로 날랐다. 트럭으로 가는 동안 몇몇 사람들을 지나쳤지만, 그들 대부분은 손에 들고 있는 휴대전화에만 시선을 둘 뿐, 두 남자가 들고 있는 러그가 어렴풋이 사람 모형을 하고 있다는 사실을 눈치챌 만큼 오래 그들을 쳐다보지 않았다. 아이지아와 데릭의 이웃들이 아까의 소동을 들었다고 해도, 굳이 개입해야 할 필요성을 느끼지 못했을 것이다. 그럴 정도로 성숙한 사람들이 아니었다.

아이크는 애송이의 턱 아래에 손가락을 가져다 댔다. 그리고 그와 눈을 마주할 때까지 고개를 들어 올렸다.

"이름이 뭐지? 운전면허증도 없던데, 제법 영리해."

아이크가 말했다. 버디 리는 그의 점잖은 어조에 깜짝 놀랐다. 잠자리에서 동화책을 읽어주는 듯한 목소리였다.

"엿 먹어."

앤디가 웅얼거렸다. 아이크는 손가락을 거두었다. 애송이의 머리가 다시 가슴께로 툭 떨어졌다. 입과 코에서 피가 떨어지고 있었다. 뺨에 난 상처는 마치 상처받은 신부처럼 흐느끼고 있었다. 아이크는 두 손으로 탬퍼의 손잡이 끝을 쥐고 그 손 위에 턱을 올렸다.

"영리한 데다가 대범하기도 하군. 그 점은 인정해. 하지만 이 일이 절대 너에게 유익하게 끝나지 않을 거라는 걸 알 텐데, 안 그래? 넌 우리 아들들 집에 침입해서 내 친구를 죽이려고 했어. 그게 무슨 뜻이겠어? 네가 우리 아들들을 죽였거나 죽인 놈을 알고 있거나 둘 중 하나겠지."

아이크가 말했다. 앤디는 케이블 타이 아래서 꼼짝도 하지 않았다. 그는 남은 힘을 끌어모아 고개를 들었다.

"누가 그 집으로 보냈어?"

아이크가 물었다.

앤디는 아이크의 얼굴에 침을 뱉었다. 그리고 다시 고개를 가슴으로 푹 떨구었다. 침은 아이크의 뺨에서 흘러내렸다. 그는 자리에서 일어서서 뺨을 닦은 다음 그 손을 바지에 문질렀다.

"여기 부츠 벗기는 것 좀 도와줘요."

아이크가 말했다. 버디 리는 애송이의 왼쪽 발을 잡았고, 아이크는 오른쪽 발을 잡았다. 그들은 그의 부츠를 벗겨 석회 포대 옆에 던져버렸다. 아이크는 탬퍼를 쥐고, 앤디의 뒤로 갔다. 그런 뒤 평평한 사각 쇠가 자신의 벨트 버클과 같은 높이가 될 때까지 탬퍼를 들어 올렸다. 그리고 온 힘을 다해 내리쳤다. 철제 머리가 콘크리트 바닥을 때리면서 내는 불협화음이 휑뎅그렁한 창고에 울렸다. 아이크는 앤디의 왼쪽 팔 부근에 자리를 잡았다. 그리고 다시 탬퍼를 내려쳤다. 앤디와 버디 리 모두 움찔했다. 아이크는 시계의 시침과 분침처럼 앤디 주위를 돌면서 계속해서 탬퍼를 내리쳤다. 그 거친 경고에 건물 전체가 울렸다.

"누가 보냈어?"

아이크가 마침내 물었다.

앤디는 손목을 구부려보았다. 왼쪽 손의 케이블 타이는 움직이지 않았지만, 오른손 쪽은 아주 미세하게 움직일 만한 공간이 생겼다. 흑인 남자가 나무 축에 먼저 케이블 타이를 감은 다음 팔걸이과 손목 위를 차례대로 감았는데, 나무 축이 다소 헐거워져 있었다. 조금만 힘을 주면 부러뜨릴 수 있을 것 같았다. 그럼 의자를 무기로 사용해 이곳을 빠져나갈 수 있을지도 모른다. 하지만 이 개자식이 그의 발을 으깨버린다면 모든 것이 수포로 돌아갈 터였다.

"어떤 남자가 보냈어, 어떤 여자에 대한 정보를 찾아달라면서."

앤디가 말했다. 아이크는 동작을 멈췄다.

"어떤 남자?"

버디 리가 물었다.

"몰라. 그러니까 그 사람 이름은 모른다고. 기자랑 얘기를 나눴다는 여자를 찾는다고만 했어. 그 여자가 어딨는지 찾아봐달라면서."

앤디가 말했다.

그는 심호흡을 했다. 가슴 통증에 절로 눈이 찡긋거렸다. 아이크는 몸을 앞으로 숙였다. 그의 얼굴과 앤디의 얼굴이 3센티미터 간격도 채 되지 않을 정도로 가까워졌다.

"거짓말인가?"

아이크가 물었다.

"아니, 맹세해."

"그 여자 이름이 뭐야?"

아이크가 물었다.

앤디는 한숨을 쉬었다.

"탄제린."

버디 리는 종이쪽지를 꺼냈다. 그리고 거기에 적힌 글씨를 들여다보고는 의자에 앉은 애송이를 쳐다보았다.

"이런 망할."

그가 말했다. 아이크는 몸을 곧게 일으켰다. 그리고 탬퍼를 앤디 근처에 놓아둔 채 버디 리가 기대고 있는 운반대로 다가갔다.

"왜요?"

버디 리는 그에게 쪽지를 보여주었다.

"애들 집 냉장고에서 갖고 온 거요. 난 이게 오렌지인 줄 알았는데 탄제린일 수도 있겠어. 근데 건물은 뭔지 모르겠어."

버디 리가 말했다. 아이크는 아들 집에서 발견했던 냅킨을 떠올렸다.

"술집일 수도 있지 않을까요? 아이지아가 평소 자주 가던 술집에서 그 '탄제린 걸'을 만나기로 했는지도?"

아이크가 물었다. 버디 리는 운반대를 밀고 자리에서 일어나 애송이에게 등을 돌렸다. 그리고 최대한 목소리를 낮추었다.

"그 여자가 애들을 만나기로 했다가, 애들이 살해당한 거라면? 애들을 죽인 놈이 저기 애송이를 고용한 놈과 동일인일지도 모르오."

버디 리가 말했다.

"그 사람이 베이커리 직원이 말했던 사람일지도 모릅니다."

아이크가 속삭였다.

"나도 같은 생각이오."

"저자에게 좀 더 의지해봐야 해요. 녀석의 발가락 하나만 으깨면 누가 보낸 건지 금방 불 겁니다."

아이크가 말했다.

앤디는 그들이 자신에게 등을 돌린 채 무언가를 속닥이는 모습을 지켜보았다.

"그래도 불지 않으면?"

버디 리가 물었다.

"결국 불게 돼 있어요."

아이크가 말했다.

앤디는 고개를 들었다. 지금이 아니면 다신 없을 기회였다. 그는 오른쪽 케이블 타이를 당겼다. 잠시 쉬었다가 다시 당겼다. 이번에는 상체를 비틀면서 오른쪽 팔을 왼쪽으로 당겼다.

그가 몸을 돌려 의자를 머리 위로 가져가기 직전에 아이크는 딸깍 소리를 들었다. 애송이가 의자를 방망이처럼 휘두르고 있었다. 그의 왼쪽 손목은 여전히 팔걸이에 묶여 있었다. 차가운 콘크리트 바닥을 딛고 선 그의 맨발은 아무런 소리도 내지 않았다. 아이크의 머리 왼편으로 의자가 날아왔지만, 그는 금모래를 찾듯 바닥에 찰싹 달라붙어 타격을 피했다.

앤디는 깡마른 백인 남자에게도 의자를 휘둘렀다. 남자는 본능적으로 의자 다리를 잡았고, 앤디는 운반대 쪽으로 그를 밀었다. 버디 리가 의자 다리를 붙잡고 있음에도 불구하고 발이 콘크리트 바닥에서 뒤로 밀리고 있었다. 가슴이 다시 덜컥거리며 폐에는 공기가 절실해졌다. 기절 중인가? 그로서도 알 수 없었지만 바닥에 뒤로 뻗은 채 손의 감각이 사라지고 있는 것은 분명했다. 그리고 가장 최악의 때에 발작적 기침이 터지고 말았다. 애송이는 버디 리의 손을 깔아뭉갠 의자를 다시 머리 위로 들어 올렸다.

그에게 드리운 의자의 그림자는 마치 죽음의 그것 같았다. 버디 리는 정맥을 통한 아드레날린의 주입이 절실해졌다. 마침내 큼지막한 가래 덩어리가 그의 가슴에서 튀어나왔다. 암브로시아처럼 달콤한 공기가 그의 폐를 가득 채웠다. 버디 리는 뒷주머니에서 잭나이프를 꺼내 쥐었다. 그리고 애송이가 의자를 아래로 내리치는 가운데 한쪽 무릎을 세웠다. 한 번의 부드러운 동작으로 그는 엄지손가락을 이용해 칼날을 세울 수 있었다. 그리고 애송이의 복부에 자루까지 칼날을 쑤셔 넣었다. 그의 복부에 가해진 공격이 의자의 회전축에 영향을 주었고, 버디 리는 자유로운 손으로 좀 더 쉽게 기습을 막아낼 수 있었다. 애송이는 뒤로 주춤거렸다. 그리고 버디 리의 잭나이프를 뽑아냈다. 앤디의 배에서 진홍색의 끈적한 핏줄기가 흘러나오기 시작했다.

아이크는 쥐를 물어 죽이려는 사냥개처럼 머리를 좌우로 흔들었다. 그리고 펄쩍 뛰어 오르듯 자리에서 일어나 탬퍼를 집었다. 애송이가 버디 리로부터 물러서자 아이크는 두 손으로 손잡이를 밭게 움켜쥐었다. 그리고 2층으로 공을 날리듯 탬퍼를 휘둘렀다. 평평한 쇠가 애송이의 머리와 접촉하면서 둔탁한 쿵 소리가 났다. 애송이는 바닥에 쓰러졌고, 들고 있던 의자는 그대로 그의 가슴에 떨어졌다.

아이크는 애송이 위에 섰다.

죽음의 공포를 느끼는 숲속의 괴생명체처럼 그의 얇은 입술은 떨리고 있었다. 애송이는 의자로 그를 공격했다. 아이지아의 집에 침입했고, 그의 얼굴에 침을 뱉었다. 자기를 고용했다는 남자에 대해서도 어쩌면 거짓말을 하고 있는 것인지도 모른다. 아이지아를 죽인 사람을 알고 있을 수도 있다. 애송이의 눈이 뒤로 넘어갔다. 젠장, 어쩌면 이자가 비석을 모욕한 자들 중 하나일지도 모른다.

"개자식이!"

아이크가 소리쳤다. 그는 탬퍼를 들어 올려 애송이의 머리 위로 내리쳤다. 안구 주변의 피부가 찢어지면서 안쪽 뼈들이 들썩였다. 애송이는 반격도 하지 못했다. 아이크는 다시 탬퍼를 들어 올린 뒤 있는 힘껏 내리쳤다. 그의 이두박근과 삼각근이 익숙한 협업을 이루었다. 그는 이 동작을 수천 번 반복했다. 수천, 수만 번. 애송이의 얼굴에 탬퍼를 내리꽂는 그의 넓은 이마가 벌겋게 달아올랐다. 뭔가 축축한 것이 그의 얼굴로 튀어 올랐다. 뼈와 치아 조각들이 바닥에 흩어졌다.

"네가 죽였지? 이 개자식!"

아이크가 울부짖었다. 버디 리는 자리에 일어나 운반대에 몸을 기댔다. 불이 붙은 듯 폐가 화끈거렸다. 탬퍼는 무자비하게 아래위로 움직였다. 진흙탕에 방망이질을 하듯.

"아이크."

버디 리가 말했다. 커다란 남자의 팔이 피스톤처럼 쉴 새 없이 움직였다.

"아이크!"

버디 리가 소리쳤다. 순간 아이크는 얼어붙었다. 탬퍼 머리가 그의 가슴 높이에서 멈췄다. 그것은 화가의 붓처럼 붉게 물들어 있었다. 아이크는 낯선 눈빛으로 자신이 들고 있는 정원용 도구를 쳐다보았다. 도구를 옆으로 내던지며 그의 입술에서는 나지막한 신음이 흘러나왔다. 내동댕이쳐진 탬퍼는 바닥에 떨어지며 쨍그랑 소리를 냈다. 그 뒤를 붉은 핏자국이 좁다랗게 뒤따랐다. 그는 바닥에 털썩 주저앉았다. 버디 리는 쓰러져 있는 애송이와 그 주위로 빠르게 번지고 있는 피 웅덩이를 피해 그에게 다가간 뒤 그 옆에 쭈그려 앉았다.

"우리가 너무 나갔나 보오."

버디 리가 말했다.

"결박이 풀릴 줄 몰랐네요."

"흠, 이제 어쩐다?"

아이크는 셔츠로 얼굴을 닦았다. 그리고 고개를 숙였다. 짙은 얼룩들이 눈에 띄었다. 그는 길고 깊은 한숨을 푹 내쉬었다.

"톱밥제조기랑 버킷로더*, 뒷마당에 거름 2톤이 있어요."

아이크가 말했다.

"그거면 되겠소. 개똥 같은 놈한테 딱이야."

버디 리가 말했다. 농담조로 던진 말이었지만, 누구도 웃지 않았다.

---

* Bucket loader : 들통이 달린 포클레인.

15

 돔이 지난 토요일 클럽하우스에서 만난 갈색 머리 여자와 절정에 치달으려는 찰나, 철과 철이 맞부딪히는 소리를 들었다. 그는 절정의 흥분으로 몸을 떠는 동시에 유연하게 협탁에 있는 44구경을 집었다. 그는 여자를 밀쳐내고 한 손으로 바지를 끌어 올렸다. 여자는 침대에서 미끄러지며 풍만한 엉덩이로 엉덩방아를 찧었다.
 "젠장, 뭐야?"
 여자가 말했다.
 "닥쳐."
 돔이 말했다. 그는 한 번에 두 계단씩 뛰어올랐다. 그렘린이 이미 일어나 작은 산탄총으로 문을 겨누고 있었다. '대물'이 앞 유리창에 걸린 밋밋한 갈색 커튼을 걷어 밖을 내다보았다. 그들은 그를 '대물'이라고 불렀다. 150센티미터도 되지 않는 개구리 머리카락을 한 남자치고는 거기가 크다고 해서 생긴 별명이었다.
 "저건 앤디의 짐차잖아."

대물이 말했다. 그의 긴 갈색 머리카락이 얼굴로 떨어졌고, 그는 왼손으로 머리카락을 쓸어 올렸다. 오른손에는 38구경을 들고 있었다. 돔은 문을 열고 테라스로 나섰다. 앤디의 초록색 LTD가 키퍼의 오토바이 위에 주차되어 있었다. 키퍼는 차고에서 체다의 문신 작업에 열중하고 있었다. 그는 소란을 듣지 못했거나 체다의 문신 작업을 중단할 만큼의 큰일이 아니라고 생각한 듯했다. LTD의 주차 표시등에는 여전히 불이 들어와 있었지만, 전조등은 해골의 눈구멍처럼 까맸다. 차의 8기통 엔진이 거칠게 터덜거렸다. 탱크가 구르면서 제 목구멍을 털어내는 소리 같았다. 돔은 자신의 44구경을 아래로 내리고 계단을 한 칸 내려갔다.

운전석 문이 열리더니 앞뒤로 몇 번 흔들거렸다. 돔은 다시 총을 들고 운전석 쪽을 겨눴다. 하지만 이내 우습다는 생각이 들었다. 누군가 그들을 공격하려 했으면, 단지 저렇게 차를 세워두고만 있지는 않을 것이다. 키퍼의 오토바이를 짓밟은 게 재수 없기는 해도 살인의 의도가 느껴지진 않았다. 앤디와 오스카가 진탕 취한 모양이었다. 그레이슨이 알면 난리가 날 텐데.

그의 이름을 떠올리자마자 마법처럼 오스카가 차에서 모습을 보였다.

"제기랄."

돔이 중얼거렸다.

거구의 얼굴은 피범벅이었다. 그가 과다출혈로 죽지 않은 것이 놀라울 정도였다. 자기 혈장으로 만든 가면을 쓰고 있는 것만 같았다. 오스카는 비틀거리며 집을 향해 세 걸음을 내딛었다.

"어이, 돔."

그가 중얼거렸다. 그런 뒤 마리오네트의 줄이 끊어지듯, 자갈이 깔린 바닥에 얼굴을 박으며 그대로 쓰러지고 말았다. 돔이 그의 옆으로 달려갔다.

"다들 와서 도와줘!"

돔이 소리쳤다. 그렘린과 대물이 테라스에서 내려왔다. 세 사람이 함께 오스카를 부축해 일으켰다. 그리고 클럽하우스로 질질 끌고 들어왔다. 그런 뒤 텔레비전 앞에 놓인 가죽 소파에 그를 떨구었다. 그렘린은 주방에서 물과 위스키를 가져와 돔에게 건넸다. 돔은 오스카의 머리에 병째로 물을 들이부었다. 초가 녹아내리듯 그의 얼굴에서 핏물이 떨어져 내렸다. 그는 눈을 네댓 번 깜빡거린 뒤에야 돔과 시선을 맞출 수 있었다. 돔은 오스카의 입술에 위스키 병을 갖다 대고 고개를 뒤로 젖혀주었다. 오스카는 기침을 하고, 쌕쌕거린 다음, 다시 기침을 했다. 그는 더 달라는 듯 병을 향해 손짓을 했고 돔은 그의 목구멍에 위스키를 한 번 더 부어주었다. 오스카는 고개를 끄덕이며 이제 그만 됐다는 듯 손을 들었다.

"대체 무슨 난리야?"

대물이 물었다. 오스카는 그 커다란 손을 이마에 얹었다.

"말해도 믿지 못할 거야."

그가 말했다.

오스카가 그날 저녁에 있었던 일들을 모두 털어놓자 돔은 그레이슨에게 전화를 걸었다. 두목은 두 번째 신호음 만에 전화를 받았다.

"중요한 일이어야 할 거야."

그레이슨이 말했다.

"오스카가 돌아왔어요."

"그래서?"

그레이슨이 말했다.

"앤디는 같이 오지 않았고요. 오스카는 머리가 반쯤 쪼개져서는 피범벅이 돼서 돌아왔어요."

돔이 말했다.

전화선에 공허한 침묵이 흘렀고, 마침내 그레이슨이 다시 입을 열었다.

"누가 그랬대?"

그레이슨이 말했다. 그의 음성은 무서우리만큼 차분했다.

"그 집에서 웬 늙은이랑 마주쳤다고 합니다. 그 죽은 새끼들 중 한 명의 아버지였던 것 같았다고. 집 근처에 서 있던 트럭에 랜돌프 조경이라고 써 있었대요."

돔이 말했다.

"랜돌프?"

그레이슨이 물었다.

"네."

돔이 말했다. 몇 초간 다시 침묵이 흘렀다.

"20분 안에 가지. 애들 소집해. 그 업장에 찾아가서 그 '아빠는 못 말려'*씨와 해결을 보자고."

그레이슨이 말했다.

그리고 전화는 끊어졌다.

---

* 《Father Knows Best》: 1949년 NBC 라디오에서부터 시작된 시트콤 시리즈. 가정적인 아버지와 현명한 어머니가 등장해 중산층의 이상적인 가족상을 그렸다.

16

버디 리는 세븐일레븐 바로 앞에 트럭을 세웠다. 그는 시동을 끄고 몇 초간 엔진이 덜덜거리는 소리에 귀를 기울였다. 쿨럭거림과 덜덜거림이 완전히 멈추자 그는 차에서 내려 가게로 들어갔다. 해가 막 뜬 뒤였다. 동쪽 하늘에는 솜사탕 같은 조각구름이 걸려 있었다.

출입구를 통과하면서 알림 벨이 울렸다. 버디 리는 중앙 통로를 지나 곧장 뒤편의 냉장고로 향했다. 그리고 선반에서 톨보이* 두 캔을 꺼내 계산대로 다가갔다. 이 뻘짓을 뭐라고 불러야 좋을지 모르겠지만, 이 짓거리를 마칠 때까지는 술을 입에 대지 않을 생각도 해보았다. 그러나 사실 그건 웃긴 일이었다. 마지막으로 교도소 신세를 진 이후부터는 술을 끊기가 어려웠다. 그 경험을 반복할 수는 없었다. 지난번 술을 끊었을 때에는 경련에 구토에 머리에 해괴망측한 벌레가 기어 다니는 것 같기도 했다. 조금 줄여볼 수는 있겠지만, 완전히 끊는 건 원숭이가 망할 캐딜락을 운전할 때나 가능할 일이

---

* Tallboy : 473밀리리터들이 맥주 캔.

었다.

 버디 리는 맥주 두 캔을 계산대에 올려놓고 점원이 몸을 돌리길 기다렸다. 자그마한 체구의 갈색 피부의 남자는 휘파람을 불며 진열대에 담배를 채우고 있었다. 버디 리에게는 익숙한 음색이었다. 남자가 마침내 담배 한 상자를 다 비운 뒤 몸을 돌리고는 버디 리의 맥주를 발견했다.

 "어이, 버디 리. 어떻게 지내, 친구? 좀 피곤해 보여."
 "그래, 오지게 좋은 아침이야, 하마드."
 버디 리가 말했다.
 "나쁜 뜻이 있는 게 아니라, 버디 리. 자네 걱정이 돼서 하는 말이야. 정말 한숨도 못 잔 얼굴이야."
 하마드가 말했다.
 "말도 마."
 버디 리가 말했다.
 그가 애송이를 칼로 찌르고 아이크가 그의 머리를 과숙한 멜론처럼 뭉개버린 뒤, 그들은 놈의 옷을 벗겨 아이크의 톱밥제조기에 집어넣었다. 아이크는 기계의 배출구를 자신의 창고 뒷마당에 쌓여 있는 거름 더미 쪽으로 향하도록 한 다음 작은 톱과 마체테를 사용해 애송이의 시신을 잘게 조각냈다. 모든 작업이 끝난 뒤 그들은 고압세척기로 바닥과 톱밥제조기를 청소했고, 버디 리는 라임색 운반대에 퍼질러 앉아 아이크가 초소형 트랙터로 거름 뒤섞는 모습을 지켜보았다. 그 모든 작업을 끝냈을 때가 동트기 두 시간 전이었다. 그의 시신 처리 솜씨가 얼마나 빨리 제 실력을 되찾았는지 놀랄 법도 했지만, 사실 그렇게 놀랄 일도 아니었다. 처음으로 시신 다졌을 때가 역겨웠을 뿐, 두 번째는 지루했다. 열다섯 번째에 이르렀을 때는 그 모든 과정이 그의 근육에 각인되었다.

"힘들겠지."

하마드가 말했다.

"흠?"

"아들이 세상을 떠났으니, 힘들 거야."

"그래, 데릭이… 죽은 이후로는 잠을 잘 못 자."

버디 리가 말했다. '데릭'과 '죽음'의 단어 조합이 그의 입에 영 어색했다. 앞으로도 그럴 테지.

"사랑하는 사람이 죽으면 모든 게 힘들 거야."

하마드가 맥주를 갈색 꾸러미에 넣으며 말했다.

"으…흠."

버디 리가 말했다. 그리고 하마드에게 10달러 지폐를 건넸다.

"그래도 이겨낼 수 있어, 버디 리."

하마드가 말했다.

"이겨내고 싶은 건지 어쩐 건지도 모르겠어, 하마드. 한순간이라도 슬퍼하지 않으면 우리 아들이 실망할 것 같은 기분이 드니 말이야."

버디 리가 말했다.

하마드는 버디 리에게 거스름돈을 건넸다.

"아들도 자네가 영원히 슬퍼하기를 바라진 않을 걸."

하마드가 말했다. 그때 한 남자와 여자가 웃으며 가게에 들어왔다. 버디 리는 그들이 갓 데이트를 시작한 커플이라는 사실을 알 수 있었다. 버디 리는 꾸러미를 집었다.

"정말 그럴까?"

버디 리가 말했다.

그가 묘지에 도착했을 때 구름은 여기저기 흩어져 있었다. 비석은 끊임없이 내리쬐는 햇살에 희미하게 빛났다. 기온은 물로켓처럼 꾸준히 상승하고 있었다. 한 시간만 있으면 갓 튀긴 치킨보다 더 뜨거워질 터였다. 버디 리는 일정한 보폭으로 비석들 사이를 걸었다. 데릭과 아이지아의 묘지에 도달하기 전 기침을 하기 위해 두 번 멈춰 선 것이 다였다. 그는 마침내 아들의 마지막 안식처를 내려다보고 있는 붉은색 단풍나무를 돌아 걸음을 멈추었다.

"크리스틴."

그가 말했다. 심장이 그의 목구멍 뒤편에서 둥둥 울렸다. 그녀는 묘지 발치에 서 있었다. 그녀의 꿀빛 금발은 그녀가 입고 있는 푸른색 재킷 깃에 살랑이고 있었다. 그가 사랑했던 긴 다리는 재킷과 잘 어울리는 푸른색 치마에 휘감겨 있었다. 하트 모양의 얼굴에 자리한 사파이어색의 그윽한 눈이 그를 바라보았다. 얼마나 많은 그 시간 그 눈동자를 바라보았던가? 무드 링*처럼 색이 변하는 눈동자. 열정에 짙어지거나 욕망에 반짝이거나 분노에 퍼렇게 이글거리던 그녀의 눈. 그녀는 얼굴에 손을 댄 듯했다. 특히 눈 주변과 입가에. 탓할 일은 아니었다. 하지 않을 이유가 뭐란 말인가? 그가 듣기로, 그녀의 남편은 충분히 그럴 만한 여유가 되었다. 외과의는 전지전능한 신이 그녀에게 하사한 것들을 좀 더 돋보이게 하는 역할을 할 뿐이다. 크리스틴 퍼킨스 젠킨스 컬페퍼는 그가 품에 안았던 여자들 중 가장 아름다웠다. 눈가에 생긴 주름 몇 개로 그 사실이 달라지

---

* Mood Ring : 착용한 사람의 감정에 따른 체온 변화를 반영하여 색이 변하는 반지.

진 않았다. 크리스틴이 그와의 8년간 결혼 생활을 자기 인생에서 싹 지워버리고 싶다 한들 말이다.

"비석은 어디 있어? 여기 비석이 있다고 들었는데."

크리스틴이 말했다.

"부서졌어. 여기서 뭐 해? 묘지가 여긴지는 어떻게 알았어?"

버디 리가 물었다. 크리스틴은 그의 시선을 피했다.

"신문에서 봤어."

"그렇군."

버디 리가 말했다.

"비석은 어떻게 된 거야?"

버디 리는 맥주 캔 하나를 따서 길게 들이마셨다.

"누군가 망치로 부수고 게이 욕으로 도배를 해놨어."

그가 말했다. 크리스틴이 화급히 들이마신 숨소리가 휘파람처럼 묘지에 울렸다.

"그것 참… 안됐네. 나 역시 데릭의 그런 점이 마음에 들진 않았지만, 그렇다고 해서 비석에까지 그렇게 끔찍한 일을 저지를 건 없잖아."

크리스틴이 말했다. 버디 리는 그녀에게 한 걸음 더 다가갔고, 그녀는 한 걸음 뒤로 물러섰다. 그런 뒤 아래를 내려다보고는 자신이 데릭, 아니면 아이지아의 묘지를 밟고 서 있다는 사실을 깨닫고 오른쪽으로 비켜섰다.

"그래서 장례식에 오지 않은 건가? 그 애의 라이프 스타일이 마음에 들지 않아서? 아니면 제럴드 컬페퍼가 보내주지 않아서?"

버디 리가 물었다. 크리스틴은 코를 문지른 다음 손으로 자신의 머리카락을 쓸어 올렸다.

"당신은 이해 못 해. 제럴드의 위치에서 엇나간 양아들 보듬기가 얼마나 어려운지 말이야."

"오, 이해해. 그래서 당신은 그 판사 양반이 리치몬드 시의회에 출마하기 직전 우리 아들을 집에서 쫓아냈지. 덕분에 우리 아들은 이 집 저 집을 떠돌았어. 당신이 제 아이의 엄마가 되는 대신 거만하고 돈 많은 버지니아주 퍼스트 패밀리의 아내가 되는 걸 더 중요하게 생각했기 때문에."

버디 리가 말했다. 그는 얼굴이 달아오르는 것을 느꼈다. 해안가로 높은 조수가 밀어닥치듯 그의 온몸이 전율했다.

"위선 떨지 마, 윌리엄 리 젠킨스. 당신은 무슨, 올해의 아버지감이었는 줄 알아? 우리 아들은 비도덕적인 관계에 몰두했어. 우리 남편이나 내가 받아들일 수 없을 정도로 혐오스럽고 불경한 태도였다고. 그래, 내가 애를 쫓아냈지. 하지만 당신처럼 얼굴에 주먹을 날린 적은 없어. 바닥에 눕혀놓고 뺨을 때리지도 않았고. 그 애가 그렇게 가련했다면 당신이 데려가 키우지 그랬어? 참, 그때 당신은 감방에 있었지. 교도소 와인을 마시면서."

크리스틴이 비아냥거렸다.

버디 리는 맥주를 한 모금 더 마셨다.

"컬페퍼가 주입한 그 번드르르한 에티켓 한번 끝내주는군. 하지만 억양에서 뻑사리가 나. 열 낼 때면 그 레드힐카운티의 억양이 그대로 나온다고. 결국 당신도 내 카마로 뒷좌석에서 멀리 벗어나지 못해."

그가 말했다.

"내 평화를 뺏길 수 없어. 내 평화를 뺏길 수 없어. 내 평화를 뺏길 수 없어."

크리스틴이 중얼거렸다. 버디 리는 그녀가 혼잣말을 하고 있다고 생각했다. 그녀는 붉은색 매니큐어를 바른 손톱 끝이 손바닥에 파고들 정도로 주먹을 꽉 쥔 채 정면을 응시했다. 버디 리는 다시 그녀의 눈동자를 살폈다. 성형수술을 한 건 기정사실이고, 그 외에도 뭔가가 더 있었다. 숲속 트레일러 파티에서 흔히 보았던 광적인 눈빛.

"크리스틴, 약했어?"

버디 리가 물었다. 그의 질문에 그녀가 퍼뜩 깨어났다.

"뭐?"

"약했어? 당신 눈동자가 이 캔 바닥만큼이나 커졌어."

버디 리가 말했다.

"처방약이야."

크리스틴이 말했다.

"그렇시겠지. 그 처방약을 한 번에 다 욱여넣었나 보군."

"여기서 쓰레기 전과자에게 설교나 듣고 있을 생각 없어."

크리스틴이 말했다. 그녀는 붉은색 힐 끝을 또각거리며 그의 옆을 지났다. 그는 그녀가 옆을 지나며 훅 끼친 냄새를 맡았다. 비싼 향수가 아닌 그녀의 냄새를. 갓 긁어낸 달콤한 향. 순간 그는 아까 이야기한 카마로로 되돌아갔다. 그녀의 목덜미에 입을 대고 콧구멍으로 지금의 신선한 향을 가득 들이마셨던 때. 그녀와의 언쟁은 지난 과거 관계의 반쪽짜리 축소판이었다. 그들은 언어로 서로에게 일격을 가했다. 두 번 이상 침대를 공유했던 사람들이 으레 사랑을 나누기 위해 부드럽고 은밀한 장소를 찾듯이 자연스럽게. 그 다른 반쪽이 재생되는 일은 없을 것이다. 버디 리는 맥주를 들이켰다. 이건 그에게 그나마 제일 즐거운 부분이었다.

"우리 둘 다 형편없는 부모였어. 하지만 적어도 난 그 애가 땅에 묻히는 모습을 지켜봤지. 근데 당신은 이제야 나타나다니, 늦어도 한참 늦었어."

버디 리가 소리쳤다. 그는 그녀의 걸음이 멈추는 소리를 들었다.

"엿 먹어, 버디 리."

그녀가 돌아보지도 않고 말했다.

"평화는 얼어죽을."

그가 중얼거렸다.

그는 크리스틴이 멀리 사라질 때까지 기다렸다가 다시 묘지 앞으로 다가가 한쪽 무릎을 꿇었다. 그리고 남은 맥주 캔을 따서 데릭의 묘지 위에 골고루 뿌렸다.

"미안, 아이지아. 넌 무슨 맥주를 좋아하는지 몰라서 말이다. 데릭은 한때 팹스트에 푹 빠졌었단다. 그 애가 열다섯일 때 내가 첫 맥주를 맛보여줬지. 내가 마지막으로 감옥에 가기 전이었어. 그때는 내가 그 애를 남자로 만들었다고 생각했는데. 참 바보 같은 생각이었지. 이제야 알 것 같구나."

버디 리가 말했다. 그는 남은 맥주를 마신 뒤 캔을 구겼다.

"나랑 아이크가 함께 뭔가를 하고 있다는 걸 알려주고 싶다. 한 놈을 잡았거든. 이게 네가 원하는 바가 아니라는 거 안다. 하지만 넌 결코 나 같은 남자가 될 수 없고, 난 결코 너 같은 남자가 될 수 없다는 걸 난 이제야 좀 알 것 같아."

그가 말했다. 그는 데릭의 캔도 마저 구겨 들고 왔던 갈색 꾸러미에 넣었다.

"네가 여기 있었다면 그냥 내버려두라고 했겠지. 그럴 가치가 없다고. 그럼, 네가 자주 하던 말 하나 빌리마."

버디 리가 말했다. 그는 자리에서 일어나 청바지에 묻은 흙을 털어냈다. 눈이 쓰라렸지만, 너무 피곤해서 울 힘조차 나지 않았다.

"이게 바로 나란다. 변할 수도 없고, 사실 변하고 싶은 마음도 없어. 하지만 내 안의 악마를 단 한 번만이라도 제대로 써보자는 생각이다."

17

아이크는 눈을 떴다. 그의 아래쪽 허리가 깨진 유리로 가득 찬 느낌이었다. 사무실 의자에서 일어나자 소총탄처럼 무릎에서 딱 소리가 났다. 그의 시계는 8시가 조금 넘은 시각을 가리키고 있었다. 그는 휴대전화를 확인했다. 마야가 몇 번 전화를 했다. 간결한 문자도 두 개 보냈다. 두 개 모두 그가 지금 어디에 있는지, 언제 집에 돌아오는지를 묻고 있었다. 첫 번째 문자가 두 번째 것보다 더 길었다. 몇 분 후면 직원들이 출근할 것이다. 재지는 언제나처럼 지각을 하겠지. 오늘은 퀸카운티에서부터 윌리엄스버그에 이르기까지 일곱 곳에 일정이 잡혀 있었다.

아이크는 책상을 돌아 애송이를 죽였던 지점으로 다가갔다. 고압 세척기와 표백제 덕분에 핏자국은 흔적도 없이 사라졌다. 지난 16년 동안 누구도 죽이지 않았다. 11년간은 싸움에 휘말린 적조차 없었다. 그 좁고 올곧은 11년간의 여정이 일순간에 개똥이 되어버렸다. 두 사람이 그 애송이를 돼지처럼 도륙한 뒤 그 시신을 아기 새에게 먹이를 주는 어미 새처럼 톱밥제조기에 넣어버렸다.

두 사람. 11년. 하나 더하기 하나는 둘. 그가 감옥에 있을 때 일정 숫자에 신비로운 의미를 부여하는 종교가 있다는 내용의 책을 읽은 적이 있었다. 들어 올리는 것과 읽는 것, 싸우는 것 외에는 할 일이 없을 때에 이렇듯 요상한 지식도 자연스럽게 습득하게 된다.

아이크는 창고의 뒷마당으로 나갔다. 그리고 뒷문 근처 호스 감개와 연결된 물 호스를 집어 건물 구석에 놓인 화로통으로 가져갔다. 그리고 연기가 멈출 때까지 통 안의 재에 물을 뿌렸다. 애송이의 청바지와 셔츠는 이미 흔적도 없이 타버렸고, 그의 부츠는 간신히 형체를 알아볼 수 있을 정도로만 남았다. 그는 손에 물을 조금 뿌린 뒤 얼굴에 끼얹었다. 기꺼이 피를 보겠다고 버디 리에게 거칠게 이야기한 바 있지만, 이렇게 갑작스럽게 맞닥뜨리게 되리라고는 생각하지 못했다.

폭력이란 것이 그렇다. 찾으려고만 들면 언제든 찾을 수 있다. 단지 당신이 선택한 때에 나타나지 않는다는 것이 문제. 아직 준비가 되기도 전에 짠 나타나 당신의 새 부츠에 흙탕물을 뿌린다. 그러니까 아무리 오랜 시간 뒤쫓더라도 완벽히 준비된 때란 건 없다. 옛같은 상황이 닥친 뒤에 그것을 받아들이든 받아들이지 않든 둘 중 하나인 것이다. 그리고 결국 당신도 그런 것에 익숙해진다. 어렸을 때에는 그 덕분에 자신이 단단해진다고 생각했다. 그는 호스의 물줄기를 다시 화로통 쪽으로 틀었다. 감옥에서 몇 년을 보낸 뒤에야 그는 그 모든 것이 헛소리라는 사실을 깨달았다. 인간이란 그 어떤 것에도 적응하기 마련이고, 그게 당신을 단단하게 만드는 것이 아니다. 그렇게 생각하도록 세뇌시킬 뿐.

아이크는 호스를 톱밥제조기에도 가져갔다. 그들은 애송이의 시신 조각들이 거름 더미로 떨어지도록 배출구 방향을 조작했다. 그런 뒤 아이크가 트랙터로 계속해서 거름을 뒤섞었다. 동이 틀 무렵 애송이는 완벽하게 거름의 일부가 되었다.

그는 호스를 내려놓고 다시 가게로 들어가 표백제를 집었다. 그리고 다시 톱밥제조기로 돌아와 투입구에 표백제를 부었다. 그런 다음 호스를 집고 톱밥제조기의 투입구와 배출구의 안팎으로 물을 뿌렸다. 톱밥제조기는 시신을 다지기에는 실용적이었지만, 증거를 없애기에는 최악이었다. 크로락스*로 닦아도, 맨눈에는 보이지 않는 DNA가 여전히 남아 있었다. 뼈와 머리카락 조각이 기계 안의 기어와 날에 끼어 있을 가능성이 농후했다. 지금으로서 그가 할 수 있는 일은 그걸 쓰레기 매립지에 던져버리는 것이었다. 녹슨 냉장고와 세탁기, 잔디깎이 기계들처럼, 한 번도 빛난 적이 없었던 듯한 무리에 끼워놓는 것이다. 천 달러에 이르는 장비가 순식간에 하찮은 고물이 되어버리는 순간. 그렇다고 이걸 고물상에 팔아넘길 수도 없는 노릇이었다.

아이크는 세척을 마치고 톱밥제조기를 건물 옆에 굴려두었다. 나중에 직원을 불러 트럭에 싣는 것을 도와달라고 할 참이었다. 고장 났다고 둘러대고 평소대로 더 이상 언급하지 않으면 그만일 터였다. 아무런 죄책감 없이 거짓말을 하는 라이엇의 습관이 이렇듯 쉽사리 돌아온 것이 그로서는 당혹스러웠다. 조금은.

그는 다시 안으로 들어가 주출입문을 열기 위해 건물 앞쪽으로 향했다. 그런데 재지가 30분이나 일찍 나와 있었다. 아이크는 걸음

---

* Clorox : 미국에서 가장 유명한 살균표백제 상표.

을 멈추고 엉덩이에 손을 가져갔다. 1년 전 그녀에게 열쇠를 주었지만, 그게 필요할 만큼 일찍 출근한 적은 이번이 처음이었다.

"세상의 종말이 오려나 보군. 네가 이렇게 일찍 온 걸 보니."

그가 말했다. 재지는 눈을 굴렸다.

"마커스의 차가 고장이 나는 바람에 제가 창문 공장까지 태워줬어요. 바로 길 건너잖아요. 그이를 내려주고 집에 다시 가봤자 별 할 일도 없을 것 같아서 바로 출근했죠. 제가 일찍 출근하면 사장님도 좋아하실 줄 알았는데."

재지가 말했다.

"여전히 충격적인걸."

아이크가 말했다. 재지는 다시 눈을 굴리고 곧장 자기 책상으로 향했다. 아이크도 그 뒤를 따라 발을 디딘 순간 큰길 쪽에서 천둥과도 같은 굉음이 들렸다. 그는 걸음을 멈추고 몸을 돌려 문밖을 내다보았다. 오토바이 군단이 5, 6미터를 줄지어 서서, 날 듯이 가게 옆을 달리고 있었다. 그 소리가 마치 사냥에 나선 사자의 포효 같았다.

18

버디 리는 트럭을 세우고 후들거리는 다리를 아래로 늘어뜨렸다. 그는 문을 닫은 뒤 휘청거리며 자신의 트레일러로 향했다. 묘지에서 나오자마자 가장 가까이 있는 술집으로 걸음을 옮겼다. '맥캘런스'라고 하는 동네의 조용한 술집이었다. 그는 맥주로 시작해서 위스키로 옮겨간 다음 버번으로 마무리를 했다.

자야지. 아이크에게 전화해 다음 행동을 논의하기 전에 잠부터 자야 했다. 그는 첫 번째 시멘트 블록에 발을 얹었지만, 이내 삐끗하고 말았다. 그는 오른쪽으로 비틀거리며 트레일러에 몸을 부딪힌 뒤 땅으로 풀썩 엉덩방아를 찧고 말았다. 버디 리는 몸을 굴려 무릎으로 땅에 짚었다. 몸을 일으키려 했지만, 폐의 남은 공기가 모두 날아가버리고 말았다. 레몬만 한 크기의 가래가 그의 가슴을 꽉 채우고 있었다. 버디 리가 폐에 공기를 집어넣으려 기침을 할 때마다 그의 두 눈이 툭 불거졌다.

그때 강한 손이 그의 등을 내리쳤다. 날카로운 가격에 목구멍에 걸려 있던 가래 덩어리가 밖으로 튀어나와 찌부러진 두꺼비처럼 바닥에 찰싹 달라붙었다. 누군가 그를 일으키고 있었다.

"괜찮아?"

버디 리는 자신의 구원자에게 고개를 끄덕였다. 늘씬하면서도 평퍼짐한 엉덩이, 칼로 다듬은 듯 날렵한 몸매의 여자가 무쇠 같은 손아귀 힘으로 그의 왼팔을 붙들고 있었다. 그녀의 피부는 뜨거운 햇살 아래 몇 시간을 노출해 그을린 듯 자연스러운 짙은 빛을 띠고 있었다. 눈처럼 하얀 머리카락 몇 가닥이 섞인, 길게 땋아 내린 두 갈래의 검은 머리는 가슴을 지나 거의 허리까지 닿아 있었다.

"당신은 정말 형편없는 거짓말쟁이야, 버디 리."

그녀가 말했다.

"잠깐 발을 삐끗한 거야, 마고. 팬티에 뭐라도 든 사람처럼 예민하게 굴 것 없잖아."

버디 리가 말했다. 마고는 그를 놓아준 뒤 자신의 청바지에 손을 닦았다. 그녀의 흰색 탱크톱에는 현대미술 작품처럼 짙은 얼룩들이 묻어 있었다.

"허브가 죽은 이후로 팬티는 안 입어. 내 두 번째 남편 말이야. 좋은 사람이었어. 근데, 참내, 얼마나 꼬장꼬장했는지 걸을 때마다 삐걱 소리가 날 정도였다니까."

마고가 말했다.

"세 번째 남편은 당신이 속옷 안 입는 거, 괜찮았나 봐?"

버디 리가 윙크를 하며 물었다.

"콜튼? 맙소사, 전혀. 그 남자는 거시기가 계속 서 있을 수만 있다면 동틀 때까지도 그 짓거리를 할 인간이야. 그 사람, 여자 위에서

생을 마감한대도 놀랍지 않을 거라고. 난 늘 그 여자가 내가 될 거라 생각했지만."

 마고가 말했다. 버디 리는 키득거렸다. 그리고 곧 박장대소로 바뀌었다. 하지만 그 웃음도 다시 기침으로 변질되고 말았다. 마고가 다시 그의 등을 두드렸다. 이상하리만큼 친밀한 제스처였다. 버디 리는 그녀의 손길이 생각보다 편안했다. 마침내 기침이 잦아들었다.

 "우리가 이웃이 된 지도 이제 5년이야. 내가 여기 처음 왔을 때 당신은 샘 엘리엇을 닮았었다고. 근데 이제는 샘 엘리엇의 할아버지래도 믿겠어."

 "저런. 고마워, 마고. 내가 개 한 마리 데려올 테니 발길질은 나 대신 녀석에게 하는 게 어때."

 버디 리가 말했다. 마고는 고개를 설레설레 저었다.

 "흉보는 게 아니라, 내가 관찰한 바를 얘기하는 거야. 술만 들입다 마시고 식사는 대충이잖아. 몇 주 동안 딱 한 시간 눈 붙인 얼굴이야. 그 기침도 병원에 한번 가봐. 첫 번째 남편도 기침이 심했는데, 병원에 가질 않다가 결국 그대로 세상 하직했어."

 마고가 말했다. 버디 리는 손등으로 입을 닦았다. 세상이 빙빙 돌진 않았지만, 다리는 여전히 후들거렸다. 버번과 맥주가 그의 내장에서 술집 싸움을 벌이고 있었고, 위장은 둘을 모두 쫓아내겠다고 으르렁거리고 있었다. 참견이 과하지만 그래도 의도가 선한 이웃 앞에서 토하고 싶지 않았다. 토사물에는 갈색보다 붉은색이 더 많이 섞여 있을 테고, 그렇게 되면 대답하고 싶지 않은 질문들이 또 무수히 날아들 터였다.

 "말했잖아. 괜찮다고, 마고. 좀 힘든 한 주였어. 제길, 사실 힘든 한 해였지."

버디 리가 말했다. 마고의 얼굴이 다소 부드러워졌다.

"알아. 아들 일은 안됐어. 나도 남편 넷을 땅에 묻었지만, 우리 딸들 중 하나를 묻어야 했다면 완전 황망할 거야. 부모로서 그런 광경을 봐야 하는 건 완전 불법이지."

그녀가 말했다. 사전 경고 없이 버디 리의 눈가가 촉촉해졌다.

"난 이제 그만 들어가서 죽은 듯 잘 거야."

버디 리가 말했다.

"알았어. 필요한 게 있으면 언제든 불러. 난 텃밭에 있을 테니까."

"아티가 그 텃밭 엎으라고 안 해?"

버디 리가 윙크를 하며 물었다. 마고의 입꼬리가 뒤틀렸다.

"토마토 밭을 엎어야 한다면, 내가 너무 우울해질 테고, 그러면 네 와이프가 요양원에서 일하는 동안 네가 카슨의 트레일러에 몰래 숨어들었던 사실을 떠벌리고 다닐지도 모른다고 했어."

버디 리는 휘파람을 휙 불었다.

"세게 나오는데?"

"자기 와이프나 카슨의 남자 친구가 아닌 나한테 걸린 걸 다행으로 여겨야 할 거야. 그나저나 걔는 그 지독한 냄새를 어떻게 견디나 몰라. 난 상상도 못하겠어."

버디 리가 웃음을 터뜨렸다.

"암튼 아까도 얘기했듯이 난 그만 가서 잘래."

버디 리가 시멘트 블록을 올라 문손잡이를 쥐었다.

"오늘 밤에 스파게티 만들 거야. 소스에 내가 키운 비프 토마토 넣어서. 생각 있으면 언제든 와. 환영이야."

마고가 말했다.

"네 남편들한테 했던 것처럼 나한테도 독 먹이게?"

버디 리가 물었다. 마고는 눈을 굴렸다.

"당신, 재수 없어. 그거 알아?"

"내 인생에 대한 전반적인 평가가 그렇더군."

버디 리가 말했고, 마고는 툴툴거렸다.

"소스는 7시쯤 완성이야. 아들이 그리운 건 알지만 그래도 먹어야 살지. 아들도 당신이 엉망이 되는 건 원치 않을 거야."

마고가 말했다. 그런 뒤 진입로를 가로질러 자신의 트레일러 주변으로 사라졌다. 버디 리는 그녀의 뒷모습을 얼마간 바라보았다. 마고의 외모는 그렇게 못 봐줄 정도는 아니었다. 그가 보기에 그녀는 쉰 혹은 쉰다섯 정도. 그보다 몇 살 정도 더 많을지도 모르겠지만, 몸매는 그런대로 괜찮았다. 그녀는 로위의 집에서 정원관리사로 일하고 있었다. 지난 5년간 대부분의 시간을 둘은, 그녀의 표현을 따르자면, '이익을 공유하는 친구 사이'로 지냈다. 때로 함께 밤을 보내며 말이다. 버디 리도 부엌 창문을 통해 그를 몇 번 본 적이 있었다. 낡은 지프 왜고니어를 타고 찾아오는 짧은 머리의 늙은 덩치. 차 범퍼에는 '밋 롬니*를 대통령으로'라는 빛바랜 스티커가 붙어 있었다. 하지만 지난 몇 달간 그 짧은 머리는 모습을 보이지 않았다. 그는 그것이 마고가 그를 저녁 식사에 초대했던 것과 관련이 있을까 궁금해졌다.

"정신 차려. 그저 친절한 사람일 뿐이야. 그게 다야. 그게 전부라고."

---

* Mitt Romney : 전 매사추세츠 주지사.

버디 리가 중얼거렸다. 그는 트레일러로 들어가 부츠를 벗어 던진 뒤 셔츠를 벗었다. 에어컨은 마치 세탁기에 빠졌다 나온 것 같은 소리를 내고 있었다. 쩔걱거리고, 쌕쌕거리고. 하지만 적어도 오늘 만큼은 제대로 돌아가긴 하는 것 같았다. 시원한 바람에 그의 등과 가슴에 닭살이 돋았다.

소파에 드러누워 막 눈을 감는데 누군가 문을 쾅쾅 두드리기 시작했다. 자리에서 일어나 문으로 향하며 그는 신음을 뱉었다.

"젠장, 마고. 괜찮다니까."

그는 문을 열며 중얼거렸다.

그의 문 앞 시멘트 블록 마지막 칸에는 라플라타 수사관이 서 있었다. 배지와 총을 제외하고 그는 혼자였다.

"젠킨스 씨, 얘기 좀 할까요."

그가 말했다. 그러고는 들어가도 되는지 묻지도 않고 트레일러로 올라왔다. 버디 리는 한 걸음 뒤로 물러섰다. 라플라타는 그를 유심히 쳐다보았다. 버디 리는 그 의미를 알 것 같았다.

그는 이제 끝이다. 라플라타가 시덥잖은 일로 여기까지 그를 찾아오진 않았을 테니.

19

　재지가 송장을 결제하고, 고객에게 메일을 보내고, 각종 청구서들을 처리하느라 컴퓨터 키보드를 두드리며 마우스를 클릭하는 동안 아이크는 작업명령서를 검토했다. 직원들은 한 시간 내에 하나둘씩 출근할 터였다. 그렇게 되면 창고는 뿌리덮개와 재배용 흙과 거름과 비료를 트럭에 싣는 소리로 가득 찰 것이다.
　아이크는 거름 생각은 하지 않으려고 노력했다. 아니, 좀 더 구체적으로 말하자면, 그 거름에 들어 있는 것에 대해서는 생각하지 않으려 했다.
　그때 입구에서 벨 소리가 들렸고, 그는 재지가 활기차게 인사하는 소리를 들었다. 잠시 후 그녀가 그의 사무실에 머리를 빼꼼 내밀었다.
　"아이크, 여기 계신 분들이 사장님을 찾아요."
　그녀가 말했다. 그녀의 눈동자는 동그랬고, 호흡도 고르지 못했다. 아이크는 자리에서 일어섰다.

"무슨 일이야?"

재지는 나지막한 목소리로 말했다.

"밖에 오토바이를 타고 온 남자 다섯이 사장님을 만나겠대요."

그녀가 말했다. 아이크는 몸을 곤추세웠다. 불길했다. 조경 사무실에 폭주족 다섯이라…. 아이크는 이마를 문질렀다. 어젯밤 그와 버디 리는 백인 쓰레기 둘과 맞닥뜨렸다. 그중 하나의 머리를 뽀개버리고 다른 한 명은 죽였다. 근데 지금 폭주족들이 어슬렁어슬렁 그의 가게를 찾아왔다. 그 애송이는 누군가의 심부름으로 탄제린을 찾는다고 했다. 만약 저 폭주족들이 그를 고용한 사람들이라면? 아이크는 버디 리에게 형사가 될 필요가 없다고 말했지만, 그 정도 유추하는 데에 꼭 셜록이 되어야 하는 건 아니다.

다른 놈도 제거했어야 했는데, 아이크가 생각했다.

"곧 간다고 해."

그가 말했다.

"지금 안 계시다고 할까요?"

재지가 말했다.

"아냐, 괜찮아. 원하는 게 뭔지 들어나 보지."

아이크가 말했다. 그는 사무실을 돌아 곧장 로비로 향했다. 가는 길에 그는 마체테를 집었다.

가죽 조끼를 입은 털복숭이 남자 다섯이 로비에 서 있었다. 털투성이의 정도는 서로 조금씩 달랐다. 그들 중 두어 명은 벽면에 붙은 광고 포스터를 읽고 있었고, 입구 근처에 두 명이 더 서 있었다. 볼에 난 험한 흉터가 수염을 가로지르고 있는 덩치 큰 금발 남자는 빈틈없이 문신을 한 팔로 팔짱을 낀 채 탄산음료 자판기에 기대어 서 있었다.

아이크는 카운터에 마체테를 내려놓았다.

"뭘 도와드릴까요?"

아이크가 물었다.

금발의 폭주족이 자판기에서 몸을 일으켰다. 그는 마체테를 흘끗 보고는 아이크를 향해 미소 지었다. 그의 치열은 고르지 못했고, 앞니도 하나 빠져 있었다.

"그게, 글쎄요. 우리 친구를 하나 찾고 있는데, 어디 있는지 그쪽이 알 것 같아서."

키 큰 금발이 말했다. 얼굴의 희미한 흉터는 심전도 검사 결과지처럼 그의 턱까지 이어져 있었다. 그가 입고 있는 조끼에는 가슴 부분에 '프레지던트'라고 적힌 패치가 붙어 있었다. 다른 네 명의 남자들이 다가와 그의 옆에 섰다. 그의 왼쪽에 선 남자의 패치에는 '경호원'이라고 적혀 있었다. 그는 등 아래로 손을 뻗어 철제 파이프를 꺼냈다. 한쪽 끝에 절연 테이프가 감겨 있었다. 다른 세 명의 남자들도 손수 만든 무기들을 꺼냈다. 한 명은 끝에 자물쇠가 달린 체인을, 다른 두 명은 각각 밝은 초록색과 빨간색 손잡이가 달린, 짤막한 당구 큐대를 꺼냈다. 프레지던트 패치를 붙인 남자가 앞으로 몸을 기울이며 카운터 위에 두 손을 얹었다. 그에게 마체테는 팔 하나 길이 안에 있었다.

"지금 여기에 당신 친구라고 할 만한 사람은 전혀 안 보이는데."

아이크가 말했다. 그는 남자의 밝은 파란색 눈동자를 빤히 쳐다보았다. 그의 뒤로 재지가 계속 컴퓨터를 두드리고 있었다.

아이크는 아침에 가게에 들어설 때마다 제일 먼저 맡게 되는 냄새를 좋아했다. 이상하지만 그 냄새는 그에게 묘한 안정감을 안겨주었다. 휘발유와 기름, 표토, 심지어 빌어먹을 거름 냄새까지. 그 모두가 정직한 하루 노동의 냄새였다. 당신이 불에 타고 있다고 해도 눈 하나 깜빡하지 않을 사람들, 하지만 자기 정원에 직접 뿌리덮개를 씌우거나 비료를 뿌릴 수고를 하고 싶지 않거나 하지 못한다는 이유로 그에게 대가를 지불해야 하는 사람들의 정원을 아름답게 가꾸며 보내는 시간들 말이다. 그들의 업신여김 따위 아이크에게 중요하지 않았다. 수많은 삽질 덕분에 집을 살 수 있었고, 말도 못하게 많은 잔디를 굴려 깐 덕분에 테이블에 음식을 올릴 수 있었다. 뿌리덮개를 나르느라 끝없이 손수레질을 한 덕분에 아이지아를 대학에 보낼 수 있었다. 계산만 정확히 해준다면, 그들이 어떻게 생각하든 그건 그들의 자유였다.

하지만 정제 석유와 라임 가루의 톡 쏘는 냄새 아래로 또 다른 향이 떠다니고 있었다. 페니와 오래된 배터리가 생각나는 씁쓸한 철의 냄새. 이 냄새는 폭주족들이 들여온 것인가? 몇 시간 공을 들여 청소를 했는데도, 이 구리 냄새는 이미 벽면에까지 스며든 듯했다.

"뭐? 여기 우리들이 친구 사이가 아니라는 건가?"

금발이 말했다. 아이크는 마체테 손잡이에 손가락을 걸었다. 그리고 금발의 눈을 오랫동안 응시했다.

"전혀."

마침내 그가 말했다. 남자는 바라던 대답을 들은 것처럼 고개를 끄덕였다. 그리고 몸을 바로 세워 경호원들에게로 몸을 돌렸다.

"이 새끼, 조져."

돔이 파이프를 들어 카운터에 놓인 손님용 사탕 접시를 부쉈다.

아이크는 호랑이가 앞발을 뻗듯 왼손을 내밀었다. 그는 그레이슨의 오른쪽 팔을 잡았다. 그리고 그를 앞으로 잡아당기는 동시에 아래로 잡아내려 머리를 카운터 위에 갖다 박게 했다. 돔은 머리 위로 파이프를 들었다가 아이크가 그레이슨의 목에 마체테의 날을 가져다 대자 그대로 얼어버리고 말았다. 덩치 큰 남자는 발버둥 쳤지만, 아이크가 마체테 날을 그의 귀 아래쪽 부드러운 살에 대고 누르자 더 이상 움직이지 않았다.

"물러서. 안 그러면 이자의 썩은 머리를 베어버릴 테니."

돔은 움직이지 않았다. 파이프가 소리굽쇠처럼 진동했다. 다른 세 명의 오토바이꾼들도 그와 비슷하게 멈춰 섰다.

"다들 뭐 하고 섰어? 이 새끼 조져버리라니까."

그레이슨이 말했다. 아이크는 쓰읍 소리를 냈다. 지금 이 공간이 미터 단위로, 다시 센티미터 단위로 빠르게 줄어드는 것만 같았다. 그의 가슴에서 심장이 펄떡였다. 옛날에도 이런 비슷한 상황에 처했던 적이 있었다. 그때의 결말은 그에게 별로 유익하지 않았었다. 조금도.

아이크는 아래쪽 입술 안쪽을 깨물고 마체테 손잡이를 더 세게 쥐었다. 슬금슬금 그의 척추를 타고 오르기 시작한 두려움에 얼굴 근육의 1그램도 내줄 수 없었다. 동물들에게 두려움의 기색을 엿보였다가는 일말의 경외심조차 모두 사라져버리고 말 것이다. 그리고 경외심을 잃은 동물들은 아무런 거리낌 없이 당신의 복부를 찢을 것이다. 이들은 두 발로 걸어 들어왔지만, 흉포하기 짝이 없는 동물들이나 마찬가지였다. 특히 자기들이 수적으로 우세하다고 생각하고 있다면 더더욱. 이들이 그의 약점을 조금이라도 간파한다면, 한 무리의 들개 떼처럼 그에게 달려들 게 분명했다.

돔은 침을 꿀꺽 삼켰다. 그리고 그레이슨과 아이크를 향해 주춤주춤 걸음을 내딛었다. 아이크는 금발 남자의 목 쪽으로 칼날을 당겼다. 그러자 바늘만큼 얇고 가느다란 피가 마술처럼 새어 나왔다. 피는 수은처럼 그레이슨의 목을 타고 넘어 카운터로 떨어졌다.

"이건 면도도 가능할 만큼 날카로워. 당신이 여기 카운터를 돌기 전에 목뼈까지 단칼에 벨걸. 진짜로."

아이크가 말했다.

"하느님 맙소사, 이 깜둥이 새끼를 어서 쓸어버려. 5 대 1이잖아, 망할!"

그레이슨이 말했다. 다소 웅얼거리는 소리였지만, '깜둥이'라는 단어는 아이크에게 크고 분명하게 들렸다.

그레이슨은 다시 카운터에서 벗어나려 몸부림을 쳤지만, 칼날이 그의 두터운 목으로 더욱 파고들자 저항을 멈추었다.

"다수의 확률이 더 좋긴 하지."

그레이슨이 아이크에게 완전히 제압당한 모습을 목격한 충격이 그들 사이에서 서서히 누그러지고 있었다. 다른 세 명의 폭주족들은 저마다의 불안감을 조금씩 벗어버리고 앞으로 슬슬 전진하고 있었다. 프레지던트부터 제거한 뒤 돔이라는 남자가 다음 순서다. 돔이 카운터 끝으로 이동하는 가운데 아이크는 그에게서 시선을 떼지 않았다. 잠깐이라도 눈을 깜박였다가는 틈을 보이고 말 것이다. 순간 돔은 주저했다. 아이크의 눈에 살기가 어려 있었기 때문이다. 옥수수 위스키만큼이나 순수하고 강력한 기운.

"38구경 대 다섯은 어때? 그 확률은 마음에 드나?"

그때 재지가 말했다. 아이크는 왼쪽으로 슬쩍 곁눈질을 했다. 그의 비서가 크롬으로 도금한 권총으로 파이프를 들고 있는 폭주족들을 겨냥하고 있었다. 남자는 제자리에 멈춰 섰다.
"넌 쏘지 못해. 너같이 예쁜 것들은 절대…."
돔이 입을 연 순간 재지가 천장을 향해 방아쇠를 당겼다. 그는 실제로 '뻐끔' 소리를 내며 입을 다물었다. 총소리가 건물에 반향을 일으키며, 그들 머리 위로 드러난 천정 대들보에 부딪혔다.
아이크는 전과자들을 가급적 많이 고용하려 했다. 두 번째 기회의 가치를 잘 알고 있었고, 10, 15년 동안의 무직 상태에서 직장을 구하는 것이 얼마나 어려운지도 잘 알고 있었기 때문이다. 하지만 처음으로 그는 흉악 전과가 없는 직원을 고용한 것이 무척이나 다행스럽게 느껴졌다. 재지는 이 건물을 통틀어 법적으로 합당하게 총기를 소지할 수 있는 유일한 사람이었으니 말이다. 아이크는 재지에게 고갯짓을 했다.
"이런 일에 아주 능숙한 여자야. 내가 당신이라면 엉덩이를 내빼고 도망가겠어. 그럼 여기 이 자식도 보내주지. 진짜야, 여자를 시험하지 마."
아이크는 거짓말을 했다. 재지가 총을 제대로 쏠 수 있는지조차 그는 알지 못했다. 당장은 그런 것이 중요한 게 아니었다. 중요한 것은 여기 모인 백인 쓰레기들이 그녀를 배테랑 사수라고 믿게 하는 것이었다.
돔은 입술을 핥았고, 한동안 아무도 입을 열지 않았다. 긴 침묵이 이어졌다. 마침내 돔이 파이프를 내린 뒤 다시 허리춤에 끼웠다.
"물러나."

그가 말했다.

아이크는 돔과 다른 세 명의 폭주족들이 문 쪽으로 느릿느릿 물러나는 모습을 지켜보았다. 네 명 모두와 웬만큼 거리가 멀어지자 그는 몸을 숙여 금발의 귀에 속삭였다.

"이쯤에서 보내주겠지만, 눈썹 하나라도 꿈쩍했다가는 사냥철 첫 사슴처럼 배를 갈라버릴 테니 조심해, 알겠어?"

"날 죽이지 않으면 일이 어떻게 끝날지 알고 있을 텐데, 안 그래?"

그레이슨이 말했다. 포마이카*에 입가를 눌린 상태에서 낼 수 있는 최대한의 목소리였다.

"네 조무래기들 앞에서 체면 차리고 싶은 건 알겠지만, 한 번만 더 이 근방을 어슬렁거렸다가는 비닐 백에 담을 조각 하나 남지 않게 해주지. 내 말 명심해. 허튼소리가 아니니까."

아이크가 속삭였다. 그레이슨은 대답하지 않았다. 아이크는 마체테를 거두고 한 발 뒤로 그리고 다시 왼쪽으로 움직였다. 그레이슨은 몸을 일으킨 뒤 목에 손을 가져다 댔다. 그는 아이크를 노려보았고, 아이크도 그에게서 시선을 거두지 않았다.

"네 패거리들에게 연락하는 게 좋을 거야. 노친네 옛 친구들 좀 불러 모으라고. 아, 그래, 그 문신 봤어. 어디 한번 깜장 원숭이 새끼들 다 모아봐. 우리는 레어 브리드라고, 이 개새끼야. 이 망할 곳을 완전히 잿더미로 만든 다음 오줌을 싸질러줄게. 그리고 저년 입에는 네 눈 앞에서 친히 내 물건을 박아버릴 거야."

그레이슨이 말했다. 재지는 그가 자신의 이름을 언급하자 짧은 숨을 훅 들이마셨다. 하지만 미동도 하지 않았다.

---

* Formica : 내열 플라스틱 판.

그레이슨은 목을 짚었던 손을 떼어 바닥에 털었다. 그의 손바닥과 손가락 끝에서 떨어진 핏방울이 콘크리트 바닥에 흩뿌려졌다.

"피에는 피."

그는 피로 얼룩진 손을 입술에 갖다 댄 뒤 재지를 향해 키스를 불어 날렸다. 아이크는 마체테로 문을 가리켰다.

"주둥이 그만 나불대고, 어서 꺼져."

아이크가 말했다. 재지는 38구경의 공이치기를 잡아당겼다.

"곧 다시 봐."

그레이슨이 말했다.

그는 아이크와 재지에게서 등을 돌려 밖으로 나갔다. 다른 동료들도 그의 뒤를 따랐다. 돔은 잠시 걸음을 멈추고 아이크를 향해 힐난 섞인 고갯짓을 한 뒤, 밖으로 나섰다.

오토바이 시동 소리가 들리고 나서야 아이크는 마체테를 내려놓았다. 재지가 구슬프게 흐느끼는 소리를 들을 수 있었다. 그녀의 손에 들린 권총이 떨리고 있었다.

"재즈, 총 이리 줘."

아이크가 말했다. 하지만 재지는 그를 알아차리지 못했고, 아이크는 그녀가 들고 있는 총을 부드럽게 집어 장전을 푼 다음 주머니에 넣었다. 그의 옆에 선 그녀는 여전히 팔을 뻗고 있었다.

"재지, 그놈들 갔어."

"다시 오겠죠?"

"글쎄."

아이크는 거짓말을 했다.

"토할 것 같아요."

재지는 화급히 뒤편으로 사라졌다. 아이크는 입구로 다가가 문을 걸어 잠갔다. 그런 뒤 눈을 감고 차가운 쇠 표면에 손을 얹은 채 마음을 진정시켰다. 어젯밤 버디 리와 함께 러그를 풀던 순간이 떠올랐다. 처음에는 쇠톱이면 될 줄 알았다. 두 사람은 그 애송이를 갈아버리면 그들 가슴에 곪아 터진 상처를 매울 수 있을지도 모른다고 생각했다. 그 순간에는 아이들을 죽인 것이 바로 그놈이라고 말할 수 있을 것만 같았다. 이것으로 모든 것을 끝내자고. 마침내 저울의 수평을 맞추었으니 다시 예전의 공허한 삶으로 돌아가자고.

그건 개소리였다. 이제 그는 알 것 같았다.

다시 돌아갈 수 없었다. 지옥에서 보내는 첫 밤처럼 어둡고 긴, 불의로 가득한 내리막길만 있을 뿐이다. 그것을 정의라고 불러도 좋겠지만, 그건 사실이 아니다. 그건 영원히 채워지지 않는 무자비한 복수일 뿐이었다. 교도소를 들락거리며 그는 깨달은 것이 있었다. 그러한 복수에는 반드시 대가가 따른다는 것.

폭주족들은 돌아올 것이다. 어쩌면 오늘 밤. 내일일 수도 있고, 며칠 뒤일 수도 있다. 어쨌든 그들은 돌아올 것이다. 무장을 한 채 전쟁을 찾아 마을을 내달릴 것이다. 그도 준비해야 했다. 어떻게 그리고 어째서인지 모르겠지만, 그는 그들이 아이지아와 데릭과 연계가 있다는 확신이 들었다. 뼛속부터 느껴지는 감이었다.

그들은 전쟁을 하기 위해 돌아올 것이다. 그렇다면 그 역시 망할 대학살의 맛을 보여주어야 한다.

20

버디 리가 구치소와 감옥, 주 교도소 그리고 만취자 전용 수감구역을 들락거리며 한 가지 유일하게 배운 것이 있다면, 어떠한 경우에도 절대 경찰에게 협조해서는 안 된다는 것이다. 죄가 있든 없든 상관없이 그들에게는 무엇도 내주어선 안 된다. 그들은 자기들이 원하는 바 혹은 당신에게서 의심하고 있는 바를 곧 이야기할 것이다. 그들은 질문을 던지는 데에 대가를 받지만, 당신은 그 대답에 대가를 받지 못한다.

그는 소파에 기대어 앉아 다리를 꼬았다. 그리고 라플라타가 왜 갑자기 나타나 버디 리의 달콤한 낮잠을 방해하는지 털어놓기를 기다렸다.

버디 리는 생각했다. *애송이 때문이 아니야. 그것 때문이었으면 진즉 수갑을 채웠을 거야.*

라플라타는 휴대전화를 꺼내 화면을 몇 번 쓸어내렸다. 그는 마침내 찾던 것을 발견하고는 그들 사이에 놓인, 커피 탁자로 사용하고 있는 우유 상자에 휴대전화를 내려놓았다. 거기에는 커다란 검은색 눈동자를 가진 수염 난 남자의 사진이 떠올라 있었다. 한껏 부푼 입술은 꼭 소시지 같았다. 남자의 뒷배경은 버디 리도 아주 잘 알고 있는 역겨운 짙은 초록빛이었다. 그건 당연히 경찰서에서 찍은 것일 테다.

"브라이스 토마슨이란 사람인데, 오늘 아침 경찰서에 찾아와서 아주 재밌는 얘기를 해주더군요. 웬 노인 둘이 자기 가게에 와서 폭력을 행사하며 아들들을 죽인 살인범에 대해 물어봤다고요. 손가락도 부러졌던데요. 그 손으로는 한동안 대마초도 피우지 못할 거예요."

라플라타가 말했다. 버디 리는 고개를 들었다.

"누군가에게 제대로 두들겨 맞은 건 분명하군요. 근데 이자 말을 전부 믿을 건 못 되는 것 같소만, 뭐 놀랄 일도 아니지. 그나저나 사건 소식은 없는 거요?"

버디 리가 말했다. 라플라타는 무릎에 손을 얹었다.

"솔직하게 말씀드릴까요, 젠킨스 씨. 비공식적으로요. 이제 감이 좀 오네요. 당신은 아들과 사이가 별로 좋지 못했어요, 아들이 게이라는 사실을 받아들일 수가 없었기 때문에. 이제 아들은 죽었고 관계를 바로잡을 기회는 날아갔죠. 그래서 아들을 죽인 자를 찾아 일을 바로잡고 싶어진 겁니다. 우리 경찰의 수사 속도도 마음에 안 들었을 테니. 당신 기분은 이해해요. 하지만 그렇다고 해서 일개 시민이 거리를 돌아다니며 제멋대로 복수를 시현할 순 없어요. 그럼 여기 브라이스처럼 무고한 사람들이 다치니까요. 그러니 결국 나는 당신을 체포해서 사회로부터 떨어뜨려놓을 수밖에 없을 겁니다. 그러고 싶지 않지만, 그렇게 해야 할 거예요, 젠킨스 씨. 일반인들 손에 법 집행을 맡길 순 없으니까요. 그런 건 무정부 상태나 다름없지요. 얼굴에 멍을 보니 당신도 최근에 그런 행위에 가담한 적이 있는 것 같은데."

"정말 그렇게 생각하오?"

버디 리가 물었다.

"네."

버디 리는 턱을 긁적였다.

"계속 이해한다고 말하던데, 애가 있소, 라플라타 수사관?"

"아들과 딸이 있어요. 그리고 묻기 전에 대답부터 하죠. 네, 맞아요. 누군가 우리 아이들에게 손을 댄다면, 나도 그 개자식을 찾아 서서히 죽여버리고 싶을 겁니다. 하지만 실제로 그러진 않죠. 왜냐하면 내 동료들이 범인을 찾아 옳은 방법으로 징계할 거라 믿으니까요."

라플라타가 말했다.

"보시오, 그게 우리 둘의 다른 점이오. 당신은 그런 일을 겪지 않았기 때문에 그렇게 말하는 거요. 물론 그런 일이 생기지 않기를 바라오. 하지만 내 입장이 되어보기 전까지 이해한다는 말은 그만둬 주었으면 좋겠소. 난 변호사는 아니지만, 그 애송이⋯ 그, 이름이 뭐라고 했소, 브라이슨?"

"브라이스."

라플라타가 말했다.

"그래, 브라이스. 그러니까 누가 그놈 이빨을 부러뜨렸는지 영상 증거라도 있었다면, 벌써 날 체포했겠지. 하지만 그런 게 없으니 못하는 거 아니오. 이제 괜찮다면, 난 이만 눈 좀 붙일까 하는데. 너무 피곤하거든."

"젠킨스 씨, 아들을 잃은 것은 진심으로 유감입니다. 어떤 기분일지는 몰라도, 가늠할 수는 있어요. 누군가 우리 애들을 다치게 했다면, 나 역시 이성을 잃었을 겁니다. 하지만 하나는 분명히 하죠. 좋아요, 한 번은 넘어갑니다. 교도소행 열차에서 벗어날 수 있는 기회를 마지막으로 주겠단 말이에요. 네, 당신과 랜돌프 씨의 이야기는 브라이스와 또 다르겠지요. 사실 그놈도 쓰레기인 건 사실이고요. 그자의 동료라는 두 사람도 누가 와서 그를 폭행했는지 정확히 기억하지 못하는 것 같더군요. 그러니 이번에는 그냥 넘어가겠습니다. 내가 관할 지역에서 100킬로미터나 벗어난 이곳까지 달려온 건 경고하기 위해서예요. 다음번에는, 다음번이 있을지 모르겠습니다만, 반드시 연행할 겁니다. 판사에게 상당히 높은 금액의 보석금을 책정해달라고 요청할 거예요. 우리 수사가 끝날 때까지 당신을 구치소에 가둬둘 수 있을 만큼. 알겠어요?"

라플라타가 물었다.

"아까도 말했지만, 수사관님. 난 곧 세상 떠날 사람이오. 그러니 여기 누워 우리 아들 생각하면서 왜 진즉 그 애와 화해하지 않았는지 회한에나 젖게 해주시오."

버디 리가 말했다. 그의 가슴에서 치민 새하얀 분노가 허리케인처럼 소용돌이쳤다. 빳빳하게 다린 흰색 셔츠에, 빵도 자를 듯 날카롭게 주름 잡은 바지를 입고 있는 저 병신 같은 짭새 놈이 감히 내 상실에 대해 이야기해? 절망의 타이밍이란 것이 그의 코앞까지 다가와 얼굴에 침을 뱉어야지만 간신히 실감할 수 있을 듯 생긴 저 예쁘장한 얼간이가? 항상 가족과 함께 크리스마스를 보내고 망할 케네디처럼 매년 추수감사절에는 터치풋볼을 할 것 같은 저 샌님 같은 새끼가? 매주 금요일 밤 아내와 분위기 좋게 섹스를 즐길 것 같은 작자가? 살면서 싸가지 없는 딸내미한테 아기 인형 사줄 돈이 없다고 말할 일 따위 전혀 없을 저 인간이? 멀쩡히 살아 숨 쉬는 아들과 캡시티 북부의 근사한 2층짜리 주택에 살고 있을 저 인간이 감히 내 앞에서 상실을 언급해? 데릭과 왜 화해하지 않았는지를? 망할 새끼. 망할 인간과 망할 노먼 록웰*의 엿같은 인생. 버디 리는 생존의 문제는 말할 것도 없거니와, 이런 유의 상실과도 친숙했다. 라플라타 수사관은 결코 상상할 수조차 없는 종류의 상실.

버디 리는 엄지로 집게손가락에 박힌 굳은살을 비볐다. 라플라타는 자리에서 일어나며 무심코 엉덩이를 털 뻔했다.

"이번 일에서 빠지세요, 젠킨스 씨. 내 파트너가 지금 같은 이야기를 해주러 랜돌프 씨 집으로 가고 있습니다. 수사는 우리가 알아서 해요. 이미 벌어진 일은 되돌릴 수 없지만, 앞으로 벌어질 일들은 충분히 제어가 가능하겠죠."

좆도 모르는 *새끼*, 버디 리는 생각했다.

---

* Norman Rockwell : 미국 사회와 미국인들의 일상을 그린 미국의 화가이자 삽화가.

21

 그의 집 뒷마당 사이프러스 나무 꼭대기 위로 석양빛이 춤을 출 무렵 아이크는 집 앞 진입로에 접어들었다. 그는 트럭의 시동을 끄고 집으로 들어갔다. 그런 뒤 등 뒤로 문을 닫고 잠금장치를 걸었다. 그들은 마을 샛길의 막다른 골목에 살고 있었다. 그러니 누군가 그의 뒤를 밟았다면 단번에 알 수 있을 터였다. 하지만, 그렇다 하더라도 그들이 쉽사리 집에 침입하도록 내버려두고 싶진 않았다. 거실 TV에서 바보스러운 목소리가 쉴 새 없이 흘러나왔다. 소파에 앉은 마야의 담배 연기가 환각처럼 피어올랐다.
 아이크는 칠판 겸 열쇠걸이로 사용하고 있는 벽면 보드에 열쇠를 걸고 부엌으로 들어갔다. 마야가 자리에서 일어나 그를 따라 들어왔다. 그는 찬장에서 럼을 꺼내 묵직한 크리스털 잔에 따랐다. 럼은 그의 목구멍을 태우며 내려갔다. 그는 마야가 곧 청소도구장 근처에 멈춰 좁다란 가슴 위로 팔짱을 낄 것이란 걸 알고 있었다. 얼굴에 자신의 기분을 그대로 드러내면서. 그는 럼을 또 한 잔 따르려다가 말고 잔을 개수대에 넣은 뒤 몸을 돌려 그녀와 마주했다. 그녀는 그를 뚫어져라 쳐다보며 마침내 가슴 위로 팔짱을 꼈다.

"밖에서 밤을 새운 거야?"

그녀가 물었다.

"일이 있었어."

아이크가 말했다.

"아, 일이 있었어? 그래서 휴대전화도 안 됐나 봐?"

"전화 못 해서 미안해."

"미안하다, 좋아. 그럼 대체 어디 있었어? 수사관이 아까 당신을 만나러 왔었어. 아이지아의 사건에 대해 알려주러 온 줄 알았더니 당신과 개인적으로 할 말이 있다잖아. 무슨 일인지 아는 거 있어?"

수사관의 언급에 그의 등골이 서늘해졌지만, 이내 괜찮아졌다. 거름으로 만들어버린 애송이에 대한 일로 그를 찾는 것이라면 수갑 한 쌍을 들고 진즉 가게를 찾았을 것이다. 더군다나 아이크에게는 이미 고살죄* 전력까지 있었으니 말이다.

그들은 그걸 그렇게 불렀더랬지. 아이크는 생각했다.

그는 잔은 내버려두고 럼을 병째로 들이켰다. 마야는 가젤처럼 그들 사이의 거리를 훌쩍 뛰어넘었다. 그녀는 그의 손아귀에서 병을 낚아챈 뒤 부엌 테이블에 쿵 내려놓았다. 병의 긴 목에서 알코올이 몇 방울 튀어나와 테이블 위로 흩어졌고, 이내 주둥이 가장자리로 이슬이 흘러내렸다.

"이러지 말자, 아이크."

"뭘 이러지 마? 내가 뭘 어쨌기에?"

---

* 우연히 사람을 죽인 죄. 비고의적 유형에 해당한다.

마야는 두 손을 마주 잡고 비빈 다음 앞으로 뻗었다. 그녀의 손은 떨리고 있었다.

"모르겠어. 당신이 바람을 피울 거라고는 생각 안 해. 그런 깜찍한 짓으로 싸우기에 우린 너무 늙었지. 하지만 밤새 술 마시며 거리를 쏘다니고 가게에서 잠을 자는 건…."

그녀의 말끝이 흐느낌에 묻혔다.

"술 안 마셨어, 어젯밤에는. 그리고 레드힐에 거리라고 할 만한 게 있던가. 전부 막다른 골목뿐인걸."

아이크가 숨죽여 말했다.

"난 감당할 수 없어, 아이크. 술 먹고 운전하다가 당신 트럭이 길에서 굴렀고, 그 안에서 당신 시신을 발견했다는 연락 따위는 받고 싶지 않다고. 지금도 간신히 버티는 중이야. 아리아나가 아니었으면 오늘 아침 침대 밖으로 나오지도 못했을 거야. 지금 제일 중요한 건 그 아이인데, 나 혼자서는 할 수 없어. 난 혼자 그 아이 못 키워, 아이크. 아이지아는 혼자서 키웠지만, 이제는 그럴 힘이 남아 있지 않아."

마야가 말했다. 눈물이 얼굴로 흘러내렸다. 아이크는 그녀를 팔로 감싸려 했지만, 그녀가 움찔했다. 그는 동작을 멈췄다.

"알아. 내가 없는 사이 당신이 얼마나 힘들었는지. 내가 교도소에 수감된 동안 당신 혼자 아이지아를 키웠지. 그런 당신 덕분에 내가 더 나은 사람이 될 수 있었어. 하지만 그때랑은 달라. 전과는 아주 많이 다르다고. 그리고 이제 중요한 건 아리아나뿐만이 아니야. 우리는 중요하지 않아? 당신과 나, 우리가 공유했던 것들, 그건 당신한테 별거 아니야?"

그는 과거형으로 말할 의도가 아니었지만, 벌집에서 솟아오른 말벌들처럼 단어들이 터져 나왔다. 하지만 마야는 눈치채지 못한 듯했다.

"그럴 리가 없잖아."

"가끔은 잘 모르겠어."

아이크가 말했다. 마야는 얼굴을 닦았다.

"어떻게 그런 말을 해? 당신을 사랑해, 아이크. 내가 기억하는 것보다 더 오래 당신을 사랑해왔어. 하지만 이제 우리 아들이 죽었어. 난 마음 추스르기가 너무 힘들어. 계속 다잡아보지만, 아리아나를 볼 때마다 아이지아가 보이고, 결국 또 무너지고 말아. 너무 마음이 아파, 아이크. 지금 내 심장은 온통 상처투성이야. 혹시 당신이 집에 오지 않은 게 그 때문이야? 내 상처를 더 이상 볼 수 없어서? 결국 그렇게 되어버리는 거야? 처음에는 하룻밤이었다가 그다음에는 이틀 밤이었다가 몇 주가 흐르고, 그러던 어느 날 훌쩍 떠나버리는 거야. 지금 이게 바로 그런 거지, 아이크? 집을 떠날 준비를 하고 있는 거지?"

마야가 말했다.

아이크는 병을 다시 집어 길게 한 모금 들이켰다. 최근 마야는 너무 많이 울어 눈이 항상 벌겋게 달아올라 있었다. 그 눈이 그의 뇌리를 떠나지 않았다. 가장자리가 붉은 그 공허한 눈은 버려진 교회처럼 그를 무기력하게 만들었다. 매일 밤 들리는 그녀의 나지막한 흐느낌은, 같은 방에 있는 것이 믿기지 않을 정도로 광활하게 느껴지는 침대에 그녀와 서로 등을 대고 돌아누운 그의 마음을 갈기갈기 찢었다. 그녀의 말대로였다. 그는 그녀의 상처를 보는 것에 지쳤다.

그녀의 슬픔 어린 표정에 얼기설기 얽힌 고통을 더 이상은 보기 힘들었다. 고통, 슬픔, 무기력함. 그 모든 것에 지쳐버렸다. 그는 의자를 꺼내 테이블 앞에 앉았다. 그가 뒷문을 정면으로 바라보는 가운데 마야가 그의 뒤로 다가왔다.

"어젯밤부터 버디 리와 함께 좀 알아보고 있어."

그가 말했다. 단숨에 나온 말이었다. 허수아비의 속에 들어찬 볏짚들처럼 그의 속에 가득했던 그 모든 나약함과 무력감, 불행과 슬픔이 하나의 호흡으로 발산되어 허공에 흩어졌다.

마야는 단단하게 솟은 그의 어깨를 향해 머뭇거리며 손을 뻗어, 어린아이들의 애착 담요처럼 따스하고 편안하게 어깨를 감쌌다. 병원에서 아들을 처음 집으로 데려온 날 아이를 감쌌던 그 담요처럼. 아이크는 한숨을 내쉬었다. 그녀가 이런 손길로 그를 보듬은 것은 처음이었다. 그러니까 아이지아가 죽은 이후로… 아이지아의 소식을 들은 이후로는 말이다.

둘 사이의 고요가 단단하고 날카로웠던 무언가를 좀 더 부드러운, 하지만 여전히 깨지기 쉬운 무언가로 바꿔놓았다. 아이크는 마야의 손 위로 자신의 큼지막한 손을 포갰다. 지난 몇 달간 죽음은 둘 사이에 슬픔처럼 깊고, 비탄처럼 넓은 계곡을 만들었다. 이제 또 다른 남자의 죽음이 그 골짜기에 다리를 놓았다. 비록 잠시지만.

"잘했어."

마야가 말했다. 그녀의 고요한 음성은 비밀스러웠다.

"할미, 배고파. 할미."

작은 목소리가 말했다. 아이크는 의자에서 몸을 돌렸다. 아리아나가 부엌 문가에 서 있었다. 아이의 땋은 머리는 느슨하게 헐거워져 있었고, 머리카락은 코르크 마개 따개처럼 제멋대로 솟아 있었다. 아이크는 아이의 조그마한 황갈색 얼굴을 바라보았다. 아이지아와 데릭이 어떻게 이 어린 여자아이를 세상에 태어나게 했는지 그로서는 정확히 알지 못했다. 대리모와 난자 그리고 두 사람에게서 채취한 정자가 포함된 작업이라는데, 그것들이 서로 어떻게 작용한 것인지는 잘 알지 못했다. 그가 아는 것이라고는 아이지아가 아이의 생물학적 친부지만, 아이는 둘 모두를 아빠라고 불렀다는 사실뿐이었다. 이마저도 아이지아와 데릭의 변호사에게서 들은 이야기였다. 마야처럼 아이의 얼굴을 곰곰이 살펴본 적이 없었다. 그러고 싶지 않았다. 의도적이 아니라, 본능적인 회피였다. 그 모든 것이 그로서는 생각해보고 싶지 않은 것들이었다. 이제 그에게는 다른 선택이 없었다. 그의 앞에 선 아이는 아이지아의 눈을 하고 있었다. 그 말은 곧 아이크의 눈과도 닮았다는 뜻이리라. 중심에서 살짝 비껴간 코의 위치는 랜돌프 집안의 특징이었다. 아이의 피부색은 좀 더 밝았다. 대리모가 아이지아와 데릭의 친구인 백인 여자였으니 당연한 이야기일 터였다. 하지만 랜돌프 DNA는 강했다. 너무도 강해 자신도 모르게 과거의 일이 눈앞에 펼쳐졌다. 그가 조금만 눈을 감아도 아이는 두 살의 아이지아가 되어 그에게 팔을 뻗으며 "안아, 아빠, 안아!"라고 소리쳤다. 아이크가 마침내 자신을 안고 인간 회전목마처럼 휘휘 돌려주기를 기다리면서.

아이크는 고개를 돌려 테이블을 내려다보았다. 속이 메스꺼웠다. 기억의 사태가 그를 휩쓸면서 지난 모든 과오들이 그를 덮어버렸다. 너무도 많은 잘못들.

"이리 온, 우리 아기. 맥도날드 갈까?"

마야가 물었다. 아리아나는 기쁨에 소리쳤다.

맙소사, 목소리도 그 애를 닮았어. 아이크는 생각했다.

마야는 그의 어깨를 세게 한 번 꾹 쥐고는 아리아나에게 다가가 아이를 품에 안았다. 아이크는 거실로, 다시 현관으로 나가는 그녀의 발소리를 들을 수 있었다. 아이크는 럼을 마셨다. 마야에게 다른 이야기는 털어놓지 않을 것이다. 폭주족들이나 그들이 찾고 있다는 탄제린에 대한 건 그녀가 알 필요 없었다. 당장은 그 탄제린이란 여자가 중요했다.

마야의 차 시동 소리가 들렸다. 저 어린 여자아이에게 필요한 것은 눈물 없이 자신을 똑바로 바라볼 수 있는 두 사람의 손길이었다. 아이크는 병을 입술에 가져다 댔지만, 이번에는 마시지 않았다. 대신 자리에서 일어나 병을 다시 찬장에 넣었다. 알코올중독인 버디 리를 따라잡으려면 이 정도로는 어림도 없었다.

그때 아이크의 휴대전화가 진동했다. 그는 휴대전화를 꺼내 화면을 확인했다. 악마의 목소리. 그는 '통화' 버튼을 눌렀다.

"어이, 친구."

버디 리가 말했다.

"얘기 좀 해요, 직접 만나서."

아이크가 말했다.

"좋소. 그럼 가게에서?"

"아니, 집으로 와요. 주소는 문자로 보낼게요."

아이크가 말했다.

버디 리는 기침을 했다.

"별일 없나?"

그가 물었다.
"직접 만나서 얘기합시다."
아이크가 말했다.
그리고 전화를 끊었다.

22

버디 리는 아이크의 차 바로 옆에 트럭을 세웠다. 엔진이 완전히 멈추기까지 몇 초간 차가 덜커덩거렸다. 버디 리는 흔들리는 차에서 내려 현관으로 향했다. 그러다 뒤를 돌아 나란히 주차되어 있는 그와 아이크의 트럭을 힐끗 쳐다보았다. 공주 옆의 돼지 꼴이었다. 그는 노크를 하려고 손을 들었지만, 주먹이 문에 채 닿기도 전에 문이 열렸고, 문가에는 아이크가 서 있었다.

"부엌에서 얘기합시다."

아이크가 옆으로 비켜섰고, 버디 리는 집 안으로 들어갔다. 아이크는 문을 닫고 다시 잠금장치를 걸었다.

"이거야 원, 집 한번 근사하오. 비단에 똥 싸는 팔자셨군."

버디 리가 말했다.

"뭐, 그런대로."

아이크가 말했다. 버디 리는 툴툴거렸다.

"난 우유 들통을 커피 탁자로 쓴다오. 이건 그런대로 그 이상이지."

버디 리가 말했다. 아이크는 의자를 당겼고, 버디 리에게도 의자를 향해 손짓했다.

"뭐 마실 것 좀 없나?"

버디 리가 물었다.

"이번 작업 동안은 술을 마시지 않겠다고 했던 것 같은데요."

아이크가 말했다. 버디 리는 숨이 죽은 머리카락을 손으로 쓸어 올렸다.

"줄여보겠다고 했지. 걱정 마시오, 노력 중이니. 여긴 우리 둘뿐인가?"

버디 리가 물었다.

"마야는 아리아나를 데리고 밖에 나갔어요."

아이크가 말했고, 버디 리는 고개를 끄덕였다.

"집에 찾아온 수사관 얘기인 것 같소만."

버디 리가 말했다. 아이크는 테이블에 얹은 팔뚝 위로 몸을 기울였다.

"경찰이 찾아갔었어요?"

"전화로 말한 얘기가 그건 줄 알았는데. 여긴 안 왔소?"

버디 리가 물었다.

"아까 집에 없었어요."

"흠, 젠장. 차별당한 기분이군."

버디 리가 말했다. 아이크는 다시 등을 기대고 앉아 혀로 입천장을 끌끌 찼다.

"좀 오버스럽다는 소리 듣지 않습니까?"

아이크가 물었다.

"주중에는 매일, 주일에는 두 번 정도 듣지. 그럼 아까 할 얘기가 있다는 건 뭐였소?"

버디 리가 물었다.

"그건 이따 얘기하고, 경찰이 뭐라고 했는지부터 들어봅시다. 애송이들에 대한 건 아니었을 테고."

아이크가 말했다. 그의 목소리 끝에는 마약 가게에서 청년의 손가락을 브레드스틱처럼 꺾어버렸을 때 버디 리가 들었던 그대로의 날카로움이 서려 있었다. 서늘한 불꽃이 주변의 공기를 모두 태워 기온을 5도나 낮추었다.

버디 리는 손으로 머리를 쓸었다.

"뭐, 어젯밤 그 친구 일이 아니라는 게 일단 좋은 소식이겠지. 당신 말이 맞소. 애송이들 때문이 아니었어. 마약 가게에서 봤던, 스미스 브라더스인가 뭔가 하는 얼간이 새끼가 외발자전거를 타고 경찰에 가서 신고를 했다는구먼."

버디 리가 말했다.

아이크는 고개를 한쪽으로 기울였다.

"그래서 체포하겠대요?"

아이크가 물었다.

"아니. 다른 두 명의 동료들이 완전 겁을 집어먹고선 그자 편을 들어주지 않았던가 봐. 게다가 CCTV도 없었고. 그러니 우린 괜찮소. 하지만 그 에그롤 수사관 말이, 한 번만 더 수선을 떨었다가는 서머타임이 끝날 때까지 우리를 구치소에 가둬놓겠다더군."

버디 리가 말했다.

아이크는 인상을 썼다.

"왜 그 사람을 에그롤 수사관이라고 부르는 겁니까?"

"그냥 농담이오. 알다시피 그 사람, 중국인이잖소."

버디 리가 말했다.

"난 그 사람이 중국인이지 아닌지 관심 없어요. 당신 같은 백인들은 누구든 시답잖은 농담거리로 만들더군요. 만약 내가 당신 집안에 망조가 들었다고 하면, 기분이 어떻겠습니까?"

"젠장, 나한테도 삼촌이자 조카인 사람이 한 명 있다오."

버디 리가 말했다. 아이크는 눈을 굴렸다.

"농담이오. 요즘 사람들, 참 유머를 몰라."

"그럴 리가요. 먼 옛날에는 그런 헛소리일랑 생각도 못했겠죠. 그런 말을 지껄였다가는 당신 삼촌들 중 하나가 나무에 우리들 목을 달았을 테니. 그러니 엉덩이 까는 소리는 이만 집어치워요."

아이크가 말했다. 버디 리는 아이크의 역사 수업 요점을 곰곰이 생각해보며 턱을 긁적거렸다.

"좋아, 인정하지. 하지만 이거 하나는 물읍시다. 아이지아와 데릭 같은 사람들에게도 그런 말버릇 쓸 거요? 엉덩이 까는 소리 집어치우라고?"

버디 리가 말했다. 아이크는 의자에서 자세를 고쳐 앉은 뒤 팔짱을 꼈다. 하지만 버디 리의 질문에 대답하지 않았다.

"높은 말 위에서 고상한 척하다가 잘못 떨어져 다칠 수 있으니 조심해요, 아이크."

버디 리는 말한 뒤 한참을 요란하게 웃어댔다. 그리고 마침내 기침이 터져 나왔다. 아이크는 자리에서 일어나 냉장고에서 물병을 꺼내 버디 리에게 던졌다. 그는 연료 밸브가 고장 난 73년식 그렘린*처럼 기침을 토해내는 와중에도 한 손으로 물병을 잡았다. 버디 리는 두 모금 만에 물 한 병을 모두 비운 뒤 빈 병을 다시 아이크에게 던졌다. 아이크는 쓰레기통에 병을 던져 넣고 다시 자리에 앉았다. 그는 굳은살 박인 두 손을 서로 문지른 뒤 테이블 위에 평평하게 얹었다.

"레어 브리드에 대해 아는 것 있습니까?"

아이크가 말했다.

버디 리는 얼굴을 찌푸렸다.

"그 미친놈들은 왜?"

"오늘 다섯 놈이 가게에 왔었어요. 자기 친구 행방을 묻더군요. 파이프와 날카롭게 다듬은 큐대로 협박하면서. 자, 그들 친구가 누구일 것 같습니까? 세 번에 맞춰봐요, 아까 한 번은 안 칠 테니."

아이크가 말했다.

버디 리는 휘파람을 길게 획 불었다.

"설마 어젯밤 거름이 되어버린 그놈? 제기랄, 술 당기는군."

버디 리가 말했다.

"네."

버디 리는 아이크의 질문에 대답하기 전에 얼굴을 문질렀다.

"무법 폭주족 조직이오. 동쪽 해안 지역을 꽉 잡고 있지. 자기들 클럽하우스와 외곽의 트럭 휴게소들을 통해 총기와 메스암페타민을 주로 거래한다오. 걔들과 같이 사업을 하는 애들 몇이랑 어울린

---

* AMC가 1970년대에 생산한 소형차 모델. 1973년식은 청바지 브랜드 리바이스와의 협업으로 스타일링 되었으나 역대 가장 못생긴 차 리스트에 단골로 들어가는 차종이다.

적이 있었는데, 온갖 곳으로 총기를 돌리더군. 수완이 대단해. 조직원들도 아무나 받는 게 아니라, 조직을 위해 몇 가지 더러운 일들을 처리해줘야 정식 회원으로 받아들인다고 하더구먼. 스킨헤드는 아니지만, 당신같이 생긴 사람들이나 아이지아와 데릭 같은 자들에게 그렇게 호의적이지 않지. 정말 그놈들, 브리드였소?"

버디 리가 물었다.

"놈들 중 하나의 목에 마체테를 들이밀었을 때 패치가 붙은 걸 똑똑히 봤어요."

아이크가 말했다. 버디 리는 다리가 개구리처럼 바닥에서 번쩍 들릴 정도로 몸을 의자 뒤로 풀썩 기댔다. 다리가 다시 땅에 안착하자 그는 숨을 내쉬었다. 축축한 숨결이었다.

"마체테라니. 하느님, 맙소사. 당신은 정말 제대로 미쳤어, 안 그렇소? 그 광경을 내가 직접 봤어야 했는데. 놈들과 어울려봐서 아는데, 놈들은 그런 일을 그냥 넘길 인사들이 아니라오. 근데 당신을 어떻게 찾아낸 거요?"

버디 리가 물었다.

"어젯밤에 함께 있던 다른 놈이 내 트럭을 본 게 분명해요. 그 집 가까이에 차를 대는 게 아니었는데. 실수였어요."

아이크가 말했다.

"흠, 나도 그 생각은 못했군. 우리도 이제 다 된 모양이야."

"그렇죠."

아이크가 말했다. 버디 리는 손가락으로 테이블 위를 두드렸다.

"이제부터 내 트럭을 씁시다. 타이어도 닳았고, 문도 철사로 고정해야 닫히지만, 그래도 굴러는 가니."

버디 리가 말했다.

"어디로? 다음에는 어디로 가야 하는 겁니까?"

아이크가 물었다. 그에게도 나름 생각이 있었지만, 버디 리의 의견이 궁금했다.

"알 턱이 있나. 아직도 뭐가 뭔지 모르겠는걸. 레어 브리드가 이번 일과 무슨 관련이 있는지 영문을 모르겠군."

버디 리가 말했다. 그는 의자 뒤로 물러나 앉았다. 아이크는 고개를 돌려 개수대 너머 창문 밖을 응시했다. 그의 집과 옆집 차고 사이에서 생울타리 역할을 하고 있는 회양목들이 내다보였다. 홀마크 카드의 한 장면처럼 아이지아와 함께 심은 나무들이었다면 정말 근사했겠지만, 그건 그렇지 못했다. 저 나무들을 심던 날, 아이지아는 단지 마야에게 새 직장을 구했다는 사실을 알리기 위해 집에 왔었다. 그때 아이크는 줄곧 집 밖에서 덤불들과 씨름을 벌였다. 그들 관계의 어떤 시점에서부터인가 그들 사이의 상호작용은 항상 말다툼 혹은 격노로 끝나곤 했다.

"그놈들이 어떻게 엮여 있는지 알잖아요. 놈들이 우리 아이들을 죽인 겁니다. 이유는 모르겠지만, 아니, 사실 이제 이유 같은 건 궁금하지도 않아요. 그 클럽의 개새끼들 중 누군가가 아이지아와 데릭을 밟고 서서 아이들 머리에 총을 쐈단 말입니다."

아이크가 말했다. 말을 내뱉고 나니 카타르시스가 느껴졌다. 마침내 십자선을 맞출 목표물이 생긴 것이다. 아이크의 악몽에서 아이지아를 집요하게 괴롭히던 악령에 얼굴을 새겨 넣을 수 있게 되었다.

"그들이 당신 가게를 찾았다고 하니 제일 먼저 떠오른 생각이 그것이긴 했소. 그런데 단지…."

버디 리는 말끝을 얼버무렸다.

"뭐요?"

아이크가 말했다.

"말이 되지 않아서. 아이지아가 그 탄제린이라는 여자의 내연남 기사를 쓰는 중이었다고 한들, 그게 브리드와는 무슨 상관이겠소? 데릭은 또 무슨 죄고?"

"그들 여자들 중 하나였을 수도 있고, 그 여자가 보지 말아야 할 것을 봤는지도 모르죠. 그들 성미를 돋울 만한 이야기를 아이지아에게 했는지도 모르고."

아이크가 말했다.

"그 여자들을 몰라서 하는 얘기요. 그놈들 여자들은 놈들에게 차이는 한이 있더라도 고자질하지 않거든. 그놈들에게 오토바이는 종교요. 놈들의 쿨에이드는 짐 존스*도 질투할 정도지."

"당신 절친들이 우리 아이들을 죽였다는 사실을 믿을 수 없다는 말처럼 들리는군요."

아이크가 말했다. 버디 리는 눈을 가늘게 떴다.

"절친은 무슨, 얼어죽을. 하지만 놈들에 대해 좀 알지. 놈들이 세상 열다섯 명이나 들어봤을까 말까 한 게이 웹사이트 때문에 데릭과 아이지아를 죽였을 리 없소. 브리드에 대한 기사를 내는 잡지사나 신문사는 수두룩 빽빽이거든. 제길, 그런 기사들 중 몇 개는 스크랩을 해서 자기들 클럽하우스 몇 곳에 액자로 만들어 걸어놨더이다. 단지 거기 폭주족이 여친을 버린 일이 계기가 되어 데릭이 그렇

---

* Jim Jones : '인민사원'이라는 미국 사교집단의 교주로, 쿨에이드에 청산가리를 타서 집단자살을 유도한 사건으로 유명하다. 그 후로 쿨에이드는 '광신도들의 터무니없는 주장'을 뜻하게 되었다.

게 처참한 모습으로 죽었다는 건 도무지 이해가 안 되오."

버디 리가 말했다. 아이크는 검지를 입술로 가져갔다.

"그녀를 버린 유부남이 조직원이 아니라면?"

아이크가 말했다.

"무슨 말인지 모르겠소."

버디 리가 말했다.

"클럽 안팎으로 활개 치는 놈들에 대해 당신이나 나나 잘 알잖아요. 그놈들은 프리랜서로도 자주 활동해요. 그 남자가 그녀와 우리 아들들에게 사람을 보낸 거라면? 자기는 유부남이니까 신분이 노출되는 걸 원치 않았을 거고, 그래서 세 명 모두에게 사람을 붙인 겁니다."

아이크가 말했다.

"돌겠군. 왜 진즉 그 생각을 못했을까. 망할 술이 내 뇌를 절여버렸나 보오. 맞아. 그놈들, 전에도 외부 일을 맡아 처리한 적이 있었소. 젠장, 출리 밑에서 꽤 많은 일을 했었지."

버디 리가 말했다.

"그들 중 하나가 방아쇠를 당긴 건 맞지만, 의뢰는 다른 사람이 한 겁니다."

아이크가 말했다.

"그래, 그런 것 같군."

버디 리가 말했다. 그런 뒤 그들이 입 밖에 내려던 모든 말들이 순식간에 증발해버린 듯 침묵이 이어졌다. 집안의 웅웅거림과 신음 소리가 둘 사이의 공백을 매웠다.

"그들과 친구가 아니오, 정말로. 나쁜 짓 할 때 잠깐 놈들이랑 어울리기도 했지. 거기 클럽하우스도 자주 가고. 놈들 주변에는 항상 여자들이 많았거든. 나도 그 예쁜 미소와 적극적인 태도에 정신 못 차렸었지. 그래서 그놈들이랑 어울리는 게 재밌긴 하더군. 하지만 이제 옛날 일 같은 건 상관없소. 우리 아들들을 죽인 놈들을 찾으면, 놈들 클럽하우스에 아주 그냥 피칠을 해버릴 거요."

버디 리가 말했다. 그의 물기 어린 푸른 눈이 반짝였다.

아이크는 버디 리 눈의 살기 어린 광택이 무엇을 뜻하는지 알고 있었다. 그건 그의 정맥에 흐르는 분노였다. 자신의 일부까지도 사멸해버리는 독이었다. 스스로를 나약하게 만드는 부분들. 그것은 아이크의 정맥에도 흐르고 있었다. 강력하지만 치명적인, 단단하지만 무모한 그 무엇. 그건 도리어 스스로에게 날을 들이밀어 자신의 목을 베어버릴 분노였다.

"내가 보기에 이번 일의 방향은 한 곳입니다."

아이크가 말했다.

"무슨 생각이오?"

"레어 브리드보다 더 먼저 탄제린을 찾아야 해요. 그녀에게 사람을 붙인 자가 바로 우리 아이들에게 사람을 붙인 자일 테니까요. 그들이 먼저 그녀를 찾고 나면, 모두 숨어버릴 겁니다. 놈들도 잡아야 하지만, 놈들에게 의뢰한 자도 잡아야 해요. 그놈 얼굴을 봐야 합니다."

아이크가 말했다.

"나도 동의하는 바요. 여자를 찾고, 그런 명령을 내린 사람을 찾는 게 좋겠소."

버디 리가 말했다. 아이크는 고개를 끄덕이고 손목시계를 확인했다.

"7시가 다 됐어요. 가서 옷을 갈아입고 올 테니 어서 시내로 돌아가서 이 술집을 찾아봅시다."

아이크가 말했다.

"그러면 되겠소. 젠장, 당신 와이프한테 전화해서 먹을 것 좀 사오라고 부탁해요. 배가 고파죽겠군."

버디 리가 말했다. 아이크는 그를 쏘아보았지만, 버디 리는 그의 입가에 희미하게 웃음기가 스치는 것을 포착했다.

"장례식 때 남은 음식이 냉장고에 좀 있을 거예요. 샌드위치가 괜찮으면, 햄이랑 치즈도 있고요."

아이크가 말했다.

"장례식 때 음식이 아직도 있소?"

버디 리가 물었다.

"흑인 장례식에 한 번도 가본 적이 없나 보군요. 우리 할아버지가 돌아가셨을 때는 구운 햄을 한 달 내내 먹었습니다. 빵은 전자레인지 옆 상자에 있어요."

아이크가 말했다. 그는 버디 리 옆을 지나 거실을 가로질러 계단으로 향했다. 그의 어깨가 버디 리의 어깨를 쓸고 지나갔다. 모루를 빗맞힌 것 같은 느낌이었다.

"망할 오리 엉덩이보다 더 탄탄하군."

버디 리가 웅얼거렸다. 그는 브레드 박스로 다가가 밀빵 두 조각을 꺼냈다. 그리고 냉장고로 다가가 슬라이스햄과 치즈 그리고 마요네즈병을 집었다. 샌드위치를 만들면서 그는 꺼지라고 말하는 데에 두려움이 없는 요즘 사람들에 대해 아이크가 했던 말들을 떠올렸다. 데릭은 꺼지라고 말하는 유형이 아니었다. 대신 처음부터 존재하지 않았던 것처럼 상대방을 싹둑 잘라버렸다. 흑판에 적힌 수학 문제처럼 지워버리는 것이다. 그들의 마지막 대화는 데릭이 아이지아와의 결혼 사실을 알리기 위해 버디 리에게 걸었던 전화 통화였다.

"그럼, 둘 중 누가 와이프가 되는 거냐?"

버디 리는 그렇게 말했다. 트럭으로 배달 일을 하던 중 잠시 쉬는 시간이었다. 그의 말에 침묵이 흐른 건 당연한 일이었다. 모든 것이 일시에 멈춘 것 같았다. 신이 손가락을 튕겨 전화선 너머 모든 것이 한순간에 사라져버린 듯했다.

"여보세요? 여보세요? 어이, 사나이. 그냥 장난이었어."

버디 리는 말했다. 데릭의 쓰읍 소리가 들렸다.

"내 이름을 데릭이에요, 사나이가 아니라. 난 그냥 게이 데릭이라고요. 일류 요리 수업을 받은, 아빠의 요리연구가 아들요."

데릭은 말했다.

"알았다, 알았어. 빌어먹을. 근데 너 정말 그 모양으로 살 생각이냐?"

버디 리가 말했다.

"뭐가요? 게이로요? 이건 그냥 내 일부예요, 아빠. 고양이 알레르기가 있거나 녹색 눈동자를 가진 것처럼요."

데릭이 말했다.

"그래, 근데 왜 그걸 내 얼굴에 문지르는 건지를 묻는 거다!"

버디 리는 휴대전화에 대고 소리를 질렀다. 소리를 지를 생각은 없었지만, 그도 어쩔 수 없었다. 데릭이 자신의 성 정체성의 이야기를 꺼낼 때마다 성질이 나 견딜 수 없어지는 건 그가 못난 탓이었다.

그럴 때마다 다시는 주워 담을 수 없는, 쉽게 잊히지 않는 말들을 내뱉곤 했다.

"아이지아가 아버지를 초대하자고 했지만, 그거 알아요? 난 됐어요. 그날은 내 인생에 최고로 행복한 날이 될 텐데, 아빠 얼굴에 그걸 문지르고 싶지 않네요."

데릭이 말했다.

"아니, 그게…."

하지만 데릭은 식칼처럼 그의 말을 잘라버렸다.

"엄마와 제럴드에게서는 이런 반응을 예상했지만, 어떤 이유에선지 몰라도 아빠는 조금 다를 거라고 생각했어요. 적어도 나를 위해 행복한 척은 해줄 수 있을 거라고 말이에요. 바보 같죠, 안 그래요?"

데릭이 말했다. 그의 음성은 갈라지지 않았지만, 억양이 다소 부자연스러운 것으로 보아, 그가 울고 있다는 사실을 감지할 수 있었다.

"그러니까, 아빠는 그만 됐다고요. 아리아나가 아름다운 화동 역을 해줄 테니 그거면 충분해요."

데릭이 말했다. 그리고 전화는 죽어버렸다. 제 남편과 결혼식을 올리고 몇 달 뒤, 데릭 역시 죽어버리고 말았다.

"아, 젠장."

버디 리가 말했다. 그의 눈이 따끔거리기 시작했다.

잠금장치에 열쇠가 들어가는 익숙한 소리에 그는 상념에서 퍼뜩 깨어났다. 그는 손등으로 얼굴을 닦았다. 그리고 갈색의 땋은 머리를 위로 틀어 올린 날씬한 흑인 여자가 부엌 입구에 들어서자 그는 자리에 앉아야 할지 그대로 서 있어야 할지 순간 머뭇거렸다.

"안녕하세요."

그녀가 말했다. 그녀는 오른쪽 팔에 패스트푸드 꾸러미를 안고 있었고, 왼손은 등 뒤로 돌아가 있었는데, 꿀빛 피부를 한 어린 여자아이가 여자의 왼손에 매달려 있었다.

"아, 안녕하시오. 난 버디 리요, 데릭의 아버지."

"네, 기억나요. 그때 장례식에서…."

"그때는 모두 경황이 없었죠…."

"전 마야예요. 여기 말썽꾸러기는 아리아나고요. 저기, 죄송하지만 무슨 일로 저희 집에 계시는 건지 여쭤봐도 될까요, 버디 리?"

여자가 물었다.

"아, 난… 그러니까, 음… 아이크를 만나러 왔소. 아이크는 지금 위층에 올라갔어요."

여자아이가 마야의 다리 뒤에서 버디 리를 흘끗 훔쳐보았다. 버디 리는 아이에게 손가락 두 개로 인사를 건넸다. 피가 쏠리는 듯 그의 얼굴이 상기됐다.

"우리 꼬마 아가씨는 어떻게 지냈나?"

버디 리가 물었다.

"아리아나, '안녕하세요' 할 수 있겠어? 이분도 네 할아버지야."

마야가 말했다. 버디 리는 그녀의 음성에서 헛헛한 활기를 느꼈다. 아리아나는 마야의 허벅지에 얼굴을 숨겼다.

"우리 오래전에 만났었어. 데릭… 그러니까 네 아빠가 널 데리고 왔었거든. 아마 기억이 안 나겠지만."

버디 리가 말했다. 아리아나가 마야의 다리에서 칭얼거렸다.

"낯을 좀 가려요."

마야가 말했다.

"괜찮소. 이해합니다."

버디 리가 씁쓸한 미소를 지으며 말했다.

"뭔가 먹을 것을 대접해야 할 텐데, 이미 만들어 드시는 것 같네요."

마야가 말했다. 버디 리는 순간 자신의 손에 샌드위치가 들려 있는 사실을 깨달았다.

"아, 그러니까 아이크가 괜찮다고 해서."

버디 리가 말했다. 아리아나는 다시 마야의 다리 옆으로 그를 빼꼼 내다보았다. 그는 아이에게 윙크를 했고, 아이는 키득거렸다.

"괜찮잖아. 손님인데, 그렇지?"

아이크가 말했다. 그는 마야의 뒤에 서 있었다. 버디 리는 그가 계단을 내려오는 걸 알아차리지 못했다. 그는 검정색 티셔츠에 청바지 그리고 팀버랜드 부츠 차림이었다.

"깜짝이야, 유령이 따로 없군."

버디 리가 말했다.

"그래, 손님이시지."

마야가 말했다. 버디 리는 무게중심을 다른 발로 옮겼다. 그는 아이크나 마야가 뭔가 다른 말을 꺼내기를 기다렸지만, 그들 사이는 할 말도 말라버린 듯했다. 버디 리는 샌드위치를 한 입 베어 물었다. 이런 식의 어색함은 그에게 쥐약이었다.

"버디 리와 갈 데가 있어. 이따가 봐."

아이크가 마침내 말했다. 아이크는 문 쪽으로 고갯짓을 했다. 버디 리는 마야 옆을 지나쳤다.

"실례하오, 부인."

그가 말했다. 그는 부엌 입구를 통과했다. 아이크도 몸을 돌려 그의 뒤를 따랐지만, 마야가 손을 뻗어 그의 팔을 두드렸다.
"조심해. 우리에게서 멀어질 일은 하지 마."
마야가 말했다. 아이크는 자신의 손에 들린 피에 젖은 템퍼, 두개골과 뇌 조각들이 잔뜩 묻어 있을 사각의 철판을 내려다보았다.
"알았어."
그는 거짓말을 했다.

23

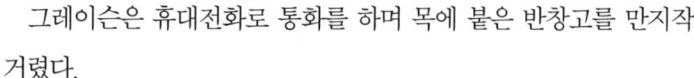

 그레이슨은 휴대전화로 통화를 하며 목에 붙은 반창고를 만지작거렸다.
 "아니, 그 자식 제대로 손봐줄 거야. 완전 초토화시켜버릴 거라고. 그 새끼, 감히 누굴 건드린 건지 짐작조차 못할 걸? 너랑 초파, 너희 조직원들 다 올 수 있지? 이 새끼한테 브리드의 쓴맛을 제대로 보여주자고."
 그레이슨이 말했다. 레어 브리드의 웨스트버지니아주 허리케인 지부 의장 탱크가 응징에 대해, 세력 관리에 대해 그리고 '레어 브리드 포에버, 포에버'를 외치는 와중에 하이 톤의 삐빅 소리가 그의 귓가에 계속해서 울렸다.
 "어이, 탱크. 이따 다시 전화할게."
 그레이슨이 말했다. 그는 수신 전화의 버튼을 눌렀다.
 "네."
 "여자를 찾지 못했다는 소식 들은 지 이틀이나 지난 것 같은데."

수화기 너머 목소리가 말했다. 그레이슨은 대답하기 전 볼 안쪽을 지그시 깨물었다.

"아직이야. 마침 전화 줬으니 말인데, 그 일은 미뤄야겠어. 우선 처리해야 할 일이 좀 생겼거든. 이게 다 당신과 그 호모 새끼들 때문이야."

그레이슨이 말했다.

"지난번에 분명히 말한 것 같은데. 당장은 탄제린을 찾는 것보다 더 중요한 일은 없다고. 소통에 문제가 있었던가?"

"아니, 똑똑히 말했지. 하지만 우리 쪽 예비 조직원 하나가 실종된 데다가 레드힐카운티의 깜둥이 새끼가 내 목에 빌어먹을 마체테를 들이대고 생쇼를 벌였어."

목소리는 한숨을 뱉었다.

"상황을 좀 더 분명하게 설명해봐."

"뭐?"

그레이슨이 말했다.

"무슨. 일이. 있었는지. 말하라고."

목소리는 구절 하나하나 강조했고, 그레이슨은 순간 멍해졌다.

"날 바보 취급 마. 잘 때 사전 끼고 자지 않는다고 해서 바보는 아니야."

그레이슨이 말했다.

"말해봐."

"당신 제안대로 예비 조직원 둘을 그 호모 새끼들 집에 보냈어. 뭔가 건질 게 없는지 찾아보라고. 근데 거기 그 새끼들 아빠들이 있었나 봐. 그중 하나가 우리 애들한테 달려들었고, 다른 하나는 뒤에서 공격해서 애들을 제압했어. 우리 애 한 놈이 간신히 살아 돌아와서는 하는 말이, 정신 차려보니 동료가 온데간데없고, 놈들도 사라지고 없더라는 거야."

"흠."

"근데 그 집 앞에 주차되어 있던 트럭의 문에 조경 관리 업체 이름이 적힌 걸 봤대. 그래서 알아봤더니 그게 누구 트럭이었는 줄 알아?"

"아버지들 중 하나였겠지."

"그래. 랜돌프 조경. 그래서 그리로 달려갔지만, 이 호로새끼가 만만치가 않아. 교도소 문신도 있었고, 제대로 굴러먹던 놈인 것 같아. 그 부분까진 예상 못했던 거지."

그레이슨이 말했다.

"맞춰볼까. 그 사람이 당신과 당신 조직원들에 방해가 되겠군."

목소리가 말했다.

"하지만 놈이 두 발로 걸을 날도 얼마 남지 않았어. 우리가 다시 가서 제대로 손봐줄 작정이니까."

그레이슨이 말했다. 목소리는 오랫동안 대꾸가 없었다.

"아니, 안 돼."

"씨발, 뭐라고? 말했잖아, 이건 브리드 일이라고. 깜찍한 우리 도련님께서는 일단 기다리고 계셔. 그녀와는 어쨌든 영원히 작별하게 될 테니."

그레이슨이 말했다. 그는 미니 망치를 들고 테이블을 내리찍기 시작했다.

"아니, 그것도 내 일이야. 가만히 생각해봐. 죽은 새끼들의 아버지들이 장례식이 끝난 지 몇 주가 지나서야 아들 집을 찾았어. 왜? 살아 돌아온 염탐꾼이 집에 가구가 모두 치워지고 없었다고 하든? 그런 게 아니라면 그들은 유품을 챙기러 온 게 아니야. 게다가 그 두 남자, 슬픔에 잠긴 아버지들은 너희 염탐꾼들을 혼꾸멍낸 뒤 한 놈을 인질로 데리고 사라졌어, 경찰에 전화해서 불법 침입으로 신고한 게 아니라. 게다가 너랑 조직원들이 그중 한 놈과 대면했을 때도 그 사람은 널 제압했을 뿐만 아니라, 이번에도 경찰에 신고하지 않았지. 자, 이제 생각해봐, 그게 무슨 뜻일까? 그리고 대답하기 전에 아까 네가 나한테 그들에 대해 뭐라고 했는지 떠올려봐. 뒷물에서 좀 놀아본 거친 남자였다며. 그 모든 게 무슨 의미일까? 아, 그보다는 이런 설명이 낫겠군. 네가 그 남자라면, 알지 못하는 누군가가 네 아들을 죽였다면, 넌 어떻게 하겠어?"

목소리가 물었다. 그레이슨은 수화기를 귀에서 멀찍이 떼어 자신의 이마에 잠시 올려놓았다가 마침내 질문에 대답했다.

"우선, 나한테는 게이 아들이 없어. 그리고 두 번째로, 그건 나도 생각해봤던 문제야. 당신이 얘기한 것들 전부 나도 이미 생각해봤던 거라고. 그래서 제대로 손봐주려는 거잖아. 이건 우리가 알아서 할 테니 구경꾼은 물러나 있어."

그레이슨이 말했다.

"우리 거래에 대해 그 염탐꾼이 얼마나 알고 있었어?"

목소리가 물었다. 그레이슨은 그의 질문에서 느껴지는 말미의 공포에 어쩐지 흐뭇해졌다.

"겁먹지 마. 아는 거 없어."

"좋아, 놈이 실종 상태라기에. 난 그런 사람들 잘 알아. 수년 동안

수없이 많이 봐왔거든. 그런 놈들은 제 진짜 본성을 숨기지 못해. 놈들이 그를 집 밖으로 끌어냈다면, 그날 본 석양이 그에게는 마지막이었을 거야."

목소리가 말했다. 그레이슨도 그런 생각이었지만, 그 사실을 이 개자식의 나긋한 목소리로 들으니 더욱 분노가 치밀어 올랐다. 앤디가 더 이상 이 세상 사람이 아니라는 것쯤은 그도 예상하고 있었다. 하지만 그런 이야기를 이 거만한 개자식의 목소리로 듣고 싶지 않았다.

"이제 좀 더 추론해보지. 네 염탐꾼이 놈들에게 정보를 줬다고 쳐. 클럽에 대한 것이나, 아니면 자기 아들들의 죽음에 대해 물어봤을 수도 있어."

"젠장."

그레이슨이 속삭였다.

"왜 그래?"

목소리가 말했다.

"우리가 찾고 있는 여자 이름은 알고 있었어."

그레이슨이 말했다. 그의 목과 두 귀가 화로처럼 뜨거워졌다. 수화기 건너편으로 놈의 미소 소리가 들리는 듯했다. 머리 나쁜 거렁뱅이 폭주족이 또 일을 망쳤고, 나긋한 목소리의 소유자, 세련되고 똑똑한 도시 사장님이 상황을 바로잡게 생겼으니 말이다, 또다시.

"사실 그게 우리 이점이야. 그들이 이름을 알게 됐다면 그 시답잖은 복수란 걸 한답시고 그 이름을 추적하겠지. 그럼 우리는 그들 뒤를 쫓기만 하면 돼. 이름을 알았다면 당연히 여자를 찾으려고 할 테니까. 물론, 그 남자의 사업장에 찾아가서 결국 실패로 돌아간 그 협박이란 걸 하지 않았다면, 극적인 요소까지 더해졌겠지만. 뭐, 암튼 일 잘하는 놈들 몇을 시켜서 그 랜돌프라는 작자의 뒤를 밟아봐. 그렇게 해서 탄제린을 찾고 나면 나머지는 네 꼴리는 대로 해도 좋아. 한마디로 일석이조인 거지. 그때까지 놈들은 그냥 뒤. 지켜보면서 보고나 하라고."

목소리가 말했다. 그레이슨은 망치를 좀 더 세게 두드렸다.

"내가 하는 말 잘 들어. 이 클럽을 운영하는 건 네가 아니라, 나야. 우리가 네 사병이라도 되는 줄 아나 본데, 그렇지 않거든? 그러니까 우린 이렇게 할 거야. 잠깐은 네 게임대로 놀아줄게. 하지만 돌아가는 상황이 탐탁지 않으면 우린 바로 그년을 찾을 거고, 내 사업은 내 사업대로 챙길 거야. 내 방식대로 말이야. 그러니 더 이상 참견 말아. 우리랑 거래 끊고 싶거든 마음대로 해. 상관없으니까. 너희 아빠한테도 내가 그렇게 말했다고 전하고. 네 엉덩이에 키스나 하려고 아침에 눈뜨는 거 아니야."

그레이슨이 말했다.

"그렇겠지. 하지만 ATF*에 내 전화 한 통이면 모닝커피가 식기도 전에 넌 감옥에서 평생 썩을 신세가 된다는 걸 잊지 마. 심지어 교정본부에 있는 친구들에게 연락해서 교도소에 있는 동안 인간 같지도 않은 괴물의 애인 노릇하게 해줄 수도 있어."

목소리가 멈칫했다. 그 시작과 끝 사이에서 그레이슨은 지금 들고 있는 망치로 이 세련된 목소리의 소유자 목을 으깨버리는 상상을 했다.

"랜돌프라는 자의 사업증을 찾아보고 집 주소를 알려줄게."

---

* Bureau of Alcohol, Tobacco, Firearms and Explosives : 주류·담배·화기 및 폭발물 단속국.

목소리가 말했다.

"알았어."

그레이슨이 목이 조이는 듯한 신음 소리와 함께 대답했다.

"그자한테 두 명 정도 붙여. 오늘 밤부터 바로."

24

버디 리는 그레이스가에서 방향을 틀어 시간당 주차비를 정산하는 주차장에 차를 세웠다. 가로등 주위로 나방과 각다귀 떼들이 구름처럼 날아들고 있었다. 그는 주차장에 트럭을 세우고 엔진이 잠잠해질 때까지 기다렸다. 아이크는 창 쪽으로 얼굴을 돌린 채 문에 기대어 앉아 있었다. 트럭이 마침내 조용해지자, 아이크는 몸을 똑바로 세우고 두 눈을 비볐다.

"어이, 잔 거요?"

버디 리가 물었다.

"어젯밤에 별로 쉬지를 못해서. 그쪽도 오늘 낮에 좀 자지 않았나."

아이크가 말했다.

"눈 잠깐 붙였지."

버디 리가 말했다. 그들은 가로등 불빛 아래 한동안 앉아 있었다. 차 한 대가 음악 소리를 발산하며 그들 옆을 지나갔다. 쿵쿵거리는 저음에 그들의 속이 물처럼 일렁거렸다. 그들은 도시의 생물들이 인도를 지나고 골목길을 통과하며 내뱉는 그 개연성 없는 말소리에 귀를 기울였다. 아이크는 물속에서 해변에 앉은 사람들의 말소리를 듣는 것 같다고 생각했다. 그는 주머니에서 냅킨을 꺼내 물끄러미 쳐다보았다.

"여기가 중요한 것 같아요."

그가 말했다.

"그래서 계획이 뭐요? 일단 들어가서 탄제린이란 이름의 여자에 대해 물어보는 거요?"

버디 리가 물었다.

"네, 하지만 칼은 트럭에 두고 갑시다. 라플라타와 로빈슨이 우리를 예의주시하고 있다면, 여기서도 가급적 조용히 거동하는 게 좋을 거예요."

아이크가 말했다.

"그 칼은 내 목숨을 셀 수 없을 정도로 많이 구했소. 그러니 놔두고 갈 수 없지. 게다가, 위시본처럼 사람들의 손가락을 꺾고 다닌 건 내가 아니잖소."

버디 리가 말했다. 아이크는 그를 쏘아보았지만, 버디 리는 그의 시선을 무시했다.

"준비됐소?"

아이크가 물었다.

"클럽에 마지막으로 갔던 게 언제요?"

버디 리가 물었다.

"마이클 잭슨이 살아 있을 때."

아이크가 트럭에서 내리며 말했다.

갈런드는 그레이스가와 포시가가 만나는 지점 모퉁이에 위치하고 있었다. 커다란 전망창 위에 달린 한 켤레의 빨간 구두 모양 네온사인의 빨간색과 초록색 불빛이 보도블록 위로 쏟아져 내리고 있었다. 출입구 앞에 멈춰 선 버디 리는 자기 손에 침을 뱉은 뒤 머리를 쓸어 올렸다.

"뭐하는 겁니까?"

아이크가 물었다.

"여기서 눈 낮은 암망아지라도 만나게 될지 알 게 뭐요."

버디 리가 말했다. 이번에 아이크는 정말로 웃음을 터뜨렸다. 버디 리도 미소를 지었다. 하지만 그 미소는 얼마 가지 못했다.

"시작합시다."

그가 문을 열며 말했다.

갈런드는 긴 타원형 모양의 술집으로, 중간에서 왼쪽과 오른쪽으로 공간이 나뉘어져 있었다. 술집의 왼편은 부스와 테이블이 가득 들어차 있고, 오른편은 파란색과 빨간색 벨벳을 씌운 2인용 소파와 빈백으로 채워져 있었다. 붉은색 노출 벽돌의 벽면에는 《오즈의 마법사》의 주디 갈런드의 흑백 사진이 21세기 초 《세이트루이스에서 만나요》의 주디 갈런드의 컬라 사진과 경쟁하듯 나란히 걸려 있었다. 바 위에 걸린 커다란 평면 TV에는 주디 갈런드가 부르는 〈무지개 너머로〉가 테크노 비트를 타고 흘러나오고 있었다. 바에는 몇몇 사람들이 앉아 있었다. 아이크와 버디 리가 들어섰을 때 타원형 아래쪽에 앉아 있던 흑인 남자 둘이 고개를 번쩍 들고는, 그들을 꼼꼼히 뜯어보다가 이내 다시 머리를 숙였다. 그들의 오른쪽에는 여자세 명—흑인 두 명, 백인 한 명—이 2인용 소파에 끼어 앉아 있었다. 아이크와 버디 리는 바 끝에 있는 스툴에 휙 올라앉았다.

아이크는 양쪽 어깨 너머를 재빨리 넘겨보며 술집 안을 살폈다. 말쑥한 백인 노인들 한 무리가 샷글라스 쟁반을 앞에 놓고 부스 자리에 앉아 있었다. 그들은 잔을 들어 올렸고 그들 중 하나가 건배를 외쳤다.

"건배, 퀴어스!"

그와 동료들이 샷을 들이켜는 가운데 그가 외쳤다. 그들은 한바탕 웃음을 터뜨리며 서로에게 몸을 쓰러뜨렸다. 아이크는 고개를 휙 돌렸다. 그들 뒤편 테이블 중 한 곳에는 두 명의 젊은 백인 남자가 손을 맞잡고 있었다. 2인용 소파에 앉은 세 명의 여자들은 손으로 서로의 머리카락을 쓸어주었다.

아이크는 바의 가장자리를 짚었다.

"여긴 게이 바인 것 같군요."

그가 속삭였다.

"뭐요?"

버디 리가 물었다. 그는 천국을 엿보는 사람처럼 술병이 가득 들어찬 선반을 유심히 살펴보고 있었다. 아이크는 몸을 그에게로 기울여 그의 귀에 입술을 가까이 가져갔다.

"여긴 게이 바인 것 같다고요."

아이크가 말했다.

버디 리는 앉아 있던 스툴을 휙 돌렸다. 단 한 번의 완벽한 회전으로 그는 동작을 멈추고 아이크에게 몸을 기울였다.

"젠장. 당신 말이 맞는 것 같소. 게이 바는 처음이지만, 그래도 버번을 팔고 있으니 괜찮소."

버디 리가 말했다.

"바텐더에게 탄제린이나 우리 아이들에 대해 아는지 물어봅시다."

아이크가 말했다. 그의 숨결이 짧고 거칠어졌다.

"알았어요. 근데 괜찮소? 뒷걸음으로 언덕을 올라가는 사람처럼 숨 쉬고 있지 않소."

버디 리가 말했다.

"괜찮으니 어서 시작해요."

아이크가 말했다. 버디 리는 손가락 두 개를 들고 바텐더에게 흔들었다. 바텐더는 바 끝에 앉은 두 명의 형제들에게 마티니 두 잔을 가져다준 뒤 아이크와 버디 리에게 다가왔다. 그는 다부진 어깨 위로 흑탄처럼 검고 긴 머리카락을 늘어뜨린 키 작은 동양인 남자였다. 그가 입은 흰색 티셔츠는 그에게 세 사이즈 정도는 작아 보였다.

"뭘 드릴까요?"

바텐더가 물었다.

"쿠어스* 하나랑 잭 다니엘스 샷 하나 부탁하오."

버디 리가 말했다.

"난 그냥 물이나 줘요."

아이크가 말했다.

"알겠습니다. 메뉴판은 필요 없으세요?"

"네."

버디 리가 무어라 대답하기 전에 아이크가 말했다. 잠시 후, 자기

---

* Coors : 미국의 맥주 브랜드.

이름을 텍스라고 밝힌 그 바텐더가 그들의 음료를 가지고 돌아왔다.

"다른 필요하신 것은요?"

텍스가 미소를 지으며 물었다. 버디 리는 자신의 위스키를 들이켜며 아이크 쪽으로 퉁명스러운 고갯짓을 했다.

"뭣 좀 하나 물읍시다. 혹시 아이지아와 데릭이라는 이름을 압니까? 가끔 여길 들렀을지도 모르는데."

아이크가 말했다. 텍스의 미소가 살짝 흐트러졌다.

"네, 알아요. 좋은 사람들이었죠. 블랙라이트 나이트 때면 꼭 왔었어요. 한 달에 한 번 있는 페인트 나이트 때는 데릭이 피에로기*를 만들어줬고, 아이지아는 자기 웹사이트에 우리 술집 기사를 써주었어요. 정말 좋은 사람들이었죠. 그들에게 일어난 일을 믿을 수가 없어요. 정말 말도 안 돼요."

텍스가 말했다. 아이크는 물 위로 뛰어오르는 고래처럼 그의 목구멍으로 덩어리 하나가 치미는 것을 느꼈다.

"네, 말도 안 되죠."

아이크가 말했다.

"두 사람 친구분이신가요?"

텍스가 물었다.

"우리 아들들이었소."

버디 리가 말했다. 그는 맥주를 길게 한 모금 들이켰다.

"아, 저런. 죄송해요. 정말 죄송해요."

"고마워요."

아이크가 말했다.

---

* Pierogi : 동유럽식 만두. 보통 감자, 자우어크라우트, 다진 고기, 치즈, 과일이 들어간다.

텍스는 주머니에서 흰색 행주를 꺼내서 아이크와 버디 리 앞의 바를 닦았다. 2인용 소파에 앉은 세 명의 여자들 중 하나가 기쁨 혹은 놀라움, 아니면 둘 모두가 뒤섞인 탄성을 질렀다.

"근데 여기는 어떻게 오셨어요? 아이지아의 평소 얘기로는….."

텍스가 하던 말을 멈췄다.

"평소 뭐라고 했는데요?"

아이크가 물었다. 하지만 녀석이 뭐라고 했을지 충분히 알 것 같았다.

"아니에요, 아무것도 아니에요. 그냥 두 분이 여길 무슨 일로 찾으셨는지 궁금했을 뿐이에요."

"아이들한테 있었던 일에 대해 알고 있을 법한 사람을 찾고 있소."

버디 리가 말했다. 그는 맥주를 모두 비웠다.

"그러니까, 일종의 수사 같은 걸 하시는 건가요?"

텍스가 물었다.

"그냥 좀 알아보고 다니는 겁니다. 경찰에서는 전혀 실마리를 찾지 못했다고 하니 우리가 직접 알아보고 싶은 마음이 들어서요. 그게 답니다. 문제를 일으킬 생각은 전혀 없어요."

아이크가 말했다. 그건 일부 사실이었다. 그는 문제를 일으키고 싶지 않았다. 그저 아들을 죽인 개자식들을 잡고 싶을 뿐이었다. 어느 한 놈 빠짐없이 모두.

"경찰에서 여기도 왔었어요. 그들이 빈손으로 돌아간 건 여기 사람들이 돕고 싶지 않았기 때문이 아니라, 경찰이 왔다는 것 자체가 부담스러웠기 때문이었을 거예요. 여기 사람들 대부분 자기 성 정체성을 비밀로 하고 있거든요. 살인 사건에 자기 이름이 엮이는 게 싫었겠죠. 오해는 하지 마세요. 리치몬드는 게이에게든 퀴어에게든, 누구에게든 꽤 살기 좋은 곳이니까요. 다만, 그래도 여전히 버지니아주인 건 사실이죠. 모뉴먼트애비뉴에 위치한 동상들*의 애호가라면 여기 손님들을 기꺼이 담장에 묶으려 들 테니까요. 무슨 뜻인지 아시죠?"

텍스가 말했다.

"그러니까, 아이지아와 데릭의 친구들은 집단 겁쟁이들이라는 거로군."

버디 리가 말했다. 텍스를 고개를 가로저었다.

"이해를 못 하시는군요. 게이에 대한 인식이 예전보다 나아지긴 했어도 여전히 좋진 않아요. 게이라는 것을 밝히고 나면 어느 날 갑자기 회사의 주차 방침을 어겼다면서 해고를 당하기 일쑤죠. 그러니까 이 오래된 영토에서 게이가 된다는 건 흑인이나 동양인, 히스패닉계 사람이 되는 것과 같아요. 물론 전보다는 나아졌지만…."

아이크가 신음 소리를 냈다.

"제가 뭐 잘못 말씀드렸나요?"

텍스가 물었다.

"게이가 흑인과 같을 리가 없죠."

아이크가 천천히 그리고 신중하게 말했다. 텍스는 미간을 찌푸렸다.

"우리가 여전히 남부 지방에 살고 있다는 걸 말씀드리고 싶었을 뿐이에요. 이성애자 백인이 아니면 늘 등 뒤를 조심해야 한다는 말이죠."

---

* 남북연합 대통령을 포함해 남북전쟁에서 활약했던 5인의 장군들 동상을 가리킨다.

그가 말했다. 그는 버디 리에게로 고개를 돌렸다.

"개인적인 감정은 없어요."

그가 말했다.

"괜찮소. 백인 이성애자에게 그렇게 많은 장점이 있는 줄 몰랐군."

버디 리가 말해다. 가볍게 던진 이야기였지만, 그 말에 담긴 진실이 바닥으로 무겁게 내려앉았다. 텍스는 아이크를 흘끗 쳐다보았지만, 그가 보리라 예상했던 것은 부재했다.

"그래서, 우리 아이들에게 일어난 일에 대해 알고 있는 것이 없습니까? 둘 중 누구든 협박을 당하고 있다거나 하는 얘기를 하진 않던가요?"

아이크가 물었다.

"그런 얘기는 없었어요."

텍스가 말했다. 그는 버디 리의 빈 병을 집고 바 아래에 있는 쓰레기통으로 향했다.

"혹시 탄제린이라는 이름의 여자를 아시오?"

버디 리가 물었다. 텍스는 걸음을 멈췄다.

"예전에 한동안 왔던 적이 있어요. 그냥 잠시 오가는 정도."

"녀석들과 함께 있는 걸 본 적 있습니까?"

아이크가 물었다. 텍스를 잠시 그를 쳐다보았다.

"무슨 뜻이신지?"

"우리 아들들 말입니다."

"아뇨, 한 번도 없었어요. 아까도 말했지만, 알게 모르게 왔다가 또 사라지곤 했으니까요. 파티 접대부였거든요."

"그렇소? 근데 무슨 요정이라도 되나? 알게 모르게 사라지다니?"

버디 리가 물었다. 이번에는 텍스가 그를 쏘아보았다.

"그건 그녀에게 직접 물어보세요."

텍스가 말했다.

"그러면 좋게. 어디서 만날 수 있소?"

버디 리가 물었다.

"알게 모르게 왔다가 어느새 사라져버린다니까요."

"여기에 알 만한 사람이 있지 않겠습니까?"

아이크가 물었다.

"그것도 직접 물어보시는 게 좋겠어요."

텍스가 말했다. 아이크는 바 위로 몸을 기울였다. 그리고 가슴을 내밀고 고개를 오른쪽으로 꺾었다.

"어이, 무슨 문제라도 있어요?"

아이크가 물었다. 텍스는 혀로 볼 안쪽을 밀었다.

"여길 가끔 들르는 친구가 하나 있는데, 변호사예요. 그쪽 나이대고, 게이죠. 흑인인데 성격도 엄청 쿨해요. 근데 한번은 내게 뭐라고 한 줄 알아요? 흑인들 중에는 인종차별주의자들보다 게이들을 더 싫어하는 사람들이 있다더군요. 이런 작은 마을에서 흑인 게이로 사는 건 사자와 악어 사이에 갇히는 꼴이라고요. 한쪽에는 '레드넥'*, 또 한쪽에는 게이를 혐오하는 흑인. 흑인 게이로 자라면서 그나마 인간답게 살 수 있는 유일한 방법은 헤어디자이너가 되거나 합창단의 리더가 되는 거라더군요. 그 사람은 둘 다 성공하지 못해 결국 마을을 떠나야 했대요. 사실 전 그의 말을 믿지 않았어요. 설마 그 정도일까 했죠. 하지만 매일 당신 같은 사람들이 그의 말이 사실

---

* Redneck : 미국의 비하 단어 중 하나로 남부의 교양 없는 백인 노동자를 일컫는다.

임을 입증해주고 있어요."

텍스가 말했다.

"아, 그럼 흑인보다 게이의 처지가 더 어렵다는 겁니까? 이거 하나만 말하죠. 당신이 어딜 가든 당신이 게이라는 사실은 직접 말하지 않으면 아무도 몰라요. 하지만 난 어딜 가든 흑인일 수밖에 없어요. 이 빌어먹을 것은 감추려야 감춰지지도 않으니까."

아이크가 말했다. 텍스는 수건을 꺼내 두 손으로 비틀었다.

"맞아요, 흑인이라는 사실은 숨길 수 없죠. 하지만 내가 누구인지를 사람들에게 숨겨야 한다는 그 사실이 바로 핵심이에요. 킹 목사도 말했잖아요. 어딘가에 있는 불평등은 어디에나 있는 평등에 위협이 된다고요."

텍스가 말했다. 아이크는 쓰읍 소리를 내며 다시 제자리에 앉았다.

"또 필요하신 게 있거든 부르세요."

텍스가 말했다. 그리고 몸을 돌려 바의 반대편 끝으로 떠났다.

"젠장, 자네 엉덩이에 무려 마틴 루터 킹 카드를 던져놓고 가다니. 이번 라운드는 저쪽 승리인 것 같군."

버디 리가 말했다.

아이크는 대답하지 않았다.

"난 좀 둘러보겠소. 저자는 좆도 모르나 봐. 그래도 둘러보면 누군가는 뭔가를 알고 있겠지."

버디 리는 술집 주위로 흩어져 있는 손님들을 가리켰다.

"으…흠."

아이크가 말했다. 그는 자신의 물 잔을 들고 한 번에 들이켰다. 그런 뒤 빈 잔을 바 위로 쿵 내려놓았다.

아이크는 흉곽이 옥죄는 것을 느꼈다. 손을 잡고 있던 두 명의 젊은 백인 남자들은 이제 서로의 목에 두 팔을 감고 음악에 맞춰 나른한 원을 그리며 춤을 추고 있었다. 바 아래쪽에 앉아 있는 형제들 중 하나는 제 친구의 볼을 쓰다듬고 있었다. 그들의 마티니는 마술처럼 사라졌다. 2인용 소파에 앉은 세 명의 여자들은 장난스럽게 서로의 머리카락을 잡아당기고 있었다.

"찢어지는 게 좋지 않겠소? 그러는 편이 좀 덜 위협적으로 보일 것 같은데."

버디 리가 말했다.

"아무래도요. 그럼, 어서 들판에서 포도를 따봅시다."*

아이크의 말에 버디 리는 키득거렸다.

"그 말 오랜만이오. 레드어니언에 있을 때는 '조랑말 속달 우편'이라고 했소. 왜들 그냥 '소문거리'라고 부르지 않는지 모르겠군."

"이제 기결수처럼 떠는 건 그만둡시다. 자꾸 옛날 버릇이 튀어나오니까."

"나도 아직 레드어니언의 악몽을 꾼다오. 여전히 그 안에 있는 꿈 말이요. 출소한 지 오래인데도 아직 내가 기결수처럼 느껴질 때가 있다니까."

버디 리가 말했다.

"레드어니언은 완전 지하 감옥이라던데."

아이크가 말했다.

---

* Picking grapes : 2018년 칼럼리스트 린다 스타시 (Linda Stasi)가 쓴 인종 비방 표현으로 푸에르토리코인 어머니를 둔 저널리스트이자 변호사 킴벌리 길포일에게 "도널드 트럼프 주니어와 데이트하는 동안 중립을 지킬 수 없는 저널리스트는 '포도 따는 것이 더 낫다'"고 쓴 칼럼에서 기인했다. 논란이 되자 스타시는 자신의 트위터에 "킴벌리 길포일이 반푸에르토리코인이라는 사실을 전혀 몰랐다"고 언급했다.

버디 리는 술집 선반에 고귀한 왕처럼 앉아 있는 잭 다니엘스를 사랑스럽게 쳐다보았다.

"맞소. 악마도 신을 찾게 될 곳이지."

그가 말했다. 그는 텍스의 주의를 끈 다음 팬터마임으로 샷 하나를 더 추가했다. 텍스는 말 한마디 없이 샷을 갖다주었고, 그는 단숨에 그것을 들이켰다.

"내가 술 마시는 것에 대해 얘기했을 텐데요."

아이크가 물었다.

"알았소, 알았어. 난 저기 소파 자리 여자들부터 시작할 생각이오. 당신이 이쪽을 맡겠소?"

버디 리가 말했다. 위스키가 그의 위장 바닥에 고이면서 그의 얼굴이 붉으락푸르락해졌다.

"어서 가봐요."

아이크가 말했다. 버디 리는 스툴에서 내려와 2인용 소파와 빈백들이 놓여 있는 곳으로 향했다. 아이크는 심호흡을 했다. 그런 뒤 스툴을 돌려 술집 안을 꼼꼼히 살펴보았다. 바 끝에 앉은 형제들이나 여전히 느릿느릿 춤을 추고 있는 백인 남자 커플, 아니면 부스 자리의 말쑥한 노신사들. 그는 순수 인구통계학적 등식에 따라, 바 끝의 형제들을 먼저 만나보기로 했다.

"저기, 실례합니다."

아이크가 말했다.

둘 중 덩치가 큰 사람은 아이크만 한 몸집으로, 얼굴의 대부분이 풍성한 수염으로 뒤덮여 있었다. 그는 제 동료로부터 아주 천천히 고개를 돌렸다. 아이크는 그의 얼굴에 드러난 짜증을 읽을 수 있었다.

"네?"

"저기… 여자를 하나 찾고 있는데…."

"잘못 온 것 같은데요."

수염 난 남자의 동료가 말했다. 그는 아주 말끔하게 면도한 얼굴이었다.

"아뇨, 그런 게 아니라."

아이크가 말했다.

"뭘 어떻게 도와드릴까?"

수염 난 남자가 물었다. 아이크는 그의 짜증이 분노로 곧 변할 것을 예측할 수 있었다. 아이크는 간신히 마음을 진정시키며 차분하게 입을 열었다.

"탄제린이라는 이름의 여자를 찾고 있습니다. 여길 종종 왔다고 들었어요. 우리 아들의 친구인데, 그녀와 얘기를 좀 하고 싶어서 그럽니다."

"무슨 얘기요?"

면도 얼굴이 물었다.

"네?"

"무슨 얘기를 하고 싶으냐고요. 그 여자, 스토킹하는 거예요? 혹시 전 남자 친구?"

면도 얼굴이 물었다.

"에? 아뇨, 우리 아들 일로 얘기할 게 있어서요."

아이크가 말했다.

"그럼 당신 아들이 그 여자 전 남친?"

수염 난 남자가 물었다.

"아뇨, 이봐요. 우리 아들이 염병할 세상을 떴는데, 누가 아들을 죽인 건지 그 여자가 알고 있을지 몰라서 그럽니다. 그러니 이제 헛소리는 그만 집어치우시죠? 여자를 압니까, 모릅니까?"

아이크가 말했다. 수염 난 남자와 미니 아프로 머리는 아이크에게 그들 뒤통수만 보일 때까지 스툴을 회전시켰다.

"그런 여자, 몰라요."

수염 난 남자가 말했다. 그러고는 그에게서 완전히 등을 돌렸다. 아이크는 코가 화끈거릴 정도로 깊게 숨을 들이마셨다.

아이크의 몸은 바닥에 뿌리를 내린 듯했다. 그의 전신은 탱탱한 전선을 밟고 선 듯 얼얼했고, 그와 두 남자 사이의 공간에는 위험한 에너지가 가득했다. 그들은 그에게서 완전히 등을 돌린 채였다. 그들 이면에는 당장에 그를 농장으로 보내버릴 수도 있다는 지독한 경멸이 스며 있었다. 아이크의 오른손에 어느새 주먹이 쥐어졌다. 손가락을 말고 있던 사실을 그조차도 깨닫지 못했다. 그는 주먹을 내려다보았다. 그리고 순수 의지로 주먹을 다시 폈다. 현명해져야만 했다. 경찰이 개입되면 그를 깊고 어두운 구멍에 던져버리고 말 것이다. 적어도 이번 일이 끝나기 전까지는 안 될 말이었다.

"고맙습니다."

아이크는 간신히 인사를 내뱉고 걸음을 돌렸다. 춤을 추고 있던 백인 커플은 사라지고 없었다. 그가 형제들과 이야기를 나누는 사이에 자리를 뜬 게 분명했다. 그럼 이제 부스 자리의 남자들만 남았다. 그들은 샷을 한 잔씩 더 걸치며 즐겁게 웃고 있었다. 아이크는 부스 옆으로 다가갔다.

"안녕들 하세요?"

아이크가 물었다. 친근해 보이고 싶었다.

"안녕하세요."

남자 한 명이 말했다. 다른 남자는 웃음을 멈췄지만, 여전히 미소를 짓고 있었다.

"전, 아이크 랜돌프라고 해요. 우리 아들은 아이지아 랜돌프고요."

아이크가 말했다. 그러자 그들의 미소가 일순간 사라졌다.

"오, 저런. 참 안됐어요. 난 제프예요."

아이크와 가까운 쪽에 앉은 남자가 손을 내밀었다. 아이크는 그와 악수를 했고, 그 단단함에 깜짝 놀랐다.

"난 랄프요."

"난 샐."

"크리스."

아이크는 다른 세 명의 남자들에게도 고갯짓을 했다.

게이처럼 보이지 않아, 아이크는 생각했다. 그런 생각이 들자마자 아이지아의 목소리가 들리는 듯했다. 게이는 정확히 어떻게 생겨야 하는데요? 자기 성 정체성을 이마에 문신으로 새기고 다닐까요?

"아이지아를 아시나 봐요?"

아이크가 물었다.

"데릭과 같이 여길 자주 왔었어요. 우리 기관에 대한 기사도 써주었죠. 데릭은 크리스의 레스토랑에서 일하기도 했답니다."

제프가 말했다.

"세상 좁네요, 그렇죠?"

아이크가 말했다.

"그 조그만 세상들이 모여 하나의 큰 세상이 되는 거죠."

제프가 말했다.

"기관이 어딥니까?"

아이크가 물었다.

"어려움을 겪는 게이 청소년들을 위해 이스트엔드에 비영리 기술학교를 운영하고 있어요. 산업 기술 같은 걸 가르치죠. 난 용접 아티스트거든요."

제프가 말했다.

"자기는 너무 겸손하다니까."

랄프가 말했다. 그는 제프의 손 위로 자기 손을 얹었다. 아이크는 어딘지 모를 카바레 클럽에서 찍은 주디 갈런드의 사진을 유심히 쳐다보았다. 그녀의 깊은 눈동자와 도발적인 입술이 흑백으로 박제되어 있었다.

"그러시군요. 거기에 아이들이 많습니까?"

아이크가 물었다. 네 명의 남자들 사이에 긴 침묵이 이어졌고 마침내 제프가 입을 열었다.

"많은 아이들이 거리를 방황하다가 우리 학교를 찾아요. 모두가 그런 건 아니지만 많은 수가 그래요. 눈이 퍼렇게 멍 들거나 치아가 부러져서는 나타난답니다. 게이들을 때려서 고칠 수 있다고 생각하는 부모들이 많거든요. 최소 겁에 질린 모습이에요. 자기 엄마나 아빠, 아니면 교회 목사들이 영원히 지옥 불에서 고통받게 될 거라고 온갖 저주를 퍼부으니까요."

제프가 말했다. 아이크는 자기 부츠를 내려다보았다. 그도 그런 부모들 중 하나였다. 그도 아들을 거칠게 다루면 아이지아에게서 게이 특성을 없앨 수 있을 것이라 생각했다. 차라리 그를 한 마리 새로 만들어 지붕 아래로 밀어버리는 편이 더 나았을 정도였다. 그럼에도 불구하고 아이지아는 변하지 않았다. 그는 죽는 날까지 본연의 제 모습대로 살았다.

"그래서 결국엔 땅에 묻혔네요."

아이크가 중얼거렸다.

"미안한데, 뭐라고요?"

제프가 물었다.

"아, 아무것도 아닙니다. 그것 참, 엿같은 일이란 뜻이었어요."

아이크가 말했다.

"맞아요."

제프가 말했다.

"저와 데릭의 아버지가 함께 탐문을 하고 있어요. 무슨 일이 있었던 건지 뭐라도 알고 있는 사람을 찾아보려고요. 딱히 누군가를 목표로 두고 있진 않아요. 그저 우리 아이들 사건에 대해 제대로 알아보고 싶을 뿐이죠."

아이크가 말했다. 이 남자들은 그의 목소리에서 절박함을 읽었을까? 그의 귀에는 그것이 느껴졌고, 그는 순간 나약해졌다. 아이지아와 데릭을 죽인 범인을 찾는 것이 그를 집어삼킬 바다에서 그를 구할 수 있는 유일한 구명정이었다. 하지만 그것도 사실 큰 효용이 없었다. 무뎌진 그의 마음 가장자리는 언제라도 무너질 수 있었다. 그 순간 그의 근처에 있을 자들에게 하느님의 가호가 함께하기를.

"미안해요. 여기 있는 우리들 중에는 도움 될 만한 걸 아는 사람이 없네요. 도울 수 있으면 좋으련만."

제프가 말했다.

"참 행복한 커플이었는데."

살이 말했다.

"내가 찾고 있는 것을 마침내 찾은 사람들이었지."

크리스가 말했다.

"자기도 남편이 되고 싶거든 그렇게 헤프게 구는 건 그만둬."

랄프가 말했다. 크리스는 그를 향해 혀를 내밀고 두 눈을 굴렸다.

"그럼, 혹시 탄제린이라는 이름을 여자를 아십니까?"

아이크가 물었다. 제프의 오른쪽 뺨이 씰룩거렸다.

뭔가 있군, 아이크는 생각했다.

"그런 이름의 여자를 알았던 적이 있었죠."

제프가 말했다. 아이크는 그가 단어 선택에 매우 신중을 기하고 있다는 것을 알 수 있었다. 그의 두 눈이 왼쪽에서 오른쪽으로 움직였고, 씰룩이던 뺨은 이제 거의 경련을 일으키고 있었다.

"그래요? 혹시 학교에도 들른 적이 있습니까?"

아이크가 물었다.

"엄청 자주 왔었어요."

랄프가 말했다. 제프는 랄프의 손아래 있던 자신의 손을 빼내 랄프의 팔뚝에 얹었다. 고요한 제스처였지만, 아이크는 거기서 일종의 방어를 읽을 수 있었다.

"탄제린은… 우리 기관 수업을 자주 빠졌어요. 자유로운 영혼이었죠."

제프가 말했다.

"그 표현이 딱이야."

크리스가 말했다. 살이 팔꿈치로 그를 쿡 찔렀다.

"왜? 다들 그렇게 생각하잖아."

크리스가 말했다.

"파티 접대부였다고 하던데?"

아이크가 물었다. 제프의 어깨가 아래로 축 처졌다.

"여왕님 같은 여자였다고 해두죠."

제프가 말했다. 그때 아이크의 머리에 아이디어 하나가 떠올랐다.

"듣기로는 그 여자가 어떤 음반 제작자가 연 성대한 파티에서 데릭을 만났다고 하던데요."

아이크가 말했다.

"그 여자는 파티도 골라서 가요."

크리스가 말했다. 제프는 그를 향해 인상을 썼지만, 크리스는 알아차리지 못한 듯했다. 혹여 알아차렸다고 한들 전혀 개의치 않는 듯했다.

"혹시 미스터 겟다운의 그 파티 말이야?"

랄프가 물었다.

"미스터 겟다운이 누굽니까?"

아이크가 물었다.

"제작자예요. 진짜 이름은 타리크 매튜고, 주로 힙합과 트랜스 음악을 제작해요. 웨스트엔드에 사는데, 제임스 웨일의 영화에서 그대로 가져온 듯한, 아주 끝내주는 공중부벽*의 저택을 갖고 있어요."

랄프가 말했다. 그는 사람들 사이에 웃음이 터져 나오기를 기대한 듯 잠시 말을 멈추었다.

---

* Flying Buttress : 외벽이 무너지지 않도록 설치하는 부벽을 가리킨다. 주로 고딕 건축 양식의 건축물에 사용되며, 반 아치형의 석조 구조물로 외벽의 압력을 지탱하는 형태이다.

"맙소사, 여기서 제임스 웨일이 누군지 아는 늙은이는 나뿐이야? 어쨌든 타리크는 우리 고향의 영웅이나 다름없지. 그 녀석 9학년 때 내가 가르쳤다니까. 졸업하고 1년 뒤 앨범 하나를 제작했는데, 무려 15개국에서 1위를 했지 뭐예요. 파티 일주일 전에 데릭이 여길 왔었는데, 자기 회사에서 그 미스터 겟다운의 서른 번째 생일 파티 케이터링 서비스를 맡기로 했다더군요. 맙소사, 정말 나 이제 늙다리가 다 된 거야?"

랄프가 말했다. 그는 제프의 어깨에 머리를 기댔다.

"그런 파티가 바로 그녀가 골라 갈 만한 장소입니까?"

아이크가 물었다. 크리스는 대답을 하려 했지만, 제프가 그를 막아섰다.

"이건 알아둬요. 탠지는… 복잡한 여자예요. 젊고, 아름답고, 자신의 정체성을 찾아가는 중이죠. 그런 미모와 젊음에는 꼭 시기하는 자들이 따르기 마련이랍니다."

제프가 크리스를 똑바로 쳐다보며 말했다.

"탄제린이 진짜 이름이 아니에요."

크리스가 말했다. 그때 랄프가 대화에 끼어들었다.

"질투하지 마, 크리스."

랄프가 말했다. 크리스는 팔짱을 꼈다.

"그 사람, 어디 있는지 알고 계실까요?"

아이크가 물었다.

"아이지아와 데릭의 일에 탠지가 연관이 있다고 봐요?"

제프의 질문에 아이크는 망설였다.

"아이지아가 인터뷰를 위해서 여기서 그녀와 만나기로 했다더군요. 근데 만나기 하루 전에 와인 바 앞에서 총을 맞았어요. 두 사람만의 기념일을 축하하기 위해 외출한 자리에서."

아이크가 말했다. 아들이 총을 맞았다는 말을 입에 올리는 순간 아이크의 심장은 날카로운 가장자리가 서로 갈리는 듯 욱신거렸다.

"그 일 있은 이후로는 안 보인 지 오래됐어요. 어딘가에 있겠지."

제프가 말했다. 큐 사인을 받은 듯 그의 오른쪽 뺨이 다시 씰룩거리기 시작했다. 아이크는 그를 유심히 쳐다보았다. 냉혹한 살인자의 눈빛으로.

제프는 외관상 정말 괜찮은 사람처럼 보였다. 그는 게이 청소년들을 돕는 데 평생을 헌신했다. 어울리는 친구들 역시 좋은 사람들이었다. 하지만 그럼에도 불구하고 아이크의 면전에서 거짓말은 통하지 않았다. 제프는 탄제린이 어디에 있고 어떻게 하면 그녀를 찾을 수 있는지 알고 있다. 아이크는 어쩐지 그런 확신이 들었다.

음성 메시지 속 탄제린은 두려워하고 있었다. 그녀는 아이지아가 그에 대한 기사를 쓸 걸 알고 두려웠던 것일까? 혹시 그를 함정에 빠트린 건 아닐까? 아이크로서는 알 수 없었다. 그가 아는 것이라고는 사람 좋아 보이는 제프가 여기 앉아 자신을 촌뜨기 취급하며 거짓말을 늘어놓고 있다는 것뿐이었다. 희끗희끗하지만 공들여 다듬은 수염의 제프. 아이크의 죽은 아들보다 웬 파티 접대부를 보호하는 데 더 집중하는 마음씨 좋은 제프에게는 분명 도시 쥐 증후군이 있다. 리치몬드에 사는 사람들 대다수는 자기들이 외곽 지역 사람들보다 더 똑똑하고 세련됐다고 착각하는 경향이 있었다. 외곽이라고 해봤자 도심을 빠져나갈 때면 으레 만나는 출구의 리치몬드 표지판에서 고작 50킬로미터 정도 떨어져 있을 뿐인데도 말이다.

아이크는 엄지로 그의 두 눈을 파서 끓는 물에 집어넣는다면, 그에게서 곧장 진실을 들을 수 있지 않을까 생각해보았다.

제프는 눈을 껌벅거렸다. 아마도 아이크의 얼굴에서 무언가를 본 모양이었다. 그의 안구가 갈런드의 마룻바닥에서 제 생명을 마감할 수도 있다는 위협을 읽기라도 한 것일까.

"진짜로, 여자가 어디 있는지 몰라요. 하지만."

제프가 말했다.

"하지만 뭐요?"

아이크가 물었다. 여전히 제프를 무섭도록 응시했다.

"그녀가 그 파티에 왔었다면, 아마 미스터 겟다운과 어울린 것이 그날이 처음은 아니었을 거예요. 그러니 그라면 그녀의 행방을 알 거예요. 내가 할 수 있는 얘기는 그것뿐이에요."

제프가 말했다. 〈떠나간 그 사람〉이라는 노래가 트립합* 비트를 입고 갈런드의 사운드 시스템을 통해 쿵쿵 흘러나오기 시작했다. 아이크의 신경이 다소 누그러졌다.

"고맙습니다."

그가 말했다. 그리고 그대로 몸을 돌려 다시 바로 돌아왔다.

"물 한 잔 더 마실 수 있을까요? 그리고 친구 것과 같이 계산하죠."

아이크가 말했다. 텍스가 다가와 아이크 앞에 계산서와 펜을 내려놓았다. 방금 버디 리를 친구라고 부른 건가? 두 사람의 관계에 있어 그게 정말 정확한 표현인지 그로서도 알 수 없었다. 둘이 함께 사람을 죽였으니 단지 아는 사이, 그 이상이 된 건 사실이었다. 하지

---

* Trip Hop : 힙합과 하우스에서 파생된 다운템포의 한 장르.

만 친구라고는 생각해본 적 없었다. 아이크는 계산서에 사인을 하고 넉넉히 팁을 남긴 뒤 직불카드를 끼웠다. 그때 큰 키에 호리호리한 흑인 남자가 그의 옆에 비틀거리며 와 섰다. 남자는 간신히 바스툴에 올라앉으며 자신의 덥수룩한 회색빛 염소수염을 매만졌다.

"안녕하쇼."

염소수염이 말했다.

"안녕하세요."

아이크가 고개도 돌리지 않고 인사했다.

"별일 없수?"

염소수염이 꼬인 혀로 말했다.

"네, 괜찮습니다."

아이크가 말했다. 그는 텍스를 찾았지만, 그는 방금 술집에 들어온, 파랑, 분홍, 초록 머리의 중성스러운 백인 젊은이들에게 술 주문을 받고 있었다.

"여기 오는 망할 젊은것들 말이오. 겁나 젊고, 겁나 돌았어."

염소수염이 말했다. 테이블 위로 대리석을 굴리듯 그의 입 밖으로 단어들이 툭툭 떨어졌다.

"아, 네."

아이크가 말했다.

"난 안젤로요."

염소수염이 말했다. 아이크는 대꾸하지 않았다. 그는 주머니에 손을 넣고 발을 앞뒤로 흔들었다.

"아주 신이 나 죽겠지. 하지만 그게 다 무슨 소용이람? 환희에 빠져 몇 시간을 보낸들 뭐? 아침이면 화장실 변기에 쉬나 질펀하게 싸지르고 떠날걸."

안젤로가 말했다. 그는 왼쪽으로 몸이 기우는가 싶더니 바의 가장자리 손잡이를 간신히 움켜쥐며 몸을 지탱했다. 아이크는 그에게서 오른쪽으로 한 걸음 물러났다.

"누구랑 같이 왔수?"

안젤로가 물었다.

"지금 술값 계산 중이에요."

아이크가 말했다. 그는 오므린 입술 사이로 하나의 단어처럼 재빨리 말을 내뱉었다.

"그렇지, 당연히 그렇겠지. 누군가랑 왔겠지. 혼자 왔다기엔 너무 괜찮은 걸."

안젤로가 말했다.

"이봐, 텍스! 여기 빨리 계산 좀 해줘요!"

아이크가 소리쳤다.

"가려고? 잠깐 기다려, 내가 술 한잔 살게. 아직 가지 말라고. 내가 술 한잔 사줄게."

안젤로가 말했다. 그는 손을 뻗어 아이크의 팔을 잡았다.

"그 더러운 손 치워요."

아이크가 말했다. 바의 끝에 앉아 있던 형제 둘이 자신들의 술잔을 집어 빈백 자리로 옮겼다. 아이크의 음성에 깃든 천둥은 자신도 원치 않는 폭풍을 예고하고 있었다. 하지만 안젤로의 레이더는 날씨의 변화에 적절하게 대응하지 못하고 있었다.

"이봐, 그러지 말고. 그냥 당신에 대해 좀 알고 싶어서 그래."

그가 꼬인 혀로 말했다. 그는 아이크의 팔에 얹었던 손으로 코코

넛만 한 그의 이두박근을 쓰다듬으려 했다.

"더러운 손 치우라니까!"

아이크가 안젤로의 멱살을 쥐었다. 아이크가 안젤로를 저쪽 벽에 밀쳤고, 스툴이 바닥에 나뒹굴었다. 탑 햇을 쓴 주디 갈런드의 사진이 아래로 떨어졌다. 사진은 아이크의 머리로도 튕겼지만, 그는 개의치 않았다. 아이크가 멱살 쥔 손으로 그를 들어 올리자 안젤로의 눈동자가 요동을 쳤다.

"미안해요!"

안젤로가 계속해서 사과했다.

아이크는 그를 벽에서 떼어낸 뒤 다시 두 차례 벽으로 밀쳤다. 안젤로는 자신의 목덜미를 쥐고 있는 아이크의 손에서 벗어나려 했지만, 그보다 고르디우스의 매듭*을 푸는 게 더 쉬울 터였다.

"내 몸에 손대지 말라잖아!"

아이크가 소리쳤다. 그는 왼손으로 그를 잡고 오른손을 뒤로 당겼다. 술집에 방금 들어온 젊은이들 무리가 휴대전화를 꺼내 그 장면을 찍으며 그에게 소리를 질렀다.

오른손 주먹을 날리기 직전, 그는 강한 손이 어깨를 붙들고 힘센 팔이 그의 허리를 감싸는 것을 느꼈다. 아이크는 순간 균형이 무너지는 것을 느꼈다. 그는 안젤로를 놓고 새롭게 나타난 적들을 향해 주먹을 휘둘렀다.

"놔!"

아이크가 소리쳤다. 그는 자신의 몸이 밀쳐지는 것을 느꼈다. 그

---

* 고대 마케도니아의 알렉산드로스 대왕이 프리기아의 고르디우스 왕의 전차에 매달린 매듭을 아무도 풀지 못하자 한칼에 잘랐다는 전설에서 나온 표현.

는 황소몰이를 당하듯 문 쪽으로 몰리고 있었다. 세 번째 손 한 쌍이 이 소동에 동참했다. 크리스였다.

텍스는 그에게 물러서라고 외쳤지만, 그보다는 말벌 떼를 진정시키는 것이 더 나을 터였다. 크리스의 얼굴에 맹렬한 폭풍우가 몰아치고 있었다. 그와 안젤로는 친구 사이인가? 아니면 저 남자의 명예를 지키기 위해 이러는 걸까? 아니면 단지 옳지 않은 일에 분노해서? 아이크는 크리스와 그의 친구들이 마음 편히 쉬는 장소를 찾아와 그들에게 도움을 청했다. 그리고 그들은 아이지아에 대해 이야기해주었다. 아이크와는 전혀 다른, 좋은 사람이었다고 말이다. 그런데 그는 그들의 친절에 이렇게 보답했다. 그저 외로웠을 뿐인 만취객을 공격했다. 아이크는 곁눈질로 버디 리가 달려오는 것을 포착했다. 버디 리는 크리스를 밀치고 그와 아이크 사이에 섰다.

"무슨 일이오?"

버디 리가 외쳤다.

아이크는 주먹다짐을 멈췄다.

"나갈 거예요, 알았어요? 나갈 거라고요. 버디 리, 내 카드 챙겨요."

아이크가 말했다. 텍스는 그를 풀어주었다. 또 다른 남자, 너무 꽉 끼는 흰색 티셔츠 차림의 남자가 버디 리를 공격하려는 크리스를 붙잡았다. 텍스는 바 뒤에서 아이크의 카드를 집어 그의 두 손에 찰싹 내려놓았다.

"여기서 당장 꺼지지 않으면 경찰 부를 거예요."

그가 말했다.

"경찰 좋아하지 않는다더니?"

버디 리가 말했다.

"어서 꺼져요!"

텍스가 말했다.

"어이, 서둘러요. 짭새가 오기 전에 어서 갑시다."

버디 리가 말했다. 그는 몇 걸음 뒤로 물러선 뒤 발길을 돌려 출입구로 향했다. 그들이 지나가면서 몇몇 사람들이 야유를 보냈다. 아이크는 바의 저편에서 제프가 그를 쏘아보는 것을 알아차렸다.

"미안합니다."

아이크가 웅얼거렸다. 한바탕 소동이 벌어진 술집에서 그의 말이 저쪽 편까지 들리지 않으리란 것을 알고 있었지만, 그래도 사과하고 싶었다.

제프는 고개를 가로저으며 시선을 돌렸다.

침묵 속에서 주간 고속도로를 45분가량 달린 뒤 버디 리는 아이크의 집 진입로에 차를 세웠다. 트럭이 생기를 잃어가는 가운데 시동이 잔기침을 내뱉었다. 아이크는 문손잡이를 잡았다.

"도대체 뭔 일이었소? 아까 술집에서?"

버디 리가 물었다. 아이크는 문을 열었다. 따뜻한 바람이 아이크를 지나 트럭 안으로 불어 들었다. 빨대 포장지와 빈 껌 포장지가 버디 리의 발치를 간지럽혔다.

"건드리지 말라고 경고했는데도, 날 건드렸어요."

아이크가 말했다.

"그랬소?

버디 리가 말했다. 그의 말끝에 가벼운 리듬이 실렸다.

"뭡니까?"

아이크가 물었다.

"별것 아니오. 아까 숙녀들이랑 얘기를 하면서 그쪽을 봤는데, 그 사람이 당신 팔을 만지는 것 같긴 하더군."

"건드리지 말라고 했으면, 건드리지 말아야죠. 교도소였으면 그자는 그 자리에서 바로 도살장 돼지 신세였어요."

아이크가 말했다. 버디 리는 손가락을 풀었다. 아이크는 창밖을 내다보았다. 그의 두 어깨가 이토록 처졌던 적이 없었다.

하지만 여긴 교도소가 아니잖아, 안 그래? 아이크는 생각했다. 그건 그의 생각이었지만, 그에게는 어쩐지 아이지아의 목소리로 들렸다. 버디 리는 손가락으로 운전대를 타다닥 두드렸다.

"전화번호를 물어보던가?"

"됐습니다."

아이크가 말했다. 버디 리는 웃음과 한숨 사이 어디쯤의 소리를 냈다.

"좋소. 그 사무엘 L. 잭슨의 멱살을 잡기 전에 탄제린에 대해 알아낸 것 좀 있소?"

버디 리가 물었다. 아이크는 자세를 고쳐 앉고 버디 리의 얼굴을 쳐다보았다.

"자칭 미스터 겟다운이라는 음반 제작자와 어울렸던 것 같아요."

아이크가 말했다. 버디 리가 웃음을 터뜨렸다.

"설마 운전면허증에도 그 이름이려나? 그럼 그 미스터 겟다운을 언제 만나러 가면 좋겠소?"

버디 리가 물었다.

"내일 전화하죠. 일단 좀 자야겠어요."

아이크가 말했다.

"근데 정말 그 얘기는 하고 싶지 않…."

"좀 자야겠다니까요."

아이크가 말했다. 그는 트럭에서 내려 문을 쾅 닫았다.

"그래, 확실히 포옹과 낮잠이 필요해 보이는군, 우리 빅 베이비."

버디 리가 들릴락말락한 목소리로 말했다. 그는 진입로를 빠져나와 좌회전을 한 뒤 막다른 골목을 벗어났다. 그리고 길 끝에 잠시 멈췄다가 우회전을 했다. 콧노래를 부르며 그는 라디오를 켰다. 트럭 스피커에서 웨일런 제닝스*의 옛 노래가 재잘거리듯 흘러나왔다. 버디 리는 634번 길에 위치한 버려진 낚시용품 가게를 지나며 그 노래를 따라 불렀다. 그는 황량한 주차장에 정차되어 있는 구식 쉐보레 카프리스에는 관심을 두지 않았다. 잠시 후 그곳 앞좌석에 머리 두 개가 나타났다.

"우릴 봤을까?"

체다가 물었다.

"아니, 어두워서 괜찮아. 그레이슨에게 전화해야겠어."

돔이 말했다. 그는 휴대전화를 꺼냈다.

"그래."

그레이슨이 전화를 받았다.

"백인 남자가 방금 흑인 남자를 내려줬어요. 이제 어떻게 할까요?"

돔이 물었다.

"그대로 있어. 아침에 어디로 가는지 확인해."

---

* Waylon Jennings : 미국의 컨트리 가수.

그레이슨이 말했다.

"여기서 밤새우라고요? 11시가 넘었는데."

돔이 말했다.

"병신들, 내가 말을 더듬었나? 여자를 찾아야 한다니까. 어제처럼 저자만 따라가면 찾을 수 있어."

그레이슨이 말했다. 돔은 대답하지 않았다.

"왜? 무슨 문제 있나?"

그레이슨이 말했다.

"아뇨, 근데 앤디는요?"

"그년만 찾으면 다 해결돼."

그레이슨이 말했다.

"그리고 돔."

"네."

"놈한테 가까이 접근하지 마. 안 그러면 너도 제거될지 몰라."

그레이슨이 말했다.

그리고 전화를 끊었다.

25

아이크는 이것이 꿈이라는 걸 알았다.

그의 기억 모퉁이에서 어른거리던 꿈이었다. 아이지아는 뒷마당에서 그릴을 손보고 있는 그의 옆에 서 있었다. 아이지아의 대학 졸업을 축하하는 야외 파티 자리였다. 마야와 아이크 쪽 일가친척들도 모두 와 있었다. 마야의 직장 동료들도 있었고, 아이크가 출소한 후 사귄 친구들도 몇 있었다. 대부분 조경사들이었다. 공급업체 직원들 몇 명과 Y에서 온 사람들 두어 명. 하지만 노스리버 보이스의 옛 동료들은 아무도 없었다. 아이지아는 아이크와 이야기를 나누고 싶어 했지만, 아이크는 아들의 말을 듣지 않았다. 아이지아가 무슨 말을 하려는지 알고 있었기 때문이었다. 정말이지 듣고 싶지 않았.

꿈에는 데릭도 있었다. 총천연색의 꿈이었다. 두 사람은 손을 잡고 있었다. 아이지아는 데릭이 그냥 친구가 아니라고 고백했다. 그는 데릭이 자신에게 아주 중요한 사람이라고 말했다. 아이크는 햄버거와 핫도그에 집중했다. 숯불의 붉은빛에만. 햄버거에서 샌 기름이 숯불 위로 떨어져 칙 소리를 냈다. 그의 정신을 어지럽히는 단 하나는 바로 외아들이 하는 이야기였다. 아들의 이야기에 아이크는 자신이 아는 단 하나의 방법으로 대꾸했다. 아니, 그건 사실이 아니다. 그가 아는 가장 쉬운 방법으로 대꾸했다. 말없이 그릴을 뒤집은 것이다. 불씨가 맹렬한 색종이 조각처럼 여기저기 휘날렸다. 그리고 그중 하나가 아이지아의 팔에도 떨어졌다. 그건 모반처럼 작지만 짙은 흉터를 남길 터였다. 장면이 점차 흑백으로 흐려졌다.

그때 한바탕 비명이 터졌고, 고개를 돌리니 아이지아와 데릭의 머리가 폭발하면서 피와 뼛조각들이 공중으로 흩어지고 있었다.

아이크는 눈을 떴다.

떠오르는 해의 좁다란 빛이 침실 창문에 걸린 블라인드의 가느다란 틈으로 새어 들어오고 있었다. 아이크는 일어나 앉아 두 손으로 얼굴을 만졌다. 양 볼이 축축했다. 마야의 자리는 비어 있었다. 새벽에 일어나 아리아나에게 간 것이 분명했다. 요즘 자주 그렇게 하고 있었다. 아이크 역시 때때로 밀려오는 세 살짜리 아이에 대한 질투심을 물리쳐야 했다. 아이크는 다리를 돌려 카펫 위로 내렸다. 그리고 협탁에서 휴대전화를 집어 시간을 확인했다. 7시 10분. 버디 리가 11시쯤 그를 집에 데려다준 뒤 곧바로 잠이 들었다. 술집에 다녀온 이후, 그 남자를 벽에 밀친 이후에 말이다. 아이지아는 그때의 상황에 대해 할 말이 많을 것이다.

"아빠는 아빠의 두려움을 남성성으로 투사하는 거예요. 그런 걸 과잉보상이라고 해요."

아이크를 날카롭게 비꼬는 아이지아의 노골적인 말이 그의 귓가에 들리는 듯했다.

아이크는 일어섰다. 인정하고 싶지 않지만, 아이지아의 말이 맞을지도 모른다. 그 남자가 그를 만졌을 때, 그에게 보였던 것은….

"그만."

아이크가 큰 소리로 말했다. 그의 음성은 집 안을 가득 채운 이른 아침의 고요 속에 공명했다. 아이크는 바닥에서 티셔츠를 집어 머리 위로 뒤집어썼다. 청바지는 입은 채였다. 그는 계단을 내려가 부엌으로 향했다. 그리고 커피머신을 켰다. 기계가 진동하며 소음을 내뿜는 동안 그는 젠틀맨 제프가 어젯밤에 해줬던 이야기에 대해 생각해보았다. 미스터 겟다운. 타리크. 버디 리와 함께 무작정 그 공중부벽의 집을 찾아 쳐들어가는 방법도 있겠지만, 아무래도 그 방법이 제대로 먹힐 것 같지 않았다. 하지만 그보다 더 문제는 그것 외에는 먹힐 법한 방법이 딱히 떠오르지 않는다는 것이었다.

커피머신이 느긋하게 작동하는 탓에 아이크는 신문을 먼저 읽기로 했다. 아이크가 신문을 찾는 가운데 해가 구름 뒤로 빼꼼 얼굴을 내밀었다. 그들 집 신문배달부는 은퇴한 할머니였는데, 시구감이 좋지 못했다. 아이크는 현관 근처 회양목 덤불 근처를 뒤진 끝에 마침내 토요일 자 신문을 찾을 수 있었다. 그가 막 몸을 일으켰을 때 마야의 차가 길을 따라 올라오는 것이 보였다.

바나나처럼 노란빛의 카프리스가 그녀의 뒤를 따르고 있었다. 그녀는 그들 집의 짧은 진입로에 차를 세웠다. 카프리스는 그대로 제 가던 길을 갔다. 마야는 커다란 하디스 꾸러미를 들고 차에서 내렸다. 입가에 자리한 그늘 탓에 10년은 더 늙어 보였다. 그녀는 화급히 집 쪽으로, 그에게로 다가왔다.

"아침거리를 사러 나갔다 왔는데, 아무래도… 아무래도 저 차가 하디스까지 날 따라왔다가 다시 여기까지 또 따라온 것 같아. 아이크, 저 차가 나를 따라다녔어."

그녀가 말했다. 헐떡이는 그녀의 음성에 그는 소름이 쫙 돋았다.

"안에 들어가서 문 잠가. 아리아나 데리고 위층에 가 있고 내가 데리러 갈 때까지 절대 나오지 마."

"아이크, 무슨 일이야?"

"어서 올라가."

아이크가 말했다. 마야는 꾸러미를 꼭 부여안고 재빨리 집 안으로 들어갔다. 아이크는 집 뒤편으로 돌아 창고로 향했다. 그리고 펀치백을 밀치며, 고리에 매달린 물건을 집어 다시 앞마당으로 돌아왔다.

그들이 살고 있는 막다른 골목은 샛길에 가까웠다. 자갈이 깔린 길은 그의 집을 500미터 정도 지나면 끊겼다. 게다가 아이크와 마야의 1.5층짜리 주택과 서로 크기만 다를 뿐 똑같은 형태의 집이 타운브릿지레인에 다섯 채가 더 있었다. 그와 마야가 처음 이사 왔을 때 이곳은 가난한 지역이었다. 하지만 밝은 눈의 개발업자가 그들 집 주위에 모듈러 주택들을 짓고, 흙먼지 날리던 길에 자갈을 깔고는 '타운브릿지 구역'이라고 이름 붙였다. 이웃들은 놀라운 속도로 불어났다. 그들은 저마다 다양한 방법으로 앞마당을 가꾸었다. 마당에는 아이들의 장난감과 자동차 부품들이 즐비했고, 잔디들도 깔끔하게 손질되어 있었다.

아이크는 덤불 속에 몸을 숨겼다. 지금쯤 카프리스는 막다른 길에 다다랐을 테니 차를 다시 돌려야 할 것이다. 아이크는 두 손으로 도끼 손잡이를 쥐었다. 오래되어 세월의 때가 묻은 농기구였다. 예초기와 절삭날 기구를 사용하기 전에는 강변의 도랑이나 비탈진 언덕처럼 접근하기 어려운 곳에 있는 잡초를 제거하고 정리를 할 때 도끼를 사용했다. 도끼는 기다랗고 납작한 나무 손잡이에 굴곡진 널따란 날이 달려 있었는데 날의 한쪽 끝은 날카롭게 솟아 있었다. 꼭 쉼표처럼 말이다. 물론 이건 쉼표와는 달리 양날인 데다가 철로 만들어진 것이긴 하지만.

하디스에서부터 마야를 미행한 것이 누구든 휴대전화 GPS가 고장 나 길을 잃은 길치일 가능성도 충분했다. 옥수수밭 한가운데에 차를 세워놓고 도착이라고 외치는 부류들 말이다. 그럴 가능성도 무시할 수 없다. 하지만 저 카프리스는 어제 가게에서 있었던 일과 관련이 있을 가능성도 높았다.

"일을 이런 식으로 처리한다?"

아이크가 나지막이 중얼거렸다.

그때 카프리스 소리가 들렸다. 차를 보자마자 그는 운전자를 알아볼 수 있었다. 어제 하마터면 목이 달아날 뻔했던 금발의 바이킹과 함께 왔던 자들 중 하나였다. 차는 풍경 구경이라도 하는 것처럼 천천히 움직였다. 아이크는 산탄총에 불을 당긴 듯 덤불에서 불쑥 뛰쳐나왔다. 차로 달려들면서 손에 든 도끼를 휘휘 휘둘렀다. 도끼는 활 모양으로 공기 중을 가르다가 이내 운전석 문으로 날아갔다. 그리고 유리창은 해빙기를 맞은 얼음처럼 와장창 깨졌다.

"이런, 젠장!"

돔이 외쳤다. 그는 운전대 밑으로 몸을 숙이면서 발로는 액셀 페달을 밟으려 애썼다. 체다는 허리춤에 찬 32구경에 손을 뻗었다. 하지만 총은 벨트 버클에 끼이고 말았다. 아이크가 도끼를 다시 집어

드는 와중에도 차는 계속해서 굴러갔다.

"어서 밟아!"

체다가 신음했다.

"씨발, 내가 지금 놀고 있는 걸로 보여?"

돔이 울부짖었다.

아이크는 도끼를 다시 휘둘렀다. 이번에는 카프리스의 뒷좌석 창문에 날이 꽂혔다. 강화유리에 불순물이 포함되어 있었는지, 창문은 안쪽에서 폭발하듯 깨져 돔과 체다 쪽으로 날카로운 파편이 튀었다. 체다가 마침내 총을 빼 들었지만, 그와 동시에 돔이 액셀을 밟았다. 체다가 뒤쪽으로 넘어지면서 총이 달아났다. 날아간 총이 차 안에서 자동 발사되면서 큰 소리가 울려 퍼지자 돔과 체다는 모두 비명을 질렀다. 총알은 돔의 머리를 간발의 차로 빗나가 지붕을 뚫었다. 그는 후면 타이어로 자갈길을 세차게 밟으며 거리를 내달렸다. 유리 파편들이 얼음 조각처럼 그에게 쏟아져 내렸다.

아이크는 타운브릿지 구역의 길 끝에 도달했음에도 전혀 속도를 줄이지 않은 카프리스가 타운브릿지로드로 우회전을 하는 모습을 지켜보았다.

아이크의 두 집 건너 이웃인 랜디 하이어스가 자기 집 현관 앞 계단에 나와 있었다. 그는 흰색 민소매 티셔츠에 잠옷 바지 차림이었다. 랜디는 일을 하지 않았다. 그는 일종의 산업재해 장애를 수집하고 있었는데, 아이크는 그 장애란 것의 90퍼센트는 사기라고 믿고 있었다. 랜디는 자기 집 앞마당을 남부연방기로 장식하고 '나를 짓밟지 말라'*라는 표지판을 세워놓았다. 그는 기회가 될 때마다 무전

---

* Don't Tread on Me : 독립에 헌신한 백인의 우월주의를 나타내는 슬로건.

취식하는 이민자들을 욕하곤 했다. 가짜 장애 판정을 수집하면서 놀고먹는 그가 무전취식에 대해 논하는 아이러니를 정작 자신은 모르는 모양이었다.

"대체 무슨 난리야?"

랜디가 소리쳤다. 그는 자신이 지극히 평범한 사람이라고 확신하고 있었다. 자기 자신에게는 이 세상이 식은 죽 먹기라고 되뇌고 있지만, 그 죽은 이미 쉬어빠진 지 오래였다. 본인만 자각하고 있지 못할 뿐.

"별일 아니에요, 랜디."

아이크가 말했다. 그리고 다시 집으로 돌아가기 시작했다.

"빌어먹을, 잠깐만. 지금 그쪽이 웬 남자의 유리창을 그걸로… 아니, 대체 그게 뭐랍니까?"

그가 도끼를 쳐다보며 말했다. 랜디는 황소처럼 고개를 획획 가로젓고는 비판을 이어갔다.

"여기 애들이 산다고요, 아이크!"

랜디가 말했다.

"애들 크는 걸 멀쩡히 살아서 보고 싶거든 얼른 그 잘난 집으로 사라져요."

아이크가 말했다. 그는 랜디의 대답을 기다리지 않았다. 그가 집 현관에 다다랐을 때 마야가 이미 나와 그를 기다리고 있었다. 아이크는 안으로 들어가 문을 닫고 잠금장치를 걸었다.

"아이크, 도대체 무슨 일이야?"

마야가 물었다. 그녀의 얼굴에 그늘이 드리워져 있었다. 아이크는 현관 옆 코트걸이에 도끼를 기대어놓았다.

"아리아나를 데리고 동생 집에 며칠 가 있을 수 있겠어?"

아이크가 물었다. 마야는 그에게 가까이 다가왔다. 그녀의 손이 그의 가슴 근처를 맴돌았지만 어느 곳에도 안착하지 않았다.

"아이크, 무슨 일인데 그래?"

그녀가 다시 물었다. 그녀의 어조는 다정했지만, 단호하기도 했다. 아이크는 부엌으로 들어가 커피 한 잔을 따랐다. 그리고 다시 거실로 나와 커피를 길게 한 모금 마셨다.

"버디 리랑 같이 아이지아 사건을 알아보고 있다고 말했지?"

아이크가 말했다.

"그래."

마야가 말했다.

"지금 이게 그거야. 동생한테 전화해서 며칠 신세 질 수 있는지부터 물어봐."

아이크는 또다시 커피를 한 모금 마셨다.

26

버디 리는 트레일러 구역에 접어들어서는 거의 심장마비를 일으킬 뻔했다. 그의 트레일러 앞 짧은 진입로에 렉서스가 주차되어 있었기 때문이다. 렉서스 옆에는 그의 전 부인이 서 있었다. 버디 리는 트레일러 구역 사이 S 자 모양으로 구불구불하게 난 자갈 길 옆에 트럭을 세웠다.

대관절 여기서 뭐하는 거야? 버디 리는 생각했다. 손에서 시작된 떨림이 그의 팔을 타고 올라갔다. 손가락을 구부렸다 펴자 좀 나아졌다. 그는 백미러를 확인했다. 그녀는 여전히 렉서스 옆에 서 있었다. 바람이 그녀의 머리카락을 휘감고 돌았다. 버디 리는 쓰읍 소리를 내며 트럭에서 내렸다.

크리스틴이 그를 향해 몇 걸음 다가왔다. 버디 리는 뒷문에 몸을 기댔다. 그들은 늙은 청부살인업자들처럼 그렇게 우두커니 서 있었다. 평소라면 말이 그들의 무기고, 목표한 바를 처리하는 솜씨 역시 치명적일 터였다. 바람이 잦아들면서 크리스틴의 머리카락이 다시 어깨 아래로 떨어졌다.

"여기 웬일인가 궁금하겠지?"

그녀가 말했다. 버디 리는 혀로 윗입술 안쪽을 날름거렸다.

"심판의 날에나 보려나 했어."

그가 말했다. 크리스틴은 미소를 지으려 했지만, 웃음기는 그녀의 눈가에 잠시 머물렀다 금세 사라지고 말았다.

"하느님을 믿지 않는 줄 알았는데."

"누가 알아? 어느 날 갑자기 교회에 내 남은 운을 다 걸어볼지."

버디 리가 말했다. 크리스틴은 코를 킁킁거렸다. 공원 보안등에 불이 들어왔고, 버디 리는 그녀의 눈가에 어린 촉촉한 반짝임을 볼 수 있었다.

"무슨 일이야?"

버디 리가 말했다.

"안으로 들어갈까?"

"글쎄, 당신의 격에는 영 어울리지 않는 곳이라."

버디 리가 말했다.

"우리가 처음 살았던 트레일러보다는 크지 않아?"

크리스틴이 말했다. 그들이 공유했던 과거 이야기에 그는 숨이 벅차올랐다. 요 몇 년 동안 그녀가 그런 기억 따위 다 지워버렸으리라 생각했기 때문이다. 그와 함께했던 시간을 악몽쯤으로 치부하면서. 그 시간들이 버디 리에게는 물론 꿈처럼 느껴졌다. 실제로 그런 시간이 있었다는 것이 믿기지 않을 정도로 희미한 기억들.

"좋아, 들어와."

버디 리가 말했다.

크리스틴은 그를 따라 안으로 들어갔다. 그는 소파에 앉았다. 그러다 문득 트럭에 맥주 팩을 두고 내린 게 떠올렸다.

"맥주 줄까? 트럭에 두고 왔는데 가서 가져올게."

버디 리가 말했다.

"고맙지만 괜찮아. 당신이 한 말, 계속 생각해봤어. 내가 데릭에게 관심이 없는 것처럼 보였겠지만, 아니야. 밤새 기도하며 그 아이가 변하기를 바라던 날들도 있었어. 하느님께 내가 더 나은 엄마가 될 수 있게 해달라고도 기도했어. 내가 좋은 엄마였다면, 애가 그렇게 되지 않았을 텐데. 내가 애를 망쳤어. 결국 내가 애를 망친 거야."

크리스틴이 말했다. 눈물이 그녀의 얼굴을 타고 흘렀다.

"이봐, 이봐. 당신도 데릭을 바꾸지 못했을 거야. 그건 아무도 못해. 혼자서는 불가능한 일이지. 나도 아이랑 함께 있을 때 노력해봤다고. 사실 그 애는 처음부터 변할 필요가 없었어. 요즘 그런 생각이 들어. 그러니까, 그 애가 아직 살아 있다면, 녀석이 밤에 누구랑 잠자리에 드는지가 정말 중요했을까? 그건 지금 나한테 눈곱만큼도 중요하지 않아."

버디 리가 말했다. 그의 목구멍이 옥죄어왔다.

"나도… 나도 잘 모르겠어. 어쨌든 그 애는 내 아들이잖아, 우리 아들. 하지만 분명 그 애의 행동은 잘못됐어. 난 그렇게 믿어야만 한다고. 그렇지 않으면, 내가 했던 모든 것이 실수가 되어버리니까."

크리스틴이 말했다. 그녀는 흐느꼈다.

"그건 실수였어, 크리스틴. 우리 둘 다 아이한테 엄청난 실수를 저지른 거야. 그 애는 혐오스럽지 않았어. 불경하지도 않았고. 그 애는 단지 데릭이었을 뿐이야. 우리 둘에게는 그것만으로 충분했어야

해."

버디 리가 말했다. 한결 부드러워진 목소리에 그는 자신에게 아직도 이런 능력이 남아 있었던가 싶은 생각이 들었다. 적어도 그녀와의 대화에서 이럴 수 있다는 것이 놀라웠다.

"제럴드는 당신 말에 동의하지 않을 거야."

크리스틴이 말했다. 버디 리는 툴툴거렸다.

"믿기 어렵겠지만, 위대한 제럴드 컬페퍼도 항상 옳진 않아."

버디 리가 말했다. 크리스틴은 웃음을 터뜨렸다. 강한 웃음이었다. 버디 리는 턱을 긁었다.

"왜?"

"내가 당신에게 마음에 드는 딱 한 가지가 뭔 줄 알아? 어떤 경우에도 진심이라는 것. 당신은 가식이 없어, 버디 리. 늘 보는 그대로 말하지. 물론 그 때문에 돌아버릴 지경일 때도 종종 있었지만."

크리스틴이 말했다. 버디 리는 얼굴에 온기가 퍼지는 것을 느꼈다.

"내가 가식 좀 떨었다면, 우린 지금까지도 잘 살고 있지 않았을까."

버디 리는 미소를 지으며 말했지만, 크리스틴은 이번엔 전혀 웃지 않았다.

"집에 파티가 있는데 그냥 나왔어. 파티장에는 분명 우리 남편이 한 달에 두 번 정도 만나는 내연녀가 있어. 분명해. 그런 파티는 내가 어렸을 때부터 꿈꾸던 딱 그런 건데. 근사한 은식기에, 정찬용 접시. 스티로폼 컵 같은 건 어림도 없어. 라이브 밴드도 두 팀에다, 최고급 요리, 호화롭기 이를 데 없는 값비싼 술도 모두 준비되어 있지. 우리 아빠가 즐겨 마시던 싸구려 혼합주는 당연히 끼지도 못해."

그녀는 자세를 고쳐 앉았다.

"버지니아에서 가장 돈 많은 남자들 중 하나가 왜 흑인 남자들 성기가 그렇게 큰지에 대해 노골적인 농담을 던지는 동안 난 그 옆에 잠자코 서 있어야 했어. 마침 흑인 여자가 내게 프로세코* 한 잔을 건네더라. 시아버지는 그이 농담에 미친 듯이 웃다가 사레가 들릴 지경이었고. 그 위대한 제럴드 컬페퍼가 판사복을 벗고 주지사에 도전하겠다고 선언하는 걸 축하하기 위해 우리 집에 온갖 부자 새끼들이 모인 거라나 뭐라나. 그이는 어려운 사람들을 돕기 위해 기꺼이 희생할 준비가 됐대."

크리스틴의 목소리가 떨리기 시작했다.

"그때 여기 모인 사람들 중 누구도 우리 아들 따위에 관심 없다는 생각이 들더라. 묘지에 누운 내 아기. 물론 거기엔 나도 포함되겠지? 그래서 자리를 박차고 나왔어. 그리고 이런 기분이 뭔지 알 만한 사람을 만나 얘기하고 싶었어. 우리, 끝은 별로 좋지 않았지만, 그래도 데릭은 한마음으로 사랑했잖아, 안 그래?"

크리스틴이 물었다.

미처 버디 리가 대답하기도 전에 크리스틴은 다시 흐느끼기 시작했다. 흐느낌은 트레일러를 흔들 만큼 크고 우렁찬 울음으로 바뀌었다. 그녀는 리클라이너에서 미끄러져 바닥으로 내려앉았다. 카펫의 얼룩 탓에 그녀의 하얀 카프리 바지에 갈색 물이 들었다.

"내가 그 애를 내치지만 않았어도, 어쩌면 아직 살아 있었을지 몰라! 당신 말이 맞아. 이건 전부 내 잘못이야."

크리스틴은 흐느꼈다. 버디 리는 그녀의 목소리가 꼭 덫에 걸린

---

* Prosecco : 백포도주의 한 종류로 이탈리아의 대표적 스파클링 와인.

동물 같다는 생각이 들었다. 그 탓에 그의 피부가 근질거렸다. 그의 일부, 그녀를 아직 마음에 두고 있는—젠장, 사랑하는—그 일부가 그녀에게 다가가라고 말하고 있었다. 그녀를 감싸 안고 그녀의 향을 맡으며, 그건 사실이 아니라 말해주라고 하고 있었다. 그건 그녀의 잘못이 아니라고. 아들에게 일어난 일에 책임이 있는 유일한 사람은 그 총의 방아쇠를 당긴 개자식이라고 말이다.

그러나 그는 움직이지 않았다.

왜냐하면 그의 다른 부분, 그녀를 사랑하는 감정이 단지 향수 어린 미련일 뿐이란 걸 알고 있는 그 다른 부분이 그녀가 이 감정을 오롯이 체험할 필요가 있다고 믿고 있었기 때문이다. 이 고통이 그녀의 마음속, 돈과 명예 따위로 도저히 방어할 수 없는 깊은 부분에까지 파고들어야 했다. 그녀는 아들에게 등을 돌렸다. 그리고 아들에게 냉랭하기 이를 데 없었다.

"당신이 죽인 게 아니야, 크리스틴."

버디 리가 마침내 입을 열었다. 크리스틴의 울음은 가라앉고 있었다. 울부짖음도 점차 잔잔해지고 있었다. 그녀는 무릎을 턱까지 세운 뒤 두 손으로 끌어안았다. 버디 리는 부엌에서 종이 타월 두어 장을 가져왔다. 그는 타월을 접어 크리스틴에게 건넸다. 그녀는 눈과 코를 닦았다.

"아, 하느님. 난 정말 엉망진창이야, 버디 리. 사건이 있기 2주 전쯤 그 애가 나한테 전화했던 거 알아? 근데 내가 전화를 씹었어. 제럴드와 그이의 정책 그리고 게이 인권 문제에 대해 또다시 그 애랑 말싸움하고 싶지 않았거든. 그냥 그런 얘기들을 하고 싶지 않았어."

그녀가 한숨을 쉬었다.

"하, 단지 그랬을 뿐이었는데, 그게 그 아이와 이야기를 나눌 수 있는 마지막 기회였다니. 상상도 못했어. 오, 예수님."

크리스틴이 말했다.

"언제가 마지막이 될지는 아무도 모르는 법이지. 그건 당신뿐만이 아니야. 삶이 지랄맞은 건 그 때문이 아니겠어?"

버디 리가 말했다. 크리스틴은 고개를 들었다.

"경찰에서 연락 있었어? 수사에 진전은 없대?"

그녀가 물었다.

"연락은 있었는데, 과연 얼마나 진전이 있었는지는 모르겠어."

버디 리가 말했다.

크리스틴은 고개를 끄덕였다.

"있잖아, 내가 그들을 맞닥뜨리게 되면 어떻게 할지 생각해봤어. 범인 말이야. 하지만 결코 그럴 일은 없겠지? 그들은 손에 내 아들의 피를 묻혔는데도, 그에 응당한 대가를 치르진 않을 테지?"

크리스틴이 말했다. 그녀는 또다시 울부짖기 시작했다. 버디 리는 그녀의 옆에 섰다. 그리고 흔들거리고 떨리는 그녀의 몸을 내려다보았다. 그는 그녀의 머리를 향해 손을 뻗었지만, 마지막 순간 다시 그 손을 거둬 주머니에 넣었다. 그리고 대신 그녀 옆에 털썩 주저앉았다.

"아이크와 같이 여기저기 좀 알아보고 있어. 데릭 남편의 아버지."

버디 리가 말했다. 그는 그녀에게 가까이 다가가지도, 어깨에 팔을 두르지도 않았다. 그저 그녀를 똑바로 쳐다보며 말을 꺼냈다.

"여기저기 알아본다니? 그게 무슨 말이야?"

크리스틴이 훌쩍이며 물었다.

버디 리는 고개를 끄덕였다.

"우리가 관여할 만한 부분이 있는지 보는 거야. 음악 쪽에 있다는 친구를 곧 만날 건데, 만나서 사건의 시작에 대해 잘 알고 있을 만한 여자의 행방을 물어볼 거야."

버디 리가 말했다.

크리스틴이 고개를 들었다.

"정말 그게 다지? 그냥 알아보는 거지? 누굴 다치게 하거나 하는 건 아니지?"

버디 리는 고개를 가로저었다. 그녀에게 거짓말하는 일은 언제나 놀랍도록 능숙했다.

"그런 거 아냐. 그냥 사실을 알아보려는 것뿐이야."

"또 누가 죽는 건 싫어."

크리스틴이 말했다.

"그럴 일 없어."

버디 리가 말했다. 그리고 생각했다. 우리 아이들을 죽인 놈들은 빼고.

"당신을 잘 알아, 버디. 당신의 그 통제 안 되는 성미."

크리스틴이 말했다.

"당신한테 손댄 적은 없었잖아. 단 한 번도."

"하지만 우리 삼촌 턱을 박살낸 적은 있지."

"날 백인 쓰레기라고 부르면서 침까지 뱉었는데, 참았어야 했다는 거야? 향 피우고 경락 마사지라도 해줘야 했나?"

버디 리가 물었다. 크리스틴은 웃음을 터뜨렸다. 이번 웃음은 달랐다. 그에게는 영혼의 꿀처럼 느껴지는 웃음이었다.

"당신은 항상 날 웃게 한다니까. 그럼, 그 사람 언제 만날 거야? 아까 뭐라고 했지? 음악 쪽에 있다고?"

크리스틴이 물었다.

"당신을 웃게도 했고, 울게도 했지. 당신과 데릭을."

버디 리가 말했다. 그는 볼을 볼록하게 부풀린 뒤 긴 한숨을 내쉬었다.

"아마 내일쯤? 아이크가 오늘 하루는 좀 쉬어야 할 거야. 지금까지 꽤 강행군이었거든."

버디 리는 생각했다, 누군가의 손가락을 부러뜨리고 장식용 케이크를 엎고, 어떤 애송이를 갈아서 거름으로 만든 데다가 게이 클럽에서 싸움도 벌이느라 바빴지. 젠장, 아이크에게 휴식이 필요하다고? 사실은, 이제 우리 둘 다 늙었고, 둘 다 죽을 만큼 지쳤어. 나도 아이크만큼이나 휴식이 필요해.

그는 혀를 끌끌 찼다.

"저기, 지난번 묘지에서 했던 말은 진심이 아니었어."

"아니. 당신, 진심이었어. 버디 리 젠킨스, 당신, 이거 하나는 확실해. 팩트 폭력에 주저함이 없다는 것."

크리스틴이 레드힐카운티 특유의 억양을 흘리며 말했다. 이제는 버디 리가 웃을 차례였다.

"모뉴먼트애비뉴에서도 그런 표현을 쓰나?"

버디 리가 물었다. 크리스틴은 바닥에서 몸을 일으켰다. 그리고 자신의 뒤쪽을 털었다. 버디 리는 그녀의 손이 탄탄한 엉덩이 위를 분주히 오가는 모습을 지켜보았다.

"이제 모뉴먼트애비뉴에 살지 않아. 3년 전에 킹윌리엄으로 이사

했거든. 가든에이커에 있는 곳 말이야. 거기서는 웬만큼 자유롭게 살아. 사람들도 내가 하는 말에 별로 신경 쓰지 않고."

크리스틴이 말했다. 그녀는 눈물을 닦은 뒤 종이 타월을 뭉쳐 주머니에 넣었다.

"이만 가봐야겠어."

크리스틴이 말했다. 버디 리는 고개를 끄덕였다.

"여기는 진짜 왜 온 거야? 내가 어디 사는지도 잊어버린 줄 알았더만."

버디 리가 말했다.

"지난번 방문 때의 기억이 강렬했거든."

크리스틴이 말했다.

"데릭이 당신 집에서 뛰쳐나와 I-64 고속도로에서 히치하이크로 여기, 나를 찾아왔었지. 내 기억이 정확하다면, 그때 당신 남편은 나를, 발판 사다리를 밟고 올라가 악마 엉덩이에 키스해야 하는 저 나락의 감방에 처넣겠다고 위협했어."

버디 리가 말했다.

"당신이 그이를 머리로 들이받았기 때문이었잖아, 버디 리."

"그 인간 머리가 워낙 거대한 걸 어떡해. 어쨌든 그자가 데릭에게 손댄 것도 문제였고, 당신이 그걸 보고도 가만히 있었던 것도 문제였어."

버디 리가 말했다. 둘 사이에 걸려 있던 마법의 주문이 깔끔하게 깨졌다. 버디 리는 공기 중으로 그 균열이 보이는 듯했다.

"이제 갈게."

크리스틴이 말했다.

"아까 내 질문에 대답 안 했어."

"내가 생각만큼 그렇게 나쁜 엄마는 아니었다는 말을 당신에게서 듣고 싶었나 봐."

크리스틴이 말했다. 그녀는 문을 열었고, 버디 리는 저 멀리 귀뚜라미들이 사랑을 나누며 노래 부르는 소리를 들을 수 있었다. 크리스틴은 문가에서 멈춰 섰다.

"누구 짓인지 정말 알아낼 수 있겠어?"

크리스틴이 물었다. 버디 리는 그녀를 바라보았다. 그녀는 버지니아 상류사회의 아이콘이 아닌, 그가 아주 오래전 야외 파티에서 처음 만났던 수레국화빛 푸른 눈동자의 그 소녀였다.

"나의 이 거지 같은 여생 전부를 바칠 생각이야."

버디 리가 말했다.

"당신다운 말이야."

크리스틴이 말했다. 그녀는 짙은 밤 속으로 발을 내딛으며 등 뒤로 문을 닫았다. 버디 리는 노래를 부르기 시작했다.

그들이 곧 그를 데려갈 거예요.

그래서 그는 오늘 그녀의 대한 사랑을 버렸답니다.

옛날 가수 조지 존스의 옛 노래를 부르는 버디 리의 목소리가 갈라졌다. 부드럽고 나지막한 음성이었지만, 노랫말의 단어들은 여전히 날카롭고 뾰족했다.

27

아이크는 월요일 아침 7시에 잠에서 깼다. 집 안은 평소보다 더 조용했다. 마야와 아리아나는 당분간 마야의 동생 집에서 지내기로 했다. 그는 휴대전화를 집어 재지에게 전화를 걸었다.

"여보세요?"

"재지, 나야."

그녀의 목소리에는 졸음기가 가득했다.

"아, 네. 무슨… 무슨 일이세요?"

"혹시 출근 준비 중인가? 금요일이랑 토요일에 취소했던 작업을 오늘 몰아서 처리해야 하잖아. 작업자들 챙기려면 좀 바쁠 것 같아서."

아이크가 말했다. 전화선에 침묵이 흘렀다.

"재즈?"

"출근할 수 있을지 모르겠어요."

그녀가 말했다.

"그럼 일단 내가 가서 간단한 작업 건부터 인부들 내보낼게. 재지가 나중에 와서….”

"앞으로 쭉 출근이 가능할지 모르겠다는 뜻이에요."

재지가 말했다. 아이크는 수화기를 이마에 가져다 댔다.

"아이크, 제 말 듣고 계세요?"

재지가 물었다. 아이크는 다시 수화기를 귓가로 가져갔다.

"그래, 듣고 있어, 재즈."

"전 사장님이랑 일하는 거 좋아요. 하지만 마커스가 난리예요. 그 자들이 언제 다시 돌아올지 모르잖아요?"

재지가 말했다.

"그런 일을 겪게 해서 미안해."

아이크가 말했다.

"괜찮으시면 오늘 내일 중에 마커스를 보내서 제 물건들 챙겨 오게 하려고요."

재지가 말했다.

"그렇게 해."

아이크가 말했다.

"화나셨어요?"

재지가 물었다.

"뭐? 아니, 아니. 이해해, 재즈. 사업장까지 그런 일에 엮이게 하면 안 되는 거였어."

"그런 일에 엮이다니, 무슨 뜻이에요? 무슨 일이에요, 아이크?"

재지가 물었다.

"네가 걱정할 일이 아니야, 재지."

아이크가 말했다. 의도하지 않게 단호한 표현이 튀어나왔다.
"그러니까, 너무 염려 말라는 얘기야. 다 괜찮으니까."
재지는 한동안 말이 없었다.
"무슨 일인지는 몰라도 사장님이 이루신 걸 한순간에 무너뜨릴 순 없어요. 사장님은 그보다 훨씬 나은 분이니까요. 그 재수 없는 폭주족들보다 훨씬 나은 분이에요."
재지가 말했다. 그녀의 어투에서 그는 그녀가 곧 눈물을 터뜨리리라는 사실을 감지했다.
"그럴게, 재즈. 마커스에게는 내가 잘해주라 했다고 전해. 안 그러면 직접 찾아가겠다고."
아이크가 말했다.
"아, 사장님. 그이는 괜찮아요. 걱정 마세요. 저도 이제 그만 일어나야겠어요. 새 일자리를 찾아야 하니까요."
재지가 말했다. 아이크는 아랫입술을 씹었다. 재지는 5년 전 고등학교를 갓 졸업한 직후부터 그와 함께 일했다. 그 세월 동안 그는 그녀에게 의지했을 뿐만 아니라, 그녀가 점점 좋아지기까지 했다. 하느님, 알라, 크리슈나 신에게 간절히 기도하면서 최선을 다해 본다면, 간혹 그가 직접 컴퓨터로 장부를 정리해볼 수도 있을 것이다. 재지는 장부 프로그램을 속속들이 알고 있었다. 새로운 사람을 고용해 프로그램 훈련을 시키려면 꽤 시간이 걸릴 것이다. 그의 까다로운 생체 리듬에 적응시키는 데에는 그보다 더 오랜 시간이 걸릴 것이고.
"어이, 만약 마음이 바뀌면, 언제든 환영이야."
아이크가 말했다. 덩어리가 걸린 듯 목이 꽉 막혔다.

"알았어요. 저기, 아이크. 조심하셔야 해요, 알았죠?"

"흔들의자로 가득한 방을 통과하는 긴 꼬리 고양이처럼 조심할 게."

아이크가 말했다.

"농담하시는 거 처음 듣네요. 그러니까, 처음으로 웃겼다고요. 그럼 이제 그만 끊을게요."

재지가 말했다.

"그래, 안녕."

"안녕히 계세요."

재지가 말했다. 그리고 전화를 끊었다. 아이크는 수화기로 자신의 이마를 톡톡 두드렸다. 재지는 아이크에게 딸 같은 존재였다.

"빌어먹을."

그가 말했다. 그는 자리에서 일어나 커피 물을 올렸다. 당장은 가게에 나갈 기분이 아니었다. 오늘 하루만 더 쉬고, 내일 아침 일찍 나가 작업명령서와 입금계좌, 출금계좌를 정리해야겠다.

한 시간 뒤, 그가 커피를 세 잔째 마시고 있을 때 문밖에서 노크 소리가 들렸다.

아이크는 컵을 내려놓고 복도에 있는, 계단과 이어진 벽장으로 다가갔다. 그리고 카프리스와 맞닥뜨렸던 지난 소동 이후 숨겨두었던 강철봉을 꺼냈다. 지름 2센티미터에 길이 30센티미터의 봉이었지만, 무게는 망치만큼이나 무거웠다. 아이크는 문으로 다가가 다이아몬드 모양의 창문을 통해 밖을 내다보았다.

"아, 젠장."

그가 말했다. 그리고 문을 열었다. 그러자 버디 리가 하디스 꾸러미를 들고 집 안으로 들어왔다.

"출근 전이라 다행이군. 비스킷을 사 왔소."

그가 말했다.

"미리 전화를 주지 그랬습니까."

아이크가 말했다. 버디 리는 강철봉을 흘끗 쳐다보았다.

"허참, 여호와의 증인이 그렇게도 싫소?"

버디 리가 말했다. 아이크는 버디 리의 개그 코드에 익숙해져야 할 것 같다고 생각했다. 그는 이번에는 눈알조차 굴리지 않았다.

"토요일에 방문객이 있었어요."

아이크가 말했다. 그가 문을 닫는 가운데 버디 리는 멈칫했다.

"브리드?"

"커다란 바나나 보트로 집까지 마야를 미행했더군요."

아이크가 말했다.

"당신을 봤소?"

버디 리가 물었다.

"그럼요, 도끼로 놈들 유리창을 깨부쉈거든요."

아이크가 말했다. 버디 리는 벽에 한껏 몸을 기댔고, 아이크는 잠금장치를 걸었다.

"지난번에는 놈들한테 마체테를 들이댔다고 하지 않았나?"

버디 리가 물었다.

"네."

버디 리는 벽에서 몸을 일으켜 부엌으로 들어갔다. 그는 곧 테이블에 앉았고, 아이크도 그에 합류했다.

"뾰족한 물건 다루는 데 일가견이 있나 보오? 맙소사, 이놈의 집

구석이 아직도 멀쩡한 게 놀랍군."

버디 리가 말했다. 그는 꾸러미에서 비스킷 하나를 꺼내 아이크 앞에 내려놓았다. 아이크는 비스킷을 집어 한 입 베어 물었다. 그는 씹으면서 다시 입을 열었다.

"마야와 아이를 잠시 처제 집에 보냈어요. 일이 끝날 때까진 거기 있는 게 좋을 것 같아서."

그가 말했다.

"좋은 생각이오. 어린아이까지 이런 일에 연루될 필요는 없지. 와이프는 어떻게 받아들였소? 갑자기 집을 비우라고 하니 황당했을 텐데."

버디 리가 말했다.

"딱히 말을 한 건 아니었지만, 그녀도 우리가 일을 바로잡아주길 바라고 있는 것 같아요. 그게 무슨 뜻이건 간예요. 알겠지만, 그놈들을 가게에서 맞닥뜨리는 것과 내 집에서 맞닥뜨리는 것은 완전히 다른 이야깁니다. 전에는 그렇게까지 와닿지 않았어요. 무슨 일이 생기더라도 나만 감당하면 되는 것이었으니까. 하지만 이제 내 집 앞에서 놈들을 보니…."

아이크는 말끝을 흐렸다.

"당신에게는 잃을 것이 많군."

버디 리가 말했다.

"네."

"빠지고 싶으면 그렇게 해요. 탓하게 않겠소."

버디 리가 말했다.

아이크는 고개를 가로저었다.

"이미 너무 깊이 들어왔어요. 빠져나가려면 완전히 통과하는 수밖에 없습니다."

버디 리가 킥킥거렸다.

"우리 어머니도 늘 그런 얘길 했지."

"할아버지도 즐겨 하신 말씀이에요. 할아버지, 할머니가 날 키웠죠. 아니, 키워보려 했죠. 나 때문에 두 분 고생이 이만저만이 아니었어요."

아이크가 말했다.

"우리 어머니는 날 가졌을 때 아들이길 기도했다더군. 그리고 내가 태어나자 사람 구실이나 제대로 하게 해달라고 기도했더이다."

버디 리가 씁쓸한 미소를 지으며 말했다. 그 미소 뒤에 많은 아픔이 숨어 있는 듯했지만, 버디 리에게서 그걸 끄집어내는 것은 아이크의 역할이 아니었다.

"참, 집에 그런 강철봉보다 좀 나은 게 필요하진 않겠소? 내 배다른 형제인 체트가 무기를 구해줄 수 있을 텐데."

아이크는 얼굴을 찌푸렸다.

"필요하면 총을 구하면 될 일입니다. 여긴 버지니아예요. 세븐일레븐에서도 총을 판다고요."

"어이, 아이크. 미안하지만 레어 브리드는 무슨 친목 모임이 아니오. 놈들이 다시 여길 와 집에 불이라도 지른다면, 그런 농기구 시리즈들로는 어림도 없어."

버디가 말했다.

"무기 대주고 수수료라도 받습니까?"

아이크가 물었다.

"그냥 제안이오. 다음번엔 놈들에게 곡괭이를 던질 참인가 보군. 어쨌든, 그 제작자 친구는 어떻게 할 거요? 당신 말대로 그렇게 거물이라면, 그 사람 집에 무작정 찾아가긴 어렵겠소."

버디 리가 말했다.

"어젯밤에 구글에서 검색해봤는데, 주소가 나오지 않더군요. 온라인 신문기사들도 전부 뒤져봤지만, 리치몬드메트로 지역에 살고 있다는 게 전부였어요."

"젠장."

버디 리가 말했다.

"그러게 말입니다."

아이크가 말했다. 버디 리는 발로 바닥을 탁탁 두드렸다. 그 소리가 부엌에 울려 퍼졌다.

"잠깐. 지난번 케이크 가게 남자가 그 제작자 집에 출장 간 적이 있다고 하지 않았어요?"

아이크가 물었다.

"데릭이 거기서 탄제린을 만났다고 들은 것 같소."

버디 리가 말했다.

"그럼, 그 사람은 주소를 알고 있겠군요?"

아이크가 물었다.

"그렇지. 하지만 우리한테 순순히 알려주진 않을 거요. 가게를 뒤엎어버리고 왔으니."

버디 리가 말했다.

"난 잘못 없어요."

아이크의 말에 버디 리가 낄낄거렸다.

"뭐가 됐든 중요한 건 지금 거기서 우릴 반겨줄 이는 아무도 없을 거라는 거요."

버디 리가 말했다.

"내게 생각이 있습니다."

아이크가 말했다. 그는 휴대전화를 꺼내 에센셜 베이커리에 전화를 걸었다. 두 번의 신호음만에 경쾌한 음성의 여성이 전화를 받았다.

"에센셜의 캐리입니다. 당신의 기념일을 근사하게 만들어드려요. 어떻게 도와드릴까요?"

그녀가 말했다.

아이크는 목소리를 깔고 발음을 일부러 길게 늘어뜨렸다. 마야는 그의 이런 말투를 '백인 부자들과 이야기할 때의 목소리'라고 불렀다. 그는 넓은 면적의 대지나 강변에 위치한 콘도에 입찰을 넣을 때 이런 말투를 사용하곤 했다.

"여보세요. 전 제이슨 크뤼거라고, 타리크 매튜스의 동료예요. 미스터 겟다운이라고 하면 더 잘 아시려나요? 어쨌든, 몇 달 전에 거기서 매튜 씨 댁 파티에 출장 나왔었다고 하던데, 그때 굉장히 마음에 들었다면서 다음 행사 때 또 거기를 이용하고 싶다고 하네요. 근데, 워낙 성격이 급한 양반이라 얼른 메뉴 의논을 하자고 하는데, 오늘 가능하겠어요?"

아이크가 말했다.

버디 리는 팔뚝으로 입을 막고 간신히 웃음을 참았다.

"오, 이런. 오늘요? 당장은 저희가 정말 너무 바빠서요. 혹시 내일은 어려우실까요? 저희가 직접 찾아뵐게요."

캐리가 말했다. 아이크는 깊이 숨을 들이마신 뒤 체념한 듯 들리게끔 다시 긴 숨을 내쉬었다.

"내일도 괜찮겠어요. 1시쯤 어때요? 주소는 알고 있죠?"

아이크가 말했다. 플라스틱 자판을 두들기는 소리가 들렸다.

"네, 알고 있어요."

캐리가 말했다.

"한번 불러보겠어요? 맞는지 확인하게요."

아이크가 말했다.

"그러셔야죠. 버지니아주 리치몬드 라파예트레인 2359번지. 맞죠?"

캐리가 물었다.

"맞아요, 그럼 부탁해요."

아이크가 말했다. 그리고 전화를 끊었다.

"너무 쉬운데."

버디 리가 말했다.

"이제부터가 어렵죠."

아이크가 말했다.

"이 방법이 통하지 않으면 어쩔 거요?"

버디 리가 물었다.

"대안이 있지만, 워낙 저급하니, 일단 이 방법부터 해봅시다."

아이크가 말했다.

10분 뒤 그들은 버디 리의 트럭을 타고 고속도로를 달렸다.

28

 버디 리는 라파예트 구역에 접어들어 차를 세웠다. 안쪽의 다른 구역으로 이어지는 2차선 진입로의 중앙에는 경비실이 있었다. 사실, '다른 구역'이라는 표현은 옳지 못했다. 경비실 너머에는 여섯 채의 집이 있었는데, 저마다의 뒷마당과 앞마당은 축구장 절반 면적에 달할 정도로 광활했다.
 "공중부벽."
 아이크가 말했다.
 "뭐?"
 버디 리가 말했다.
 "왼쪽에서 세 번째 집 말예요. 엉덩이가 큰 집. 그 집에 공중부벽이 있어요."
 "공중부벽이라는 게 대체 뭐요?"
 버디 리가 물었다.
 "저기 경비원이 오네요."

아이크가 말했다. 건장한 체격의 흑인 남자가 한손에 클립보드를, 다른 한손에는 무전기를 들고 트럭을 향해 성큼성큼 걸어왔다. 아이크는 사람에게 들릴 수 있는 가장 최악의 것 중 하나가 클립보드라고 생각했다. 천하의 아이크도 클립보드를 든 사람들 앞에서는 속수무책이었다. 클립보드 하나면 게이트 달린 마을에서 쫓겨날 수도 있고, 교도소행 버스에 실릴 수도 있었다. 사람에게 클립보드를 쥐여주면 그의 진정한 본성이 드러나기 마련이다. 경비원이 버디 리 쪽 창문을 두드렸다. 버디 리는 창문을 내렸다.

"안녕하세요, 누굴 만나러 오셨습니까?"

경비원이 말했다. 버디 리는 그를 향해 사람 좋아 보이는 미소를 지었다.

"매튜 씨를 만나러 왔소만. 그… 참전용사단체에 기증하기로 한 가구를 가지러."

버디 리가 말했다.

"성함이 어떻게 되시죠?"

"버디 리 젠킨스."

경비원이 클립보드를 확인했다.

"죄송하지만, 명단에 없는데요."

경비원이 말했다.

"그 사람에게 전화해서 탄제린에 대해 할 말이 있어서 왔다고 전해요. 얘기 나누기 전까지는 절대 돌아가지 않겠다고."

아이크가 말했다. 경비원은 무어라 말할 듯 입을 열었지만, 그러지 않는 게 좋겠다고 판단했는지 그들에게가 아닌 무전기에 대고 말했다. 별다른 소동 없이 잠시 후 경비원은 오른쪽에서 세 번째 집을 가리켰다.

"매튜 씨가 내려오신답니다."

경비원이 말했다.

아이크는 백미러에 비친 은색 BMW를 엿보았다. 운전자는 여자였는데, 그가 본 중 가장 멋들어진 쇼트커트 머리를 하고 있었다. 그녀는 트렁크에 한시바삐 코트로 만들어야 하는 달마시안이라도 싣고 있는지 시속 50킬로미터로 그들 차를 앞질렀다.

"고맙소, 친구."

버디 리가 말했다. 그가 경비실 옆을 지나며 건장한 체격의 남자에게 손을 흔들었다.

"이게 먹히다니 놀랍군."

버디 리가 말했다.

"탄제린 얘기에 정신이 번쩍 든 거겠죠."

아이크가 말했다.

"그러게, 입 큰 베스처럼 미끼를 콱 물었군."

버디 리가 말했다. 갑작스레 치밀어 오른 기침에 그는 한 손으로 입을 막고 운전대 위로 몸을 숙였다.

"괜찮아요?"

아이크가 물었다.

버디 리는 또다시 기침을 하며 고개를 끄덕였다. 그는 몸을 일으킨 뒤 냅킨을 찾아 컵홀더 부근을 뒤졌다. 그는 손을 닦은 뒤, 입도 닦았다.

아이크는 냅킨에 묻은 분홍빛 얼룩을 눈치챘다. 버디 리의 거짓말에도 아이크는 알 수 있었다. 버디 리가 전혀 괜찮지 않다는 사실을.

"담배를 끊어야겠소."

버디 리가 말했다.

"담배 피우는 것 한 번도 못 봤는데."

아이크가 말했다.

"젠장, 이제라도 피워야 하나."

버디 리가 말했다.

그들은 커뮤니티를 관통하는 구불구불한 길을 달렸다. 아이크는 모든 집의 담장이 야트막하고, 벽돌이나 자갈돌로 이루어져 있으며, 검정색 철문이 달려 있다는 사실을 알아차렸다. 잔디는 전부 3센티미터 이내의 길이로 매끈하게 손질되어 있었고, 도로의 중앙에는 붉은색 단풍나무들이 6미터 간격으로 자라고 있었다. 버디 리는 세 번째 집의 진입로에서 방향을 틀어 게이트 앞에 멈춰 섰다. 벌레 소리 같은 버저 소리와 함께 검정색 게이트가 나비 날개처럼 열렸다. 그들은 게이트를 통과했고, 다시 게이트가 닫히는 가운데 아이크는 등 뒤로 얼음물이 흘러내린 듯한 기분을 느꼈다.

버디 리는 원형 진입로의 오른쪽 가장 끝에 트럭을 세웠다. 저택의 현관으로 이어지는 거대한 계단의 제일 아래에는 재단한 듯 멋들어진 메르세데스 벤츠 SUV가 서 있었다. 버디 리는 시동을 껐다.

검정색 정장을 입은 경호원 네 명과 짙은 피부색에 키가 작은 남자가 공중부벽의 저택 계단을 내려왔다. 남자는 정교한 콘로우즈 머리를 하고 있었고, 형광빛 초록색 운동복 차림에 아프로픽 모양의 황금 펜던트가 달린 긴 체인 목걸이를 걸고 있었다. 아이크는 펜던트가 그걸 걸치고 있는 남자보다 더 무겁겠다고 생각했다.

버디 리와 아이크는 트럭에서 내려 5중창단 앞에 나란히 섰다. B급 뮤직비디오에서 그대로 빠져나온 듯한 정렬이었다.

"뒤져."

콘로우즈 남자가 말했다.

아이크와 버디 리는 두 팔을 들었다. 탄제린에게 한 걸음 더 가까워질 수만 있다면 이런 몸수색의 치욕쯤 얼마든지 감당할 수 있었다. 덩치 큰 경호원 중 하나가 두 사람의 몸을 수색했다. 그는 버디 리의 주머니에서 잭나이프를 꺼냈다.

"사과 깎을 때 쓴다오."

버디 리가 말했다. 남자는 잭나이프를 그의 얼굴 높이로 들어 올렸다.

"망할 골동품이군."

그가 말한 뒤 자기 주머니에 넣었다.

"우리 할아버지 거요. 다시 돌려주면 고맙겠소."

버디 리가 말했다.

"떠나기 전에 돌려줍니다."

경호원이 말했다.

수분 동안 아무도 입을 열지 않았다. 아이크는 단도직입적으로 묻기로 했다.

"탄제린이란 이름의 여자를 압니까? 우린 그 여자를 찾고 있어요. 그 여자라면 누가 우리 아들들을 죽였는지 알지도 몰라서 말입니다."

아이크가 말했다. 운동복 차림의 남자, 타리크로 추측되는 남자는 그의 질문에 아무런 반응도 보이지 않았다. 그는 주머니에서 조그만 마리화나 개비를 꺼내 입에 물었다. 그와 가장 가까이 있던 경호원이 황금 라이터로 불을 붙여주었다. 타리크는 마리화나를 길게 한 모금 들이마시고 다시 밖으로 내뿜었다. 그의 코에서 연기가 피어올랐다. 버디 리도 대화에 동참했다.

"여자를 위협하려는 게 아니오. 무슨 일이 있었던 건지 알고 싶을 뿐이지."

버디 리가 말했다. 타리크는 여전히 자신의 카드를 품고 있었다.

"이봐요. 누군가 내 아들을 밟고 서서 머리에 총알을 박았단 말입니다. 누구 짓인지 알아야겠어요. 난… 그러니까, 우리는… 탄제린이 우릴 도와줄 수 있을 거라고 믿어요."

무반응.

"영어는 할 줄 아오?"

버디 리가 말했다. 그는 절망감을 숨기지 않았다. 타리크는 다시 긴 연기를 뿜어냈다. 그리고 입술에서 개비를 떼어 일종의 지시봉처럼 휘휘 저으며 말했다.

"거래 하나 할까, 우리 소금과 후추* 할아버지들. 탄제린 찾는 건 그만둬. 그대로 곱게 집으로 돌아가셔서 이번 일에서 손 떼. 탠지를 가만히 놔두라고. 처음이자 마지막 경고야. 여기에 동의하지 않으면, 여기 친구들이 당신들을 살포시 접어 봉투에 담은 다음 당신들의 그 썩을 집으로 날려 보낼 거야."

타리크가 말했다.

버디 리가 아이크를 쳐다봤고, 아이크도 그에게 시선을 던졌다. 잠시 후 그는 다시 타리크에게로 고개를 돌렸다.

---

* Salt and Paper: 백인과 흑인 커플을 빗댄 표현.

"여자가 다칠 일은 없어요. 그저 이야기 좀 하자는 거지."

아이크가 말했다. 그는 단어 하나하나 조심스럽게 발음했다. 네 명의 경호원들이 그의 11시, 1시, 5시, 8시 방향에 각각 자리를 잡았다. 곧 뇌우가 불어닥칠 것처럼 그들을 둘러싼 공기가 팽창했다. 타리크는 여전히 첫 번째 계단의 돌 조각상 옆에 서 있었다.

"내 얘기가 어려웠나?"

타리크가 말했다. 그는 마리화나로 총을 쏘는 흉내를 냈다.

"헛, 젠장."

버디 리가 속삭였다.

경호원들이 그들에게 다가왔다. 버디 리에게 둘, 아이크에게 둘. 아이크에게 붙은 남자 둘은 간결하고 정확한 몸놀림으로 그에게 다가왔다. 그들의 주먹은 분명하고 정확했으며, 사악했다. 아이크는 경호원 중 상고머리를 한 밝은 피부의 남자에게 복부를 맞았고, 순간 다리가 휘청했다. 아이크는 왼손으로 남자의 오른팔을 붙잡고 엄지로 남자의 후골을 눌렀다.

상고머리의 남자는 자신의 목을 잡고 뒤로 주춤했지만, 미니 아프로 머리를 한 그의 동료가 때맞춰 아이크의 옆머리에 스미스필드 햄*만 한 크기의 주먹을 날렸다. 아이크는 턱을 가슴 쪽으로 당기려 했지만, 충격이 쉽사리 가시지 않았다. 그가 중심을 잡으려는 가운데 미니 아프로가 그를 향해 돌려차기를 했다. 그의 체격에서는 도저히 나올 수 없는, 물리력에 위배되는 몸놀림이었다.

남자의 발차기가 아이크의 명치를 가격했고, 그는 전기에 감전된

---

* Smithfield Ham : 미국 남부 지역의 유명한 훈제 햄. 버지니아주의 자칭 '세계 햄의 수도' 스미스필드에서 생산된 소금에 절여서 훈제한 컨트리 햄 중에서도 가장 유명한 축에 속한다.

듯 몸 중앙에서부터 경련이 일었다. 그는 트럭 쪽으로 쓰러졌다. 상고머리가 어느새 회복해 그의 왼쪽으로 다가왔다. 교도소와 길거리에서 수백 번도 넘게 뛰어들었던 싸움판을 통해 획득한 순수 본능의 힘으로 그는 조수석 문손잡이를 잡고 밝은 피부의 남자를 향해 날랜 손동작으로 문을 열어젖혔다. 문의 아랫면이 그의 정강이에 가 부딪혔고, 남자는 프러포즈를 할 것처럼 한쪽 무릎을 꿇었다.

미니 아프로가 연타로 아이크의 정강이를 걷어차자 아이크의 눈앞에 검은 별들이 번쩍였다. 그는 신음하며, 미니 아프로에게 달려들었다. 두 사람은 한 쌍의 산양들처럼 충돌했다. 아이크는 남자와 뒤얽혀 피루엣*을 하며, 자신의 다리로 다른 남자의 다리를 걸었다. 그들은 두 팔과 다리 그리고 주먹이 하나의 횃불처럼 꼬인 채 바닥에 함께 쓰러졌다. 상고머리가 손에 진압봉을 들고 자리에서 일어났다.

하지만 마침내 아이크는 미니 아프로 위에 올라탈 수 있었다. 그리고 라이트 크로스**로 그를 공격한 다음 오른쪽 팔꿈치로 다시 가격했다. 미니 아프로의 코가 해파리처럼 납작하게 눌렸다. 그의 양쪽 콧구멍에서 피가 마구잡이로 분출해 그의 입으로 들어갔다. 아이크는 그의 위로 몸을 웅크린 뒤 두 번의 무자비한 주먹을 날렸다. 그의 주먹은 남자의 왼쪽 눈을 커튼처럼 덮어버렸다. 그때 새하얀 핵폭탄의 섬광처럼 그의 주위가 번쩍이더니 극도의 고통이 몰려왔다. 아이크는 토할 것 같은 기분이 들었다.

상고머리가 진압봉으로 그의 등을 가격한 것이다. 아이크는 낡은

---

* 발레에서 한쪽 발로 서서 빠르게 도는 동작.

** Right Cross : 권투에서 상대편이 뻗은 왼팔 위로 자신의 오른팔을 뻗어서 상대편의 얼굴을 공격하는 기술.

코트를 벗듯 미니 아프로를 털어버렸다. 상고머리는 아이크에게 달려들면서 자기 동료의 슬개골을 밟았다. 아이크는 덩치 큰 남자가 검정색의 기다란 진압봉을 들고 자신을 덮치는 모습을 똑바로 쳐다보았다. 그 모습이 마치 콜드워터의 교도관 같았다.

아이크는 등을 대고 쓰러졌다. 티셔츠를 통해 아스팔트의 열기를 느낄 수 있었다. 펜치로 두 번째와 세 번째 등골뼈를 잡아 빼는 듯한 통증이 왔다.

상고머리는 거의 그의 위에 올라타다시피 했다. 아이크는 남자의 얼굴을 공격하는 대신 남은 힘을 모두 끌어모아 그의 옆 무릎을 찼다.

그가 기대하던 우지직 소리는 들리지 않았지만, 대신 가련한 울부짖음이 들렸다. 상고머리가 트럭 옆으로 쓰러졌다. 바닥에 나동그라지지 않으려고 트럭을 부여잡으려는 와중에 진압봉을 놓치고 말았다.

아이크는 몸을 일으켰다. 단번의 재빠른 동작으로 그는 미니 아프로의 복부에 킥을 먹이고, 상고머리의 왼쪽 눈 위로 박치기를 했다. 상고머리에게만큼이나 그에게도 고통이 따랐지만, 목적은 제대로 달성되었다. 상고머리는 버디 리 트럭의 쿼터 패널*로 미끄러지듯 쓰러졌다. 녹슨 철판 위로 그의 얼굴이 붉은색의 핏줄기를 남겼다. 아이크는 버디 리를 돕기 위해 다가갔지만, 총을 보자 제자리에 멈춰 섰다.

버디 리는 볼썽사납게 당하고 있었다.

버디 리의 입장에서 솔직히 그리 뜻밖의 상황은 아니었다. 두 명

---

* 차체의 외부 패널 중 후면 도어와 트렁크 사이에 있는 패널을 말하며, 연료 주입구 도어가 위치해 있다.

의 괴물이 한 쌍의 가젤같이 우아하게 그를 향해 달려오는 것을 본 순간 그는 자신이 제대로 당하리라는 사실을 예감했다. 저런 거구가 재빠르기까지 하다는 것은 곧 그들이 고도의 훈련을 받은 전문 인력이라는 것을 의미하기도 했다. 따라서 그건 그들에게 순순히 엉덩이를 내줄 수밖에 없는 상황이 오리라는 것을 뜻하는 것이었다.

버디 리는 뭐든 무조건 휘둘러보기로 했다. 그것이 그가 아는 유일한 방법이기도 했다.

그에게 접근한 첫 번째 괴물은 수염이 너무도 풍성해 윗입술 위에 고양이 한 마리가 보금자리를 튼 것만 같았다. 또 다른 회색 곰은 사팔뜨기여서 망할 머리를 돌리지 않아도 저 구석진 곳까지 볼 수 있을 듯했다.

버디 리는 다리에 바람개비를 단 듯 순식간에 그들에게 다가섰다. 그리고 고양이 수염에게 발차기를 하는 가운데 사팔뜨기에게는 주먹을 휘둘렀다. 사팔뜨기의 왼쪽 눈 밑에 주먹이 가 닿았고, 그의 발은 고양이 수염의 오른쪽 무릎에 닿았다. 하지만 그건 탱크에 콩알을 던진 것이나 진배없었다. 사팔뜨기가 그의 복부를 가격한 뒤 그에게 달려들었다. 고양이 수염은 버디 리의 두 팔을 잡고 그의 몸을 꼿꼿하게 고정시켰다. 그러자 사팔뜨기가 새 취미라도 생긴 것처럼 왼쪽 주먹과 오른쪽 주먹으로 그를 마구 두들겨 팼다. 버디 리는 족히 한 주간은 피똥을 싸리라 예감했다. 사팔뜨기가 그의 턱을 잡고 강제로 고개를 들어 올렸다.

"배운 게 있겠지, 노친네."

사팔뜨기가 말했다.

내가 배움이 빠른 건 또 어떻게 알았대, 이 빌어먹을 새끼야. 버디 리는 생각했다. 버디 리를 얕잡아 본 듯 사팔뜨기는 버디 리에게로 가까이, 그의 오른발이 공격 가능 범위 안으로 스스럼없이 들어갔다. 그러자 버디 리는 오른발로 있는 힘껏 그의 불알을 찼다.

사팔뜨기는 자신의 불알을 감싸 쥐고 몸을 숙였다. 자신의 동료가 바닥에 쓰러지는 광경을 목격한 충격에 버디 리의 팔을 붙들고 있던 고양이 수염의 손에 힘이 풀리고 말았다. 버디 리는 그 기회를 놓치지 않고 뒷머리로 고양이 수염의 입을 들이받았다. 남자의 입술이 치아 위로 납작하게 눌리는 것이 느껴졌다. 버디 리는 몸을 돌려 고양이 수염의 오른쪽 귀 바로 뒤로 레프트 훅을 날렸다. 남자는 트럭의 후드 위로 쓰러졌다.

그때 시야에 총이 들어왔다.

거대한 반자동식 권총이 고양이 수염의 오른편 어깨끈에 매달려 있었다. 버디 리는 늘 손이 빨랐다. 그의 아버지는 그에게 오토바이 타는 법을 가르치기 훨씬 전부터 지갑과 시계 날치기하는 법을 가르쳤다. 경호원들은 아마 모두 무장 상태일 것이다. 그럼에도 아이크와 버디 리를 가볍게 다루고 있는 것이다. 그저 조금만 위협하면 알아서 내뺄 늙은이들이라고 생각했던 모양이다. 코트에 주름 하나 가지 않을 정도로 손쉽게 그들을 처리할 수 있을 것이라고 말이다.

실수는 누구나 하지, 버디 리는 생각했다.

그는 고양이 수염의 상의 주머니에 손을 넣어 그의 총을 꺼냈다. 버디 리는 사팔뜨기와 타리크 그리고 고양이 수염 쪽으로 몸을 획 돌렸다. 고양이 수염은 입에서 흐른 피로 이제 붉은 수염이 되어 있었다.

"다들 뒤로 물러서!"

버디 리가 말했다. 그는 트럭의 운전석 쪽으로 이동하면서도 타리크과 그의 사병들에게서 눈을 떼지 않았다. 아이크도 조수석 쪽으로 움직였다. 그리고 열린 문 뒤에서 몸의 반은 트럭에, 나머지 반은 바깥에 두었다. 미니 아프로가 총을 들고 다가와 버디 리를 겨냥했다.

"망할 총 버려!"

미니 아프로가 소리쳤다.

"내 거시기나 빨아, 새끼야."

버디 리가 말했다. 가슴에 불이 붙은 듯했지만, 그는 자신의 모든 의지력을 동원해 고통을 밀어냈다.

"그냥 얘기를 하고 싶은 것뿐이야."

아이크가 말했다. 버디 리가 운전석에 도달했다.

타리크의 경호원들이 팔랑크스*처럼 자신의 고용인 주위를 둘러쌌다. 타리크는 미소를 지으며 긴 마리화나 한 개비를 꺼낸 뒤 경호원들의 널따란 어깨 안에서 입을 열었다. 아이크는 그가 이 상황을 즐기고 있다는 것을 알 수 있었다.

"포기해. 당신들이 할 수 있는 건 아무것도 없어. 탄제린에게도 닿을 수 없고. 총도 그만 내려놓아, 할배들. 진짜로 다치기 전에."

타리크가 말했다.

"너야말로 조무래기들 등 뒤에서 그만 나오지 그래. 그런 다음에 누가 진짜 겁쟁이인지, 누가 엄마 젖을 더 먹고 와야 하는지 가려보자고."

---

* Phalanx : 고대 그리스의 보병 방진 중 하나로 방패와 창을 든 다수의 병사를 고슴도치처럼 밀집해 배치하는 전술.

버디 리가 말했다. 타리크의 미소가 흐려졌다.

"난 아주 훌륭한 백인 이웃들 사이에 살고 있어. 경찰이 나타나기 전에 달아나려면 이제 고작 2분 남았으려나? 경찰에서는 여기 사는 우리들을 아주 모범적인 납세자로 여기고 있다고."

타리크가 말했다.

"탄제린에게 전해. 할 얘기가 있다고. 우리 아이들이 그녀를 도우려다 살해당했어. 그녀는 우리에게 빚을 진 셈이야."

아이크가 말했다.

"이 사람에게 내 칼 던져."

버디 리가 말했다. 버디 리의 잭나이프를 가져간 사팔뜨기가 흠칫했다.

"총 내려놓으면 칼 돌려준다."

그가 말했다. 버디 리는 그의 이마를 겨냥했다.

"네가 나를 아직도 날 모르나 본데, 내 말 잘 들어. 그 칼 당장 내놓지 않으면 너 죽고 나 죽는 거야."

버디 리가 말했다. 그의 음성에는 아이크가 지금껏 한 번도 들어보지 못한 단호함이 깃들어 있었다. 버디 리가 정말 저 잭나이프 하나 때문에 목숨도 내놓을 수 있겠다는 생각이 들었다. 경호원도 그걸 깨달았는지 순순히 주머니에서 칼을 꺼내 아이크에게 던졌다. 아이크는 그걸 다시 좌석으로 던졌다.

"네 총은 좀 빌릴게."

버디 리가 말했다.

두 사람은 트럭에 올라탔다. 버디 리가 시동을 걸고 곧장 액셀을 밟았다. 트럭은 간발의 차로 경비원을 스쳐 지났다.

29

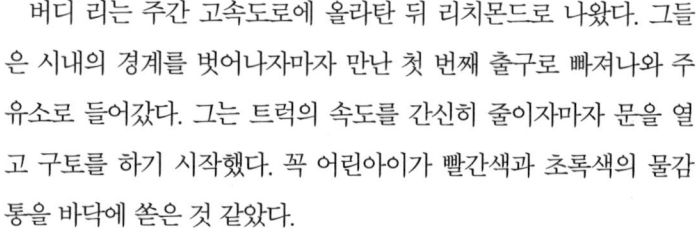

 버디 리는 주간 고속도로에 올라탄 뒤 리치몬드로 나왔다. 그들은 시내의 경계를 벗어나자마자 만난 첫 번째 출구로 빠져나와 주유소로 들어갔다. 그는 트럭의 속도를 간신히 줄이자마자 문을 열고 구토를 하기 시작했다. 꼭 어린아이가 빨간색과 초록색의 물감 통을 바닥에 쏟은 것 같았다.
 "아까 그 작자가 내 간을 뒤엎어버린 것 같군."
 구토를 마친 그가 말했다. 아이크는 창문을 내리고 사이드미러 속 자신의 얼굴을 확인했다. 얼굴에 피가 묻어 있었고, 볼은 복어처럼 불룩하게 부어 있었다. 그는 머리 뒤를 만졌다. 예전에 애송이가 의자를 휘둘렀을 때 다친 곳에 다시 진압봉을 맞아 상처가 벌어지고 말았다.
 "제대로 당했습니다."
 아이크가 말했다.
 "뻔했지."

버디 리가 말했다.

"네?"

"당할 뻔했다고."

"거울을 봐요."

아이크가 말했다. 버디 리는 벤치 의자에 몸을 기댔다.

"우리가 멀쩡하다는 얘기가 아니라, 어쨌든 아직 여기 이렇게 있다는 말이오. 내가 종교를 믿는 사람은 아니지만, 당신이 그랬잖소. 모두가 제 역할과 능력을 타고난다고. 이 지상에서 해야만 하는 일 같은 것 말이오. 어쩌면 우리가 아직 살아 있는 것도 그것 때문일지 몰라. 이 일을 끝내야 하기 때문에."

아이크는 버디 리의 말이 스스로를 응원하기 위한 것인지, 아니면 아이크를 응원하기 위한 것인지 알 수 없었다. 하지만 버디 리의 말에 일리가 있음을 인정할 수밖에 없었다. 두 사람은 낮이 밤으로 바뀌는 가운데 점점 더 심해지는 고통에 완전히 몸을 내맡긴 듯 조용해졌다.

"그 잭나이프는 상당히 의미가 있는 것인가 봅니다?"

아이크가 마침내 침묵을 깼다. 버디 리는 주머니에서 잭나이프를 꺼내 얼굴 앞에 들어 올려 한참을 쳐다보다가 마침내 입을 열었다.

"우리 아버지 것이었소."

버디 리가 말했다. 그 말 외에 다른 설명은 전혀 없었다. 아이크에게도 설명이 필요 없었다. 아버지 것이었던 잭나이프. 그것이면 충분했다.

아이크는 화제를 돌렸다.

"그자는 여자가 어디 있는지 알고 있어요. 몰랐다면 굳이 일을 이렇게까지 가저갈 필요가 없었을 겁니다."

그가 말했다. 버디 리는 숨을 몰아쉬며 기침을 하다가 창문 밖으로 침을 퉤 뱉었다.

"하지만 우리한테 얘기해줄 마음은 없는 것 같소. 그자가 집에서 나오길 기다렸다가 덮치는 게 좋겠소? 외곽으로 데려가서 불게 만들어?"

버디 리가 말했다. 아이크는 구겨진 냅킨으로 주먹에 묻은 피를 닦았다.

"그자를 다시 만나는 데 도움을 줄 만한 사람을 알고 있어요."

아이크가 말했다.

"허, 젠장. 내 갈비뼈를 다시 짜 맞추기 전에 그 얘기를 했으면 좋았잖소."

버디 리가 말했다.

"그 사람과 끝이 좋지 못해서요. 얘기하자면 길지만, 어쨌든 내게 진 빚이 있으니 이제 그 빚을 갚아보라고 할 참입니다."

"지금 갈 거요?"

버디 리가 물었다.

"기다릴 것 있습니까?"

아이크가 말했다.

"운전할 수 있겠소? 딸꾹질을 심하게 했더니 까무러칠 것 같군."

버디 리가 말했다.

아이크는 다시 고속도로에 올라, 체스터필드 쪽 출구로 나섰다. 체스터필드카운티는 카운티 경계와 거대한 야생 목초지 내에 여러 개의 작은 마을들을 품고 있는 거대한 소도시였다. 그 목초지는 존 스미스 대장이 자신의 신세계 모험에 대해 처음으로 거짓말을 한 이후 아무런 변화 없이 예전 모습 그대로 남아 있는 곳이었다.

아이크는 다이빙을 하고 배영을 해도 좋은 정도로 깊은 도랑을 따라 난 뒷길을 따라 달렸다. 그리고 마침내 360번 루트 근처 외로운 반도 가운데 우뚝 선 쇼핑센터에 다다랐다. 스트립 몰*의 북쪽 경계는 옥수수밭과 맞닿아 있었고, 남쪽에는 버려진 선박용 컨테이너와 트레일러들이 여러 개 자리하고 있었다. 아이크는 처음 출소했을 때가 떠올랐다. 이 스트립 몰 근처에 선박 수리점이 있었다. 그곳은 거대한 철제 건물로 지금 그의 가게와 꼭 닮아 있었다. 그러나 지금은 그 기둥조차 남아 있지 않았다. 사방에서 불어오는 바람에 날리거나 근처 야생 들판으로 흩어져버렸을지도.

아이크는 스트립 몰의 주차장에 들어가 트럭을 세웠다.

"차에서 기다려요."

아이크가 말했다.

"한 번 얘기했으면 됐소."

버디 리가 말했다. 그는 컵홀더로 손을 뻗어 잭나이프를 꺼냈다. 그리고 아이크에게 내밀었다.

"그걸로 뭘 하라고요?"

"호신용."

"필요 없을 겁니다."

아이크가 말했다.

---

* Strip Mall : 전방에 인도가 있고 상점이 일렬로 배열되어 있는 북미에서 흔히 볼 수 있는 일종의 쇼핑센터.

"사연이 길다며. 내 경험상 그 말은 곧 일이 순조롭게 풀리지 않을 거란 의미라오. 그러니 굳이 맨몸으로 갈 것 있나. 이걸 가져가든지 아님 총이라도 가져가든지."

버디 리가 말했다. 아이크의 시선이 잭나이프에 가 꽂혔다. 어쩌면 가져가야 할지도 모르겠다. 랜스를 못 본 지 얼마나 되었더라? 10년? 10년이면 많은 것이 변하는 세월이다. 사람들은 자기가 진 빚도 잊곤 한다. 충성심도 변해 연기처럼 날아간다. 칼은 최소한의 방어가 되겠지만, 총은 아무래도 공격적으로 보일 수도 있다.

아이크는 잭나이프를 받아 앞주머니에 넣었다.

"금방 올게요."

아이크가 말했다.

"마라톤 뛸 생각 없으니, 잃어버리지 마쇼."

버디 리가 말했다. 아이크를 그를 쩨려보았다.

"그런 걱정이랑 말아요."

아이크가 말했다.

아이크가 이발소에 들어서자 초인종의 기계음이 울렸다. 다섯 개의 의자에 다양한 나이대의 남자와 청년들이 앉아 있었다. 가게에서는 표백제와 오일 그리고 싸구려 콜론을 떠올리게 하는 방향제 냄새가 났다. 왼쪽 벽에는 거울들이 달려 있고, 오른쪽 벽에는 다양한 포스터들이 붙어 있었다. 마이클 조던이 덩크슛을 날리고, 마이크 타이슨이 복싱을 하는 포스터와 다양한 헤어스타일이 가격과 함께 소개된 포스터들. 남은 벽면에는 50인치 평면 TV가 자리를 차지하고 있었다. 화면 하단에는 보스턴 셀틱스 대 워싱턴 위저즈의 농구 경기 자막이 흘렀다. 천장에 붙은 스피커 두 개에서 90년대 후반의 R&B 음악이 비처럼 떨어져 내렸다.

"금방 갈게요, 사장님."

이발사 중 한 명이 말했다. 구레나룻은 희끗하지만 머리 위쪽은 석탄처럼 까만 중년의 남자였다. 다양한 미용 도구들이 내는 불협화음은 마치 게으른 말벌이 손님들의 머리 주위를 날아다니는 것 같았다.

"슬라이스를 만나러 왔는데, 여기 있습니까?"

아이크가 물었다. 중년 남자가 아이크를 물끄러미 쳐다보았다.

"누구시죠?"

그가 물었다. 아이크는 망설였다.

"라이엇. 라이엇 랜돌프."

그가 말했다.

중년 이발사의 손에 들려 있던 가위가 떨리기 시작했다. 그는 가게 뒤쪽을 슬쩍 훔쳐보았다. 뒤쪽 공간에는 파란색 벨벳 커튼 한 쌍이 걸려 있었다.

"잠시만요."

중년 남자가 말했다. 그는 가위를 자신의 뒤편 선반에 내려놓았다. 그리고 어느새 그의 손에는 휴대전화가 들려 있었다. 아이크는 남자의 엄지가 화면 위를 분주히 오가는 모습을 바라보았다. 잠시 후 중년 남자가 아이크를 향해 고개를 들었다.

"앉으세요."

그가 말했다.

"마무리할 거요? 아니면 이따 다시 올까요?"

중년 이발사의 손님이 물었다. 이발소의 다른 남자들이 한바탕 웃음을 터뜨렸다.

"워워, 진정해, 친구. 잘못하다간 내 파킨슨병이 도진다고."

중년 이발사가 말했다.

"파킨슨은 무슨, 모리스."

손님이 말했다.

"왜 자기 머리카락이 아닌 머리를 잘랐냐고 묻는 손님들에게는 그렇게 말할 생각이야. 난 정신이 오락가락하는 늙은이라고 말이야."

모리스가 끝머리에 살짝 우스꽝스러운 어투를 더하며 말했다. 또다시 가게에 한바탕 웃음이 일었다. 아이크는 바닥에 고정된 의자의 열 중 가장 마지막 의자에 앉았다. 목구멍이 간질거렸다. 그는 기침을 한 뒤 얼굴을 찡그렸다. 낚싯줄에 감기듯 가슴근육이 옥죄었다. 숨을 쉴 때마다 몸이 움찔거렸다. 육신의 고통이 영혼의 고통에 근접하고 있었다.

"저 꼴 좀 봐. 나 원 참, TV에서 왜 저런 걸 보여주는지 모르겠어."

세 번째 의자에 앉아 수염을 염색하고 있는 거구가 말했다. 그는 자신의 상체를 덮고 있는 가운 아래서 손을 들어 평면 TV를 가리켰다. 아이크는 남자의 손가락이 가리키는 곳으로 시선을 옮겼다. TV에서는 드랙쇼* 경연대회 광고가 한창이었다.

"뻔하죠. 백인들은 흑인들 분장 구경을 좋아하거든요. 우리를 여성화해서 나약하게 만들려는 거에요."

---

* Drag-Show : 사회에 주어진 성별의 정의에서 벗어나는 옷을 입고 노래나 립싱크를 하며 춤을 추는 공연.

그의 수염을 염색하는 이발사가 말했다.

"그건 음모설일 뿐이지. 안 그래, 타이론?"

손님들의 예약 순서를 정리하던 옅은 피부색의 젊은 남자가 말했다.

"오, 저들이 우리 쪽 '여자들'은 독립적인 인간이 되고, 남자들은 나약한 게이가 되길 바라지 않는다고? 그건 음모설이 아니라 엄연한 사실이야, 라벨."

타이론의 말에 라벨은 웃음을 터뜨렸다.

"유튜브에 쿠푸 모자* 쓰고 나와서 떠들어대는 BJ들처럼 얘기하네."

라벨이 말했다.

"있잖아, 난 개네들이 게이든 쓰레기든 상관없어. 다만, 왜 그걸 온 사방에 떠들고 다니는 거냐는 거지. 보란 듯이 말이야."

수염 염색 시술을 받고 있는 남자가 말했다.

"그게 뭐 어때서요, 크레이그? 그 사람들이 당신 집에 침입해서 잠자는 얼굴에 립스틱이라도 칠해놓던가요?"

라벨이 큭큭거리며 물었다.

"그렇게 얘기하니까 정말 수상해, 라벨. 침대 밑에 반짝이 하이힐 숨겨놓은 거 아냐?"

크레이그가 물었다.

"네, 그쪽 엄마 거라지요."

라벨이 말했다. 모리스는 그 말에 깔깔거리며 웃었다.

"아니, 진짜로 말이야. 저기 나오는 사람들은 다 정부 탓이야. 한 사람 수입에 의존해서 사는 것보다 복지 혜택 받는 걸 더 쉽게 만든

---

* Kufu Hat : 테두리가 없고 높이가 낮은 둥근 모자로, 아프리카에서 주로 쓴다.

탓이라고. 여자들은 자기 삶에 왕이 필요 없어지게 된 거야. 그래서 흑인들이 가발에 화장까지 하고 미친 팅커벨처럼 거리를 활보하게 된 거 아니겠어."

크레이그가 말했다.

"그건 아니라고 봐요."

라벨이 말했다. 크레이그는 콧방귀를 꼈다.

"어쨌든 결과적으로 난 걔네들이 마음에 안 들어. 누구든 제 자식을 게이로 키운 부모는 인생 실패한 거야. 크리스 록이 말했지, 딸은 봉을 멀리하게 하고, 아들은 입에서 거시기를 멀리하게 하라고."

크레이그가 거들먹거렸다.

"그 사람에 대한 HBO 스페셜을 숱하게 봤어도 그런 말은 처음 들어요. 그리고 아들 입에 거시기 들어갈 생각 같은 건 왜 한데요? 심리 치료라도 받아봐요, 크레이그."

라벨이 말했다.

"넌 입 닥치고 있어, 라벨. 그래서 내가 타이론에게 손질 맡기는 거야."

크레이그가 말했다. 또다시 한바탕 웃음바다가 일렁인 뒤, 그들의 대화는 위저드의 득점 기회 혹은 셀틱스에 비해 그 기회가 부족하다는 내용으로 넘어갔다.

아이크는 의자의 옆구리를 꽉 쥐었다. 손에서 시작된 먹먹한 통증이 팔뚝을 타고 올라왔다. 그는 이발소의 의자들이 경찰서의 의자들과 비슷하다는 사실을 깨달았다. 아이크도 머리가 빠져 집에서 면도를 하기 전에는 이발소를 즐겨 찾곤 했다. 재기 넘치는 농담, 편안한 동지애, 주고받기식의 친근한 욕지거리와 놀림, 이 모든 것은 이발소만의 특별한 문화였다. 흑인인 것이 유감스럽지 않은 유일한 장소이기도 했다.

하지만 지금의 대화를 통해 그는 이발소의 또 다른 면을 볼 수 있었다. 알고는 있었지만, 지금껏 간과했던 면모. 순환논리의 장소, 모호했던 생각들이 근본 없이 단단해지고, 때로는 집단사고에 강화되기도 하는 그런 곳. 그래, 조수의 흐름에 맞서려는 라벨 같은 친구들도 있었지만, 대부분은 순순히 그 빌어먹을 줄에 가 서곤 했다. 저들은 정말로 한 아이가 게이가 되는 것이 아버지의 잘못이라고 생각하는 건가? 아이크 역시 비록 아이지아가 원하던 아버지의 모습은 아니었지만, 그렇다고 아들이 게이가 된 것에 자신의 책임이 있다고는 생각하지 않았다. 물론 그가 아이지아의 인생을 전부 아는 것은 아니었지만, 그걸 확신할 수 있을 만큼은 아들을 이해하고 있었다.

여섯 달 전만 해도 나 역시 그들과 함께 웃었을 거야. 놈들이 아이지아의 머리에 총알을 박기 전까지는. 놈들이 내 아들을 죽이기 전까지는. 아이크는 생각했다.

"괜찮으세요, 손님?"

모리스가 물었다. 그는 경계의 눈빛으로 아이크를 쳐다보고 있었다.

"네?"

아이크가 말했다.

"팔걸이 부숴지겠어요."

모리스가 말했다. 아이크는 팔걸이를 움켜쥐었던 손에 힘을 뺐다. 그제야 자신이 철제 틀에 고정된 플라스틱 팔걸이를 거의 뜯어버릴 뻔했다는 사실을 깨달았다. 농구공만 한 크기의 머리를 깨끗하게 민 남자가 커튼 사이로 몸을 내밀었다. 피부는 흑요석빛이었다.

"이쪽으로 오세요."

그의 목소리는 세탁기에 벽돌이 굴러다니는 소리 같았다. 아이크는 자리에서 일어나 커튼을 통과했다. 그리고 사무실 공간으로 들어갔다. 사실 사무실이라기에는 다소 고급스러운 분위기의 공간이었다. 화려한 장식의 목재 책상 뒤로 가죽 의자가 놓여 있고, 바닥에는 두꺼운 갈색 카펫이 깔려 있었다. 안락해 보이는 가죽 리클라이너 앞에는 유리판을 얹은 커피 탁자가 놓여 있었다. 리클라이너의 오른편에는 저마다 진과 버번 그리고 럼이 3분의 4가량 찬 병들이 쟁반 위에 가지런히 놓여 있었다. 리클라이너에는 멀끔한 흑인 남자가 앉아 있었는데, 그는 검정색 드레스 팬츠에, 단추를 목 위까지 모두 잠근 긴팔 검정색 실크 셔츠를 입고, 셔츠 안으로는 회색 티셔츠를 받쳐 입었다. 빡빡하게 꼰 레게 머리가 그의 등 뒤로 흘러내렸다.

머리를 면도한 남자가 아이크 앞을 가로막았다.

"소지품은?"

그가 말했다.

"작업용으로 들고 다니는 칼뿐입니다."

아이크가 말했다. 머리를 면도한 남자가 자동차 배터리만 한 손으로 아이크의 몸을 더듬었고, 주머니에서 잭나이프를 꺼냈다.

"갈 때 받아 가요."

남자가 말한 뒤 사무실 구석으로 가서 벽에 몸을 기댔다.

익숙한 말이군. 아이크는 생각했다.

"오랜만이야, 아이크. 이제 라이엇 따위 완전히 잊은 줄 알았는데."

슬라이스가 말했다. 그는 부드러운 혀짤배기소리에 목구멍 뒤에서 혀를 굴리듯 소리를 내는 버지니아주 남동부 지역 특유의 억양으로 말했다. 아이크가 조직에 처음 발을 들였을 때 슬라이스는 루터 형제를 위해 '노스리버 보이스'를 친 열일곱의 빼빼 마른 소년이었다. 이제 그는 '랜슬럿 월시' 혹은 '슬라이스' 혹은 '캡시티맨'으로 불리고 있었다. 루터가 타격을 입은 뒤 그들은 모두 레드힐로 퇴각했다. 슬라이스의 상황은 좋지 못했고, 조직원들도 마찬가지였다. 로멜로 사익스와 롤링에이티스가 하우스 파티에서 난데없이 벌어진 난투극에 대한 복수로 루터를 죽였기 때문이었다. 그건 심지어 사업상의 이유도 아니었다. 그저 어리석기 짝이 없는 개인적인 앙심 때문이었다. 결국 슬라이스의 기습에 노스리버 보이스는 레드힐로 꼬리를 내빼고 달아났다. 로멜로는 마침내 가면을 벗고 짝퉁 갱스터였던 그들의 진짜 모습을 세상에 드러냈다.

아이크, 아니, 라이엇은 그놈을 그냥 보낼 수 없었다. 빌어먹을 로멜로와 빌어먹을 롤링에이티스. 라이엇은 가짜가 아니었다. 그는 로멜로를 찾았고, 그를 죽였다. 그리고 버지니아주는 아이크를 교도소에 집어넣었다. 아이크는 누군가의 남편이자 아버지의 목숨을 앗아간 장본인이었으니 말이다.

"네게 볼 일이 좀 있어. 그간 어떻게 지냈어, 슬라이스?"

아이크가 물었다. 슬라이스는 적철석 조각처럼 짙은 검은색 눈동자로 그를 지그시 쳐다보았다. 그는 크리스털 잔에 짙은 갈색의 럼을 따라 마시고 있었다.

"무슨 일로, 아이크? 이제 이런 생활에는 발도 들이지 않는 줄 알았는데? 마지막으로 소식 듣기론, 부자 놈들 잔디 깎아주고 다닌다며, 멕시코 놈들 부리면서."

슬라이스가 말했다.

"그랬지. 지금도 그렇고. 부탁이 하나 있어."

"너 같은 사람이 나 같은 사람에게 부탁이 다 있어? 누구 혼쭐내 줄 사람이라도 있나? 오, 어디서 호되게 당하기라도 했나 보지? 쯧쯧."

슬라이스가 말했다. 아이크는 턱을 꾹 다물고 볼 안으로 혀를 밀어 넣었다.

"오늘 당장 누굴 좀 만나야 하는데, 네 고객들 중 하나일 것 같아서."

아이크가 말했다. 슬라이스는 미소를 지었다. 고드름처럼 차갑기 이를 데 없는 미소였다.

"당신이 내 비즈니스에 대해 뭘 알기에, 아이크?"

슬라이스가 말했다.

"네가 캡시티에서부터 레드힐 그리고 DC까지 관할하는 거 알아. 아이언에까지 마약과 총기를 대는 것도 알고, 클럽 로하*를 소유하고 있다는 것도 알지. 멋진 이름이야. 레드힐에서 따온 건가? 넌 분명 이 작자와 끈이 닿아 있어. 왜냐하면 그놈은 분명 마약을 대거 사들이거나 거대 마약상을 쫓아다니는 부류가 분명하니까. 그리고 내 주변에 너만 한 마약상이 없지."

아이크가 말했다. 슬라이스는 술을 홀짝였다.

"내 뒷조사라도 했나, 아이크?"

그가 물었다. 질문 자체는 평이했지만, 그 뒤에 숨은 의미는 뒷좌석에 호랑이 한 마리를 앉혀놓은 것만큼이나 위협적이었다. 아이크

---

* Loja : 스페인어로 '붉은색'을 뜻한다.

는 위험인물들을 여럿 알고 있었다. 그들은 투지와 의지, 사소한 것 따위에는 전혀 개의치 않는, 뭐, 그렇게 미묘하다고 할 수 없는 투박한 능력의 복합체를 연료 삼아 검은 에너지를 내뿜었다. 슬라이스는 아이크가 아는 위험인물들 중 하나였다. '슬라이스'라는 별명도 그가 사람들의 손가락과 혀를 베는 취미가 있어 붙여진 것이었다. 자기 적들의 것이 아니라 적의 형제, 자매, 아내 그리고 아이들의 것을.

"그런 게 아니야, 슬라이스. 그저 소문을 들은 거지. 이 바닥을 떴어도 소식들은 계속 들리거든."

아이크가 말했다. 방 안에 감도는 광기 어린 긴장은 아이크를 통째로 삼켜버릴 기세였다. 슬라이스는 잔의 테두리 너머로 그를 쳐다보았다. 크레이그는 왕에 대한 이야기를 했었다. 아이크는 왕이 되고 싶지 않았다. 왕은 결코 잠들 수 없다. 결국 슬라이스처럼 되어버리고 만다. 적들이 어떤 방식으로 자신의 왕관을 손에 넣으려 할지 쉼 없이 두려워하게 되는 것이다.

"만나고 싶다는 개자식이 누군데?"

슬라이스가 말했다. 그는 '개자식'이라는 단어를 최대한 천천히 발음했다.

아이크는 팔짱을 꼈다.

"미스터 겟다운."

아이크가 말했다. 슬라이스의 눈가에 주름이 잡히더니 이내 그가 깔깔거렸다.

"타리크? 내 비즈니스 파트너? 그래, 그와 접점이 있긴 해. 내 클럽 중 몇 곳에 투자를 하고 있거든. 나도 그 사람이 작년에 출시한 음반에 돈 좀 넣었고. 덕분에 몇 년 동안 주머니가 두둑했지. 근데 솔직히, 아이크. 네가 이 흑인을 만나서 빵이나 나눠 먹으려는 게 아니잖아, 안 그래? 그러니 그건 내가 도와줄 수 없겠어. 네가 내 주머니를 뒤지게 둘 순 없지."

슬라이스가 말했다.

아이크의 입안에서 침이 말랐다. 그가 두려웠던 것이 바로 이것이었다. 세월 앞에서는 충심도 흐려진다. 사람들은 그걸 뱀의 허물처럼 스르르 벗어버리곤 한다.

"그 사람이 네 비즈니스 파트너라서?"

"무슨 말 하려는지 알아."

슬라이스가 말했다.

"그렇겠지. 왜냐하면 난 너한테 비즈니스 파트너 그 이상이니까. 난 네 사람이었어, 슬라이스. 루터의 사람이었고. 내가 너한테 언제 뭘 바란 적 있어? 내가 교도소에 있었을 때도 마찬가지였잖아. 거기서도 내게 별일 없을 거라고 먼저 얘기했던 사람이 바로 너였어. 아무것도 걱정할 필요 없다고. 마야와 아이지아는 염려하지 말라고, 가족처럼 돌보겠다고 말했었지. 근데, 어떻게 했어? 넌 마야에게 꼴랑 300달러 보내고 끝이었어. 난 모든 걸 바쳤는데 그 대가가 뭐였어? 매일같이 날 강간하려 드는 흑인 넷에, 내가 구린 앙갚음에 대한 대가를 톡톡히 치르는 동안 혼자 아들을 키우느라 쓰리잡을 뛰어야 했던 아내."

아이크가 말했다. 그는 자신이 어느 순간부터 소리를 지르고 있다는 사실을 깨달았다. 구석에 서 있던 괴물이 벽에서 몸을 일으켰지만, 슬라이스가 손을 들었다.

"그 구린 앙갚음은 복잡했어, 아이크. 로멜로의 사촌이 이스트코스트 크립스에 발 담그고 있는 줄 우리 중 누구도 알지 못했으니까. 콜드워터*에서 세력 확장하고 있는 줄도 몰랐고. 그 구린 앙갚음이란 게 정말이지 장난 아니게 복잡했었다고. 내가 마야와 아이지아를 외면했다고? 그래, 그건 내 잘못이야. 하지만 솔직히 말해서, 누가 네 머리에 총을 대고 협박이라도 했어? 길 한복판에서 로멜로를 패 죽이라고? 그건 순전히 네 잘못이었잖아."

슬라이스가 말했다.

아이크는 한 발자국 앞으로 나섰다.

"그래, 그건 내 잘못이야. 그놈 엄마와 딸내미가 보는 앞에서 내 두 손으로 그 개자식을 죽여버렸지. 그 탓에 나 역시 가족 곁을 떠나서 7년을 감방에서 썩어야 했어. 인정해. 하지만 그건 네 형제를 위한 일이었어. 노스리버 보이스를 위한 일이었고, 너를 위한 일이었어. 다른 누구도 나서지 않았기 때문에 한 일이었다고. 내 여자, 내 아들보다 조직을 더 위했기 때문에. 그래, 난 그 점도 솔직히 인정해. 만약 루터 대신 내가 머리에 총을 맞았다고 해도 네 형제는 나랑 똑같이 했을 거야. 그게 바로 루터니까. 상황이 복잡했다고? 어쨌든 넌 전쟁에서 이겼잖아. 롤링에이티스를 쓸어버렸어. 그 덕분에 네 엄마와 조직원들 전부 트레일러 공원을 벗어나 케리타운에 입성할 수 있었던 것 아니야? 네가 샴페인을 비처럼 터뜨리고 있을 때, 나는 빌어먹을 놈들의 정강이를 걷어차고 있었어. 네가 스트리퍼나 모델들과 즐기고 있을 때 나는 내 등 뒤를 누군가 지켜주고 있다는 흑인개신교연합회 목사의 개소리를 듣고 있어야만 했다고. 네가 크리스털 잔에 술을 마시고 있을 때 난 싸구려 감방 와인이나 들이켜

---

* Coldwater : 미국 미시시피주 테이트카운티에 있는 마을.

야 했지. 그렇게 출소한 뒤로도 한 번도 널 찾지 않았어. 너 때문에 내 아내는 남들 뒤치다꺼리로 힘들게 돈을 벌고, 내 아들은 남들이 버린 헌 옷을 주워 입혀야 했지만, 그래도 그냥 참았다고. 가족에게 다시는 예전의 모습으로 돌아가지 않겠다고 약속했기 때문에. 하지만 지금 내가 여기서 이렇게 부탁을… 아니, 내가 이거 하나만 말할게. 넌 나한테 빚졌어. 내 아내에게도 빚졌고, 이제는 더 이상 이 세상 사람이 아닌 내 아들에게도 빚졌어. 그런데도 넌 지금 내 아들을 죽인 게 누구 짓인지 찾는 걸 도와줄 만한 사람을 보호하겠다는 말인가?"

아이크가 말을 잠시 멈추었다가 다시 입을 열었다.

"루터였다면 과연 지금 뭐라고 했을까?"

슬라이스는 자리에서 일어나 아이크가 서 있는 곳으로 다가왔다. 아이크는 그보다 덩치가 컸지만 슬라이스는 개의치 않는 눈치였다. 아이크는 허리께에 손을 얹고 발의 보폭을 넓혔다. 그는 괴물이 자신과 슬라이스에게서 얼마큼의 거리 밖에 서 있는지 다시 한 번 확인했다. 그는 어깨에 힘을 주며 슬라이스가 취할 액션을 기다렸다.

"너한테는 친구였을지 몰라도 나한테는 동생이었어. 네가 우리를 위해서 뭘 했는지는 잘 알아. 하지만 그렇다고 해서 너한테 날 비난할 권리가 있는 건 아니야."

슬라이스가 말했다.

"난 그저 사실을 말하는 것뿐이야. 내가 언제 너한테 뭘 바란 적 있었나? 한 번도 없었어. 이번이 처음이자 마지막이야…. 랜스, 우리 아들을 죽인 범인이 누구인지 알고 있는 여자의 행방을 그자가 알아. 그 범인은 우리 아들에게 총을 여섯 발이나 쐈어. 아들과 그 친구에게. 그러고도 그들 위에 서서 얼굴에 두 발을 더 쐈지. 난 아들 얼굴도 제대로 알아볼 수 없었어. 도저히 누군지 알아볼 수 없었다고. 다른 이도 아닌 내 아들을, 랜스."

아이크가 말했다. 눈물이 흘렀나? 아무래도 상관없었다. 그는 아이지아를 잃은 슬픔을 감추는 데 그만 지쳐버렸다. 슬라이스와 그의 베헤모스*가 그를 계집애라고 부른다고 한들, 상관없었다. 이 모든 고통과 슬픔을 가슴에 품고 사는 것은 마치 피톤**이 가득 든 꾸러미와 씨름을 벌이는 것 같았다. 그 슬픔이 그를 질식시키고 있었다.

슬라이스는 벽으로 시선을 돌렸다.

"타리크에게 손댈 심산은 아니겠지?"

그가 물었다. 아이크는 눈을 깜빡거렸다.

"그럴 생각 없어. 그 사람이 탄제린이라는 이름의 여자를 알아. 누가 아이지아와 데릭을 죽였는지 그녀가 알고 있는 것 같아."

아이크가 말했다. 그리고 멈칫했다. 그는 데릭을 아이지아의 친구로 소개했다. 하지만 그건 틀린 얘기였다. 그는 아들의 남편이었다. 그는 아이지아의 남편이었다. 아이크는 그 사실을 이야기하려 했지만, 차마 입이 떨어지지 않았다.

"탄제린."

슬라이스가 낄낄거렸다.

"여자를 알아?"

아이크가 물었다.

"아니, 하지만 파티장을 떠도는 여자들이나 가질 법한 이름이야."

---

* Behemoth : 성경에 등장하는 육지에 사는 마수.
** Python : 그리스신화에 나오는 거대한 구렁이.

슬라이스가 말했다.

"그냥 얘기만 해보려는 거야. 타리크가 그 여자를 만나게 해줄 수 있어."

아이크가 말했다.

"이거 하나 물어보지. 네가 알고 싶어 하는 걸 그 여자가 말해주고 나면, 어떻게 할 작정이야?"

슬라이스가 물었다. 그는 정말로 궁금한 듯했다.

"어떻게 할 작정이냐니?"

아이크가 말했다.

"그저 아는 데 그칠 것 같지 않아서, 아이크."

슬라이스가 말했다. 아이크는 슬라이스에게 가까이 다가갔다.

"그렇다면 내가 어떤 사람이었는지 아직도 잘 기억하고 있는 거겠지."

아이크가 말했다. 슬라이스는 다시 아이크에게로 시선을 돌리며 미소를 지었다.

"그렇지. 그래야 라이엇이지."

슬라이스가 말했다. 그는 아이크에게서 등을 돌렸다.

"한 시간 내로 다시 들러. 타리크를 이리로 부를 테니."

슬라이스가 말했다.

"고마워."

아이크가 말했다.

슬라이스는 자신의 리클라이너로 돌아가 앉았다.

"나한테 고마워하지 마. 이제 빚은 다 갚았어, 아이크."

그가 말했다. 아이크는 그 말에 숨은 위협을 간파했다. 그가 자리를 뜨며 몸을 돌리자 슬라이스의 부하가 그에게 잭나이프를 돌려주었다.

"그거 아냐? 난 늘 너랑 루터의 관계가 샘이 났었지. 루터는 나보다 너를 더 형처럼 따랐으니까. 네가 로멜로를 친 뒤에는 전보다 더 질투하게 됐고."

슬라이스가 말했다.

"질투할 필요 없어. 루터는 항상 내게 널 닮고 싶다고 얘기했으니까."

아이크가 말했다. 슬라이스는 웃음을 터뜨렸다. 공허한 웃음이었다.

"더 최악인데, 아이크."

아이크는 벨벳 커튼을 통과해 이발소의 출입구로 향했다. 문을 막 빠져나가려던 그는 문득 걸음을 멈추고 크레이그가 앉아 있는 의자로 되돌아갔다. 타이론은 크레이그의 수염 염색을 마친 뒤, 살아 있는 래퍼들 중 누가 최고인지에 대해 설전을 벌이고 있었다.

"설마 백인 애송이 에미넴이라고 하는 건 아니겠지."

크레이그가 말했다.

"이런, 제길. 에미넴은 괴물이에요."

타이론이 말했다.

"뭐, 그런대로."

크레이그가 말했다.

"청력 검사 한번 받아봐요."

타이론이 말했다.

아이크는 크레이그 앞에 섰다. 타이론이 그를 향해 얼굴을 찌푸렸다.

"왜요?"

크레이그가 말했다. 아이크는 고개를 한쪽으로 기울이고 그를 내려다보았다. 그냥 무시했어야 했겠지만, 그럴 수 없었다. 사실 그는 지금 크레이그에게 하려는 이야기를 다른 누군가가 대신 해주었으면 하는 심정이었다.

"내가 만약 당신 집에 쳐들어가 당신 아들의 목을 그어버린다면, 그 순간 당신이 걱정하게 될 건 아들이 게이인지 아닌지가 아닐 겁니다."

아이크가 말했다.

"대체 뭐라는 거요?"

크레이그가 말했다.

"뭐라고 하는지 들었잖아요. 듣고 싶지 않았던 건가."

아이크가 말했다. 크레이그는 의자에서 몸을 일으키기 시작했다.

"지금 그 의자에서 일어나면, 벽에 붙은 당신 조각들을 떼어내는 데 일주일은 족히 걸릴 겁니다. 헛소리가 아니에요. 설마 그런 엔딩을 바라는 건 아니겠죠."

아이크가 말했다. 크레이그는 무어라 대꾸하려 했지만, 아이크는 그새 등을 돌려 이발소 밖으로 나가버렸다.

아이크가 트럭에 다시 올라탔을 때 버디 리는 똑바로 앉아 있었다. 빙빙 돌던 머리는 이미 차분하게 가라앉았다.

"어찌 됐소?"

그가 물었다. 아이크는 주머니에서 버디 리의 잭나이프를 꺼내 그에게 돌려준 뒤 트럭의 시동을 걸고 주차장을 빠져나왔다.

"한 시간 후에 타리크를 여기로 부르기로 했어요."

아이크가 말했다.

"그럼 머리 좀 다듬을 짬이 되겠소? 저기 백인 머리도 손질해주나?"

그가 물었다. 아이크는 아무 대꾸가 없었다.

"어이, 괜찮소?"

버디 리가 물었다.

"전혀요."

아이크가 말했다.

"기다리는 동안 술 한잔 할 만한 곳이 근처에 없겠소?"

버디 리가 물었다. 그는 아이크가 또다시 자신을 째려보리라 생각했지만, 덩치의 반응은 놀라웠다.

"그러게요. 나도 술이 좀 필요하네요."

아이크가 말했다.

30

　그들은 오래된 스위프트크리크* 다리의 잔해 근처, 비치로드 한편에 세워진 시멘트 건물에 도달했다. 건물을 가리키고 있는 과장된 화살표 모양과 함께 가느다란 철제 다리 위에 놓인 간판은 지나는 사람들에게 지금 스위프트크리크 라운지가 영업 중임을 알리고 있었다. 2시가 조금 넘은 시간임에도 자갈이 깔린 주차장은 반이나 차 있었다. 아이크는 버디 리의 트럭을 주차했고 두 사람은 출입문을 향해 걸었다.

　"10년 사이 처음으로 마을 밖을 나서는 자에게는 아주 잊지 못할 곳이로군."

　버디 리가 말했다.

　"이런 곳은 절대 문 닫는 법이 없죠. 우리가 태어나기 전부터 있었고, 우리가 죽은 후에도 계속 영업할 겁니다."

　아이크가 말했다. 건물의 내부는 금전등록기 위에 걸린 '쿠어스'

---

* Swift Creek : 미국 노스캐롤라이나주 웨이크카운티에 있는 자치구.

네온사인 빛을 받아 푸르스름했다. 손님들 대부분은 깨지고 흠집 난 바 자리의 끝 쪽에 몰려 앉아서 모파 엔진과 헤미스 엔진의 장점에 대해 큰소리로 논쟁하고 있었다. 두 개의 낡은 당구대 근처에 놓여진 오래된 주크박스는 수수한 블루스 음악들을 계속해서 토해내고 있었다. 술집 디제이가 스위프트크리크 라운지의 사운드트랙을 한 시간 이상 분량으로 준비해놓은 덕분이었다. 첫 곡은 앨버트 킹의 〈본 언더 어 배드 사인〉이었다.

아이크와 버디 리는 출입문 근처 스툴에 앉았다. 버디 리는 손을 들어 바텐더를 부르며 움찔했다. 검정색 탱크톱에 청바지를 입은 늘씬한 여자가 다가와 그들에게 미소를 지었다.

"뭐 드릴까요?"

"헤니* 투 샷."

아이크가 말했다.

"알아 모시겠습니다."

바텐더가 말했다. 그녀는 그들의 술을 준비하기 위해 자리를 떴다.

"헤니가 뭐요? 뭐든 상관없지만, 그냥 궁금해서."

버디 리가 말했다.

"헤네시 몰라요?"

아이크가 물었다.

"아니, 들어는 봤는데, 그런 별명이 있는 줄은 몰랐소. 아무래도…."

버디 리가 말했다. 그는 하던 말을 멈추고 바 뒤편의 술병들을 살폈다.

---

* 코냑을 전문적으로 생산하는 프랑스의 주류 회사 '헤네시'의 약칭.

"아무래도 뭐요? 흑인들이 좋아하는 거냐고요?"

아이크가 물었다. 버디 리는 쓰읍 소리를 냈다.

"있잖소, 지금 이런 생각을 하고 있는 거 같군. 계속 인종차별주의자가 아니라고 하면서 인종차별주의자 같은 개소리를 늘어놓고 있네."

버디 리가 말했다. 바텐더가 그들의 술을 가져다주었고, 아이크는 자신의 잔을 들었다.

"항상 백인들에게 실망할 준비를 하는 법을 배웠어요. 그런 일이 자주 있는 건 아니지만, 간혹 있더라도 이제는 별로 충격받지 않습니다. 그쪽 정도면 최악도 아니고요."

아이크가 말했다. 버디 리는 손가락으로 잔의 가장자리를 쓸었다.

"변명은 아니지만, 어렸을 때 이모나 삼촌, 조부모, 형제 자매나 친구들 사이에서 자라면서 혼자서는 그게 옳은지 그른지 판단할 수 없는 이야기들을 많이 듣게 되지 않소. 예를 들면 매년 부활절에 TV에서 영화《십계》를 보여줬던 거 기억하오? 거기서 한 꼬맹이가 자기 할아버지에게 저기 누비아 사람들 좀 보라고 얘기하는 부분? 우리 외할아버지는 늘 그들이 진짜 누비아인이 아니라는 걸 갖고 농담을 했소. 그들이 사실은 그러니까… 어떤 뉘앙스인지는 알겠지. 난 외할아버지가 한 농담이니 신나게 웃곤 했지. 그때는 한 번도 생각해본 적이 없었어. 당신 같은 사람이 그런 농담에 대해 어떻게 생각할지에 대해서 말이오. 어른이 돼서는 그런 생각 자체를 중단해버렸지. 그게 그렇게 형편없는 농담이라면 그 농담을 한 우리 외할아버지는 뭐가 되겠소? 그 농담에 웃은 나는 뭐가 되고?"

버디 리가 말했다.

아이크는 자신의 샷을 모두 비웠다. 코냑이 편안하고 익숙한 방식으로 그의 속을 태웠다. 순간 그는 다시 스물하나로 돌아갈 수 있었다.

"끔찍한 무지로군요."

아이크가 말했다.

"그래, 뭐, 그게 아주 정확한 평가 같소."

버디 리가 말했다.

"다른 사람의 관점에서 보기보다는 모래에 머리를 처박고 있는 게 훨씬 쉽죠. 그래서 무지를 축복이라고 하는 겁니다."

아이크가 말했다.

"결론은 내가 인종차별주의자라는 거요?"

버디 리가 말했다.

"어쩌면 당신 인생에서 당신과 같지 않은 사람들의 세계를 처음으로 보기 시작했는지도 모르겠습니다. 여전히 무지하지만, 그래도 배워나가고 있죠. 나도 그렇고요. 우리 둘 다 배우는 중이에요. 우리 모두 후회스러운 말들을 했고, 되돌리고 싶은 헛짓거리들을 했어요. 당신 인생의 어느 순간들에는 형편없는 사람이었을지 몰라도 점점 나아지고 있습니다. 사람들을 대하는 것도 점점 좋아지고 있고. 이제는 그런 농담에 웃지 않으니 제대로 된 길을 가고 있는 겁니다. 나도 마찬가지로 다음번에 누군가 술을 사겠다고 하면 내가 연애 상대를 만나러 게이 바를 찾은 줄 착각했다는 이유로 그 사람을 패는 일은 없을 겁니다. 그냥 자리를 뜨면 그만인 것을."

아이크가 말했다. 그는 잔을 들어 올리며 바텐더에게 손짓했다.

버디 리도 자신의 잔을 비웠다. 그리고 바에 잔을 내려놓으며 짧은 숨을 뱉었다.

"호, 페인트도 벗겨버릴, 지랄맞을 맛이로군. 당신 말이 맞는 것 같소. 요걸 배우기에는 이미 늦은 것 같아."

버디 리가 말했다. 바텐더가 그들에게 두 잔의 샷을 더 가져다주었다.

"날은 아직 저물지 않았습니다."

아이크가 말했다.

아이크는 다시 이발소로 향했다. 주차장은 겉보기에는 황량했다. 이발소 근처에 검정색 재규어가 한 대 서 있었고, 주차장에 또 다른 차라고는 버디 리의 트럭이 유일했다. 아이크는 시동을 껐다.

"다들 일찍 집에 돌아간 것 같군."

버디 리가 말했다.

"아마 슬라이스가 모두 집에 돌려보냈을 겁니다. 미스터 겟다운은 동네 유명 인사니까요. 사람들이 보면 전부 몰려와 사인을 요청하겠죠."

아이크가 말했다.

"아무리 그래도 스트립 몰 전체를 닫을 수 있단 말이오?"

버디 리가 말했다.

"그가 스트립 몰의 소유주거든요."

그들이 이발소에 들어갔을 때 타리크는 커튼 근처 마지막 의자에 앉아 있었다. 그는 오래된 다게레오타입* 사진 속 사람처럼 무릎에

---

* Daguerreotype : 사진술 초창기에 사용하던 은판 사진법.

손을 얹고 있었다. 그의 두 눈이 짐승처럼 빛나는 가운데, 슬라이스는 옆집 레스토랑과 통하는 출입문 근처 접이식 철제 의자에 앉아 있었다. 그리고 그의 경호원이 머리 손질을 해줄 것처럼 타리크의 뒤에 서 있었다.

"15분 줄게."

슬라이스가 말했다. 아이크는 타리크를 향해 한 걸음 내딛었다.

"접촉은 안 돼. 질문만 해."

슬라이스가 말했다. 아이크는 다시 뒤로 물러났고, 버디 리는 턱을 긁적였다.

"탄제린이 어디 있는지 당신은 알고 있잖소. 우리가 얘기했듯이, 여자를 다치게 하려는 게 아니오. 그저 이야기를 하고 싶을 뿐이지."

버디 리가 말했다. 타리크의 가슴이 빠른 속도로 오르락내리락했다.

"지금은 접촉 금지지만, 당신도 결국에는 자리를 떠야 하지 않습니까."

아이크의 말에 타리크가 움찔했다.

"나에게는 슬라이스가 있어. 그가 뭐라고 했는지 들었을 텐데."

타리크가 말했다. 이전의 막강한 파워는 온데간데없이, 놀이터에서 자기에게 힘 센 형이 있다고 자랑하는 조무래기처럼 보였다. 아이크는 버디 리을 향해 고갯짓을 했다.

"이 사람 아들이 죽었어요. 내 아들도 죽었고. 당신이 누구 편에 있는지 내가 상관이나 할 것 같습니까? 어서 탄제린이 어디 있는지 말해요. 안 그럼 당신 창문 밖에 웬 소리가 들릴 때마다 내가 펜치나 얼음 꼬챙이를 들고 창문을 부수고 있는 게 아닌지 불안에 떨게 될 겁니다."

아이크가 말했다. 타리크는 마치 생전 처음 보는 것마냥 자신의 손을 살폈다. 이 협박에 슬라이스 역시 당황했는지는 알 수 없었다. 그는 그저 휴대전화의 화면을 쳐다보며 자신의 감정을 숨기고 있었다.

"이봐요, 우리는 그녀를 도우려는 거요. 우리 아이들을 죽인 사람이 아직도 그녀를 찾고 있으니까. 그들은 절대 그냥 물러나지 않아. 그녀가 어디로 갔는지는 몰라도 멀지 않은 곳에 있으리라 생각하오."

버디 리가 말했다.

"나와 같이 있자고 했지만, 이 일에 나를 끌어들이고 싶지 않다고 하더군. 아무도 찾지 못할 곳으로 간다면서."

타리크가 말했다. 미스터 겟다운의 기세는 이미 사라지고 없었다. 남은 것은 비통함뿐이었다.

"그게 어디요?"

버디 리가 물었다. 타리크는 고개를 들었다.

"킬러들이 자길 쫓고 있다고 했어."

타리크가 말했다.

"우리도 마찬가지로 그들에게 쫓기고 있어요."

아이크가 말했다. 타리크는 머리를 뒤로 기댔다.

"아침에 있었던 일은, 탠지를 보호하려 했던 것뿐이야, 알겠어?"

타리크가 말했다.

"여자가 어디 있는지만 말해주면 모두 없던 일로 하겠습니다."

아이크가 말했다. 버디 리는 코웃음을 쳤고, 아이크는 그를 쏘아보았다. 그러자 버디 리는 어깨를 으쓱 올렸다. 그는 아이크의 시선에 익숙해지고 있었다. 타리크는 의자 속으로 파고들었다.

"그녀가 그러더군. 겉으로는 그럴듯해 보이지만 난 그저 센 척하는 겁쟁이라고. 그저 소셜미디어 갱스터일 뿐이라고. 근데 그녀 말이 옳아. 미스터 겟다운은 그저 전자 드럼과 키보드를 조금 다룰 줄 아는, 위그노 고등학교를 졸업한 얼간이일 뿐이야. 당신들이 진짜지."

타리크가 말했다. 아이크는 대답하지 않았다.

"그래서 여자는 어디 있소?"

버디 리가 말했다. 타리크는 두 손에 얼굴을 묻었다.

"그녀를 찾거든 잘 돌봐줘. 알았지? 약속해."

"걱정 말아요."

아이크가 말했다. 타리크는 고개를 끄덕였다.

"집으로 돌아갔어. 애덤스로드. 볼링그린으로."

타리크가 말했다.

"진짜 이름이 뭐요? 운전면허증에도 탄제린으로 되어 있는 건 아니겠지."

버디 리가 말했다.

"몰라. 내가 아는 이름은 탄제린뿐이야."

타리크가 말했다. 레몬을 씹은 듯 그의 얼굴이 일그러졌다.

"거짓말. 진짜 이름을 알잖소. 이만큼이나 왔는데, 이제 와서 물러서지 맙시다."

버디 리가 말했다.

"펜치와 얼음 꼬챙이."

아이크가 말했다. 짐승 같던 타리크의 두 눈이 텅 빈 것처럼 변했다.

"아… 젠장. 탄제린이 진짜 이름이야. 탄제린 프레드릭슨. 이제 됐나?"

타리크가 애원했다. 아이크는 어깨를 돌렸다. 여전히 욱신거렸다.

"좋아요."

아이크가 말했다.

"나였다면, 당신 입에 손가락까지 처넣었을 거요. 하지만 일단 이걸로 됐소."

버디 리가 말했다. 아이크는 고개를 가로저었다.

"갑시다."

아이크가 말했다. 그들은 몸을 돌려 출입문으로 향했다.

"이제 공평해졌어. 기억해. 빚은 다 갚은 거야."

슬라이스가 말했다. 아이크는 걸음을 멈추고 어깨 너머로 돌아보았다. 슬라이스는 여전히 휴대전화의 화면을 내리고 있었다.

"당연하지."

아이크가 말했다.

"볼링그린은 301번 고속도로를 타고 한 시간 거리요."

다시 트럭으로 돌아오자 버디 리가 말했다.

"그자가 사실대로 말한 것 같습니까?"

아이크가 말했다.

"믿는 편이오. 살면서 거짓말에 그렇게 서툰 사람은 처음이니. 포커 게임은 절대 하지 말아야 할 거요. 게다가, 당신 친구를 무서워하는 것 같던데. 그러니 거짓말을 했을 리 없소."

버디 리가 말했다.

아이크는 시동을 걸었다.

"그 사람은 내 친구가 아니에요. 두려워할 만한 사람이긴 합니다만."

"거봐, 별일 없었잖아. 라이엇 때문에 신에 대한 두려움이라도 생겼나 보군."

슬라이스가 말했다.

"그자들, 놈들이 여자를 다치게 하진 않겠지? 나한테도 손댈 일 없을 거고? 그러니까, 우린 동업자잖아. 그들도 그걸 알고 있는 거지?"

타리크가 물었다. 슬라이스는 휴대전화에서 고개를 들었다.

"디본테, 이 아가를 어서 요람에 곱게 모셔놔."

디본테가 타리크의 팔을 잡고 그를 거의 끌다시피 해 이발소 밖으로 데리고 나갔다. 슬라이스는 휴대전화의 액정 화면을 눌렀다. 두 번째 신호음 만에 전화가 연결됐다.

"MAC-10 가져가려고 전화했나?"

그레이슨이 물었다.

"우리 애들이 당분간은 됐다고 했을 텐데. 당장 보관할 데도 없어."

슬라이스가 말했다.

"그럼 뭘 도와드릴까?"

그레이슨이 말했다. 슬라이스는 대답하기 전에 잠시 시간을 끌었다.

"한 달 전에 탄제린이라는 이름의 여자를 요란하게 찾지 않았나?"

슬라이스가 말했다. 그레이슨은 깊게 숨을 들이마셨지만, 대꾸는 하지 않았다.

"오, 이제야 자네의 관심을 끈 건가. 난세의 아들?"

슬라이스가 말했다.

"귀가 솔깃하군. 유용한 정보 있으면, 내 관심을 제대로 끌게 될 거야.

"그레이슨의 말에 슬라이스는 웃음을 지었다.

"우선, 이 정보의 가치를 정해보자고."

슬라이스가 말했다.

"그 정보를 받으려면 얼마나 많은 피를 흘려야 하는 거야?"

그레이슨이 물었다.

"피로는 충분하지 않아. 대신 내 돈줄을 좀 다각화해볼까 하는데."

슬라이스가 말했다.

"젠장."

그레이슨이 말했다.

"왜 그러지?"

슬라이스가 물었다.

"아니야, 내가 아는 사람처럼 말해서. 요점을 얘기해."

그레이슨이 말했다.

"자네, 상당한 권력자와 끈이 닿아 있지? 그 사람을 만나게 해줘. 내가 그 사람 수고를 덜어줄 수 있을 것 같아."

슬라이스가 말했다.

"신께서 자네를 버너에 태워버리시길."

그레이슨이 말했다.

"주중에 매일 연락 가능한 휴대전화가 있어. 자, 만나게 해줄 수 있겠어?"

슬라이스가 물었다.

"할 수는 있지만, 장담은 못 해. 워낙 즉흥적인 사람이라."

그레이슨이 말했다.

"그건 내가 감당할 수 있어. 수백 달러 꾸러미 정도면 만족스럽지 않겠어?"

"좋아. 가진 게 뭐야?"

"네 여자한테도 이런 식으로 덤비나? 저급한 새끼."

슬라이스가 말했다.

"뭔가를 갖고 있어, 아니야?"

그레이슨이 말했다.

"뭔가 있긴 하지. 작은 새 한 마리가 전하길, 그 여자가 볼링그린의 애덤스로드라고 하는 곳 근처에 머물고 있다는군. 지금 당장 출발할 거면, 여자를 찾아 나선 두 놈부터 처리해야 할 거야."

슬라이스가 말했다.

"두 놈? 혹시 그중 한 놈이 덩치 큰 흑인인가?"

그레이슨이 말했다.

"그자를 알아?"

"그놈이랑 아직 끝내지 못한 비즈니스가 있어. 애덤스로드라고?"

그레이슨이 말했다.

"그래, 만나는 건 다음 주로 잡아."

슬라이스가 말했다.

"알았어. 이봐, 근데 그 흑인 말이야, 자네 사람인가? 왜냐하면 우리가 곧 작업 들어갈 거라서."

그레이슨이 말했다.

슬라이스가 잠시 뒤 말했다.
"마음대로 해."

31

아이크는 주차장을 빠져나와 207번 루트로 향했다. 그들은 다시 리치몬드를 양분하는 파우하이트 국도를 타고 가다 마침내 301번 고속도로에 들어섰다.

301번 고속도로의 언덕길을 달리는 동안 버디 리는 창문에 머리를 기댔다. 아이크와 버디 리의 나이를 합친 것보다 더 오래된 집들이 백색의 담장을 두른 채 여기저기 흩어져 있었다. 작물이 무성한 농장 부지들도 함께였다. 방목을 하거나 경작을 하지 않는 곳에는 층층나무들이 소나무와 단풍나무들과 함께 그들 공동의 연인인 태양을 향해 가지를 뻗고 있었다.

버디 리는 라디오를 켰고, 멀 해거드*가 〈마마 트라이드〉를 특유의 바리톤 음색으로 부르고 있었다.

"엄마는 무던히 애를 썼지만, 아빠는 콧방귀도 뀌지 않았지."

버디 리가 말했다.

---

* Merle Haggard : 미국의 컨트리 가수.

"당신 아버지가 온갖 인생의 규칙들을 가르쳐줬다고 하지 않았던 가요. 이런 것 저런 것 다."

아이크가 말했다. 버디 리는 두 눈을 감았다.

"그랬소. 하지만 마카로니와 치즈가 촉촉하지 않으면, 엄마를 쥐어패는 형편없는 주정뱅이이기도 했소. 집을 수시로 나갔다 들어왔다 했으니 집에 들렀을 때만 잠깐 보는 친구 같았고, 밖에서 낳은 자식들도 수두룩했지. 체트도 그중 하나였고, 딕도 그랬어. 마타포니에 인디언의 피가 반 섞인 여동생도 있다오. 젠장, 난 나중에 애를 낳으면 절대로 그렇게 되지 않을 거라고 입버릇처럼 말했는데. 뭐, 약속은 지킨 셈이오. 그보다 더 끔찍한 아버지가 됐으니."

버디 리가 말했다.

"우리 어머니와 아버지는 내가 아홉 살 때 돌아가셨어요. 17번 고속도로에서 차를 타고 가다 미끄러져 콜맨 다리 밑으로 추락했죠. 나랑 내 동생은 할아버지 댁으로 들어가야 했고요. 할아버지, 할머니가 나 때문에 속이 문드러지셨죠. 그래도 두 분은 언제나 사랑을 주려 노력하셨어요. 그때는 참 그렇게 화가 나더라고요. 늘 그 화를 분출할 만한 대상을 찾아다녔어요. 우리 부모님을 데려간 신에게 화가 났고, 그렇게 죽어버린 아버지, 어머니에게 화가 났고, 모든 게 괜찮아질 거라며 아무렇지 않은 척하는 할아버지, 할머니에게도 화가 났어요. 정말이지 엉망진창이었어요. 그때 루터와 조직원들에게 빠지고 만 거죠. 그는 내 모든 분노를 허용해줬어요. 나를 총처럼 과녁에 겨냥해 앞으로 발사될 수 있도록 해준 거죠."

아이크가 말했다. 그들은 말 운반용 화차를 끌고 있는 트럭 옆을 지났다.

"난 아이지아를 사랑해요, 진심으로요. 하지만 아들을 낳지 말았어야 했다고 생각했던 때도 있었어요. 좋은 아버지가 되기에는 머릿속이 너무 복잡했던가 봅니다."

아이크가 말했다.

"아들을 사랑했고, 그 애에게 최선을 다했다면, 당신은 좋은 아버지인 거요. 나도 스스로에게 그렇게 말하고 있소."

버디 리가 말했다.

"정말 그렇게 믿어요?"

아이크가 물었다.

"그러려고 노력 중이오."

"녀석이 커밍아웃을 했을 때는 정말이지 화가 나더군요."

아이크가 말했다. 그는 급격한 곡선도로를 지나며 트럭의 속도를 낮췄다. 이내 광활한 목초지를 태연하게 응시하고 있는 두 필의 말 옆을 지났다.

"그 전엔 몰랐소? 난 데릭이 다른 남자애랑 키스하는 장면을 목격했지. 하지만 알았던 건 그 이전부터였소."

버디 리가 말했다.

"알고 있었어요. 하지만 마음 깊은 곳에서 그 사실을 받아들이고 싶지 않았던 것 같아요. 도저히 마음의 정리를 할 수 없었어요. 알잖아요? 아들의 커밍아웃이 무슨 의미인지? 그건 난데없이 자기가 외계인이라고 고백하는 것과 같아요. 그놈의 것들이 내게는 도저히 자연스럽게 느껴지지 않더란 말이죠."

아이크가 말했다.

"그래도 여전히 아들을 사랑했잖소. 한 번도 사랑하지 않은 적 없었겠지, 안 그러오?"

버디 리가 물었다. 잠시 침묵 후 아이크가 대답했다.

"정을 떼려고도 했어요. 한동안은 아들을 만나지도 않았었고. 아들을 봐봤자 온통 웬 사내와 헛짓거리를 하는 모습들만 생각날 뿐이니. 미안해요. 데릭은 웬 사내가 아니었겠죠."

"괜찮소. 그러니까, 당신 말뜻을 알 것 같소. 나 역시 한 번도 데릭을 사랑하고 싶지 않았던 순간이 없었지. 다만, 녀석이 정상으로 돌아오길 바랐던 것뿐. 분명한 사실을 깨닫는 데 꽤 시간이 걸렸지만."

"분명한 사실?"

"그 정상이라는 게 내 기준에서 생각할 수 없다는 것. 아들이 아침에 눈을 뜰 수만 있다면, 그 옆에 누가 함께인지는 별로 중요하지 않다는 것 말이오."

버디 리가 말했다. 아이크는 손가락으로 운전대를 두드렸다.

"난 사람을 죽인 적이 있어요. 내 동료가 목숨을 잃었고, 난 그 지시를 내린 자를 찾아서 그자를 자기 어머니의 뒷마당에서 패 죽여버렸죠. 처참하게요. 난 동료들의 편에 섰다고 생각했어요. 하지만 동료들은 내 편에 서지 않더군요. 그 탓에 교도소에 갔고, 결국 난 완벽하게 혼자라는 사실을 깨달았어요. 그래서 수감자들 넷이 나를 자기들 애인으로 삼으려 덤벼들었을 때, 새 조직에 가담할 수밖에 없었죠."

아이크가 말했다. 그는 손을 굽혔다 폈다했다.

"이 문신 새기기까지 병신 짓 많이 했습니다. 그래도 그때는 뒷배가 필요했어요. 내가 죽인 놈이 이스트사이드 크리스프 일원이었거든요. 그래서 나도 블랙갓에 들어갔죠. 두려움 때문에 했던 짓거리들이 결국 내 정신을 썩게 만들었어요."

아이크가 말했다.

"나도 안에 있을 때 그런 거 많이 봤소. 그래서 당신 말이 무슨 뜻인지 잘 알지. 안에서는 도저히 나긋해질 수가 없어. 그랬다가는 앞니가 몽땅 나가거나 양갈래 머리를 땋아야 하거나 담배 한 상자에 몸을 팔아야 하는 사태가 벌어지거든. 어쨌든 교도소에서 하는 모든 짓거리들은 엿같을 수밖에 없소. 보통 사람들은 그렇게 살지 않지."

버디 리가 말했다.

"난 이 썩은 정신을 절대 떨쳐낼 수 없을 겁니다. 그 때문에 세상 모든 것이 수감자의 시각에서 보여요. 우리 아들은 대학 졸업식 날 커밍아웃을 했어요. 집에서 야외 파티를 열었는데, 손님들이 정말 많이 왔었죠. 내 동생 실비아도 남편과 함께 왔고, 회사 사람들도 왔었어요. 그때 난 그릴에 고기를 굽고 있었는데, 아들이 데릭을 내게 데려오더군요. 둘이 손을 잡고 있었던 걸로 기억해요. 애써 못 본 척했는데, 아이지아가 그러더군요. '아빠, 할 말이 있어요'라고. 난 계속해서 망할 햄버거를 뒤집었어요. 녀석이 뭐라고 할지 알 것 같아서, 도저히 듣고 싶지 않더군요. 결국 아들이 공표를 했죠. '아빠, 데릭은 그냥 친구가 아니라, 남자 친구예요. 난 게이예요. 이 친구를 사랑해요'라고."

아이크가 말한 뒤, 깊은 숨을 들이마셨다.

"그때 난 완전 이성을 잃고 돌아버렸어요. 격분해서 그릴을 엎어버렸죠. 음식과 숯이 여기저기 흩어졌고, 숯 조각이 아이지아의 팔에도 떨어져 애가 화상을 입었어요. 그리고… 그리고 정말 심한 욕지거리도 했던 것 같아요. 아들과 데릭에게요. 마야는 울면서 내게 소리쳤고, 사람들은 날 마치 동물 보듯 쳐다봤어요. 정말 견딜 수 없이 화가 나고, 당혹스러웠습니다. 집 안으로 들어가면서 문을 쾅 닫았어요. 그 바람에 유리창이 다 깨져버렸고."

아이크가 말했다.

"그리고 계속 그런 생각이 들었어요. 왜 굳이 나한테 얘기했을까? 왜 하필 그날이었을까? 그냥 비밀로 할 수는 없었을까? 내가 그런 것까지 알 필요 없는데. 계속 그런 생각들이 머릿속을 맴돌았어요. 그리고 참 오래 걸렸죠. 아들 녀석이 나와 사이가 좋지 않았음에도 불구하고 내게 그런 얘기를 했던 건 자기가 행복하다는 것을 알려주고 싶어서였다는 사실을 이해하게 되기까지. 나와 그 행복을 나누고 싶었는데, 내가 망쳐놓은 겁니다. 내가 그 애를 실망시켰어요."

아이크가 말했다. 벽돌을 삼킨 듯 목구멍이 꽉 막혔다. 버디 리는 목청을 가다듬었다.

"우리 둘 다 하워드 커닝햄*은 아니오. 그래도 아이들은 자기 스스로 옳게 성장했소. 주변인들에게 좋은 친구였고, 서로에게 다정했으며, 딸에게도 자상했지. 우리 같은 아빠를 뒀음에도 결국 좋은 사람으로 성장했소. 우리가 아이들을 몇 번이나 실망시켰는지 몰라도 아이들은 결국 옳은 길로 갔소."

버디 리가 말했다.

아이크는 고개를 가로저었다.

"탄제린을 찾아야 해요. 그래서 누구 짓인지 알아내야 합니다. 더 이상은 아이들을 실망시키지 않을 거예요."

---

* 1970년대 미국에서 방영한 시트콤 《Happy Days》의 '좋은 아버지'로 유명한 캐릭터.

45분 뒤, 그들은 밝은 초록색으로 '볼링그린'이라고 적힌 커다란 검정색 나무 표지판을 지났다. 트럭은 잠시 힘을 받지 못하는 듯하더니 이내 다시 기운을 차렸다. 아이크는 액셀을 꾹 밟았다. 엔진은 갓 태어난 아기처럼 칭얼거렸다.

"기름을 넣어야겠소."

버디 리가 말했다. 아이크는 전면 오른쪽으로 주유기 두 대의 주유소가 위치한 것을 확인했다. 그는 그곳으로 진입해 주유기 옆에 차를 세웠고, 때맞춰 엔진이 푸드덕 숨을 거뒀다.

"연료 미터기에는 4분의 1 정도 남았다고 나오는데."

아이크가 말했다.

"할 말이 없소. 이 고물 덩어리가 이제 예전 같지 않다니까. 트럭이나 주인이나 마찬가지요."

버디 리가 말했다. 그는 차에서 내려 하늘을 향해 두 팔을 쭉 늘어뜨렸다. 등에서 쌀과자가 부서지듯 뚜두둑 소리가 났다.

"계산은 내가 하리다. 맥주도 사야 하고."

버디 리가 말했다.

"내 것도 부탁해요."

아이크가 말했다. 버디 리는 눈썹을 치켜올렸다.

"긴 하루였어요."

버디 리는 주차장을 느릿느릿 가로질러 가게로 들어갔다. 그리고 자신의 몫으로 부쉬* 톨보이 한 캔과 아이크의 몫으로 버드와이저를 집었다. 그는 맥주를 계산대에 올렸다.

"7번 주유기에, 에… 25리터."

---

* Busch : 벨기에의 맥주 브랜드.

버디 리가 말했다. 대걸레마냥 헝클어진 회색빛 머리카락을 한 나이 많은 백인 여자가 맥주를 포장하고 기름을 투입했다.

"29달러 48센트."

그녀가 말했다. 버디 리는 그녀가 태아 때부터 담배를 피운 게 분명하다고 생각했다. 그는 그녀에게 20달러짜리 지폐 두 장을 건넸다.

"근처 사시오?"

버디 리가 물었다.

"13년 살았지. 전남편이랑 DC에서 이사 오고 나서는 쭉. 그 사람, 기수였는데, 세크리테리엇*이 태어난 농장에서 일을 했다우."

그녀가 말했다.

"거짓말 아니고?"

버디 리가 말했다.

"진짜. 결혼 생활 기술보다 말 다루는 기술이 더 좋았다니까."

점원이 말했다.

"혹시 탄제린 프레드릭슨이라는 이름의 여자를 아시오?"

버디 리가 물었다. 점원은 사과를 깨물었다가 반 토막 난 벌레를 발견한 사람처럼 입술을 비틀었다.

"친구?"

그녀가 말했다.

"아뇨, 좀 웃긴 얘긴데. 우연히 그 여자 면허증이랑 물건들이 든 백을 발견했소. 근데 난 여기 사람이 아니라 주소지를 제대로 찾지 못하겠어. 그녀 집이 어디쯤인지 아시오? 근처에 알아볼 만한 건물 같은 게 있다거나? 면허증에는 애덤스로드라고 되어 있는데, 네비

---

* Secretariat : 미국의 유명한 경주마.

가 투렛증후군*에 걸린 것처럼 먹통이오."

버디 리가 미소를 지으며 말했다. 하지만 점원은 웃지 않았다.

"루넷 프레드릭슨이 애덤스로드에 있는 급수탑 근처에 살아요. 작년에 표지판이 떨어졌는데, 카운티에서 도무지 새로 달아주질 않아."

"루넷이라고? 탄제린과 관계가 있는 사람인가 보오?"

버디 리가 물었다.

"네."

점원이 말했다. 가뜩이나 쓸쓸했던 그녀의 표정이 더욱 일그러졌다.

"알았소, 고마워요."

버디 리가 말했다. 그는 거스름돈을 받고 출입문으로 향했다. 그리고 밖으로 나서는 길에 점원을 흘깃 쳐다보았다.

바람이 변하지 않길 바라는 게 좋을 거요, 아니면 당신 얼굴은 계속 그 모양일 테니. 버디 리는 생각했다. 그는 트럭으로 걸어갔다. 2차로 고속도로 위를 차와 트럭들이 씽씽 소리를 내며 달렸다. 아이크는 벌써 주유를 시작한 참이었다. 버디 리는 트럭에 올라 아이크의 맥주를 컵받침대에 올려놓고 자신의 캔 뚜껑을 땄다.

"고마워요."

아이크가 말했다. 그는 맥주를 집어 단번에 대부분을 들이켰다.

"급수탑 옆으로 난 길 쪽을 찾아봐야 할 것 같소. 애덤스로드 말이오."

버디 리가 말했다.

"어떻게 압니까?"

---

* *Tourette Syndrome* : 자신도 모르게 자꾸 불수의적 움직임과 소리를 반복적으로 보이는 신경질환.

아이크가 물었다.

"점원이랑 얘길해봤소. 루넷 프레드릭슨이라는 사람에 대한 정보를 주더군. 탄제린과 관련이 있다던걸?"

"그다음에는요? 애덤스로드에 있는 집을 전부 두드려서 탄제린을 아는지 물어봐요?"

아이크가 물었다.

"더 좋은 생각 없소?"

버디 리가 말했다. 아이크는 어깨를 으쓱 올렸다.

"알아본 사람은 당신이잖아요. 게다가 여긴 MAGA* 구역이에요."

아이크가 말했다.

결국 두 집 만에 실마리가 잡혔다. 첫 집에는 아무도 없었다. 나무 경사로를 덧댄 트레일러인 두 번째 집에서는 가슴에 남부연합 깃발 문신을 새긴 백인 청년이 나와 애덤스로드 제일 끝 집을 가리켰다. 그들은 주 경계에 가까워지고 있음을 알리는 표지판을 지나 달렸다. 그리고 길의 왼편, 긴 흙먼지 길이 시작되는 지점에서 우체통을 하나 발견했다. 우체통에는 조그만 스티커식 라벨로 '프레드릭슨'이라고 적혀 있었다.

"여긴 것 같군요."

아이크가 말했다. 버디 리는 엄지 손톱을 깨물었다.

"당신이 옳소."

"뭐가요?"

아이크가 말했다.

---

* Make America Great Again : '미국을 다시 위대하게'라는 뜻의 2016년 당시 도널드 트럼프 대선 구호 약자.

"그 사람들이 내게 말했던 것처럼 당신에게도 말했을 것 같지 않아."

버디 리가 말했다.

"이제야 눈을 뜨는군요."

아이크가 말했다. 버디 리는 그의 눈가에 잡힌 주름을 눈치챘다. 그는 협소한 도로에 접어든 뒤 스위스 치즈 위를 달리듯 도로 여기저기 파여 있는 구덩이를 요령껏 피했다. 도로변에 줄지어 선 목련 옆을 지나는 가운데 버디 리는 차창 밖을 바라보았다. 울퉁불퉁한 길은 황량한 앞마당에, 금방이라도 무너질 것 같은 이층집 앞에서 끝이 났다. 1층의 대부분을 감싸고 있는 베란다는 썩어 있었다. 뒷마당의 광활한 목초지에는 칡과 인동덩굴로 덮여있었다. 베란다의 제일 아랫칸 계단 근처에는 문 네 개짜리 세단이 주차되어 있었는데, 그 네 개의 문은 저마다 색이 달랐다. 아이크는 세단의 조수석 옆, 베란다의 오른쪽에서 멀찍이 트럭을 세우고, 시동을 껐다.

"도착했네요."

아이크가 말했다.

"어떻게 하면 좋겠소?"

버디 리가 물었다.

"단도직입적으로 갑시다. 무슨 일인지 바로 얘기하고, 범인이 누군지 묻고, 그놈이 아이지아와 데릭을 알고 있었는지도 묻는 거예요."

아이크가 말했다.

"압력은 어느 정도?"

버디 리가 물었다.

"여자예요. 압력 같은 건 안 쓸 생각이니 명심해요."

"좋소. 하지만 만약 우리에게 철벽을 치면, 당장 부를 수 있는 여자 사촌들도 몇 명 있다오."

버디 리가 말했다. 그는 총을 집어 등 아래 허리춤에 끼웠다.

"그건 필요 없을 것 같은데."

아이크가 말했다.

"필요 없는 걸 갖고 있는 게, 필요한 걸 갖고 있지 않은 것보다 낫지."

버디 리가 말했다.

두 사람은 트럭에서 내려 집의 현관으로 향했다. 그리고 계단을 두어 개 올라가다 말고 동시에 멈췄다.

젊은 여자가 베란다에 나와 있었다. 한밤처럼 짙은 검은색 머리카락을 등 뒤로 내려뜨린 여자의 피부는 광낸 청동 같았다. 다른 상황에서였다면, 버디 리는 상당히 매혹적인 여자라고 생각했을 것이다. 풍성한 속눈썹의 물결 아래 드러난 여자의 커다란 갈색 눈동자는 그들을 주시하고 있었다.

다만 그들에게 겨누고 있는 산탄총의 그림자가 그 사랑스러움을 희석시켰다.

"거, 한없이 나약한 여자로군."

32

"어이, 진정해요, 자매님. 그냥 얘기 좀 하려는 거니까."
버디 리가 말했다.
"뭐가 됐든 안 사고, 무슨 얘기가 됐든 안 들어요."
여자가 말했다.
"탄제린?"
아이크가 물었다. 그녀는 총구를 그의 방향으로 돌렸다. 개머리판은 그녀의 팔꿈치 안쪽에 닿아 있고, 장전을 하는 활척 부분은 그 반대쪽 손으로 쥐고 있었지만, 손가락은 방아쇠울에 걸려 있지 않았다. 아이크는 그녀를 유심히 관찰했다. 입술은 떨리고, 눈동자는 마치 우리에 갇힌 족제비들처럼 이쪽저쪽을 사납게 오갔다. 그녀는 두려워하고 있었다. 긴장하고 있었다. 그리고 아름다웠다. 그녀에게 무슨 이름이든 붙일 수 있겠지만, 살인자만큼은 아니었다. 그는 살인자의 얼굴 생김을 잘 알고 있었다. 매일 아침 그 얼굴을 거울로 들여다보고 있으니 말이다.

"내가 누군지는 중요하지 않아요, 아저씨들. 당신도, 2퍼센트 부족한 샘 엘리엇도 어서 여기서 나가요."

탄제린이 말했다.

"칭찬이 아닌 말로 그 늙은이랑 비교당하는 건 이번이 두 번째요. 상처받는다고."

버디 리가 말했다.

"아이지아가 잘해주지 않았습니까. 데릭은 당신을 도우려 했고. 아이지아는 내 아들이고, 데릭은 이 사람 아들입니다. 두 사람은 당신에게 들은 얘기 때문에 목숨을 잃었어요. 당신 때문에 우리 아들들이 죽었단 말이에요. 그러니 적어도 우리와 얘기 정도는 나눌 수 있는 거 아닙니까?"

아이크가 말했다.

탄제린은 움찔했다. 그는 그녀가 자신에게 눈짓을 주는 줄 알았지만, 이내 그녀의 볼 위로 짙은 색 마스카라가 줄을 그으며 떨어졌다. 아이크는 눈물이라면 이력이 났다. 자신의 눈물에, 마야의 눈물에. 아이지아는 그들 우주의 별이었다. 그가 죽자 별도 소멸하며 어두운 구멍을 만들었고, 그 검은 구멍은 그들의 모든 기쁨을 삼켜버렸다. 그 모든 것이 비밀을 유지하기 위해서라면 누구든 죽일 수 있는 베일 속 내연남을 둔, 베란다의 저 여자 때문이다. 그녀가 방아쇠를 당긴 것은 아니지만 연관이 있는 것은 사실이었다. 피눈물을 흘리라지.

"나도 바라지 않던 일이었어요."

탄제린이 말했다. 얼굴의 눈물 자국 탓에 그녀는 론 레인저* 가면

---

* 미국 서부극 《The Lone Ranger》의 주인공. 눈을 가리는 검은색 가면을 쓰고 다닌다.

을 쓴 것 같았다.

"그럼, 그 파종기 내려놓고 우리와 얘기 좀 해요."

버디 리가 말했다. 탄제린은 아랫입술을 깨물었다. 아이크는 총신이 점점 아래로 떨어지는 것을 알아차렸다. 바람이 휘몰아치면서 목화꽃 향기가 그들을 감쌌다.

"안으로 들어와요."

탄제린이 말했다.

"손에 들린 저 총만 없으면 맘이 편하겠는데."

버디 리가 속삭였다.

"우릴 쏠 심산이었다면 진즉 쐈을 겁니다."

아이크가 말했다.

"뭐, 그렇다면 다행이고."

버디 리가 말했다.

그들은 베란다에 올라 집 안으로 들어갔다. 현관과 거실에 위스키 향이 감돌았다. 거실 중앙에는 소파 하나가 늘어져 있었다. 소파와 비스듬히 마주해 위치한 구식 콘솔형 TV에는 거친 해상도의 화면이 번쩍이고 있었다. 부엌의 식탁은 반 정도 거실로 튀어나와 있었다. 탄제린은 총을 탁자에 내려놓았다.

"테리, 누구니?"

조리 슬리퍼를 신고 꽃무늬 홈드레스를 입은 키 큰 백인 여자가 모습을 보였다. 창백한 얼굴은 턱께까지 내려온 부드러운 웨이브의 금발 뒤로 가려져 있었다.

"탄제린, 엄마. 내 이름은 탄제린이야. 그리고 아무도 아니니까, 가서 누워 계셔."

탄제린이 말했다. 그녀의 엄마는 아이크를 눈치챘지만, 시선은 버디 리에게 머물렀다.

"아니, 아니. 손님들이 오셨잖니. 어서 이쪽으로 들어오시라고 해라. 내가 음료를 준비할 테니."

그녀의 엄마가 말했다.

"당신이 바로 루넷인가 보군요. 손님 맞이가 친절하시오."

버디 리가 말하며 그녀에게 윙크를 하자 그녀는 슬쩍 웃었다.

"엄마, 금방 가실 거야."

탄제린이 말했다.

"그래도 마실 것은 내야지."

루넷이 말했다. 언쟁이 가라앉자 그녀는 몸을 돌려 집 뒤편으로 사라졌다. 버디 리는 그녀가 부엌에서 움직이는 소리를 들을 수 있었다.

"앉아요."

탄제린이 말했다. 아이크와 버디 리는 거실로 들어갔다. 거실에는 소파 외에도 리클라이너와 오토만*이 있었다. 아이크와 버디 리는 소파에 앉고 탄제린은 의자에 앉았다. 아이크는 나머지 공간을 둘러보았다. 저쪽 모퉁이에 장작 난로가 있었고, 세월의 때가 묻은 벽에는 사진 액자들이 마구잡이식으로 걸려 있었다. 아이크는 좀 더 젊은 시절의 루넷과 무리 중에서 갈색 피부를 한 자그마한 체구의 남자를 알아보았다. 또 다른 사진들에는 앞선 사진의 모습보다 좀 더 나이를 먹은 루넷과 그녀와 갈색 피부 남자의 이목구비를 반씩 닮은, 밝은색 눈동자를 지닌 어린 소년이 있었다. 사진 속 사람들이 나

---

* 등받이와 팔걸이가 없는 긴 의자의 일종.

이 먹어감에 따라 그들 사이의 거리도 멀어졌다. 갈색 피부의 남자는 최근 사진들에서는 거의 보이지 않았다.

"아이지아에게 그만두겠다고 말했어요. 더 이상 인터뷰하고 싶지 않다고. 그럼에도 두 사람에게 일어난 일이 꼭 나와 상관이 있다고 말할 수 있나요?"

탄제린이 말했다.

"우리 아들이 자기 회사 사람들에게 당신이 엿 먹이려던 그 작자가 두 얼굴의 개자식이라고 했다잖소. 그런 뒤 얼마 지나지 않아서 아들과 그 남편이 길거리 한복판에서 살해당했소. 사방에 뇌 조각을 흩뿌리면서."

버디 리가 말했다. 탄제린은 버디 리의 독설 깃든 단어들에 몸을 움찔했다.

"위험하다고 말했어요. 나도 그렇게 얘기했다고요. 하지만 데릭은 엄청 열을 냈고, 아이지아 역시 완강했어요. 두 사람은 자기들이 어떤 일에 발을 담그고 있는지 전혀 이해하지 못했어요. 그건 내 잘못이 아니잖아요. 내가 두 사람이 죽길 바랐다고 생각한다면, 아까의 내 제안대로 당장 여기서 꺼져줘요."

탄제린이 말했다. 아이크가 두 사람 대화에 끼어들었다.

"이봐요, 우리가 원하는 건 당신이 만나고 있는 그 남자 이름이에요. 대체 누굽니까? 나머지는 우리가 알아서 할게요."

그가 말했다.

"그건 말해줄 수 없어요. 데릭과 아이지아에게도 얘기하면 안 되는 거였어요. 그 사람이 헤어지자고 했을 때 그냥 받아들였어야 했는데. 그 사람 인생은 복잡해요. 그를 만나자마자 깨달았죠. 그날 파티 때는 술을 너무 많이 마셔서 몹시 감정적이었어요. 그게 실수였어요."

탄제린이 말했다.

"데릭에게 당신 남자 친구 이야기를 꺼낸 것 말입니까?"

아이크가 말했다.

"네, 그것도요."

탄제린이 말했다. 아이크는 그녀에게서 엄마와 닮은 구석을 뽑아낼 수 있었다. 하지만 그녀는 사진 속 소년과 더 닮아 있었다.

"우리에겐 말하지 않더라도 경찰에게는 말해주길 바라오."

버디 리가 말했다. 아이크는 고개를 돌려 그를 쳐다보았다. 버디 리의 어깨에 머리 하나가 더 솟아난대도 이보다 더 놀랍지 않았을 것이다.

"난 이런 짓을 벌인 사람들을 찾고 싶을 뿐이고, 찾을 수만 있다면 일이 어떻게 마무리되든 상관없소. 그러니 우리한텐 말 안 해도 좋으니까 망할 경찰에라도 가서 말하란 말이오."

버디 리가 말했다.

"미안하지만, 난 이 일에 개입하고 싶지 않아요."

탄제린이 말했다.

"개입하고 싶지 않다고? 바로 당신이 이번 일의 전말입니다. 이 모든 것이 당신 때문이라고. 당신이 우리 아들과 그 아이의… 남편을 죽였어요. 근데도 지금 오로지 자기 목숨만 걱정하는 겁니까?"

아이크가 말했다.

"잘 들어요, 애송이 할아버지. 혹시 눈치챘는지 모르겠지만, 지금 내 목숨을 지켜줄 사람은 나밖에 없어요. 그러니 나한테 와서 징징

대지 말아요. 살아 있을 때는 아들을 개똥 취급하더니 죽고 나니까 게이 아들이 절실해져요?"

탄제린이 말했다. 그녀는 얼굴 위로 흘러내린 머리카락을 뒤로 넘겼다. 아이크는 소파에서 벌떡 일어섰다. 절로 주먹이 꽉 쥐어졌다.

"당신은 나와 내 아들에 대해 쥐뿔도 몰라."

아이크가 말했다.

"오, 그래요? 아마 사람들에게 자기가 아들을 얼마나 사랑했는지 얘기하고 다니겠죠? 하지만 당신은 아들의 일부만 사랑했을 뿐이에요. 전체가 아니라. 모든 것이 아니라. 근데 지금 나한테 와서 고작 당신 기분 나아지게 하는 데 내 인생을 걸라는 거예요? 안됐지만, 그건 내가 해줄 수 있는 일이 아니에요."

탄제린이 말했다. 아이크는 그녀에게 한 걸음 더 다가갔다. 그녀는 그를 올려다보며 미소를 지었다.

"당신을 알아요. 당신 같은 남자들 부류, 잘 알죠. 빌리 배대스처럼 거들먹거리면서도, 정작 당신 아들과 그 '룸메이트'에 대해서는 거짓말을 하고 다녔겠죠."

탄제린은 '룸메이트'라는 표현에서 강조의 손짓을 해 보였다. 아이크의 주먹이 스르르 풀렸다. 그녀의 정확한 평가가 그의 머리를 울렸다. 그녀는 마치 아이크의 지난 10년 세월을 창문으로 들여다본 것 같았다.

"당신이 말 안 해도 우리도 압니다. 우리가 엉망인 거. 자책은 매일 하고 있으니 걱정 마시오. 하지만 그렇다고 해서 우리 아이들이 땅에서 썩어가는 동안, 앞에 나서길 무서워하는 당신 같은 겁쟁이 때문에 그쪽 남자 친구가 신이 주신 이 초록 땅에서 마음껏 활개 치도록 둘 순 없지 않소. 그자가 당신을 찾고 있는 것도 알고 있을 텐데. 악랄하기 짝이 없는 폭주족들을 대거 고용해서 당신을 추적 중이더군. 당신 머리를 치려고 말이오. 우리도 결국 이렇게 당신을 찾았는데, 그 사람들이 당신을 찾는 데 얼마나 걸릴 것 같소? 우리랑 같이 경찰에 가서 신고합시다. 그럼 경찰에서 보호해줄 거요."

버디 리가 말했다.

"아뇨, 못해요. 지금 일어나고 있는 일은 그 사람 짓이 아니에요. 그 사람도 어쩌지 못하는 상황이란 말이에요. 그에게 명령을 내리는 사람들이 이번 일의 진짜 배후예요. 자신들의 궤도에서 모든 사람과 모든 것을 손아귀에 넣고 휘두르는 돈 많은 권력자들 말이에요. 그러니까 그 사람도 이번 일의 피해자라고요. 두 사람만큼이…."

"아이지아와 데릭 얘기를 할 거라면 가만히 있지 않을 겁니다."

아이크가 말했다. 탄제린은 입술을 훑었다.

"그 사람이 한번 그런 얘길 한 적이 있어요. 그들은 자기가 사자가 되길 원한다고. 사자는 양을 잡아먹는 것에 죄책감을 느끼지 않으니까요. 그들은 평생 그를 이용해먹으면서 그의 상처 따위 개의치 않았어요. 당신들은 정말 몰라요. 지금 얼마나 엿같은 일에 발을 들이고 있는 건지."

탄제린이 말했다. 그녀의 헤이즐빛 눈동자가 번쩍이는 듯했다.

"정말 그 개자식 말을 믿소? 그 작자가 지금 당신을 죽여서 벽에 전시하려 드는데도?"

버디 리가 말했다.

"당신들은 그를 몰라요. 그 사람이 무슨 일을 겪고 있는지도."

탄제린이 말했다.

"그놈이 내 아들을 죽였어요. 난 이름 빼고 그 사람의 모든 걸 압니다."

아이크가 말했다.

"마실 것이 왔어요! 쿠바 리브레가 마음에 드셔야 할 텐데."

루넷이 말했다. 그녀는 플라스틱 쟁반에 네 개의 유리잔을 받쳐 왔다. 그녀는 오토만에 쟁반을 내려놓고 럼과 콜라를 섞은 칵테일을 돌렸다.

"고맙습니다, 부인."

버디 리가 말했다.

"내 이름은 부인이 아니라 루넷이랍니다. 슈가라고 불러도 좋고."

그녀는 두 모금 만에 잔을 모두 비워버린 버디 리를 향해 윙크를 했다. 아이크는 탄제린을 주시하며 잔을 든 손에 힘을 주었다. 탄제린 역시 술을 마셨고, 이번에는 그에게 확실히 눈짓을 보냈다.

"내가 못마땅하죠?"

그녀가 물었다.

"아뇨, 우리 아들이 당신을 돕지 않았으면 좋았을 텐데…. 하지만 그 아이 성품이 본래 그렇죠. 누구든 도우려 들었을 겁니다. 자기에 대해 눈곱만큼도 생각하지 않는 상대라 하더라도."

아이크가 말했다.

"죄책감을 불러일으키려는 시도라면 실패예요, 아저씨."

탄제린이 말했다. 그녀는 강한 어조를 의도한 듯했지만, 아이크의 귀에는 밋밋하게 들렸다.

"죄책감을 불러일으키려는 게 아니라, 사실을 말하는 겁니다."

탄제린은 대꾸하려 입을 열었지만, 그때 앞마당에서 차 문이 닫히는 소리가 들렸다. 아이크는 자리에서 일어났다. 유령이 지나간 것처럼 그의 목 뒤가 쭈뼛 솟았다. 그는 버디 리와 시선을 주고받았다.

"네 아빠가 떠난 이후로 이렇게 손님이 많이 오는 건 처음이구나."

루넷이 말했다. 그녀는 한껏 들떠 현관으로 향했다. 그녀의 잔에 든 얼음 조각이 캐스터네츠처럼 짤그락거렸다.

"엄마, 뭐 해? 내가 조심해야 한다고 했잖아."

탄제린이 말했다. 그녀는 벌떡 일어나 루넷의 팔을 붙들었다.

"누가 온 건지는 봐야지."

그녀가 혀 꼬인 발음으로 말했다. 아이크는 그녀가 자기 잔에 럼을 얼마나 넣었을까 궁금해졌다. 그는 잔을 오토만에 내려놓았다.

"기다려요. 내가 먼저 살필 테니."

아이크가 말했다. 그는 현관문의 왼쪽 창문으로 다가갔다. 희뿌연 유리창 너머로 파란색 미니밴이 보였다. 밴은 세단의 반대쪽, 그들 트럭의 왼편에 서 있었다. 그리고 세 대의 오토바이. 오토바이들은 밴과 세단 사이 공간에 서 있었다.

여섯 명의 남자들이 집으로 다가오고 있었는데, 모두 야구 모자를 푹 눌러쓴 채 손에 권총을 들고 있었다.

"엎드려요!"

아이크가 소리쳤다. 루넷은 탄제린의 손을 뿌리치고 버디 리에게 다가갔다.

"저 사람 말이 무슨 소리예요, 멋쟁이?"

그녀는 자기 잔을 휘휘 돌리며 미소로 물었다.

밖에서 총포 소리가 울렸다. 집 안은 깨진 유리들과 나무 조각, 시트록* 파편으로 엉망이 되었다. 총알들이 루넷의 가슴과 복부를 통과하면서 그녀의 몸이 휘청거렸고, 꽃무늬 홈드레스가 붉게 물들면서 데이지는 장미로 변모했다. 버디 리가 손을 뻗어 그녀를 아래로 끌어 내리고 있음에도 불구하고 탄제린은 자신의 엄마에게로 몸을 던졌다. 아이크는 바닥에 배를 대고 바닥을 기었다. 루넷의 몸이 푹 수그러지면서 아래로 스르르 허물어졌다. 손에 들려 있던 유리잔은 파편들로 엉망이 된 나무 바닥 위를 데구루루 굴렀다.

아이크가 부엌에 막 도달했을 때 베란다에 발자국 소리가 쿵쿵 울렸다. 그리고 한 번의 발길질로 현관문이 벌컥 열렸다. 아이크는 총을 집자마자 장전한 뒤 현관문에 선 남자를 겨냥했다.

체다가 멈칫했다. 그는 12구경 산탄총과 맞닥뜨리게 되리라고는 예상하지 못했다. 아이크는 넓은 그의 머리 부위를 겨냥해 방아쇠를 당겼다. 체다 얼굴의 절반이 살과 뼈 그리고 뇌 조직과 함께 붉은 미스트처럼 터져버렸다. 그나마 남은 머리에 올라앉아 있던 야구 모자도 바닥으로 떨어지고, 몸의 반은 현관 밖, 반은 집 안에 걸쳐진 채 그는 털썩 쓰러지고 말았다. 아이크는 또다시 총을 장전하며 탄실에서 한 발을 더 끌어냈다. 베란다의 두 번째 남자는 아이크가 그의 가슴을 겨냥하자 옆으로 화급히 몸을 피했다. 아이크는 방아쇠를 당겼고, 산탄총은 또다시 포효했다. 세 번째 남자는 허둥지둥 밴으로 달아났다. 산탄이 그렘린의 허벅지와 복부가 맞닿은 곳에 박히며 그는 베란다에서 떨어졌다. 그의 몸이 땅에 부딪히면서 큰창자와 작은창자가 메를로**를 잔뜩 머금은 태피 리본처럼 술술 풀어

---

* Sheetrock : 종이 사이에 석고를 넣는 석고보드.
** Merlot : 보르도나 캘리포니아산 포도를 원료로 한 쌉쌀한 맛의 적포도주..

졌다.

아이크는 산탄총을 또다시 장전했다. 하지만 이번에는 총알이 올라오지 않았다.

"버디, 쏴요!"

아이크가 소리쳤다.

버디 리는 탄제린을 보호하며 숨어 있던 소파 뒤에서 머리를 내밀었다. 그리고 허리춤에서 권총을 꺼내 몸을 숙인 채 집으로 접근하는 네 명의 남자들을 겨냥했다. 그의 사격 솜씨는 형편없었다. 넷 중 셋은 달아났지만 그래도 그는 한 명 정도는 제대로 맞춘 줄 알았다.

아이크는 바닥을 기어 현관문에 쓰러진 남자에게 다가가 손에 권총을 빼앗았다. 소형 경기관총이었다. MAC-10, 아니면 우지*인 듯했다. 확실하진 않았다. 아이크는 밴과 세단 그리고 집으로 다가오는 자들을 겨냥했다.

"젠장, 젠장, 젠장!"

총알이 세단을 향해 날아오자 그레이슨이 소리쳤다. 금속과 섬유유리 덩어리가 그의 얼굴과 눈으로 튀었다. 그는 또다시 소리를 질렀다. 이번에는 순수한 분노로 가득 찬 외마디 소리였다. 그는 소형 경기관총을 차의 앞 범퍼에 얹고 아무렇게나 총을 쏘았다. 돔이 그레이슨 옆에 자리를 잡았다.

"총이 말을 듣지 않아요!"

그가 외쳤지만, 그레이슨은 그의 말을 무시했다.

"오, 맙소사. 오, 맙소사. 내 내장. 내 망할 내장이!"

그렘린이 신음했다.

---

* UZI : 이스라엘 현역 군인이었던 개발자 우지엘 갈의 이름을 딴 기관 단총.

아이크는 세 번째 남자가 쏜 총이 공기를 가로지르는 가운데 현관 뒤쪽으로 몸을 피했다. 그리고 다시 총을 쏘려 했지만, 딸칵. 탄창에 총알이 빈 듯했다. 죽은 남자의 주머니를 뒤져야겠다는 순수 본능으로 그는 몸을 움직여 또 다른 클립을 찾아냈다. 총을 다뤄본 지 오래였지만, 그의 손은 그 사실을 망각한 듯 맹렬한 속도로 탄창을 갈아 끼웠다. 그리고 그레이슨이 세단의 앞범퍼 뒤편에서 살짝 고개를 내밀자 재빨리 총을 발사했다.

"어서 트럭에 타요!"

아이크가 소리쳤다. 그는 버디 리에게 열쇠를 던졌다. 버디 리는 자유로운 손으로 공기 중에서 열쇠를 낚아챘다. 그는 울부짖는 탄제린을 데리고 부엌을 통해 뒷문으로 빠져나갔다. 아이크는 세단을 향해 또다시 총을 쏘았다.

"빌어먹을!"

그레이슨이 외쳤다. 그는 몸을 일으켜 세단의 후드에 몸을 기댔다. 그리고 악마가 앞발을 휘두르듯 베란다의 전면과 후면에 마구잡이로 쏘아댔다. 총알이 모두 소진된 빈 탄실이 후드 위에서 춤을 추더니 가장자리로 굴러 바닥으로 떨어졌다.

아이크는 창문 아래로 몸을 숙여 달린 뒤 다시 몸을 일으켜 금이 간 아래쪽 유리판에서 총을 쐈다. 그레이슨은 세단의 트렁크 뒤로 사라졌다. 아이크는 세단과 밴 그리고 오토바이들 부근에 계속해서 총을 쏘았다. 그리고 이내 버디 리의 트럭이 토네이도처럼 우르렁거리는 소리가 들렸다.

그레이슨은 탄창을 갈아 끼우고, 밴의 뒤편으로 움직인 뒤 집 쪽으로 다시 총을 발사했다. 트럭의 시동 소리는 듣지 못했지만, 트럭이 후진한 뒤 차를 돌리면서 후면 창문과 마주하게 되었다. 그는 트럭을 겨냥해 총을 발사했다. 후면 유리창이 산산조각이 났지만, 이내 집 쪽에서 총알이 빗발치기 시작했다. 그 바람에 그는 데크에 쓰러지고 말았다.

그의 또 다른 형제 게이지가 자신의 허벅지를 감싸 쥐고 그에게 다가왔다. 암살단의 마지막 일원인 켈소가 보이지 않았다. 그와 그렘린과 체다는 오토바이를 탔고, 돔, 게이 그리고 켈소는 밴을 타고 이곳까지 왔다. 깜둥이와 촌뜨기 백인에 창녀 하나 잡는 데 여섯 명의 레어 브리드면 차고 넘친다고 생각했다.

자신의 생각이 틀렸다는 데에 그는 열받기 시작했다.

버디 리는 트럭을 몰면서 탄제린을 아래로 끌어내렸다. 그의 목덜미와 등에 파편들이 비처럼 쏟아졌다.

"젠장!"

버디 리는 트럭을 크게 회전시킨 뒤 집에서 약간 비스듬한 방향으로 후진을 하며 외쳤다. 마당에 쓰러진 남자의 다리를 밟자 말이 거세를 당할 때 낼 법한, 누군가의 비명 소리가 들렸다.

아이크는 트럭의 짐칸에 올라타면서도 계속해서 총을 쏘았다. 파란색 밴 뒤에서 화급히 모습을 드러낸 두 명의 남자들에게 아이크가 총을 쏘는 가운데 버디 리는 액셀을 밟았다. 그 과정에서 그대로 세단을 받아버렸고, 트럭에 받힌 세단은 두 대의 오토바이를 뭉개버렸다. 그 가속도에 밀린 두 번째 오토바이가 역시나 세 번째 오토바이를 가격했다. 버디 리는 계속해서 액셀을 밟으며 왼쪽으로 차를 틀어 도로로 나섰다.

아이크는 경기관총의 마지막 총알을 발사했고, 밴의 후면이 산산

조각 났다. 뒷문의 유리창은 운전석 쪽 뒤편 타이어와 함께 박살이 났다. 트럭이 대포알을 발사하는 동안 그레이슨과 돔은 밴 주위를 분주히 움직였지만, 결국 그들은 앞범퍼 근처에 몸을 숨겨야 하는 한 쌍의 거북이들 신세가 되고 말았다.

그레이슨이 차에 올라타면서 트럭이 왼쪽으로 방향을 틀어 고속도로로 향하는 것을 목격했다. 그레이슨은 손등으로 눈을 닦았다. 땀, 피 그리고 그의 팔뚝 털에 붙은 철제 조각들. 귀에서는 고음의 기계음이 계속해서 윙윙거렸다. 돔은 자리에서 일어나 그레이슨 옆에 와 섰다. 켈소 역시 세단 밑에서 기어 나왔다.

그레이슨은 도로에서 시선을 떼고 주변 풍경을 둘러보았다. 세 명의 형제들이 쓰러져 있었다. 체다는 죽었다. 그렘린은 바로 그의 뒤에 쓰러져 있었다. 게이지는 마당의 흙을 전부 피로 물들여놓았다.

"돔, 저들이 내 다리를 쐈어. 돔, 피가 너무 많이 나. 맙소사, 아파. 피가, 피가, 돔."

게이지가 탄식했다.

"나…, 난 지금 내장이 보일 지경이야."

그렘린이 말했다. 그의 단어들은 너무도 가벼워 지나는 바람결에 날아가버릴 정도였다. 돔과 그레이슨은 치명적인 부상을 당한 형제들에게 다가갔다. 그렘린의 복부 아래는 이미 거의 다 달아났거나 아니면 그의 손가락 사이로 뱀장어처럼 흘러내리고 있었다. 그는 욕조를 가득 채울 정도로 흥건한 피바다 위에 누워 있었다.

그의 다리는 눈먼 제빵사가 만든 막대 비스킷 같았다. 그 아래 고인 피 웅덩이를 봤을 때 그는 소생하지 못할 가능성이 농후했지만, 기적처럼 목숨을 건진다 해도 남은 평생 배변 주머니를 달고 살아야 할 듯했다. 오토바이는 두 번 다시 타지 못할 것이다. 그레이슨은 그가 그런 삶을 원하지 않을 거라고 생각했다.

"이렇게 두고 갈 순 없지."

그레이슨이 말했다. 그는 그렘린의 얼굴에 총구를 겨눴다. 돔은 석양을 향해 고개를 돌렸다. 귀뚜라미들의 찌르르 합창 소리가 귓가에 울렸다.

"저세상에 만나자, 형제."

그레이슨이 말했다.

그는 그렘린의 얼굴에 총을 쏘았다. 누군가 철제 책상에 못 천 개를 떨어뜨린 듯 짧고 날카로운 폭발음이었다. 그레이슨은 총을 그렘린의 시신 옆에 내려놓았다. 그리고 부서진 오토바이로 다가갔다. 그는 자신의 오토바이를 수습하려 했지만, 핸들바가 제멋대로 뒤틀려 있었다. 연료통에서도 기름이 샜다. 카메라 한 대도 손상을 입었다. 가죽 시트에도 지그재그로 손상이 가 있었고, 앞바퀴는 함몰되었다. 어린아이가 서투른 글씨체로 D라고 새긴 모양새였다.

그레이슨은 오토바이를 다시 내려놓았다.

"좋아, 그럼."

그레이슨이 말했다. 그는 앤디의 죽음 역시 짐작하고 있었다. 소파에 들어앉아 맥주나 들이켜고 있어야 할 노친네들이 그들 머리 위에 앉아 있다는 것이 참으로 황당하지만, 아예 불가능한 일은 아니었다. 그는 눈앞에 펼쳐진 참혹한 광경을 바라보며, 자신이 두 가지 실수를 저질렀음을 깨달았다.

늙은이들을 너무 얕잡아보았고, 너무 참고 있었다. 첫 번째 실수는 전적으로 그의 잘못이었다. 이번 일을 절대로 잊지 않고, 스스로를 용서하지도 않을 것이다. 두 번째 실수는 손에 먼지 한 톨, 피 한 방울 묻혀보거나 싸움판에 끼어본 적도 없을 부자 애송이와 연관이 있었다. 그래, 놈은 대가를 지불했다. 하지만 이제 돈 따위는 아무래도 상관없다. 그에게 이번 일은 비즈니스 그 이상이 된 지 오래였다. 지금은 좀 더 사적인 사안이 되었다. 명예가 달린 문제이다. 이 두 사람을 제대로 통제하지 못한다면, 대장이 될 자격이 없다. 망할 패치를 붙일 자격이 없다. 당장에라도 떼어서 휴지통에 내던져야 할 것이다.

이건 미친 짓이다. 전부 다.

체다가 죽었다.

그렘린이 죽었다.

게이지는 아직도 피를 흘리고 있다.

흑인의 가게에서 있었던 일은 말할 것도 없다. 그레이슨은 얼굴을 문질렀다.

그의 손이 볼을 이등분하고 있는 흉터에 가 머물렀다. 더 이상 인내는 없다. 반쪽짜리 대처도 없다. 이제는 모두 끝이다.

"돔, 여기 스페어타이어 있나?"

그레이슨이 물었다.

"아마도요. 우리 아내 밴인데, 전 별로 몰지 않아서요."

돔이 말했다.

"오토바이는 어떻게 하죠? 두고 갈 순 없잖아요."

켈소가 말했다. 그레이슨은 칼을 꺼내 오토바이로 다가갔다. 그리고 번호판에 박힌 볼트를 풀었다. 그런 뒤 번호판 세 장을 주머니에 넣었다. 경찰에서 등록번호를 확인할 수도 있지만, 도난당했다고 둘러대면 그만이다.

"둘은 체다와 그렘린부터 치워. 그런 다음에 타이어 갈고. 게이지를 얼른 태우고 여길 빠져나가자. 시골이긴 하지만, 또 어떤 참견쟁이 이웃이 짭새한테 신고할지도 몰라. 클럽하우스로 돌아가는 대로 전쟁을 선포할 거야. 이 개자식 집 앞에 지옥을 떨궈주자고."

그레이슨이 말했다. 돔과 켈소는 초조해하며 서로 염려스러운 시선을 주고받았다.

그레이슨은 그렘린의 시신으로 다가가 총을 회수했다. 그리고 두통이 올 정도로 매서운 눈초리로 돔과 켈소를 응시했다.

"내가 씨발, 말 더듬었어?"

그레이슨이 물었다.

33

"세워요!"

트럭 짐칸에서 아이크가 외쳤다. 버디 리는 그의 목소리를 듣지 못한 듯했다. 1차로의 타맥 도로 위를 내달리면서 트럭은 마구잡이로 흔들렸다. 속도계의 바늘이 90을 넘어서고 있었다.

"버디 리, 차에 타게 좀 세워요!"

아이크가 목청껏 외쳤다. 그는 후사경을 통해 그의 파란색 눈이 촉촉해진 것을 볼 수 있었다. 엔진의 끼긱 소리가 잦아들더니 트럭이 마침내 갓길에 멈췄다. 아이크는 짐칸에서 뛰어내려 운전실에 올랐다. 그가 문을 닫기도 전에 버디 리는 다시 액셀을 밟았다. 타이어가 순간 공회전을 하면서 공기 중으로 자갈이 튀어올랐다.

아이크는 그의 등 뒤로 따뜻하고 축축한 무언가를 느꼈다. 그가 앞으로 몸을 숙이자 탄제린이 그의 무릎으로 쓰러졌다. 그는 그녀의 좁다란 어깨를 잡고 일으켜 세웠다.

"젠장."

아이크가 속삭였다.

탄제린의 오른쪽 반신은 온통 피투성이였다. 팔꿈치 안쪽에 생긴 10센트짜리 동전만한 구멍은 계속해서 피를 토해내고 있었다.

"뭐야, 우릴 미행한 건가?"

버디 리가 말했다. 그의 시선은 후사경과 사이드미러 사이를 분주히 오가고 있었다. 아이크는 셔츠를 벗고 벨트를 풀었다. 그리고 그 셔츠로 탄제린의 팔을 감싼 뒤, 벨트로 단단히 묶었다. 탄제린에게서 뿜어 나온 짙은 색의 커다란 얼룩은 트럭의 벤치 시트에까지 손을 뻗치고 있었다.

"총에 맞았어요."

아이크가 말했다.

"뭐? 이런, 망할 젠장! 죽었나?"

버디 리가 물었다. 아이크는 그녀의 목 옆에 손가락을 가져다 댔다. 꿀벌의 분주한 날갯짓처럼 맥이 펄떡였다.

"죽진 않았지만, 쇼크가 온 것 같습니다."

아이크가 말했다. 그는 주머니에서 휴대전화를 꺼냈다. 그리고 마야의 번호로 전화를 걸었다. 그의 손가락은 터치스크린 위로 끈적한 자국을 남겼다.

"집이 어딥니까?"

신호음에 귀를 기울이며 아이크가 물었다.

"뭐요?"

버디 리가 말했다.

"여자를 살펴봐야 할 것 같은데, 우리 집으로는 못 가요. 당신이 어디 사는지는 놈들도 모르잖아요. 집이 어디예요?"

아이크가 말했다.

"아, 이스트엔드로드 2354번지."

버디 리가 말했다.

네 번째 신호음 만에 마야가 전화를 받았다.

"아이크?"

"이스트엔드로드 2354번지에서 만나. 구급상자 가져오고. 30분 뒤면 도착할 거야."

아이크가 말했다.

"다쳤어?"

마야가 말했다. 아이크는 움찔했다. 막 아물기 시작했던 그녀 가슴의 상처가 그 질문 하나로 다시금 쩍 벌어졌다.

"내가 아니야. 버디 리도 아니고. 어쨌든 당신 도움이 필요해."

아이크가 말했다.

"알았어."

그녀가 말했다. 그리고 그가 무언가 더 이야기를 꺼내기 전에 전화를 끊었다.

"병원에 데려가야 하는 거 아니오?"

버디 리가 물었다.

"의사들은 총상 환자가 들어오면 무조건 경찰에 신고하게 돼 있어요. 아까 시체 세 구는 어쩔 겁니까? 경찰에 뭐라고 설명하게요?"

아이크가 물었다.

"하지만 여자가 죽으면, 아이크? 그 개자식이 누군지 알고 있는 유일한 사람이잖소."

버디 리가 말했다.

"버디, 잘못하면 우리 둘 다 체포될 수 있어요."

아이크가 말했다. 버디 리는 아랫입술을 지그시 깨물었다.

"하지만 그녀가 경찰에 얘기하면…."

"아까 한 말 못 들었어요? 그 개자식은 경찰과도 끈이 있는 것 같아요. 경찰을 제 뒷주머니에 꽂고 다니는 사람 같단 말입니다."

아이크가 말했다.

"그래도 전부와는 아니겠지."

버디 리가 말했다. 그는 시속 100킬로미터의 속도로 급격한 커브 길을 돌았고, 다시 직진로에 들어서자 130으로 속도를 올렸다. 탄제린의 입술에서 신음이 새어나왔다. 아이크는 그녀가 숨을 쉴 수 있도록 머리를 뒤로 기대어놓았다.

"우린 안 돼요…."

탄제린이 속삭였다.

"정신 차려요!"

아이크가 외쳤다. 그는 그녀에게 팔을 두르고 자신의 가슴에 머리를 기댈 수 있도록 했다.

"버디 리, 내 말 들어요. 병원으로 가면 쏟아지는 질문들에 답해야 할 겁니다."

아이크가 말했다.

"일전에 아이들을 죽인 사람들을 잡을 수 있다면 뭐든 하겠다고 했잖소. 그 말 진심이었소? 왜냐하면 난 진심이었거든. 내가 잡은 그 새끼 때문에 다시 교도소 간대도 난 기쁜 마음으로 주홍색 점프수트를 입고 슬리퍼를 신을 거요. 자, 당신은 어떻소?"

버디 리가 물었다. 아이크는 눈을 꼭 감았다. 얼마나 힘을 주었는지 눈알이 눈꺼풀을 뚫고 튀어나올 것 같았다.

"그녀 말이, 그 남자와 그 남자 사람들이 부유하다고 했죠? 그 말은 그에게 부자들의 정의가 통한단 말입니다. 우리가 잡혀 들어간다 해도 아이들이 살아나진 않아요. 그리고 그 작자는 비싼 변호사를 사서 모든 일을 없던 것으로 만들 겁니다. 그리고 장난 삼아 여전히 탄제린을 죽이려 들겠죠. 버디 리, 우리가 붙잡혀 25년형을 선고받게 되면, 이번 일을 바로잡을 수 있는 기회는 영영 사라져요."

아이크가 말했다. 버디 리는 순간 도로에서 눈을 떼고 아이크를 쳐다보았다.

"우리 때문에 저 여자 엄마가 죽은 것 아니오, 아이크? 쓰레기 새끼들은 우릴 어떻게 찾은 거지? 미행했나? 그랬다면 정말 놀라운 솜씨요. 당신 같은 거구가 할리를 타면, 눈에 안 띌 수가 없을 텐데."

버디 리가 말했다. 탄제린이 또다시 신음을 했다.

"안 돼… 안 돼…요."

아이크는 그녀의 머리칼을 쓸었다. 그녀의 피부는 축축했다.

"우리가 어디로 가는지 알고 있던 사람은 슬라이스가 유일해요."

아이크가 말했다. 그것만으로 다른 설명은 필요 없었다. 버디 리는 손바닥으로 운전대를 내리쳤다.

"병신 새끼! 하지만 도대체 왜? 동생을 죽인 자를 당신이 대신 손봐주지 않았나? 그런데도 왜 당신을 배신하는 거요?"

버디 리가 물었다.

"글쎄요. 바로 그 일 때문인지도 모릅니다. 자신이 직접 놈을 처리하지 못한 게 한이 됐을 수 있어요. 대신 놈을 처리한 게 나이니 나 역시 마뜩치않을 테고. 그래도 그와 레어 브리드가 어떻게 서로를 알고 있는지는 설명이 안 됩니다. 둘 사이에 접점이 없는데. 어쨌든 슬라이스가 손을 안 대고 있는 분야가 없나 봐요. 그건 나중에 좀 알아봐야겠어요."

아이크가 말했다. 탄제린이 또다시 뭐라고 중얼거렸지만, 아이크는 알아듣지 못했다.

"일이 우리가 감당할 수 있는 범위를 넘어서고 있소, 아이크."

버디 리가 말했다.

아이크는 탄제린의 머리를 다시 쓰다듬었다.

"상관없어요. 무슨 일이 있어도 제대로 마무리 지을 겁니다."

그들은 트레일러 앞에 빠르게 진입해 버디 리는 몸을 일으킨 채 브레이크를 콱 밟아야만 했다. 트럭은 자갈 위를 미끄러져 마야의 차에서 10센티미터 이내 범위에 멈춰 섰다. 그녀의 차는 버디 리의 현관에서 반 계단 정도 물러나 주차되어 있었다. 아이크는 버디 리가 시동을 미처 끄기도 전에 차에서 내려 탄제린을 안고 집으로 뛰었다. 마야가 어깨에 기저귀 가방을 매고 아리아나를 안은 채 차에서 내렸다. 버디 리는 시동을 끈 뒤 손에 열쇠를 들고 트럭에서 내렸다.

"아이크에게 문 열어줘요. 내가 꼬마 아가씨를 안을 테니."

버디 리가 말했다. 마야는 아리아나를 그에게 건네고, 대신 열쇠를 받았다. 그리고 현관으로 다가갔다. 아리아나를 안고 다시 트럭으로 돌아가는데, 어디선가 '탁, 탁, 탁' 소리가 들렸다. 그는 아이를 안은 채 쭈그려 앉았다. 그가 신음을 하자 아이가 키득거렸다. 차 밑에서 미세하지만 꾸준하게 기름이 세고 있었다.

내가 널 너무 거칠게 다뤘지? 조금만 더 버텨줘. 버디 리가 생각했다. 그는 다시 몸을 일으켜 트럭 트렁크에 올라탄 뒤 한 손으로 뒤판을 닫았다. 그리고 자리에 앉아 아리아나를 무릎에 올려놓았다. 아이는 그의 꾀죄죄한 턱을 만지작거렸다.

"아무래도 면도를 해야겠지? 이 할아버지가 늑대인간 같겠구나."

버디 리가 말했다.

"나랑 여기 잠깐 있을까? 노래 부를래? 〈아이 쏘우 더 라이트〉라는 노래 아니? 행크 시니어가 불렀지. 우리 어머니가 그 노래를 아주 좋아했단다. 언젠가 한번 우리를 달래기 위해 그 노래를 불렀었어. 왜냐하면 집에 등은 모두 나가고, 아빠는 전기세 낼 돈을 들고 도망가버렸었거든. 넌 이 얘길 들어도 기억하지 못할 테니까 솔직히 말해주는 거란다. 허, 그러고 보니 넌 나도 기억하지 못하겠구나."

버디 리가 말했다.

"부엌으로."

마야가 말했다. 아이크는 탄제린을 버디 리의 협소한 부엌으로 옮겼다. 그건 간이 부엌이라고 보는 게 더 좋았다. 버디 리는 크롬과 포마이카 소재가 뒤섞인 테이블을 갖고 있었다. 노란색의 테이블은 오래되어 보였다. 아이크는 접시 몇 개를 바닥에 내려놓고 그녀를 테이블 위에 엎드린 자세로 눕혔다. 마야는 기저귀 가방에서 물건들을 꺼냈다. 알코올병, 붕대, 봉합사 그리고 고무 소재 장갑들.

"밖에 나가 있어. 최대한 살균하면서 해볼게."

"괜찮겠어?"

아이크가 말했다.

"아이작, 일단 좀 나가 있어."

그녀가 말했다. 마야가 그를 세례명으로 부르는 건 '명령이야'라는 뜻이었다.

아이크는 밖으로 나가 등 뒤로 문을 닫았다. 버디 리와 아리아나는 트렁크에서 노래를 부르고 있었다. 아이는 까르르 웃고, 버디 리는 아이크가 알지 못하는 노래를 흥얼거리며 과장된 표정을 지어 보였다. 그 소리가 어쩐지 경건하게 들렸다. 적절한 곳에서 음조를 낮췄다가 다시 높이며 노래를 부르는 버디 리는 꽤 힘 있고 듣기 좋은 목소리를 갖고 있었다. 아이크는 양동이를 뒤집어쓰고 부를 때조차 노래 솜씨가 형편없었다.

아이크는 그들을 방해하고 싶지 않아 버디 리의 시멘트 벽돌 계단에 앉았다. 얼마 지나지 않아 버디 리가 아리아나를 데리고 계단에 앉은 그에게 합류했다. 그는 아리아나를 땅에 앉혔고, 아이는 돌멩이를 주워 허공에 던졌다.

"아이를 보니 데릭 생각이 나오. 소들이 집에 돌아올 때까지 막대기를 갖고 혼자 놀곤 했지."

버디 리가 말했다. 아이크는 팔로 자신의 몸을 감싸 양쪽 어깨를 꼭 안았다. 빠른 속도로 별들이 떠오르면서 기온 역시 그만큼 급격하게 하강했다.

"아이지아는 뒷마당 나무에 사는 요정들 이야기를 지어내는 걸 좋아했어요. 전쟁에, 결혼에, 한 편의 대하소설이 따로 없었습니다."

아이크가 말했다.

"살 수 있겠소? 그러니까 탄제린 말이오."

버디 리가 말했다.

"살 수 있을 겁니다. 문제는 그녀가 과연 그자의 이름을 알려줄 것인가 하는 거죠."

아이크가 말했다. 아리아나는 바닥에 철퍼덕 주저앉아 돌멩이 두 개를 서로 맞부딪혔다.

"그자가 자길 정말로 사랑한다고 믿는 모양이오. 그래서 그 사람이 이 모든 일과 연관이 있다는 걸 믿지 않는 거지."

버디 리가 말했다.

"누군가를 너무 사랑하면, 모든 것에 예외를 두기 마련이에요. 사형수들이 외부 여자들에게서 부부면회 신청받는 걸 많이 봤어요."

아이크가 말했다.

"그런 여자들은 제정신이 아니오."

버디 리가 말했다.

"사랑이라는 게 원래 미친 짓 아닙니까."

아이크가 말했다. 버디 리는 부츠를 신은 발끝으로 자갈을 툭 찼다. 그 분야에 있어서는 마땅한 농담거리가 생각나지 않았다.

"버디 리 젠킨스, 대체 누가 당신 같은 인간에게 애를 맡겼대?"

마고가 물었다. 그녀가 버디 리의 트럭 뒤로 돌아 모습을 드러내자 버디 리와 아이크는 자리에서 일어섰다.

"첫째, 난 아주 훌륭한 베이비시터야. 둘째, 이 아이는 그냥 아이가 아니라, 내 손녀딸 아리아나라고."

버디 리가 말했다. 그는 아리아나를 안아 올렸다.

"그렇게 훌륭한 베이비시터께서 애를 땅바닥에 그냥 앉힌다고? 놀랄 노 자야."

마고가 말했다.

"아가야, 여기 못된 숙녀에게 인사할까?"

버디 리가 말했다. 마고는 그의 팔을 찰싹 때렸다.

"아까 말은 신경 쓰지 말아줘, 귀염둥이. 너 정말 예쁜 아이로구나."

마고가 말하며, 아리아나의 머리카락을 헝클어뜨렸다.

"근데 셔츠가 온통 피투성이인 이 매력쟁이는 누구?"

마고가 말했다. 아이크는 본능적으로 팔짱을 꼈다. 마고는 히죽거리며 그에게 윙크를 했다.

"전 아이크예요. 아리아나의… 할아버집니다."

아이크의 말에 마고는 고개를 끄덕였다.

"뭐, 만나서 반가워요, 아이크. 조언 하나 하는데, 버디 리한테 손녀딸을 맨바닥에 앉히지 말라고 해요. 우리 아들이 그러다가 선모충증에 감염됐었거든요. 그럼, 난 빙고 게임 하러 그만 가볼게. 요 아름다운 꼬마 아가씨에게서 눈 떼지 마. 다시 왔을 때 아직도 여기 있으면 내가 훔쳐 갈지도 몰라."

마고가 말했다.

"가서 재밌게 놀아."

버디 리가 말했다.

"같이 가자고 하고 싶지만, 지금 여기 있는 친구랑 같은 상태면 큰돈 잃을 것 같아서 참아."

마고가 말했다. 그리고 그녀는 트레일러 모퉁이를 돌아 시야에서 사라졌다. 잠시 후, 폭스바겐 벅스 엔진이 툴툴거리는 소리가 들리더니 이내 차는 트레일러 단지를 빠져나갔다. 아이크는 벅스의 엔진 소리가 마치 선체의 외부 엔진 소리 같다고 생각했다.

"친구?"

아이크가 말했다. 그의 오른쪽 눈썹이 위로 올라갔다.

"이웃이오. 좋은 여자지. 수다분하고."

버디 리가 말했다.

"당신을 좋아하는군요."

"뭐? 아니. 이웃 사이라니까."

버디 리가 말했다.

"어떻게 생각하든 그건 당신 자유지만, 그녀 제안을 따랐다면 지금쯤 빙고나 즐기고 있을 텐데요."

아이크가 말했다.

"뭐, 친구 사이에 빙고 게임장 정도는 같이 갈 수 있지."

버디 리가 말했다. 아이크는 그의 두 귀가 부드러운 자줏빛으로 물드는 것을 포착했다.

"너도 저 숙녀가 마음에 드니? 난 좀 무섭단다."

버디 리가 말했다. 그는 눈을 크게 뜨고 입술 사이로 바람을 획 불었다. 그러자 아리아나가 고음으로 까르르거렸다.

아이크는 머리를 낮추고 그의 다리 사이 시멘트 벽돌의 균열을 따라 조용히 시선을 옮겼다.

네가 놓친 것들을 봐. 아이가 제 아빠와 놀았을 모습을. 그의 머릿속 목소리가 속삭였다. 가장 최악인 것은 자신이 왜 아이에게 가까이 다가가지 않는지 그 이유를 스스로 알고 있다는 점이었다. 아이가 처음 집에 왔을 때 그는 자기 자신이 부끄러웠다. 아이크는 생각했다. *운명이 나에게 더 이상의 기회를 허락하지 않게 되기까지, 과연 몇 번의 기회가 주어졌었던 걸까?*

그때 마야가 문밖으로 머리를 내밀었다.

"얘기 좀 해."

그녀가 말했다. 아이크와 버디 리 그리고 아리아나는 트레일러로 들어갔다.

"상태는 괜찮을 거야."

마야가 말했다. 그녀는 버디 리의 테이블 옆에 서 있었다. 탄제린은 그들에게 등을 보인 채 옆으로 누워 있었다.

"피를 많이 흘리긴 했지만, 관통상이야. 엑스레이를 찍기 전까지는 확실히 모르지만, 뼈를 다친 것 같지 않아. 그래도 신경 손상을 입었을 수는 있어. 쇼크 상태는 아니고, 그냥 기절한 거야. 쉴 곳이 필요해. 붕대를 갈고 소독해줄 사람도 옆에 있어야 하고. 자, 이제 이 여자가 누구고, 어떻게 해서 이런 총상을 입게 됐는지 말해줄래?"

마야가 물었다.

"아이지아와 데릭이 도우려고 했던 여자야. 저 사람 남자 친구가 아이들 죽음과 연관이 있는 것 같아. 경찰 진술을 설득하려고 여자 집에 갔었어."

아이크가 말했다. 그리고 그는 생각했다. 아니면, 당장 그놈 머리를 치러 갈 작정이었지.

버디 리가 설명을 덧붙였다.

"웬 남자들이 우리를 쫓아와서 여자 집에 총을 난사했소. 저 사람 어머니도 총에 맞았고. 우리 아이들을 죽인 개자식들의 소행인 것 같더이다."

버디 리가 말했다. 마야는 두 손으로 입을 막고 두 눈을 감았다.

"그래서 들은 얘기 있어?"

마야가 움켜쥔 손 뒤로 웅얼거렸다. 아이크는 고개를 가로저었다. 마야는 입에서 손을 뗐다.

"젊은 사람이 안됐네. 회복할 때까지 어딘가 안전한 곳에 있어야 할 텐데."

마야가 말했다.

"아는 사람이 있긴 해."

아이크가 말했다.

"그 사람… '앨리'야?"

마야가 물었다.

"뭐?"

아이크가 말했다.

"'앨리'냐고. 아이지아가 알려준 건데…."

그녀가 말을 멈췄다 다시 입을 열었다.

"아이지아가 말해준 건데, LGBTQ에 호의적인 사람들을 그렇게 부른대."

마야가 말했다.

"그 말은, 설마 저 여자, 레즈비언이오?"

버디 리가 말했다. 마야는 어깨 너머로 탄제린을 흘끗 쳐다보았다.

"오답이에요."

마야가 속삭였고, 아이크는 미간을 찌푸렸다.

"대체 무슨 말이야, 자기?"

아이크가 말했다. 오래도록 애칭을 사용하지 않았던 그였기에 자신이 한 말에 스스로도 놀라고 말았다. 마야의 눈썹 또한 아치를 그리고 있는 것을 보니 그녀도 놀란 듯했다. 그녀는 두 손을 바지에 문질렀다.

"당신 친구는 트랜스젠더 여성이야. 그러니 그녀를 어디로 데려가든 앨리여야 할 거야. 그 사실을 알았을 때 당장 길거리로 쫓아버릴 사람에게 데려가선 안 된단 얘기지."

마야가 말했다.

아이크는 버디 리의 소파 팔걸이에 걸터앉았다. 버디 리는 아리아나를 내려놓았다. 아이는 마야에게 달려가 제 할머니의 다리에 매달렸다.

"잠깐, 그러니까 저 여자가 남자였단 말이오?"

버디 리가 낮은 목소리로 물었다.

"아뇨, 아직 성전환 수술을 받지 않았어요."

마야가 말했다. 버디 리는 아이크 옆에 앉아 고개를 떨구었다. 그리고 두 손으로 머리를 감싸 쥐었다.

"미쳐버리겠군."

그가 말했다.

"그 말은 아직도 그걸 달고…."

아이크가 말끝을 흐렸다.

"여자로 자신을 소개했잖아. 지금껏 여자로 살아온 것 같고. 그러니 저 사람은 여자야."

마야가 말했다.

"그런 대처는 병원에서 가르쳐주는 거요?"

버디 리가 물었다.

"일부는요. 하지만 대부분은 사람들을 존중하고, 그들의 있는 모습 그대로를 받아들이려는 태도에서 나오죠."

마야가 말했다. 아이크를 응시하는 마야의 시선은 마치 천공기로 구멍을 뚫는 듯했다. 한동안 아무도 입을 열지 않았다. 마야는 아리아나를 안아 올린 뒤 어깨에 머리를 기대게 했다.

"언니, 예뻐."

아리아나가 말했다.

"음?"

마야가 말했다.

"언니, 예뻐."

아리아나가 말했다. 마야가 고개를 돌리니 탄제린이 아리아나를 향해 유약하게 손을 흔들고 있었다. 아리아나도 손을 흔들며 답례했다.

"우린 그만 동생 집으로 돌아가야겠어."

마야가 말했다.

"아니, 아직."

아이크가 말했다.

"'아직'이라니 무슨 뜻이야? 아까는 나더러 가라며."

마야가 말했다.

"아무래도 당신 혼자 보내면 안 될 것 같아. 우선 탄제린을 안전한 곳에 데려다주고 올 테니까, 내가 올 때까지 여기서 기다려. 그런 다음에 내가 직접 처제 집에 데려다줄게. 버디 리는 우리를 따라오면 될 테고."

아이크가 말했다.

"어디로 데려갈 거요?"

버디 리가 말했다.

"알 필요 없어요. 애초에 모르면 발설할 수도 없지 않겠습니까."

아이크가 말했다.

"발설할 일 없소, 아이크."

버디 리가 말했다. 분한 목소리였다.

"그렇겠지만, 놈들이 당신을 붙잡으면 세게 나올 겁니다. 그러니 이편이 나아요."

아이크가 말했다. 버디 리는 턱을 긁적였다.

"여자에게 집착했던 게 그 때문이었어."

버디 리가 말했다.

"여자 친구가 자신의 구린 부분을 알고 있는 게 문제가 아니라, 그녀의 정체가 문제였던 겁니다."

아이크가 말했다.

"타리크도 알고 있었다고 보오? 그래서 부하들을 시켜 우릴 미행한 건가?"

버디 리가 말했다.

"충분히 가능성 있죠. 하드코어 힙합 프로듀서인 그도 자신의 비밀이 드러나는 걸 원치 않았을 겁니다."

아이크가 말했다.

"난 게이가 아니에요."

부엌 쪽에서 기운 없는 목소리가 들렸다. 아이크와 버디 리는 재빨리 시선을 주고받았다. 이건 이제 두 사람만의 기술이 되어버렸다. 아이크는 자리에서 일어나 부엌으로 향했다. 탄제린은 테이블 가장자리에 앉아 있었다. 마야가 버디 리의 침대 시트를 빼내 그녀를 감싸두었다. 머리카락으로 얼굴을 가린 그녀는 '애틀랜틱시티'라고 실크스크린으로 인쇄된 비치타월을 토가*처럼 두르고 있었다.

"아니라고?"

버디 리가 말했다.

"네, 아니에요. 고머 파일**씨."

탄제린이 말했다.

"혼란스럽기 짝이 없군."

버디 리가 말했다. 그는 소파에 등을 기댔다. 아이크는 탄제린 앞에 다가섰다.

"안전한 곳으로 데려다줄게요."

아이크가 말했다.

"난 안전한 곳에 있었어요. 난 안전했고, 우리 엄마는 살아 있었다고요."

그녀가 말했다.

"결국 당신을 찾아냈을 겁니다."

아이크가 말했다.

"그건, 빌어먹을, 아무도 모를 일이죠."

탄제린이 말했다.

"아뇨, 알아요. 왜냐하면 당신의 그 남자… 누군지 몰라도 그자는 사람들이 알게 되는 걸 원치 않을 테니까요, 자기가 만났던 사람이…."

아이크는 하던 말을 멈추었다. 그는 여전히 나쁜 선택을 하고 있

---

* 고대 로마 시민이 입던 헐렁한 겉옷.

** 1960년대 미국의 시트콤 《Gomer Pyle-U.S.M.C.》의 주인공으로 미해병대 훈련병. 말귀를 못알아 듣거나 답답한 사람을 가리키는 대명사로 쓰인다.

었다. 여전히 잘못된 이야기들을 늘어놓고 있었다.

"말해요. 전에도 많이 들었으니까. 나 같은 사람. 심지어 우리 엄마도 나더러 별난 놈이라고 했어요. 탄제린이라고 부르지도 않았고요. 엄마는 아빠 이름을 따서 내 이름을 지었대요. 이제 엄마도 죽었으니 날 진짜 이름으로 불러줄 사람도 없어진 셈이네요."

탄제린이 말했다. 그녀는 흐느끼기 시작했다. 아이크의 가슴마저 옥죄게 만드는, 고문에 가까운 흐느낌이었다. 그는 그녀에게 다가가 자신도 모르게 그녀 어깨에 팔을 두를 뻔했다. 하지만 그 순간 그녀가 그를 밀쳤다. 아이크는 어정쩡하게 팔을 벌린 채 뒤로 밀려났다.

"그 사람 이름을 알려주시오. 우리가 일을 마무리 지을 수 있도록."

버디 리가 말했다.

"당신은 쥐뿔도 몰라요. 우린 서로 사랑했어요. 그 사람 짓이 아니에요. 그 사람이 이번 일과 전혀 상관이 없다는 게 아니라, 적어도 그가 주도하는 게 아니라는 거예요."

탄제린이 말했다. 그녀의 눈물이 얼굴을 적시면서 두 볼이 반짝거렸다.

"부디 알려줘요."

버디 리가 최대한 부드럽게 말했다.

"그 사람이 우리 아이들을 죽였습니다. 사람들을 보내 당신을 죽이려고 했고, 당신 어머니의 목숨도 빼앗았어요. 그러니 말해요, 탄제린."

아이크가 말했다. 그는 그녀의 어깨에 손을 올렸지만, 마음속으로 아이지아를 어루만지고 있었다. 그녀는 그의 아들이 아니었지만, 그녀를 통해 지금껏 한 번도 경험해보지 못했던 고통과 불행과 부당함의 일각을 맛볼 수 있었다. 그 모든 조합의 우산 밑에서 살아온 사람들이라면 단번에 알 법한 그 느낌. 지금 탄제린이 우는 것처럼 아이지아도 얼마나 많은 눈물을 흘렸을까? 울고 또 울다 마침내 미약하나마 살아갈 용기를 얻었을 테지. 단지 누구와 잠자리에 드는지의 판단에 그치지 않는 한 사람으로서. 실망감 그 이상으로는 자신의 아들을 보려 하지 않은 아버지를 둔 한 사람으로서.

"아직도 그 사람을 사랑하는군요."

아이크가 물었다. 탄제린은 대답하지 않았다.

"전부 사라져버렸음 좋겠어요."

그녀가 말했다.

"그럴 일 없소, 아가씨."

버디 리가 말했지만, 아이크가 손을 들어 그를 말렸다.

"우선 옷을 입어요. 안전한 곳으로 데려다줄테니."

아이크가 말했다.

그는 버디 리와 마야를 향해 따라오라고 고갯짓을 했다. 그들은 모두 트레일러 밖으로 나갔다.

"저 사람과 내가 나눠 입을 셔츠와 바지가 두어 벌 정도 있을까요?"

아이크가 물었다. 버디 리는 고개를 끄덕였다.

"당신은 모르겠지만, 내 셔츠가 그녀에게는 맞을 거요. 청바지도. 당신이 내 셔츠를 입으면 꼭 막냇동생 옷을 훔쳐 입은 꼴이겠군."

버디 리가 말했다.

"뒷좌석에 내 티셔츠도 두 벌 있어."

마야가 말했다.

"잘됐군."

아이크가 말했다.

"분명 곧 입을 열 거야."

버디 리가 숨죽여 말했다.

"어머니가 눈앞에서 죽었고, 사랑하는 사람은 자길 죽이려고 해요. 당장은 우리에게 뭘 말하기가 어려울 겁니다. 일단은 안전한 곳으로 데려가죠. 시간을 주자고요."

아이크가 말했다.

"그 이름이 꼭 필요하오, 아이크."

버디 리가 말했다.

"사랑하는 사람이 자기 어머니를 저승 열차에 태워 보냈다는 사실에 적응할 시간이 필요해요."

아이크가 말했다.

"좋소. 그럼 여우들이 찾을 수 없는 닭장으로 데려다 놓아요. 난 마야와 아이와 함께 여기 있을 테니. 하지만 시간이 자꾸 가고 있소. 더 말하지 않아도 잘 알 테지."

버디 리가 말했다.

"저 사람 어머니를 죽였다는 사람들, 혹시 지난번 날 미행했던 그 사람들이야?"

마야의 질문에 아이크는 한숨을 내쉬었다.

"맞아."

"그 남자 친구라는 사람을 찾으면, 죽일 거야?"

마야가 물었다. 버디 리는 세 사람에게서 멀어져 트레일러 밑을 살폈다.

"그래."

아이크가 말했다. 마야는 자신의 땋은 머리로 장난을 치고 있는 아리아나를 부드럽게 양옆으로 흔들었다.

"여기 아이 좀 잠깐 안고 있어. 뒷좌석에 운동복 바지도 있을지 몰라."

그녀가 말하며 아리아나를 아이크에게 건넸다. 그는 침을 꿀꺽 삼키며 묵직한 두 손으로 아이를 받았다. 아리아나는 손을 뻗어 그의 턱을 잡아당겼다.

"아이를 동생에게 맡기고 오지 그랬어?"

아이크가 물었다. 마야는 동작을 멈추고 트렁크에 몸을 기댔다.

"동생은 외출해서 집에 우리 둘밖에 없었어. 아이를 혼자 둘 순 없잖아. 이런 일인 줄 알았으면 나도 어떻게든 데려오지 않았을 거야."

마야가 말한 뒤 뒷좌석으로 사라졌다. 그녀가 다시 나타났을 때 손에는 셔츠와 요가 바지 두 벌이 들려 있었다. 그녀가 그의 옆을 지나칠 때 아이크가 그녀의 손을 잡았다.

"이 모든 일에 미안해. 정말 미안해."

아이크가 말했다. 마야는 그의 손을 잡았다.

"놈들을 잡아."

그녀가 말한 뒤 트레일러로 들어갔다. 그녀가 다시 돌아왔을 때에는 탄제린도 함께였다. 그녀는 셔츠와 바지 차림이었다. 상의와 하의 모두 두 사이즈는 더 커 보였다. 탄제린은 살짝 비틀거리긴 했지만, 다시 기절할 것 같진 않았다.

"나도 셔츠 좀 갈아입을 수 있겠습니까?"

아이크가 물었다. 버디 리는 청바지를 끌어 올린 뒤 트레일러로 들어갔다. 문들이 닫히는 소리와 옷장 서랍들이 쿵쿵거리는 소리가 들렸다. 잠시 뒤 그는 문가에 나타나 아이크에게 플란넬 셔츠를 던져주었다.

"내 동생 딕이 입던 거요. 몇 년 전 여기 잠깐 머물렀었지. 사이즈가 대략 비슷할 거요."

아이크는 셔츠를 받아서 입었다. 팔 부분이 조금 끼긴 했지만, 입을 만했다.

"트럭은 내가 가져갈게요. 당신은 여기서 꼼짝 말고 기다려요."

아이크가 말했다.

"아이크, 트럭은 온통 피바다고 뒷창문도 완전히 날아갔소. 경주마가 오줌 싸듯이 기름도 질질 새고 있고. 저 가련한 것이 얼마나 더 버틸 수 있을지 모르겠군."

버디 리가 말했다.

"만약의 경우 여길 떠나야 한다 해도 우리 아리아나를 카시트도 없이, 제대로 움직이지도 않는 트럭에 태울 순 없어요. 떠날 수밖에 없는 상황일지언정 아이에게 밤공기를 쐬게 하는 것도 위험합니다. 그러니 아까 당신 친구 말대로 베이비시터 노릇 제대로 해요."

아이크가 말했다.

"우리는 베이비시터가 아니라 아이의 할아버지, 할머니야. 아이도 데려가면 어때?"

마야가 말했다.

"아이는 당신과 있는 걸 더 좋아해. 아직도 날 조금 무서워하는 것 같거든."

아이크가 말했다.

"난 그 반대라고 생각하는데. 어쨌든, 얼마나 걸릴 것 같아?"

마야가 물었다.

"오고 가는 데 15분씩."

아이크가 말했다.

"그럼 서둘러 다녀와. 빨리 출발해야 빨리 돌아오지."

마야가 말했다.

"똥차 가져가는 대신 총은 나한테 줘요."

버디 리가 말했다.

"안 돼요! 우리 손녀딸 주변에 총을 둘 순 없어요."

마야가 말했다.

"마야, 우릴 쫓는 사람들이 있어. 그 사람들은 총이 있다고."

아이크가 말했다.

"그러니까 당신이 얼른 돌아와야지. 우린 여기서 꼼짝 않고 기다릴 거야. 어서 가."

마야가 말했다. 아이크는 버디 리를 쳐다보았다. 버디 리는 어깨를 으쓱 올렸다. 그는 부부 사이에 끼고 싶지 않았다. 부부 사이에 끼느니 배고픈 늑대와 광견병 걸린 개 사이에 끼는 게 나았다.

"마야, 버디 리에게 총 맡길게. 난 저 사람 믿어."

아이크가 말했다. 그는 트럭으로 가서 MAC-10을 집었다. 버디 리에게 총을 건네며 두 사람은 시선을 주고받았다. 버디 리는 고개를 끄덕였다.

"이게 전부예요. 45구경은 총알이 없어요. 이건 딸깍 소리가 날 때까지 당기면 됩니다. 이제 열쇠 줘요."

아이크가 말했다.

"선바이저 밑에 여분이 있을 거요. 원래 열쇠는 내가 갖고 있겠소. 그래야 트레일러 문을 잠글 수 있거든."

버디 리가 말했다.

"갑시다, 탄제린."

아이크가 말했다. 그리고 트럭에 올랐다. 탄제린도 조수석에 올라탔다.

"안녕, 예쁜 언니!"

아리아나가 말했다. 탄제린은 미소를 지으며 아리아나에게 손을 흔들었다.

"안녕, 깜찍이."

그녀가 말했다.

"빨리 돌아오시오. 떠돌이 창녀나 나무 기념품 같은 건 주워 올 생각 말고."

버디 리가 말했다.

"입조심해요."

마야가 말했다.

"미안하오, 부인."

버디 리가 말했다.

"30분."

아이크가 말했다. 그는 시동을 걸고 버디 리의 불완전한 진입로를 빠져나갔다.

미등의 흔적이 흐려지는 가운데 버디 리와 마야 그리고 아리아나는 트레일러 안으로 들어갔다.

버디 리는 한 손에 MAC-10을 쥐고 다른 한 손으로 문을 잠갔다.

34

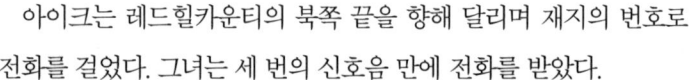

 아이크는 레드힐카운티의 북쪽 끝을 향해 달리며 재지의 번호로 전화를 걸었다. 그녀는 세 번의 신호음 만에 전화를 받았다.
 "아이크, 무슨 일이에요?"
 재지가 말했다.
 "재즈, 부탁이 있어."
 아이크가 말했다. 재지는 그의 음성에서 별다른 기미를 느꼈는지 평소처럼 '그럼요'나 '얼마든지요' 대신 이렇게 말했다.
 "뭔데요?"
 "며칠 쉴 곳이 필요한 친구가 있어. 다쳤고, 붕대를 감고 있어서 주기적으로 붕대를 교체해줄 사람도 필요해. 우리 가게에서 일하기 전에 간호 학원에 다니지 않았나?"
 아이크가 말했다. 그는 수화기에서 웅웅 소리를 들은 듯했지만, 그건 그의 상상이었다. 휴대전화의 통화선이 다른 연결선과 겹칠 일은 없을 테지.

"아이크, 고작 3주 다닌 게 다예요. 맙소사, 모르겠어요. 마커스에게 물어봐야 해요."

"마지막 급여에 2주분을 더 얹어줄게."

아이크가 말했다.

"2주분요? 정말요?"

"정말."

아이크가 말했다. 재지는 쓰읍 소리를 냈다.

"혹시 지난번 그 폭주족들과 관련된 일이에요?"

재지가 물었다. 아이크는 하마터면 거짓말을 할 뻔했다.

"맞아. 하지만 괜찮을 거야. 네가 어디 사는지는 아무도 모르고, 우릴 미행하는 사람도 없으니까."

아이크가 말했다. 그는 스스로도 그것이 거짓이 아니라는 확신이 들도록 최선을 다하고 있었다. 그는 일부러 먼 뒷길을 선택해 달리고 있었기에 누군가 그들을 미행하기란 어려웠다.

"모르겠어요, 아이크."

재지가 말했다.

"3주. 3주분 줄게. 부탁이야, 재지. 도움이 필요해. 아이지아를 위해서라도 받아줘."

아이크가 말했다.

"그 폭주족들이 아이지아 일에 관련이 있어요?"

재지가 물었다.

"그래, 분명히."

아이크가 말했다. 침묵. 깊고 갑갑한 침묵이 둘 사이를 부유했다. 마침내 재지가 다시 입을 열었다.

"좋아요. 데려와요. 여기 얼마나 있어야 한다고요?"

"이틀 정도면 돼. 고마워, 재지."

아이크가 말했다.

"마커스 입을 막으려면 새 플레이스테이션 게임이 두 팩이나 필요할 거예요."

재지가 말했다.

"이따 봐."

아이크가 이내 전화를 끊었다.

"왜 나에 대해 얘기하지 않았어요?"

탄제린이 말했다.

"그런 얘길 하는 건 내 몫이 아닌 것 같아서."

아이크가 말했다.

"우리 엄마는 죽은 게 확실해요?"

탄제린이 물었다. 그 질문에 아이크는 하마터면 도로를 벗어날 뻔했다. 그는 다음 말들을 신중하게 골랐다.

"글쎄요. 너무 순식간에 일어난 일이라. 하지만 아무래도 소생하긴 어려우셨을 것 같습니다."

아이크가 쉰 목소리로 말했다. 탄제린은 창문에 머리를 기댔다. 깨진 뒷유리창을 통해 들어온 시원한 바람이 운전석을 가득 채웠다. 탄제린의 머리카락이 그녀의 머리 주위로 밤의 요정들처럼 춤을 추었다.

"엄마는 타리크가 내게 준 돈의 절반을 받은 뒤에야 날 집에 들였어요. 2천 5백 달러요. 그리고 날 여전히 예전 이름으로 불렀죠."

탄제린이 말했다.

"쫓기고 있다는 얘길 했습니까?"

아이크가 물었다.

"네, 그 때문에 그나마 돈을 전부 받지 않은 거예요."

탄제린이 말했다.

"예전 이름이 뭐였어요?"

아이크가 물었다. 탄제린은 두 다리를 올려 무릎을 끌어안았다.

"태어날 때 받은 이름은 내가 선택한 이름이 아니에요."

탄제린이 말했다.

"벽에 걸려 있던 사진들. 혹시 그게…?"

"예전 사진이에요. 내가 진짜 내 모습을 찾기 전."

탄제린이 말했다.

"그렇군요."

아이크가 말했다.

"우리 아빠는 반은 흑인, 반은 멕시코인이었어요. 우리 엄마의 표현을 빌리자면, 마초맨, 남자 중의 남자였어요. 언젠가 한번 엄마의 하이힐을 신다가 아빠에게 들켰는데, 주먹으로 가슴을 얼마나 세게 얻어맞았는지 사흘이나 피를 토했어요. 그리고 남은 주말 동안 계속 하이힐을 신고 걷게 했고요. 발에서 피가 날 때까지 집 주변을 계속 돌게 했어요. 입에서도 피가 나고, 발에서도 피가 나고. 온몸이 엉망이었어요. 그때 난 깨달았어요."

"뭘요?"

아이크가 물었다.

"내가 잘못 태어났다는 걸. 난 원래부터 여자였다는 걸요. 주변 사람들이 그걸 받아들이지 못하는 거라고. 아빠한테 호되게 혼나는 동안에도 언젠가 내게 꼭 맞는 힐을 찾아낼 거라는 생각뿐이었어요. 그렇게 해서 그 힐을 찾게 된 날, 난 볼링그린을 박차고 나와 리치몬드로 향했어요. 거기서 사람들 화장해주고 머리해주는 기술을 배웠죠. 그러다가 타리크를 만나게 된 거예요. 그 사람 뮤직비디오에 몇 번 메이크업 출장도 갔었거든요. 조금씩 어울리기 시작하다가 언제부턴가는 파티에 나를 데려가더라고요. 파티는 점점 화려해지더니 어느 날 밤에 도시에서 열린 댄스장에서 그 사람을 만났어요. H. 처음부터 타리크와는 뭔가 달랐어요. 타리크처럼 그 사람도 처음에는 나한테 호감이 있다는 사실을 인정하려고 하지 않는 것 같더라고요. 물론 관계도 했죠. 섹스 같은 게 아니라, 같이 클럽에 가서 즐기다가 남자가 혼자 흥분을 하는 식이었어요. SM처럼 자학을 하고, 나도 때리다가 이내 사과를 해요. 그 사람 처음에 어땠는 줄 알아요? 옛날 방식으로 내게 자기 번호가 적힌 쪽지를 건네더라고요. 그렇게 몇 번 만나 즐겼어요. 물론 처음에는 내 정체를 몰랐죠. 그래서 무서웠어요. 그 사람이 어떻게 반응할지 알 수 없었으니까. 근데 정작 알게 되었을 때 그는 개의치 않았어요. 늘 이렇게 말했죠. '당신 다리 사이에 뭐가 있는지는 중요하지 않아. 당신 마음에 있는 게 중요하지'라고."

탄제린은 심호흡을 했다.

"전에 난 그저 섹스용 장난감일 뿐이었어요. 근데 그 남자와는 달랐어요. 정말 달랐어요. 아, 젠장. 내가 왜 이런 얘길 당신에게 하고 있는지 모르겠네요. 곧 죽을 목숨이라 뭐가 어떻게 되든 상관없어졌기 때문일까요."

탄제린이 말했다.

"그럴 일은 없을 겁니다."

아이크가 말했다.

"정말 그렇게 생각해요?"

"네."

아이크가 말했다.

"어째서요?"

"누군지 말해주기만 하면 내가 당장 죽여버릴 거니까요. 꼭 대가를 치르게 할 겁니다. 내 말이 농담이 아니란 걸 알 거예요. 그러니까 이름을 말하지 않는 거겠죠. 아직도 그를 사랑한다고 믿으니까."

아이크가 말했다. 탄제린은 아무 말도 하지 않았다. 그녀는 자신을 꼭 끌어안고 무릎에 턱을 가져다 댔다. 트럭이 도로의 턱을 넘으면서 팔이 문에 부딪히자 그녀는 움찔했다. 그녀는 멀쩡한 쪽의 손을 얼굴에 올리고 온몸을 떨었다.

"아무리 얘기해도 이해를 못하네요. 그는 날 걱정해요. 그 사람 가족이 그를 조종하는 거예요. 말하자면 복잡해요. 그 사람, 유부남이거든요. 그 가족은 공적 페르소나를 지키기 위해서라면 못할 게 없을 거예요. 당신은 절대로 이해 못해요. 사랑하는 대상이 누군지에 대해 아무도 비난할 수 없어요."

탄제린이 말했다.

아이크는 바이스처럼 운전대를 단단히 감아쥐었다.

"나야말로 몇 번을 더 얘기해야 하는 건지 모르겠군요. 내 아들이 살해당했어요. 버디 리의 아들도. 그가 당신을 죽이려고 사람들을 보냈고, 그 바람에 당신 어머니가 죽었죠. 그게 바로 그 사람의 정체입니다. 그를 사랑한다고? 알겠어요. 하지만 남자라면 자기가 진정

사랑하는 사람을 숨기지 않아요. 그리고 자기가 사랑하는 사람을 땅에 묻어버리려고 하지도 않고요. 그건 두 번 말할 필요도 없겠죠."

그가 말했다. 탄제린은 요가 바지의 주머니를 뒤적일 뿐이었다.

"당신은 아이지아를 사랑하는 마음을 숨겼잖아요."

탄제린이 말했다. 아이크는 쓰읍 소리를 냈다.

"그 아이에게 숨긴 거지, 다른 사람들에게는 숨기지 않았습니다. 조금씩 받아들이고 있어요. 받아들이는 법을 배우고 있는 중이에요."

아이크가 말했다.

탄제린은 입술을 핥았다.

"여기, 이거 봐요. 이거 읽어보고 나서 다시 말해요."

그녀가 자신의 휴대전화의 화면을 내리며 말했다. 마침내 찾던 걸 발견한 그녀는 자신의 휴대전화를 아이크에게 건넸다. 그녀가 보여준 것은 문자 메시지였다. 상대방의 번호는 그녀의 휴대전화에 'W'로 저장되어 있었다. 아이크는 자신의 앞에 기름처럼 반드르르하게 펼쳐진 검은색의 단일로를 바라보며 휴대전화에 흘깃 시선을 던졌다.

날 이해할 사람은 없어.
당신이 유일하지.
우리가 함께일 때 난 비로소 완전한 내가 될 수 있어.
가면 없이.
그리고, 맞아.
섹스는 환상적이었지.

아이크는 휴대전화를 다시 그녀에게 돌려주었다.

"하나만 물읍시다. 말은 그럴 듯하지만, 그 사람이 당신을 모텔 말고 다른 곳에 데려간 적 있어요? 아니, 모텔도 그 사람이 데려간 게 아니라, 거기서 만나자고 했던 것 아닙니까? 같이 사진 찍은 적은 있어요?"

아이크가 물었다.

탄제린은 조용했다.

"역시 그럴 줄 알았어요. 당신이 지금 얼마나 힘들지 이해하는 척은 않을게요. 하지만 이걸 끝낼 수 있는 방법은 딱 하나뿐이란 걸 알아야 해요. 그 사람을 택하느냐, 우리를, 우리 전부를 택하느냐."

아이크가 말했다. 그는 크랩티켓로드에 접어들었다. 재지의 트레일러는 왼쪽에서 제일 마지막 것이었다.

"우리? 이제 우리가 '우리'가 된 거예요? 당신은 자기 아들과 말도 섞기 싫어했으면서, 난 이제 우리가 한 팀이라고 믿어야 하는 건가요?"

탄제린이 말했다. 그녀의 입에서 단어들이 칼날처럼 쏟아졌.

"아이지아와 데릭에게 일어났던 일이 다른 누군가에게도 일어나도록 지켜볼 수 없기 때문에 당신을 팀으로 두는 겁니다. 거짓으로 당신을 이해한다고 말하지 않아요. 실제로 이해할 수도 없고. 당신…처럼 사는 게 어떤 건지 이해하는 척도 하지 않을 겁니다. 하지만 이 모든 일을 통해 하나 배운 게 있다면, 정작 중요한 것은 내 자신 그리고 내가 지금 가진 것들이라는 겁니다. 사람들이 진짜 제 모습대로 살도록 하는 게 중요하다는 것. 진짜 자신의 모습대로 산다는 것이 누군가에게 사형선고가 되어서는 안 된다는 거예요."

아이크가 말했다.

"저도 아이지아와 데릭 생각을 많이 해요. 내 망할 입만 닫고 있었다면, 두 사람도 아직 살아 있었을 텐데. 이제 우리 어머니까지 죽었으니, 더는 못하겠어요."

탄제린이 말했다. 도로 옆 들판에는 트럭 짐칸에 건초들이 부지런히 실리고 있었다. 해가 빠르게 저물고 있는 터라 태양이 지평선 아래로 완전히 가라앉기 전에 작업을 끝마치기 위해 들판의 작업꾼들은 바삐 몸을 움직이고 있었다. 하늘에는 호박색과 자홍색의 왁스 물결이 한데 녹아들고 있었다.

아이크는 깨진 굴 껍질이 깔린 긴 진입로로 접어들었다. 양옆에는 블랙베리 덤불과 야생 원추리꽃들이 자라고 있었다. 원추리의 주홍색 꽃잎이 블랙베리 덤불의 파릇파릇한 잎사귀와 극명한 대조를 이루었다. 진입로의 끝에는 빨간색 셔터가 달린 더블와이드*가 자리하고 있었다. 앞마당에는 재지의 차만 서 있었다. 아이크는 그 옆에 트럭을 세우고 시동을 껐다.

"미안해요."

아이크가 말했다.

"그런 말 말아요. 괜히 내 환심 산다고 그런 말 하지 말라고요."

탄제린이 말했다.

"아뇨, 그러니까… 당신이 이런 결과를 의도했던 게 아니라는 거 알아요. 하지만 일이 벌어졌고, 결국 지금 우리는 이곳까지 왔죠. 과거는 바꾸지 못하지만, 앞으로 일어날 일은 바꿀 수 있다고 누군가 그랬어요. 지금 당신이 서 있는 지점이 바로 그곳입니다."

---

* Double Wide : 두 채를 연결한 형태의 이동 주택.

아이크가 말했다. 그리고 트럭에서 내렸다.

"내려요. 재지에게 당신을 소개해줄게요."

"저 사람, 정말 나와 같이 지내는 게 괜찮대요?"

탄제린이 말했다. 그녀는 여전히 트럭에서 내리지 않고 있었다.

"괜찮을 겁니다. 나같이 우락부락한 사람이 아니에요. 아이지아와 학창 시절 친한 친구 사이기도 했고요. 녀석이 게이라는 걸 아주 오래전부터 알고 있었어요…. 내가 알기도 전부터. 녀석에게 등을 돌리는 일 같은 건 절대 하지 않을 겁니다."

"말했지만, 난 게이가 아니에요."

탄제린이 말했다.

"어쨌든 레드힐카운티에서는 재지만 한 '앨리'는 없어요."

아이크가 말했다. 탄제린은 자신의 멀쩡한 쪽 손을 얼굴에서 치우고 문을 열었다. 그리고 아이크를 따라 더블와이드로 이어지는 디딤돌을 밟았다.

버디 리는 마시고 있던 맥주병의 목으로 거실 창문에 걸린 커튼을 옆으로 걷었다. 무도회장의 무용꾼들처럼 해는 점점 아래로 가라앉고 있었다. 카운티의 생물 군단들이 그들의 밤 기도를 읊기 시작했다. 개구리, 귀뚜라미, 흉내지빠귀들이 일제히 저마다의 신에게 찬가를 부르고 있었다.

바닷게의 집게에 물린 듯 그의 흉곽이 기침에 붙들리고 말았다. 썩은 폐에서 가래들을 밀어내는 동안 그의 눈앞에는 점들이 춤을 추었다. 그때 강한 힘이 그의 등을 내리쳤다. 버디 리는 입에 손을 가져다 대고 자신의 폐가 비축하고 있던 내용물을 뱉어냈다.

"고맙소. 목구멍에 날벌레라도 걸렸나 보오."

버디 리가 말했다. 그는 피를 바지에 닦아내고 싶지도 않았지만, 마야에게 보이고 싶지도 않았다. 그녀는 부드러우면서도 무표정한 얼굴로 그를 살폈다. 죽음을 앞둔 사람의 기도에서 들리는 분비물 소리를 알아차리고 만 것이다.

"암? 아니면 폐기종?"

그녀가 물었다.

"티슈 좀 갖다주겠소?"

버디 리가 물었다. 마야는 부엌에서 종이 타월을 들고 돌아왔다. 버디 리는 손을 닦은 뒤 타월을 돌돌 말아 주머니에 넣었다.

"그냥 목에 벌레가 걸린 거요."

버디 리가 말했다. 마야는 엉덩이에 두 손을 얹었다. 거짓말쟁이라고 외칠 준비가 된 듯 보였지만 대신 그녀는 책망하듯 고개를 설레설레 흔들고는 아리아나와 함께 소파에 앉았다. 버디 리는 다시 창밖을 내다보았다.

어서 돌아와, 아이크. 버디 리는 생각했다.

재지는 진입로를 벗어나는 그를 향해 손을 흔들었다. 그들은 탄제린에게 수면제를 준 뒤 뒤쪽 침실로 안내했다. 탄제린은 마커스가 집에 돌아와 그녀를 내쫓을까 봐 긴장했지만, 재지는 괜찮을 거라며 그녀를 안심시켰다.

"그 사람한테는 〈콜 오브 듀티〉 게임에 감자칩 한 봉투만 있으면, 무슨 일이 벌어지든 전혀 신경 안 써요. 아마 당신이 여기 있는 것조차 모를 거예요."

재지는 그렇게 말했다. 탄제린이 자리를 뜬 뒤 아이크는 그녀에게 정말 그러냐고 물었다.

"모르겠어요. 좀 이상하게 생각할 수도 있겠죠. 그래도 3주분의 급여라고 하면 그 사람 기분도 누그러질 거예요."

재지가 말했다.

아이크는 트럭을 후진해 다시 도로로 나섰다. 그리고 시속 100킬로미터의 속도로 완만한 곡선길을 돌았다.

"젠장!"

아이크가 브레이크를 콱 밟으면서 내뱉은 말이 협소한 운전실에 울려 퍼졌다.

아까 들판에 있던 적재 트럭이 이제 길 한복판에 옆으로 쓰러져 있었다. 누군가 거인을 면도한 듯 배수로 여기저기 건초 가닥들이 흩어져 있었다. 아이크는 트럭 주위를 분주히 오가는 사람들을 쳐다보았다. 그중 몇몇은 주머니에 손을 넣은 채 고개를 숙이고 있었다. 그건 뭔가가 단단히 잘못됐다는 만국 공통의 신호였다. 아이크는 트럭을 세웠다. 그리고 차에서 내려 주머니에 손을 넣고 있는 사람들 중 하나에게 다가갔다.

"안녕하세요."

아이크가 말했다. 남자는 그를 알아차리지 못했다.

"이봐요, 여기 무슨 일입니까?"

아이크가 물었다.

"무슨 일 같아요?"

"목소리 좀 낮추죠, 젊은 친구."

아이크가 말했다. 더러운 야구 모자 아래로 모랫빛 머리카락이 삐져나온 젊은 백인 남자는 그제야 아이크를 제대로 쳐다보았다. 그는 아이크보다 15센티미터 정도 더 컸음에도 뒤로 한 걸음 물러났다. 그의 무의식이 스스로를 보호하라는 명령을 내린 모양이다.

"트럭이 곡선 구간에서 넘어졌어요. 휴대전화를 보지 않았다는데, 아무래도 그게 원인이었던 듯해요."

야구 모자가 말했다.

"얼마나 걸리겠습니까?"

아이크가 물었다. 야구 모자는 생각에 잠겼다.

"적어도 한 시간 이상. 건초들도 모아야 하고, 트럭도 다시 세워야 하는데, 견인차를 불러야 할지도 몰라요."

그가 말했다. 그는 그 말을 하면서 또다시 한 걸음 뒤로 물러났다. 해안가로 폭풍우가 밀려오듯 아이크의 얼굴에 짙은 구름이 끼기 시작했기 때문이다.

"알았습니다."

아이크가 말했다. 그는 휴대전화를 꺼냈다. 마야의 휴대전화는 음성사서함으로 넘어갔다. 아이크는 저주의 말을 내뱉으며 다시 전화를 걸었다. 또다시 음성사서함이었다. 그는 버디 리에게 전화를 걸었다. 음성사서함.

"제길."

아이크가 말했다.

크랩티켓로드는 타운브릿지로드처럼 막다른 길이었다. 길 양옆의 도랑은 너무 깊어서 전복된 트럭과 건초 더미들 옆을 비켜갈 수도 없었다.

그는 다시 버디 리에게 전화를 걸었다.

"빌어먹을, 전화 좀 받아."

아이크가 말했다. 이번에도 음성사서함이었다. 아이크는 트럭의 후드를 내리쳤다. 그리고 다시 마야에게 전화를 걸었다.

음성사서함.

"여기선 신호가 잘 잡히지 않아요. 우리도 레커차 부르는데 무전을 쳤으니까요."

야구 모자가 말했다.

아이크는 주먹으로 후드를 내리쳤다.

그리고 또다시.

또다시.

또다시.

35

10분.

아이크와 탄제린이 떠난 지 고작 10분 되었을 때 마야는 전화를 받았다. 마야의 휴대전화가 울렸을 때 버디 리는 남은 맥주를 다 마시고, 아리아나에게 줄 그릴드 치즈 샌드위치를 만들고 있었다.

"아이크?"

버디 리가 물었다. 마야는 주머니에서 휴대전화를 꺼내 화면을 확인했다.

"아뇨, 이웃에 사는 메리앤이에요."

마야는 휴대전화를 귀에 가져다 댔다.

"여보세요?"

"마야, 랜디예요. 메리앤의 남편. 당신 집에 지금 불이 났어요."

랜디가 말했다.

"네?!"

마야가 소리를 질렀다.

"소방서에는 벌써 신고했는데, 당신한테도 알려야 할 것…."

마야는 당장 전화를 끊고 소파로 달려가 아리아나를 안았다.

"무슨 일이오?"

버디 리가 말했다. 그는 종이 접시에 아리아나의 샌드위치를 담아 거실로 가지고 나왔다.

"집에 불이 났대요. 가봐야겠어요."

마야가 말했다. 그녀는 문으로 향했다.

버디 리는 커피 탁자 대용물에 접시를 내려놓고 그녀 앞을 가로막았다.

"잠깐. 집에 불이 났다는 게 무슨 말이오?"

"이웃집 남편 말이 지금 우리 집에 불이 났대요. 소방서에 신고했다는데, 내가 가봐야겠어요!"

마야가 말했다. 버디 리는 그녀의 어깨에 손을 올렸다.

"마야, 가면 안 돼요."

버디 리가 말했다.

"헛소리 말아요."

마야가 말했다. 그녀는 그의 손을 떨쳤다.

"내 말 들어요. 이건 미끼예요. 그걸 잡으면 토끼 꼴 나는 거요."

버디 리가 말했다.

"버디 리, 여기서 당신과 속담놀이 할 시간 없어요. 우리 집에 지금 불이 났다고요. 가봐야 해요. 그러니까 당장 비켜요."

"마야. 잠깐 멈춰서 생각해봐요. 나와 아이크의 머리를 노리는 놈들이 있소. 놈들이 찾는, 총알 창고마냥 단서들을 잔뜩 갖고 있는 여자를 우리가 데리고 있고. 놈들은 아이크가 어디 사는지 알고 있어요. 내가 그렇게 머리 좋은 편이 아닌데도, 난 하필 우리가 그놈들에게서 달아난 날 당신 집에 불이 났다는 게 도저히 우연처럼 보이지 않소. 우연일 가능성은 제로란 말이오."

버디 리가 말했다.

"우리 아들 아기 때 신었던 신발이 거기 있어요. 처음 이발을 했을 때 머리카락이 거기 있다고요. 2학년 때 내게 써줬던 시도 있어요. 당신은 몰라요. 그게 그 애 흔적의 전부란 말이에요. 그 애를 또 잃을 순 없어요. 그럴 순 없어요."

그녀의 얼굴이 잔뜩 일그러졌다. 금방이라도 눈물 계곡이 넘쳐흐를 듯했다.

"지금 여기서 당신을 가장 잘 이해할 사람, 나밖에 없을 거요. 지금 한창 불이 번지고 있는 중이라면, 당신이 도착했을 때는 이미 남은 게 없을 텐데."

버디 리가 말했다.

"미안해요. 그런 뜻이 아니었는데. 그래도 가봐야겠어요."

마야가 말했다. 버디 리는 두 손으로 얼굴을 문지른 다음 엉덩이께에 얹었다.

"좋소. 갑시다. 대신 아이크에게 전화해서 이 사실을 알려요."

버디 리가 말했다.

"가면서 전화할게요."

마야가 말했다.

그들은 아이크에게 세 번이나 전화를 걸었다. 두 번은 곧장 음성 사서함으로 넘어갔고, 마지막은 거기까지 닿지도 않았다. 버디 리는 레드힐의 일부 지역 통신망이 고르지 못하다는 사실을 알고 있었다. 심지어 전화를 거는 것보다 전보를 치는 게 더 빠른 동네도 있었다. 하지만 그런 사실들을 알고 있는 것이 그의 신경을 누그러뜨리는 데는 전혀 도움이 되지 않았다. 서로 찢어진 것부터가 실수였다. 그의 집에 가는 것도 실수라는 것을 알고 있었다. 하지만 마야가 그에게 다른 선택권을 주지 않았다. 그녀를 집에 붙잡아둘 수도 없고, 그렇다고 혼자 그곳에 가도록 둘 수도 없었다.

그에게는 데릭의 물건이 거의 없었다. 지갑에 있는 사진이 유일했다. 그게 갑자기 화염이 휩싸인다면 어떤 기분일지 상상하기 어려웠다. 사랑하는 사람들이 세상을 떠나면, 남은 이들에게는 그들의 손때 묻은 물건들이 그나마 살아갈 이유가 된다. 사진, 셔츠, 시 그리고 아기 신발 한 켤레. 저 멀리 떠내려가는 기억을 붙잡는 닻이 되어주는 것이다.

마야는 60킬로미터의 속도로 34번 국도에 들어섰다. 첫 좌회전이 타운브릿지로드다. 하늘은 다이아몬드가 흩뿌려진 듯 별들이 반짝였다. 버디 리는 심장이 덜컹 내려앉았다.

마야는 타운브릿지에 접어들었다.

"잠깐."

버디 리가 말했다.

"왜요?"

마야가 말했다.

"연기는? 화염은 어딨소? 망할 소방차들은 어딨고?"

그가 말했다. 마야는 액셀에서 발을 떼고 서서히 차를 세웠다.

"오, 안 돼."

마야가 말했다.

그녀의 집 앞을 서성이고 있던 열다섯 대의 오토바이 바퀴살의 크롬이 그녀의 전조등 불빛에 번뜩거렸다. 그들의 엔진은 막 사냥에 나선 한 무리의 늑대들처럼 으르렁거렸다.

"후진해요."

버디 리가 말했다.

마야는 돌처럼 굳어버렸다.

"후진해요!"

버디 리가 소리쳤고, 아리아나는 울기 시작했다. 마야는 기어를 후진에 넣고 액셀을 밟았다. 후드 아래 자리한 네 개의 실린더에서 녹슨 경첩 소리가 났다. 버디 리는 다리 밑에 두었던 총을 집어 안전핀을 푼 다음 무릎에 올려놓았다.

"시키는 대로 했으니 이제 보내주시는 거죠?"

랜디가 말했다. 그는 자신의 집 앞에 무릎을 꿇은 채였고, 그레이슨은 그의 목덜미에 357구경 총신을 대고 있었다.

"그래, 근데 넌 쥐새끼 같은 놈이야. 이웃에게 그런 짓을 하다니."

그레이슨이 말했다. 그는 개머리판으로 그의 뒷머리를 내리쳤다. 그때 여자가 차에 후진 기어를 넣고 액셀을 밟는 모습을 목격했다.

"질러!"

그레이슨이 포효했다. 그러자 몇몇 형제가 들고 있던 병의 목 옆으로 늘어진 넝마에 불을 붙인 뒤 아이크와 마야의 집 창문에 던졌다. 나머지 형제들은 조그마한 고동색 세단의 뒤를 쫓았다.

마야는 도로에서 벗어나 우체통을 들이받은 뒤 다시 정신을 차리고 길로 돌아갔다. 오토바이 전조등 불빛이 마치 반딧불이들처럼 그들을 뒤쫓았다. 마야는 멈춤 표지판을 쏜살같이 지나 급히 브레이크를 밟았다. 그리고 다시 기어를 드라이브에 놓았다.

버디 리는 운전석 쪽으로 다가오는 불빛을 보았다.

"이런, 빌어먹을!"

돔의 밝은 감청색의 최신형 SUV가 렉킹 볼*처럼 그들 차로 달려들었다. 차는 한 번 구르고, 또 한 번 굴러 옆으로 잠시 누웠다가 이내 제 중력에 이기지 못하고 완전히 뒤집히고 말았다. 길거리 공연자를 둘러싼 군중들처럼 오토바이들이 그 주위를 에워쌌다.

버디 리의 입은 피로 가득 찼다. 씁쓸하게 차오르는 구리 맛이 그의 말문을 막았다. 그는 기침을 하며 피를 뱉어내려 했다. 그의 얼굴도 온통 피범벅이었다. 안쪽 이 몇 개는 잇몸에서 뽑힌 듯했다. 몸은 그야말로 고통의 도가니였다. 통증이 모든 신경과 시냅스의 사방으로 번뜩였다. 그는 또다시 침을 뱉었고 이번에는 뭉툭한 안쪽 이 두어 개가 함께 튀어나와 머리받침 위에 안착했다.

총은 어딨지? 어디에 두었더라? 젠장. 움직여야 했다. 차에서 빠져나가면 놈들의 시선을 끌 것이다. 그러면 나만 쫓아오겠지? 마야와 아리아나는 신경 쓰지 않겠지? 버디 리는 평소 안전벨트를 잘 하지 않았는데, 아까 차에 탔을 때 마야는 꼭 안전벨트를 매야 한다고 고집을 부렸다. 덕분에 목숨은 건졌지만, 그 벨트가 올가미가 되어 도살장에 걸린 사슴고기처럼 그를 거꾸로 매달고 있었다. 그는 안전벨트를 풀어보려 했지만, 손가락이 좀처럼 말을 듣지 않았다.

그때 자갈 위로 육중한 발걸음 소리가 들렸고, 이내 철과 철이 맞

---

* Wrecking Ball : 철거 현장에서 사용하는 쇠공.

부딪히는 날카로운 소리가 들리더니 조수석 문이 벌컥 열렸다.

그레이슨이 엉덩이를 아래로 내렸다.

"네놈이 또 다른 아비인가 보군. 에보니와 아이보리*가 따로 없어."

그레이슨이 말했다.

"내가… 네… 아비였을 수도 있어. 족보는 좀 꼬이겠지만."

버디 리가 말했다.

그레이슨은 미소를 지었다. 그는 357구경의 총신을 잡고 버디 리의 옆 얼굴을 가격했다. 버디 리는 볼의 살점이 떨어져 나가는 것 같았다. 기차가 밟고 지나간 듯 통증이 그의 머리를 관통했다. 그레이슨은 총구 끝으로 버디 리의 복부를 눌렀다.

"탄제린 어딨어?"

"나도 몰라. 아이크가 데려갔어. 절대 찾지 못할 거야."

버디 리가 말했다.

그레이슨은 버디 리의 복부를 누르고 있던 총구를 그의 입으로 옮겼다. 그는 방아쇠울이 그의 코에 닿을 때까지 총구를 그의 목구멍에 밀어 넣었다.

"어딨는지 말하면 뒷좌석에서 죽어라 울고 있는 저 잡종은 건드리지 않겠어."

그레이슨이 말했다.

버디 리는 팔을 휘저으며 어떻게든 벨트를 풀어보려 안간힘을 썼다.

"빌어먹을, 아이한테 손대지 마! 이런 미친, 개새끼…. 아이를 가

---

* 〈Ebony and Ivory〉: 1982년 백인 가수 폴 매카트니와 흑인 가수 스티비 원더가 함께 발매한 곡. 피아노 건반을 통해 인종 간의 화합을 노래했다.

만 둬."

무슨 말인지 알아들을 수 없을 만큼 횡설수설이었지만, 그레이슨은 그가 무슨 말을 하려는지 잘 알고 있었다.

"중요한 아이인가 보지? 누군데? 그 흑인 놈 딸인가? 잠깐… 말하지 마. 그 두 놈한테 애가 있었다더니. 헛, 어떻게 그런 놈들한테 애를 키우게 할 수 있지? 하느님 맙소사, 이거 완전 세상 말세잖아?"

그레이슨이 말했다. 그리고 버디 리의 입에서 총구를 꺼냈다.

"탄제린이 어딨는지 말하지 않으면, 애새끼로 사격 연습할 줄 알아."

"몰라! 그 사람이 데려가면서 어디로 가는지 말하지 않았어. 아직 어린애야. 제발 애는 놔둬. 누굴 죽이려거든 날 죽여. 어서, 어서 해. 어서 하란 말이야!"

버디 리가 소리쳤다. 그레이슨이 자리에서 일어났다.

"돔, 차에서 애 꺼내. 저년한테 휴대전화 있는지도 확인하고."

그레이슨이 말했다.

그는 다시 버디 리와 눈높이를 맞췄다.

"거짓말은 아닌 것 같군. 행선지를 얘기 안 하고 가다니 똑똑한 놈이야. 날 공격했을 때도 그랬지. 걱정 마. 곧 네가 원하는 대로 해줄 테니까. 얼마 안 걸려. 지금 당장 해치울 수도 있지만, 넌 운 좋았어. 내 메시지는 네가 전해줘야겠거든. 이년은 목숨줄 끊어진 것 같으니."

그레이슨이 말했다.

"안 대, 할미! 할비!"

아리아나가 울부짖었다. 버디 리는 돔이 차 문 여는 소리를 들었다. 그리고 벨트 풀리는 소리가 이어졌다. 그 소리가 이미 찢겼다고 생각했던 그의 가슴을 다시 한 번 무너뜨렸다.

"이 잡종은 우리가 데려갈게. 네가 탄제린을 찾는 데 동기가 될지도 모르니."

그레이슨이 말했다.

"아리아나는 이 일과 아무 상관없어. 제발 아이는 그냥 둬, 그냥 둬!"

버디 리가 포효했다.

그레이슨은 웃음을 터뜨렸다.

"애가 아리아나야? 그 새끼가 그렇게 울부짖던 이름이 얘였군. 그 백인 새끼가 네 아들이지? 그래, 얼굴에 총알을 박기 전에 그 이름을 부르더라고. 난 게이 새끼가 웬 여자 이름을 부르나 했어. 그래서 자기 엄마 이름인가 했지. 그럴 때 사람들이 대개 엄마를 부르잖아?"

그레이슨이 말했다. 볼에 생긴 상처에서 흐른 피가 버디 리의 눈으로 떨어졌다. 그는 덩치 큰 금발의 폭주족을 쳐다보느라 목에 힘을 잔뜩 주었다.

"네놈도 곧 엄마 이름을 부르게 될 거야. 내가 죽기 전에 너부터 저승에 보낼 테니. 내가 약속하지, 꼭."

버디 리가 말했다.

"여자나 데려와, 아이보리. 또 보자고."

그레이슨이 말했다. 버디 리는 그의 부츠가 차에서 멀어지는 모습을 쳐다보았다. 잠시 후 오토바이들이 길을 따라 내려가는 소리가 들렸다. 그들이 밤 속으로 사라지면서 천둥 같은 엔진 소리도 점차 희미해졌다.

36

아이크는 응급실 데스크의 안내 직원을 휙 지나친 뒤 두꺼운 비닐 문을 통과했다.

"선생님, 거기 들어가시면 안 돼요!"

그가 문을 통과하는 순간 그녀가 외쳤다. 아이크는 곧장 간호사실로 향했다. 그가 나타나자 밝은 푸른색의 수술복을 입은 라틴계 여자가 자리에서 일어나 책상 뒤로 돌아 나왔다.

"아이크, 마야는 지금 수술 중이에요."

여자가 말했다.

"무슨 수술, 실비아?"

아이크가 물었다.

"비장 파열에 장 천공, 폐 천공, 두개골 골절이 있어요."

실비아가 말했다. 아이크는 제자리를 서성였다. 그리고 데스크로 다가가 머리를 푹 숙였다.

"아이크, 닥터 프릿탁은 주를 통틀어 최고 실력을 가진 흉부외과 전문의예요. 마야는 우리 식구고요. 여기서 10년을 일했잖아요. 모두의 엄마였죠. 우리가 그녀를 돌보고 있어요, 아이크. 그러니 우리를 믿어요. 우선은 대기실에서 기다려요. 수술실에서 나오면 바로 알려줄게요."

실비아가 말했다. 아이크는 심장이 몹시도 쿵쾅거려 그의 귀에 그 소리가 들릴 정도였다.

"아리아나는? 아리아나는 어딨어? 버디 리는?"

아이크가 물었다. 길이 트이자마자 아이크는 트레일러 구역을 번개처럼 벗어났다. 그는 달리는 도중에도 계속해서 마야와 버디 리에게 전화를 걸었다. 마침내 버디 리의 트레일러에 도착했지만, 마야의 차는 보이지 않았다. 그 순간 그는 마치 유체를 이탈한 것만 같은 완벽한 공포를 경험했다. 아내가 일하는 병원에서 걸려온 전화를 받은 직후 그 공포는 절망으로 바뀌었다.

"그건 제가 답해드릴 수 있을 것 같습니다."

보안관이 말했다. 아이크는 몸을 곧추세우고 남자를 쳐다봤다. 강단 있어 보이는 전형적인 경찰의 모습이었다. 레드힐 보안관 사무실의 황갈색 제복이 그의 날렵하고 각진 형체에 걸쳐져 있었다.

"무슨 일입니까?"

"저쪽으로 가서 얘기하시죠, 아이크."

보안관이 말했다. 아이크는 그를 알아보지 못했지만, 레드힐에 사는 모두가 아이크를 알았다. 예전의 범죄자 모습을 기억하거나 지금의 개과천선한 모습에 친숙한 이들이었다. 그야말로 작은 마을의 저주였다. 아이크는 보안관을 따라 비닐 문을 통과해 예배당으로 이어지는 복도를 따라 걸었다. 레드힐 제너럴 병원의 예배당은 두 개의 짧은 신도석에, 그렉 올맨*을 닮은 예수 그림 그리고 가짜 스테인드글라스 유리창 두 개로 꾸민 조악한 공간이었다. 아이크는 신도석 옆에 섰고, 보안관은 문틀 안쪽에서 걸음을 멈췄다.

"전 호그 보안관입니다. 이 모든 일에 유감이에요. 하지만 몇 가지 분명히 해야 할 사실이 있습니다."

그가 말했다.

"무. 슨. 일. 입니까?"

호그 보안관의 어깨가 딱딱하게 굳었다.

"일단 진정하세요, 랜돌프 씨. 다 말씀드릴 테니까."

"어느 누구도, 좆도 내게 얘길 안 해주는데 내가 진정하게 생겼습니까? 이제 당신 입에서 나올 말은 내 아내와 손녀딸 그리고 내 친구가 이 병원에서 어떻게 죽음을 맞이할지인가요?"

아이크가 말했다. 그의 머리가 방금 아리아나를 손녀딸로, 버디 리를 친구로 호칭했다는 사실을 각성시켰지만, 지금은 그런 걸 생각할 여유가 없었다.

"선생님, 말씀드릴테니, 일단은 진정부터 하세요. 우선, 병원에서 연락했을 때 뭐라고 하던가요?"

호그 보안관이 물었다.

"이미 알 텐데요. 사고가 있었다고 하더군요. 아내랑 그 동승자인 버디 리 젠킨스가 부상을 입었다고요. 아리아나에 대해서는 얘기하지 않았고, 무슨 일이 있었던 건지도 말해주지 않았습니다. 지금 난 최대한 진정하고 있다고요."

---

* Gregg Allman : 미국의 록밴드 올맨 브라더스의 보컬리스트. 서던록 음악의 개척자로 꼽히며 로큰롤 명예의 전당에 헌액되었다.

아이크가 말했다.

"그건 사고가 아니었습니다, 랜돌프 씨. 누군가, 혹은 어떤 이들이 의도적으로 아내 분의 차를 들이받았어요. 집에도 불을 지르고, 당신 이웃을 폭행한 데다…"

호그 보안관이 멈칫했다. 아이크는 가슴이 옥죄었다.

"손녀딸을 데려갔습니다. 아이를 납치했어요."

호그 보안관이 말했다. 아이크의 발밑이 아스라이 사라져버렸다. 그는 신도석에 주저앉았다. 호그 보안관이 그의 옆에 앉았다.

"친구분과도 얘기를 해봤는데, 별로 도움이 되지 않더군요. 혹시 평소 갈등 관계에 있던 사람이 있었습니까? 오해는 마시고요. 누군가 미행을 하고 있었다거나?"

호그 보안관이 물었다.

"혼자 있고 싶어요."

아이크가 말했다.

"아이크, 아이는 물론이거니와 이런 짓을 벌인 자들을 찾기 위해 백방으로 노력할 테니, 우선 우리 쪽에 솔직하게 얘기해주셔야 합니다. 아이를 납치하고 집에 불을 지르는 건 개인적인 원한이라고 밖에 볼 수 없거든요. 극도의 원한 말입니다. 누구 짓인지 아실 텐데요. 너무 늦기 전에 아이를 되찾으려면 꼭 얘기해주셔야 합니다."

호그 보안관이 말했다.

"아는 것 없어요."

아이크가 말했다. 모두 거짓은 아니었다. 그의 인생이 송두리째 통제 불능의 상태로 빠져들고 있었으니 말이다. 아이지아는 죽고, 수술실의 마야는 생사의 기로에 서 있는 데다 아리아나는 사라졌으며,

집은 잿더미가 되었다. 자신과 버디 리가 끌어놓은 이 혼돈을 어떻게 하면 멈출 수 있을지 알 수 없었다. 사랑하는 사람들을 어떻게 하면 지킬 수 있는지 알 수 없었다. 그는 정말 더는 아는 것이 없었다.

"정말이십니까?"

"일단 가줘요. 부탁이에요. 가요."

아이크가 말했다.

호그 보안관은 자리에서 일어나 제복을 가다듬었다.

"마음이 바뀌시거든 연락 주십시오. 서두르지 않으면 또 한 번의 장례식을 준비해야 할지도 모릅니다."

호그 보안관이 말했다.

버디 리는 자신에게 닿은 시선을 느꼈다. 그 시선에 팔의 솜털이 바짝 곤두섰다. 그는 눈을 떴고, 침대 발치에 서 있는 아이크를 발견했다.

"대체 어떻게 된 일이에요?"

아이크가 말했다. 버디 리는 턱을 긁다가 움찔했다. 볼에 난 상처 탓에 얼굴 전체로 긴장감이 번졌다.

"당신 이웃이 마야에게 전화해 집에 불이 났다고 했소. 그 얘길 듣고 바로 집에 가봐야 한다며 말도 못하게 고집을 부리더군. 결국 달려갔더니 브리드가 우릴 기다리고 있었지. 그때까지 당신 집에는 불씨 한 톨 없었어. 우리가 달아나려고 하자 그제야 불을 지르더군. 오토바이에 쫓기다가 개자식 한 놈이 브롱코*로 트럭을 받아버리는 바람에 차가 전복됐소. 그리고 아이크, 그놈들이 아리아나를 데려갔

---

* Bronco : 포드의 중형 SUV 차량.

소. 그 어린애를 낚아채 갔어. 마야의 휴대전화도 가져가고. 곧 연락할 거라고 하더군. 탄제린을 아리아나와 바꾸자면서.”

버디 리가 말했다.

“아니, 탄제린을 데려가면 우리 모두를 죽일 심산입니다.”

아이크가 말했다.

“그 작자에 대해 여자에게서 들은 거 없소?”

버디 리가 물었다. 아이크는 고개를 가로저었다.

“탄제린은 이번 일이 그 남자 짓이라는 걸 아직도 믿지 않고 있어요. 그놈한테 받은 문자까지 보여주더군요. 생선 비늘처럼 말이 얼마나 번지르르한지. 탄제린이 완전히 낚였어요.”

아이크가 말했다.

“당연히 문자에 그놈 이름은 나오지 않았겠지?”

버디 리가 물었다.

“휴대전화에 'W'로만 저장되어 있더군요. 그게 그놈 성의 첫 글자인지, 이름의 첫 글자인지, 아니면 또 다른 호칭인지는 모르겠지만.”

아이크가 말했다. 그는 벽에 기대어 있던 의자를 들어 버디 리의 침대 옆에 놓고 앉았다.

“마야는?”

버디 리가 물었다.

“넘을 산이 많아요. 지금 수술 중이고.”

“젠장, 빌어먹을.”

버디 리가 말했다. 그의 병실 밖 복도 이쪽저쪽에서 다양한 탄식이 울려 퍼지고 있었다. 그 목소리는 수많은 모니터와 기계에서 나는 삑삑 소리와 웅웅 소리와 뒤섞여 아이크와 버디 리의 고심에 잔

잔한 기계식 배경음이 되어주었다.

"미안하오, 아이크."

버디 리가 말했다. 아이크는 아무 말도 하지 않았다.

"그녀를 끝까지 말렸어야 했는데. 어떻게든 못 가게 했어야 했는데, 마야가 꼭 찾아야 하는 물건이 있다고 하는 바람에. 차라리 나 혼자 갈걸. 무슨 수를 써서라도 마야를 문밖으로 나서지 못하게 했어야 했어."

버디 리가 말했다.

"애초에 이런 일을 꾸미는 게 아니었어요. 사건이 어떻게 마무리되든 경찰에게 맡겼어야 했는데. 결국 이렇게 되고 말았군요."

아이크가 말했다.

"아이를 다시 데려와야지, 아이크. 무슨 일이 있어도 아이를 데려와야 하오."

버디 리가 말했다.

"탄제린을 순순히 넘기지 않을 겁니다. 아리아나가 다칠 일도 만들지 않을 거고. 그놈들이 우리 아이들을 죽였어요. 탄제린의 어머니도 죽였고, 내 아내를 죽이려고 했을 뿐만 아니라, 내 망할 집도 태워버렸어요. 놈들에게 더는 뺏기지 않을 겁니다."

아이크가 말했다.

"당신을 이번 일에 끌어들이는 게 아니었는데."

버디 리가 속삭였다. 아이크는 버디 리의 침대 가까이로 의자를 당겼다.

"당신이 날 꼬드긴 게 아니에요."

아이크가 말했다.

버디 리는 침을 꿀꺽 삼켰다.

"내가 꼬드긴 게 맞다면?"

아이크는 고개를 한쪽으로 갸웃했다.

"무슨 말이에요?"

버디 리는 손으로 얼굴을 감쌌다. 그의 손가락이 볼의 봉합 자국을 훑었다. 혈압을 측정하는 모니터가 불규칙하게 삑삑거리기 시작했다.

"애들 비석이 망가지지 않았어도 당신이 이 일에 가담했을까?"

버디 리가 물었다. 아이크는 몸을 앞으로 숙였다. 그의 두 눈이 가늘어졌다. 버디 리는 그의 머릿속 기어가 제자리를 찾아가는 모습을 보았다.

"설마, 당신이?"

아이크가 말했다. 버디 리는 그 한 구절의 말조차 제대로 듣지 못했다.

"당신은 움직일 생각이 없어 보였고, 혼자서는 할 수 없었소. 내 동생 체트에게 부탁했지만, 거절당했지. 나도 마음 편하지만은 않았어. 정말 그러고 싶지 않았지만, 그렇게라도 하지 않으면 당신이 나서지 않을 것 같아서…."

버디 리가 말했다. 아이크는 자리에서 벌떡 일어났다. 그의 강한 손이 버디 리의 목덜미를 감아쥐고 침대 위로 들어 올렸다. 그의 손등에 연결되어 있던 정맥 수액줄이 빠져버렸다. 혈압 모니터의 곡선은 썩은 나무처럼 고꾸라졌다.

"당신! 아리아나는 죽을지도 몰라. 마야는 지금 죽음의 문턱에 서 있고. 탄제린의 어머니는 이미 죽었어! 전부 당신 때문에! 당신 때문에!"

아이크가 말했다. 그의 침이 버디 리의 얼굴에 비처럼 쏟아졌다.

"우리… 아이들을… 위해… 이걸… 끝내야만….'

버디 리가 꺽꺽거렸다. 아이크가 그의 목을 조이는 가운데, 그는 가까스로 단어들을 하나씩 내뱉었다. 목뼈가 가루가 되어버리는 듯한 기분이었다. 아이크는 이를 악물고 버디 리를 침대에 풀썩 던져버렸다.

"빌어먹을 새끼. 감히 날 여기 끼워 넣다니, 씨발 새끼."

아이크가 말했다.

"다 내 잘못이오. 하지만 이제 되돌릴 수 없어."

버디 리가 말했다.

"그렇게 나쁜 사람은 아니라고 생각했는데. 당신을 믿었는데. 근데 당신은 그저 험한 일을 대신해줄 인상 더러운 흑인 놈이 필요했던 거였어, 지난번 내 얘기처럼."

아이크가 말했다.

"난 단지 지금의 내 고통에 공감하면서 일을 바로잡는 걸 도와줄 사람을 원했던 것뿐이었소."

버디 리가 목을 문지르며 말했다.

"우리 둘 다 사람을 잘못 봤군."

아이크가 말한 뒤 문으로 향했다.

"아이크….'

"망할, 한마디도 하지 마. 한마디도. 아내 수술이 끝났는지 가봐야해. 수술이 잘 끝났다면 그때부터 난 손녀딸이 사라졌다는 사실을 아내에게 어떻게 말하면 좋을지 고민해야 될 거야. 그리고 탄제린을 넘기지 않고 손녀딸을 찾을 수 있는 방법을 고민해야 하겠지. 이제 전부 나 혼자 할 거야. 왜냐하면 넌 그 썩을 엉덩이로 멀쩡한 내 아들 비석을 뭉개버린 놈이니까, 망할 자식."

아이크가 말했다.

버디 리는 아이크가 병실을 나서는 모습을 가만히 지켜보았다.

버디 리는 기침을 했다. 귀가 튀어나올 것 같았다. 전에도 혼자였다―새로울 것 없었다. 거나하게 취해 도저히 운전을 할 수 없게 되어 차나 트럭에서 보내야 했던 밤들. 출소한 뒤 아무도 기다리지 않는 집으로 가기 위해 여러 날 히치하이킹을 했던 낮들. 트레일러에 앉아 깜빡거리는 바보 상자의 전기 그림자를 멍하니 바라보며, 첫사랑의 부드러운 키스나 외아들의 웃음소리를 잊기 위해 계속해서 맥주 캔을 들이켜던 저녁들. 버디 리는 눈을 감았다.

하지만 이건 다른 느낌이었다. 영원히 끝나지 않을 것 같은 느낌.

한 시간 뒤 전화가 울렸다. 그의 휴대전화가 아니라 병실에 있는 전화기였다. 버디 리는 난간 너머로 팔을 뻗어 수화기를 집었다.

"여보세요?"

"버디."

크리스틴이었다.

"원하는 게 뭐야?"

버디 리가 물었다.

"괜찮은가 해서. 뉴스 봤어."

크리스틴이 말했다.

"레드힐 소식이 뉴스가 됐어? 처음이군."

버디 리가 말했다.

"어린 여자아이를 납치하고 그 조부모 집에 불을 지르는 게 매일 있는 일은 아니잖아. 당신 괜찮아?"

크리스틴이 말했다.

"우리도 그 아이 조부모야, 크리스틴."

버디 리가 단호하게 말했다.

"나도 알아. 안다고. 데릭 일 이후로는 모든 게 너무 버거워. 아이에게 아무 일도 없었으면 좋겠어. 누구에게도 이제 더는 나쁜 일이 일어나지 않아야 해."

크리스틴이 말했다. 그녀의 진한 슬픔에 버디 리는 움찔 놀랐다.

"이봐, 미안해. 그래, 당신 말이 맞아. 버거운 현실이지."

버디 리가 말했다.

"지난번에 말했던 일이랑 상관있는 거야?"

크리스틴이 물었다. 버디 리는 대답하지 않았다.

"좋아. 다시 물을게. 당신은 괜찮아?"

크리스틴이 말했다.

"하지 마."

"뭘?"

"내 걱정. 서로 미워할 때가 더 쉬웠어."

버디 리가 말했다.

"당신을 미워한 적 없어, 버디 리. 내 신경을 긁긴 했지만, 당신을 미워한 적은 결코 없었어."

크리스틴이 말했다.

"당신이 전남편이랑 수다 떨어도 제럴드는 별로 신경 안 쓰나 보지? 아니면 지금 다른 수화기로 엿듣고 있는 건가?"

버디 리가 말했다.

"하, 제럴드 윈슬롭 컬페퍼는 내 전화 엿들을 시간 없어. 선거운동 하느라 바빠."

크리스틴이 말했다.

버디 리는 침대에서 몸을 곤추세웠다. 병실에 간호사가 들어왔지만, 그는 손을 휘저어 밖으로 내보냈다.

"그래서 뭐?"

버디 리가 물었다.

"제럴드가 주지사 출마 준비를 하고 있잖아. 지난번에 내가 말했지. 시아버지가 주지사 선거에서 낙선한 이후로 계속해서 그이를 독촉하고 있다고."

"아니, 그 얘긴 처음이야. 아까 제럴드 이름이 뭐라고 했지? 전체 이름."

버디 리가 말했다.

"뭐? 왜?"

"일단 말해봐."

"제럴드 윈슬롭 컬페퍼. 증조부 이름을 따서 지었대. 당신 괜찮아?"

크리스틴이 말했다.

"괜찮아."

버디 리가 말했다. 그의 머릿속 거대한 테트리스 게임에 조각 하나가 제자리를 찾아 들어갔다. 이제 모든 흐름이 자연스러워졌다. 데릭이 왜 탄제린의 남자 친구 정체에 분노했는지. 그 사람을 뭐라고 했더라? 위선 떠는 개자식. 크리스틴은 데릭이 살해당하기 전 자신에게 전화했었다고 했다. 하지만 그녀는 전화를 받지 않았고, 데릭은 그런 식의 거절을 순순히 받아들이는 녀석이 아니었다. 아마도 그녀를 직접 찾아갔을 것이다. 그러다 제럴드와 맞닥뜨렸고, 그의 실체를 알고 있음을 폭로했겠지.

"빌어먹을 새끼."

버디 리가 말했다.

"방금 나한테 뭐라고 한 거야?"

크리스틴이 물었다.

버디 리는 탄제린이 왜 그의 번호를 'W'로 저장해두었는지 알 것 같았다. 그들이 만나게 된 계기도 이해가 갔다. 제럴드 컬페퍼와 크리스틴은 상류층의 여러 모임에서 항시 마주쳤을 것이다. 총상을 입고 쓰러진 탄제린이 "우린 안 돼요(We can't win)"라고 중얼거렸던 말이, 사실은 "우린 안 돼, 윈(We can't, Wynn)"이었던 것이다.

윈슬롭의 약칭 '윈'.

"킹윌리엄카운티 어디로 이사했다고 했지?"

버디 리가 물었다.

"가든에이커. 버디 리, 왜 그래?"

크리스틴이 물었다.

"아무것도 아니야."

그는 수화기를 내려놓았다. 그는 침대에서 일어나 구석에 놓인 티크 소재 장으로 다가갔다. 두 번째 선반에 그의 옷이 깨끗한 비닐 팩에 담긴 채 놓여 있었다. 아까 그가 내보냈던 간호사가 다시 그의 병실을 찾았을 때 그는 부츠를 신고 있었다.

"젠킨스 씨, 침대로 돌아가세요. 의사 선생님이 앞으로 24시간은 경과를 지켜봐야 한다고 하셨어요."

그녀가 말했다.

"예쁜 아가씨, 괜찮아요. 의사에게 내가 의학적 조언에도 불구하고 병원을 나갔다고 보고해야 한다면, 뭐, 아무래도 상관없소. 하지만 여기서는 1분도 더 있지 못하겠어."

버디 리가 말했다. 간호사는 침대 발치에 꽂혀 있던 그의 차트를 얼른 빼서 손에 들었다.

트럭을 찾는 데 시간이 꽤 걸렸다. 아이크는 트럭을 주차장의 가장 끄트머리에 세워두었다. 버디 리는 열쇠고리를 쥐고 문을 연 뒤 트럭에 올라탔다. 그리고 글로브 박스를 열었다. 거대한 반자동식 소총이 들어 있었다. 그는 총구에 총알을 확인했다. 비어 있었다. 약실도 마찬가지였다. 아이크는 거의 빈손으로 돌아다니고 있었다. MAC-10은 마야의 차에 있었다. 그리고 그 차는 누군가의 폐차장에 잠들어 있겠지. 괜찮다. 그는 트럭의 시동을 걸었다.

트럭이 간신히 기지개를 켜는 가운데 엔진이 털털거리며 진동했다. 버디 리는 뒤편 벤치 시트로 팔을 뻗어 깨진 유리 조각들 위로 조심스럽게 손을 움직였다.

마침내 찾던 것을 발견한 그는 그것을 손에 쥐고 팔을 다시 끌어당겼다. 그것은 일정 간격으로 못이 박혀 있는 낡은 야구방망이었다. 그의 이전 직장 동료 척은 그걸 홈메이드 전곤*이라고 불렀다. 그가 배달 일을 할 적에는 여전히 많은 사람들이 현금으로 돈을 지불하곤 했다. 총을 구비할 수도 있었지만, 방아쇠를 잘못 당겼다가

---

* 끝에 못 따위가 박힌 곤봉 모양의 옛날 무기.

는 직장 잃고, 곧장 감옥행인 데다가 사장이 벌금을 물어야 할 위험이 있었다. 그러니 이 정도가 적절한 대안이었다. 지금껏 딱 두 번 사용했고, 그 외 대부분은 위협용에 그쳤다.

못이 박힌 야구방망이. 달굿대*. 45구경. 죽을 각오로 덤빈다면, 버디 리에게는 이런 것들도 충분한 무기가 될 수 있었다. 심지어 사랑도.

버디 리는 주차장에서 차를 몰아 도로로 나섰다. 그는 노래를 부르기 시작했다. 젠킨스 가문의 일원이 하나씩 세상을 뜰 때마다 장례식에서 할머니가 불렀던 노래였다. 할머니가 죽었을 때에는 다른 가족들이 대신 그 노래를 불렀다.

"오, 죽음… 오, 죽음, 내게 한 해만 더 내주지 않으련."

고속도로를 달리며 버디 리는 흥얼흥얼 노래를 불렀다.

---

* 땅을 다지는 데 쓰는 몽둥이.

37

 가든에이커는 인적 드문 곳에 자리하고 있었다. GPS는 계획 지구의 15킬로미터 이내에서만 작동했기 때문에 그 외곽에서부터는 주택부지 판매를 홍보하는 부동산의 간판을 따라가야 했다. 간판들은 매일 밤 새로 깐 것처럼 매끈한 검은색 아스팔트의 널찍한 도로를 따라 세워져 있었다. 버디 리는 액셀을 끝까지 밟았지만, 트럭의 속도는 시속 80킬로미터를 넘지 못했다. 차는 자비를 부르짖고 있었지만, 그 특별한 감성도 오늘 밤에는 먹히지 않았다.
 버디 리는 가든에이커 도로에 접어들었다. 트럭 뒤로 회색과 검은빛 연기구름이 피어올랐다. 도로 옆에는 분홍색 철쭉들이 자라고, 도로를 따라 콘크리트 배수로가 이어졌다. 버디 리는 그가 합법적으로든, 불법적으로든, 어떻게든 평생을 벌어도 사지 못할 대저택들을 하나씩 지나쳤다. 아이크와 그 직원들에게는 제법 돈이 될 듯한, 다채롭게 정돈된 잔디들이 각 저택의 길게 뻗은 진입로 양옆으로 펼쳐져 있었다. 그런 진입로 중 다수가 가운데에 벽돌로 기둥을 세워 만든 우편함을 갖고 있었고, 몇몇 집에는 게이트가 달려 있었다. 또한 차량 두 대를 세울 수 있는 대형 차고도 대부분 갖고 있었다. 재력을 뽐내는 건축의 기준이 바로 이것이라는 듯, 동네에 풍기는 획일성의 감각은 놀라움 그 자체였다.

버디 리는 트럭의 속도를 서서히 줄였다. 버디 리는 제럴드에게 업무용 차와 여가용 차가 따로 있을 것이라 추측했다. 그러니 차고에 크리스틴의 황금색 렉서스 자리는 없을 것이다.

버디 리는 진입로로 방향을 틀면서 액셀을 몇 번 더 밟았다.

"한 번만 더. 한 번만 더 힘을 내줘."

그가 중얼거렸다.

버디 리는 액셀을 꾹 밟았다. 6년 전 1천 5백 달러를 주고 산 중고 고물차가 배기관으로 기름을 내뿜으면서도 다시금 으르렁거리며 생기를 되찾았다. 버디 리는 진입로를 내달렸다. 그가 크리스틴의 차를 지나쳐 차고 문 앞에 도달했을 때의 속도는 시속 75킬로미터였다. 그는 검정색 BMW 옆에 주차되어 있는 캔디애플빛의 콜벳*을 그대로 들이받았다.

버디 리는 안전벨트를 풀고 트럭에서 내렸다. 목재로 만든 반도어** 스타일의 현관문은 전면에 연철 장식을 둘렀고, 양옆에 선 아름다운 청동 케이스의 등불에는 불이 들어와 있었다. 버디 리는 계단을 올라 양손으로 루이빌 슬러거***를 단단히 쥐고 가까이에 있는 등불을 산산조각 냈다. 그러자 2층짜리 저택 안에서 분주한 발걸음 소리가 들렸다.

---

* Corvette : 쉐보레의 스포츠카 쿠페 차량.

** Barn Door : 목재와 철제로 인더스트리얼한 느낌을 살린 미닫이식 문.

*** Louisville Slugger : 메이저리그의 대표 야구배트.

"제럴드! 당장 나와, 이 썩을 놈의 새끼야! 이 빌어먹을 개새끼!"

버디 리가 목청껏 소리를 질렀다. 현관문 양옆에는 조그마한 테라코타 사자상이 앉아 있었고, 그 옆으로 유약을 바른 토분이 놓여 있었다. 버디 리는 방망이를 휘둘러 사자를 하나씩 날려버린 다음 토분까지 박살 냈다. 회반죽 조각들이 사방으로 튀어 그의 풀 죽은 머리카락 위에도 올라앉았다.

"그 여자랑 바람피웠지, 제럴드. 그 여자랑 바람피운 걸 데릭이 알게 된 거야!"

버디 리가 고래고래 소리를 질렀다. 그는 계단에서 훌쩍 뛰어내렸다. 문 왼쪽에 달린 전망창도 그의 분노 섞인 방망이질을 피하지 못했다. 있는 힘껏 두 번이나 가격해야 했지만, 결국 창문도 수백만 조각으로 쏟아져 내렸다.

"버디 리! 그만해!"

크리스틴이 비명을 질렀다. 그녀는 방금 전까지만 해도 전망창이었던 곳 앞에 놓인 패브릭 소재 체이즈 라운지*의 반대편에 서 있었다.

"그놈이 우리 아들을 죽였어, 크리스틴. 그놈이 데릭을 죽였다고. 그놈이 죽였어!"

버디 리가 외쳤다.

크리스틴은 두 손으로 입을 막았다.

"무슨 말이야?"

"그놈이 탄제린이라는 여자와 바람을 피우고 있다는 걸 데릭이 알게 됐어. 어서 나와, 제럴드. 아니, 윈이라고 불러야 하나? 여자가 그렇게 불렀을 테지. 안 그래? 이 씹어 먹어도 시원찮을 새끼!"

---

* 다리를 뺄 수 있는 팔걸이 하나짜리 긴 의자.

버디 리가 말했다.

"제럴드, 대체…."

그때 제럴드의 목소리가 그녀의 말을 끊었다. 스피커에서 나오는 게 분명한 목소리가 집 안에 울려 퍼졌다.

"경찰 불렀어, 버디."

제럴드가 말했다.

"이리 나와, 제럴드. 네 그 망할 머리를 빠개버리기 전에 내 아들 이름부터 불게 할 거야. 은신처에서 당장 나오라고."

버디 리가 말했다.

"버디 리, 경찰이 곧 도착할 거야."

크리스틴이 말했다.

"경찰이 오는 것보다 내 방망이로 저 새끼 머리를 조지는 게 더 빠를걸? 당장 나와. 어디 당당하게 얼굴 내밀어봐. 네 놈이 죽인 아들의 아빠와 마주하란 말이야. 사람 죽일 배짱이나 있었나? 아니면 전부 브리드를 시켰던 거야?"

버디 리가 말했다. 제럴드가 다시 입을 열었다. 버디 리는 스피커를 통해 그의 히죽거림을 들을 수 있었다.

"이건 워런 오티스*가 나오는 B급 영화가 아니야, 버디 리. 그 방망이 내려놓고 바닥에 엎드리는 게 좋을 거야. 방금 주거지 무단침입죄에 재물손괴죄까지 저질렀는데 거기에 살인미수까지 더하고 싶나?"

제럴드가 말했다.

"미수로 그칠 거란 착각은 마, 새끼야. 당장 나오지 않으면 내가

---

* Warren Oates : 미국의 영화배우.

뒤져서 찾아낼 줄 알아."

그가 말한 뒤 다시 트럭으로 돌아갔다. 그리고 시동을 걸었다. 하지만 엔진은 푸드덕거리기만 할 뿐 제대로 걸리지 않았다. 그는 다시 시동을 걸어보았다.

"이번이 마지막이야."

그가 속삭였다. 트럭은 간신히 제 숨을 되찾았다. 버디 리는 후진을 해 차고 앞에서 벗어났다. 그리고 기어를 다시 드라이브로 바꾸었다.

제럴드가 손에 휴대전화를 든 채 어둠 속에서 모습을 드러냈다. 그는 유리창이 있었던 자리를 멍하니 쳐다보고 있는 크리스틴 뒤에 와서 섰다.

"갔어?"

"아뇨, 탄제린이 누구예요?"

크리스틴이 으스스하리만큼 차분한 목소리로 물었다.

"오, 맙소사."

제럴드가 말했다. 그는 크리스틴의 팔을 잡고 버디 리의 트럭이 돌진해 오고 있는 전망창 앞에서 끌어냈다. 창문 주변 벽돌이 메스암페타민 중독자의 이빨처럼 바닥으로 우수수 떨어졌다. 체이즈도 버디 리의 트럭에 깔려버렸다. 앞바퀴가 나무 마루 위에 공회전을 하면서 타이어 고무의 검은 흔적을 남겼다. 버디 리는 손에 야구방망이를 들고 트럭에서 내렸다. 그리고 그걸 지팡이 삼아 걸음을 옮겼다.

"잡았다, 빌어먹을 새끼. 네 놈 머릿속에 뭐가 들었는지 내 눈으로 확인하고야 말겠어."

버디 리가 말했다. 제럴드는 크리스틴을 끌고 부엌과 다이닝룸을 구분하고 있는 박쥐날개 모양의 문을 통과했다. 버디 리는 그들 뒤를 쫓아가며 방망이를 휘둘러 석고보드 벽면에 구멍을 냈다. 그리고 박쥐날개 모양의 문 한 짝도 박살 냈다. 제럴드는 크리스틴 뒤에 선 채 한 손에 칼을 들고 있었다.

"사람 죽여본 적 있어, 제럴드? 직접 말이야. 전화에 대고 말고. 얼굴에 피 튀는 기분이 어떤 줄 알아? 목에서 나는 마지막 숨소리는 들어봤나? 숨이 꺼질 때 바지에 흐르는 배설물 냄새를 맡아본 적 있냐고. 난 있어. 그러니 그 칼 때문에 내가 망설일 거라는 생각은 좆도 하지 않는 게 좋을 거야."

버디 리가 말했다.

"제발, 버디 리, 그만해."

크리스틴이 말했다.

"저 새끼가 우리 아들을 죽였다니까!"

버디 리가 포효했다. 그는 방망이를 반 바퀴 휘둘러 왼편 벽에 길게 뻗어 있는 화강암 상판 조리대에 놓인 커피메이커를 날려버렸다.

"내 아들 이름을 말해봐, 제럴드!"

버디 리가 소리쳤다. 그리고 첫 번째 공격에 이미 부상당한 착즙기를 박살냈다.

"말해! '데릭 웨인 젠킨스'라고!"

버디 리가 고함쳤다.

"방망이 내려놔!"

공권력의 목소리가 등 뒤에서 들렸다. 버디 리는 제자리에 얼어붙었다.

"내려놔!"

버디 리는 어깨 너머를 흘끗 쳐다보았다. 두 명의 보안관이 손에 총을 들고 서 있었다. 버디 리는 방망이를 떨궜다. 바닥에 깔린 이탈리아 대리석 위로 쨍그랑 소리가 났다.

"백인 특권에 감사하군."

버디 리가 나지막이 속삭였다.

그는 크리스틴과 제럴드에게 달려들었다. 제럴드는 버디를 향해 자기 아내를 밀었다. 버디 리는 그녀를 옆으로 밀친 뒤 오른손으로 제럴드가 들고 있는 부처나이프의 칼날을 쥐었다. 그리고 왼손으로 제럴드에 얼굴에 주먹을 날렸다. 그의 주먹 관절이 랜턴만 한 제럴드의 턱에 닿은 찰나가 버디 리에게는 최근 몇 달 사이 가장 행복한 순간이었다. 강한 팔이 그의 몸을 뱀처럼 감았지만, 그는 계속해서 제럴드에게 주먹을 날렸다. 보안관이 그의 손을 비틀어 칼을 바닥에 떨구었다. 베인 손바닥에서 피가 흘러 타일로 떨어졌다. 제럴드가 버디 리의 팔이 닿는 거리에서 벗어나자 버디 리는 이제 제럴드의 얼굴에 발길질을 했다. 보안관들은 그를 제압하기 위해 안간힘을 썼다.

"저놈이 내 아들을 죽였어! 내 아들을 죽였다고! 내 아들을! 내 아들을!"

버디 리가 소리를 질렀다. 단어들이 하나로 녹아들어 알아들을 수 없는 슬픔의 연가가 될 때까지.

버디 리는 유치장의 차가운 시멘트 벽에 등을 기댔다. 한 시간쯤 전, 보안관들은 그의 손에 붕대를 감아준 뒤 그를 유치장에 던져버렸다. 주말이었기 때문에 가로세로 6평짜리 공간은 주취자들로 가득했다. 오피오이드* 중독으로 괴로워하는 꾀죄죄한 몰골의 중독자들 몇몇과 금방이라도 눈물이 터져 나올 것 같은 얼굴로 조용히 앉아 있는 한 사람.

예전 시절로 되돌아간 것 같았다. 보석 판정이 나지도 않겠지만, 판정이 난다고 해도 그 금액이 상당할 테지. 중범죄가 최소 두 건에 다른 전과들까지 합치면 이번에는 그야말로 쉽게 나오기 어려울 것이다.

그는 전부를 잃었다. 데릭을 잃었고, 아이지아를 잃었고, 아이크를 잃었고, 마야를 잃었으며, 아리아나까지 잃었다. 늘 그랬던 대로 다시 예전의 모습이다. 천생 패배자.

"젠킨스."

생긴 것과는 달리 목소리가 좋은 보안관이 말했다. 버디 리는 그를 쳐다보았다.

"왜."

"일어나. 얘기하자는 사람이 있어."

보안관이 말했다. 버디 리는 움직이지 않았다. *대체 누가 나를 만나자는 거야?*

"누군데?"

그가 물었다.

"어서 엉덩이 떼고 일어나. 이 문 열고 들어가서 의자에 앉혀버릴까?"

보안관이 물었다. '의자'라는 건 난폭한 재소자들에게 사용하는

---

* Opioid : 아편 비슷한 작용을 하는 합성진통제.

다방향 포박 장치였다. 버디 리도 한 번 앉아본 적이 있었다. 그 특별한 장치에 다시 오르고 싶진 않았다. 그는 자리에서 일어나 벽을 보고 섰다. 두 명의 보안관들이 각진 얼굴 무리에 끼었다. 그들은 버디 리의 손에 수갑을 채운 뒤 유치장 밖으로 이끌었다. 병원 느낌이 물씬 풍기는 하얀색 복도 위로 형광등들이 깜빡거렸다. 그들은 황금색 바탕에 검정색으로 '변호사'라고 적힌 문 앞에 도달했다. 각진 얼굴이 문을 열었고, 보안관들은 그를 서늘한 기운이 가득한 좁은 방으로 밀어 넣었다. 강한 손아귀가 그를 의자에 앉혔다. 그들은 그의 오른쪽 수갑을 풀고 그걸 다시 테이블 아래 부착된 고리에 채웠다.

"누굴 만나는 거요?"

버디 리가 물었다. 보안관들은 아무런 대답 없이 문을 열어둔 채 밖으로 나갔다.

"얘기 좀 할까."

제럴드가 방으로 들어오며 말했다.

38

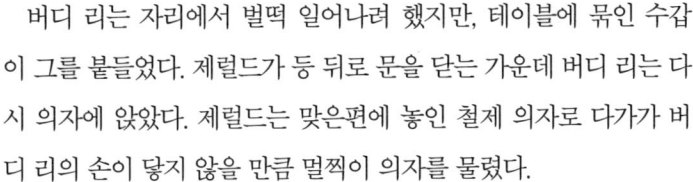

 버디 리는 자리에서 벌떡 일어나려 했지만, 테이블에 묶인 수갑이 그를 붙들었다. 제럴드가 등 뒤로 문을 닫는 가운데 버디 리는 다시 의자에 앉았다. 제럴드는 맞은편에 놓인 철제 의자로 다가가 버디 리의 손이 닿지 않을 만큼 멀찍이 의자를 물렸다.
 "난 늘 왜 탁자들만 바닥에 붙어 있고, 의자들은 그렇지 않은지가 궁금했어. 여기는 피고인들이 담당 변호사들을 만나는 장소인 것 같은데, 당신처럼 변호사에게 열을 내다가 테이블이라도 휘두르면, 당연히 유죄가 되겠지."
 제럴드가 말하며 버디 리에게 미소를 지었다. 그의 턱 아래로 보랏빛 살이 툭 불거져 있었다. 그의 눈에도 같은 종류의 살덩이가 올라앉아 있었다.
 "네가 내 아들을 죽였어."
 수갑이 채워진 그의 손이 본능적으로 움찔했다.
 "버디, 내 말 들어."

"네놈이 내 아들을 죽였어."

버디 리가 격분했다.

제럴드는 고개를 가로저었다. 제삼자에게는 공감 어린 제스처로 보일만 했다.

"버디, 어른스럽게 생각하자고."

제럴드가 말했다.

"네 좆을 잘라 먹여버릴까."

버디 리가 말했다. 제럴드는 앞으로 몸을 숙이고 두 손을 무릎에 올렸다. 그는 웃고 있지 않았다.

"여기는 CCTV 같은 게 없으니 무슨 얘기든 가능해. 지금 내 동업자가 여자애를 데리고 있지. 네 손녀딸 말이야. 넌 탄제린이 어디 있는지 알잖아. 네가 여기서 나가자마자 그들이 연락해서 거래를 주선할 거야. 너랑 아이크는 우리가 지정한 장소로 탄제린을 데려오기만 하면 돼. 내가 시키는 대로 하지 않으면 애는 죽은 목숨이야."

제럴드가 말했다.

"애 손끝 하나라도 건드렸다가는 아주 도륙을 내버릴 줄 알아, 새끼야."

버디 리가 내뱉었다.

"오, 버디 리. 넌 너무 극단적이야. 여기서 칼을 쥐고 있는 사람은 나란 걸 모르겠어? 난 애도 데리고 있고, 판사이기도 하지. 넌 내 집에서 날 죽이려고 했고."

제럴드가 손가락으로 자신의 얼굴에 난 상처를 쓸었다.

"전화 한 통이면 네 보석금에 0을 여섯 개 정도 붙일 수 있어. 그러면 넌 영락없이 너 같은 쓰레기들의 운명을 따라야 하겠지. 시키는 대로 따라야 하는 운명."

"박치기로 생긴 상처가 금방 나았나 봐, 안 그래?"

버디 리가 말했다. 제럴드는 웃음을 지었다.

"보면 항상 남성미가 지나친 친구라니까. 말해봐. 네 인생 통틀어 과연 불행 말고 얻은 게 뭐가 있지?"

제럴드가 말했다. 그는 버디 리가 뭐라고 대답할지 정말로 관심 있는 듯한 눈치였다. 버디 리는 의자에 앉아 검지로 턱의 울퉁불퉁한 상처를 더듬었다.

"그래, 불행했던 적도 있었지. 그저 쓰러져 죽고 싶기만 했던 때. 그런 시간들을 모두 합치면 좋았던 시간의 거의 두 배가 될 거야. 분명히."

버디 리가 말했다. 제럴드는 무슨 말인가를 하기 위해 입을 열었지만, 버디 리가 손가락을 들어 좌우로 흔들었다.

"하지만 좋았던 때든 나빴던 때든 난 내 자신에 대해 결코 거짓말한 적이 없어. 골칫덩어리, 허구한 날 위스키만 들이켜는 백인 무식자가 아닌 다른 누군가인 척한 적 없단 말이지. 난 내가 부끄럽지 않아. 우리 아들도 나의 그런 점을 좋게 봤을 거라 생각해. 근데 넌 어때, 윈슬롭? 밤새 탄제린과 뒹굴고서는 크리시가 있는 집으로 돌아갈 때 기분이 어땠나? 거울 속 남자는 성소수자들을 혐오스러운 일탈자들이라며 욕하는 남자를 어떻게 생각했지? 아담과 스티브가 아니라, 아담과 이브의 조합만이 행복하다고 누가 그랬어? 정작 자기는 LGBTQ 사이에서 T와 놀아나면서? 과연 우리 둘 중 누구의 잠자리가 더 편안했을까… 친구?"

버디 리가 물었다. 그는 몸을 앞으로 기울였다. 제럴드는 미소를 지었지만, 그의 이마에 잡힌 주름은 울렁이고 있었다. 버디 리는 웃음을 터뜨렸다. 그는 머리를 뒤로 제친 뒤 신나게 웃어젖혔다.

"오, 우리가 다 알고 있는 걸 몰랐나 봐? 이봐, 난 그런 걸로 사람 평가 안 해. 너희들 표현에 따르면 난 '앨리'니까."

버디 리가 말했다. 제럴드의 얼굴에서 미소가 사라졌다.

"치안 판사에게는 고소 취하하겠다고 할 거야. 변태 아들이 죽는 바람에 완전히 정신 나간 거라고 둘러대주지. 넌 곧장 아이크에게 가서 둘이 같이 탄제린을 데려와. 그렇게만 하면 여자애는 무사할 거야. 하지만 시키는 대로 하지 않으면, 아리아나는 끔찍한 죽음을 맞게 될 거야."

제럴드가 말했다. 그는 자리에서 일어나 문으로 향했다. 그가 문 손잡이를 돌리는 순간 버디 리가 입을 열었다. 그는 소리치지도 고함을 지르지도 않았다.

"네 생각보다 빨리 닥치게 될 그날, 네가 듣게 될 마지막 소리는 네 심장이 멎어가는 소리일 거야. 그리고 네가 보게 될 마지막 모습은 나나 아이크가 손에 네 심장을 쥔 채 네 위에 서 있을 모습일 테고. 지금 내 말 절대 잊지 마."

버디 리가 말했다. 제럴드는 킬킬거렸다. 그 소리가 방 안에 울려 퍼졌다.

"내 동업자가 연락할 거야."

제럴드가 말한 뒤 방을 나갔다.

"그날은 생각보다 빨리 찾아올 거야."

버디 리가 부드럽게 말했다.

39

아이크는 소다를 뽑기 위해 자판기에 동전 몇 개를 집어넣었다. 그는 나선형의 부속이 회전하면서 소다 캔을 아래쪽 박스로 떨어뜨리는 모습을 지켜보았다. 그는 서랍에 손을 넣어 소다를 꺼냈다. 자판기에 맥주 캔이 있더라면, 아니 그보다 더 낫게는 위스키병이 있더라면 좋았을 텐데. 마야는 수술실에서 나왔지만, 여전히 의식은 없었다. 의사는 뇌부종 때문에 의식이 돌아오는 데 몇 시간 혹은 몇 주가 걸릴 수도 있다고 했다. 병원 직원은 그녀의 침대 옆에서 눈을 붙일 수 있도록 안락의자를 가져다주었다. 그 의자가 없었다면 바닥에서 잠을 청해야 했을 것이다. 내일은 집에 가서 남은 것이 있는지 찾아볼 생각이었다. 그들 삶의 남은 흔적들 말이다. 물질적 비극과 함께 어른들의 임무가 찾아왔다. 보험사에 전화하고, 그가 뭔가를 숨기고 있음을 알고 있는 보안관에게서 경찰보고서도 입수해야 한다. 심지어 모든 것을 잃은 뒤에도 세상이 계속 돌아가고 있음을 깨닫게 하는 자질구레한 수고들.

그때 휴대전화가 진동했다.

그는 휴대전화를 집어 화면을 확인했다. 버디 리였다. 거절 버튼을 눌렀다.

휴대전화가 다시 울렸다.

그는 다시 거절 버튼을 눌렀다.

휴대전화가 다시 울렸다. 이번에 그는 전화를 받았다.

"한 번만 더 전화하면 죽여버릴 겁니다."

아이크가 말했다.

"제럴드 컬페퍼요."

버디 리가 말했다.

"뭐? 누구?"

아이크가 말했다.

"데릭의 양아버지. 탄제린이 만나던 놈이 그놈이오. 판사인 데다가 레어 브리드를 부리고 있지."

버디 리가 말했다.

아이크는 음료수를 든 채 대기실의 플라스틱 의자를 끌어다 앉았다.

"아이크?"

버디 리가 그를 불렀다.

"그건 어떻게 알았어요? 내가 왜 당신 말을 믿어야 합니까?"

아이크가 말했다.

"탄제린의 휴대전화에 그 남자 번호가 'W'란 이름으로 저장되어 있었다고 했잖소. 제럴드의 미들네임이 윈슬롭이오. 그때 알았지. 누군가 탄제린을 버렸다는 사실에 데릭이 그토록 화를 낸 이유. 왜 그렇게 열받았었는지. 애 엄마랑 얘기했는데, 데릭이 총을 맞기 두어 주 전에 자기에게 전화를 했었다더군. 통화는 못 했지만."

버디 리가 말했다.

"대신 양아버지를 만났던 건가."

아이크가 말했다.

"아마 제럴드를 협박했을 거요. 사람들이 아는 윈슬롭은 전형적인 보수주의자였으니까. 여자들은 애를 낳아 양육하는 데 집중하고, 흑인들은 자기 분수를 알아야 한다고 주장했지. 자로 잰 듯 똑바르지 않은 건 다 악마로 치부해버리고."

버디 리가 말했다.

"자기 아내를 배신했다는 사실을 세상이 모르길 바랐겠군. 특히 그 대상이 탄제린이라는 사실은 더더욱."

아이크가 말했다.

"이 모든 일의 배후에 그자가 있었소, 아이크. 레어 브리드는 날 죽일 수 있었지만, 그러지 않았소. 그놈은 탄제린을 아리아나와 맞교환하길 원해. 주지사 선거운동이 한창인 지금 이 모든 사실이 밝혀지면 안 될 테니까."

버디 리가 말했다.

"놈한테 그런 얘긴 언제 들었어요?"

아이크가 물었다.

"내가 트럭으로 그놈 집에 돌진해서 못 박힌 야구방망이로 놈의 머리를 박살낼 뻔한 뒤에."

버디 리가 말했다.

"맞춰볼까요. 고소는 취하했을 테지요."

아이크가 말했다.

"놈은 우리 셋 전부를 원해. 당신에게 곧 전화가 갈 거요. 나한테 화났다는 거 아오. 딱히 탓할 생각도 없소. 지금이라도 모든 걸 바꿀 수 있다면, 당연히 바꿀 테지만 이제 우리가 함께 나서지 않으면, 우리 중 누구도 해내지 못할 거요."

버디 리가 말했다.

"마야가 방금 수술실에서 나왔어요."

아이크가 말했다.

버디 리는 쓰읍 소리를 냈다.

"의사가 뭐랍니까?"

"몇 시간 안에 깨어날 수도 있지만, 자칫 며칠이나 몇 주가 걸릴 수도 있다는군요."

아이크가 말했다.

"뭐라고 해야 할지 모르겠소, 아이크."

버디 리가 말했다. 아이크는 스낵 자판기에 비친 자신의 모습을 쳐다보았다. 구부정한 어깨. 목에 투명 맷돌을 올린 듯 수그러진 고개. 아들은 죽었고, 손녀딸은 납치를 당했으며, 아내는 이승과 저승을 헤매고 있는 데다가 집은 잿더미가 되어버렸다. 단지 한 남자 때문에. 자신만큼은 법을 비켜 간다고 생각하는 한 남자 때문에. 아무도 감히 자신에게 손대지 못한다고 생각하는 한 남자 때문에.

"어디예요?"

아이크가 물었다.

"킹윌리엄카운티 구치소 밖이오. 길 따라 걷는 중이지."

버디 리가 말했다.

"직원을 시켜서 소형 작업 트럭을 가져오라고 할 테니, 조금만 기다려요. 한 시간 내로 갈게요."

아이크가 말했다.

"어이, 혹시 원치 않으면, 굳이 마야 곁을 비우지 않아도 되오."

버디 리가 말했다.

"마야도 어서 가서 손녀딸을 찾아오라고 했을 겁니다. 그러니 그렇게 해야죠. 한 시간이면 돼요."

아이크는 구치소 앞 인도에 차를 세웠다. 버디 리는 천천히 차로 다가와 조수석에 올라탄 뒤 문을 닫았다. 아이크는 유턴을 해서 다시 레드힐로 방향을 잡았다.

그들은 얼마간 말없이 달렸다. 마침내 버디 리가 중얼거리기 시작했다.

"당신 가게에서 내가 했던 말은 진심이었소. 제럴드 컬페퍼 같은 놈이 멀쩡히 살아 돌아다니고, 우리 아이들은 땅에 묻혀야 하는 세상에서는 살 수 없지, 하지만… 그래도 그런 짓을 하면 안 되는 거였는데, 미안하오."

"날 벼랑 끝으로 내몬 건 당신이지만, 최종 결정을 내린 건 납니다."

아이크가 말했다.

그들은 킹윌리엄을 벗어나 33번 도로에 접어들었다. 전조등 불빛에 비친 초록색 표지판에는 레드힐까지 30킬로미터가 남았다고 적혀 있었다.

"전화 없었소?"

버디 리가 물었다.

"아직. 우리 전부를 묻어버리기에 좋은 장소를 찾고 있나 봅니다. 그 제럴드라는 놈이 누구랑 자고 싶어 하는지 우리가 너무 많은 것을 알고 있으니까요."

아이크가 말했다.

"상황을 뒤집을 방법을 찾아야 하오. 탄제린을 넘기지 않고 아리아나를 찾을 수 있는 방법."

"나도 계속 생각해봤어요. 혼자 해결 볼 생각할 때 떠오른 아이디어가 하나 있죠."

아이크가 말했다. 버디 리는 눈썹을 치켜올렸다.

"그럼 우리 다시 원상복귀인가?"

"이런 심각한 상황에서 혼자 해결은 불가능해요."

아이크가 말했다.

"좋소. 계획이 뭐요?"

버디 리가 물었다.

"놈들은 우리가 원하는 걸 갖고 있고, 우린 놈들이 원하는 걸 갖고 있어요. 그러니 놈들이 탄제린보다 더 원할 법한 걸 손에 넣어야 합니다."

아이크가 말했다.

"이를테면? 놈들 오토바이라도 훔쳐야 하나?"

버디 리가 물었다.

"처음 든 생각은 놈들이 어디 사는지 알아낸 다음 놈들 아내 중 하나를 손에 넣는 거였어요."

아이크가 말했다.

"맙소사, 걸을 때 덜컹 소리가 나겠군."

버디 리가 말했다.

"뭐요?"

"당신의 그 청동 불알 말이오. 그 배짱 한번 맘에 드오. 놈들도 거기까진 예상하지 못할 거요."

버디 리가 말했다.

"하지만 우리는 이제 뱀 대가리가 누군지 알아요. 그러니 왕좌에 가까이 접근할 수 있는 누군가가 필요할테죠."

아이크가 말했다. 그는 도로에서 시선을 떼고 생각보다 길게 버디 리를 쳐다보았다.

"오, 무슨 말을 하려는지 알겠는데, 제럴드는 크리스틴을 그렇게 애틋하게 생각하는 것 같지 않소. 탠지와 그러고 있었으니 당연한 거 아니겠나."

버디 리가 말했다.

"정말 그렇게 느끼는 겁니까, 아니면 나한테 돌려 말하는 겁니까?"

아이크가 물었다.

"부끄럽지만 솔직히 말하면, 아직도 그녀에게 어떤 식으로든 달달한 감정이 남아 있긴 하오. 하지만 제럴드 컬페퍼가 사랑하는 건 오로지 권력과…."

버디 리가 말했다. 그는 말을 멈추고 입술 위로 손가락을 올렸다.

"그리고 뭐요? 난 독심술가가 아닙니다."

아이크가 말했다.

"예전에 데릭에게 들은 얘긴데, 제럴드에 관해 제 엄마에게서 들은 이야기 중 유일하게 나빴던 게 바로 그가 파파보이라는 거였다더군."

버디 리가 말했다.

"권력을 사랑하지만, 제 아버지를 더 사랑한다는 겁니까?"

아이크가 말했다.

"그렇지. 제럴드와 그 아버지가 한 무리의 도둑들처럼 얼마나 긴밀하고, 한 쌍의 스타킹처럼 얼마나 가까운지 들은 적이 있소. 개츠비 컬페퍼는 제 아들만큼이나 개자식이더군. 자길 할아버지라고도 부르지 못하게 한다는 거요. 데릭은 진정한 컬페퍼 가문 사람이 아니라 그런 호칭은 용납할 수 없다고 했다더군."

버디 리가 말했다.

"데릭과의 사이가 별로 좋지 않았다면서 둘이 꽤 얘기를 많이 나눈 것 같습니다."

아이크가 말했다. 버디 리는 신음 소리를 냈다.

"자기 엄마에게 화가 났을 때 잠깐이었소. 그러다가 애가 아이지아 얘기를 꺼내는 바람에 분위기가 금방 깨졌지."

버디 리가 말했다.

"나도 마찬가지였어요…. 아이지아는 데릭과 함께여서 얼마나 행복한지 말하려 했지만 내가 듣지 않았죠. 듣고 싶지 않았거든요."

아이크가 말했다.

"우린 좋은 아버지들은 아니었지만, 좋은 할아버지들은 될 수 있을지도 모르오."

버디 리가 말했다.

"그 개츠비가 어디 사는지 압니까? 놈들에게서 전화가 온 다음에는 움직일 시간이 부족할 겁니다."

아이크가 말했다.

"구글에서 검색이 되겠소?"

버디 리가 물었다.

"아마도. 요즘 구글에는 안 뜨는 정보가 없으니까."

"그렇지."

버디 리가 말했다. 그리고 두 사람은 다시 2, 3킬로미터가량을 침묵 속에 달렸다.

"정말 트럭으로 그 사람 집을 들이받았어요?"

아이크가 말했다.

"맞소, 근데 갑자기 쫄려서 싱크대 앞에서 핸들을 왼쪽으로 꺾었지 뭐요."

버디 리가 말했다. 아이크와 버디 리는 동시에 서로를 쳐다보았다.

버디 리가 웃기 시작했다.

아이크는 고개를 설레설레 저었다.

아이크의 말이 옳았다.

그들이 버디 리의 트레일러에 도착했을 때 아이크는 구글에서 개츠비 컬페퍼의 주소를 찾을 수 있었다. 그가 찾은 홈페이지에서는 29달러 99센트만 내면 개츠비의 전과 기록도 볼 수 있다고 했다.

"찰스시티카운티에 있는 리치몬드 외곽에 산다는군요."

아이크가 말했다. 그는 손목시계를 확인했다.

"11시가 다 됐어요. 지금 갑시다."

버디 리는 의자에 등을 기댔다. 그리고 왼손으로 얼굴을 문질렀다. 오른손 상처가 붕대 밑에서 고동쳤다. 그는 바닥에 보일락 말락

내용물이 남아 있는 보존용 병을 들어 홀짝였다. 한때는 위스키 대신 복숭아가 반이나 담겨 있던 병이었다. 옷장 속 겨울옷 뒤에 숨겨 두었던 것을 찾은 것이었다. 다람쥐들이 땅콩을 숨기듯, 버디 리는 가끔 비상 알코올을 어디에 숨겼는지 잊어버리곤 했다.

"가장 최근에 듣기론 혼자 산다고 했소. 개를 키우는지는 모르겠군. 경비시스템을 갖추고 있는지, 총을 몇 자루나 갖고 있는지도 모르오. 그러니 시도하기 전에 시험 방문은 해봐야 하지 않을까."

버디 리가 말했다. 그는 아이크에게 유리병을 건넸다. 아이크도 한 모금 마신 뒤 다시 버디 리에게 돌려주었다. 버디 리는 병을 받은 뒤 입에 거꾸로 털어 넣었다. 위스키가 그의 가슴을 태우며 내려갔다.

"놈에게 뭐가 있든 상관없고, 누구랑 사는지도 상관없어요. 개가 있는지 없는지도 상관없고. 일단 들어가서 놈을 데리고 나오면 그뿐입니다. 누가 됐든 뭐가 됐든 우릴 방해하는 게 있다면 그놈도 같이 끌어내면 돼요."

아이크가 말했다.

"참고로, 내가 지금 계속 생각이 드는 게 있는데."

버디 리가 말했다.

"뭔데요?"

"우리 아버지가 입버릇처럼 말했지. '머리가 나쁘면 손이 고생한다고'."

버디 리가 말했다. 아이크는 휴대전화를 주머니에 넣고 팔짱을 꼈다.

"말해봐요."

"우리가 집에 올라가서 개츠비 노친네를 붙들고 한바탕 한다 쳐.

하지만 그러다 집에 갇히고 그사이 브리드 놈들이라도 오면 우린 끝장나는 거요. 그러니 도자기 가게로 돌진하는 황소처럼 집에 쳐들어갈 게 아니라, 놈이 제 발로 밖으로 나와 우리 품에 안기도록 하면 어때요."

"어떻게요?"

아이크가 물었다.

"흠, 개츠비는 노인네요. 노인네들만큼 젊고 예쁜 걸 좋아하는 사람들도 없지. 마침 우리 팀에 젊고 예쁜 것이 하나 있잖소."

버디 리가 말했다.

"탄제린 말이에요? 그녀는 그 개자식이 자길 죽이려 한다는 사실도 믿지 않아요. 그런데 어떻게 그 사람 아버지 납치를 도와달라고 설득합니까?"

"간단하오. 사실을 말하면 되지."

버디 리가 말했다.

40

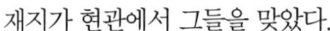

재지가 현관에서 그들을 맞았다.
"마야는 어때요?"
그녀가 물었다.
"안정을 찾았어. 네 손님과 할 얘기가 있으니, 밖에서 보자고 전해 줘."
아이크가 말했다. 그는 다시 차로 돌아가 그릴에 몸을 기댔다. 버디 리는 그 옆에 서서 주머니에 손을 찔러 넣었다. 밤하늘에 달 줄기가 은빛으로 빛났다. 얕게 낀 안개 자락은 재지의 진입로와 그 옆 구역을 경계 짓고 있는 땅 위를 굴러다녔다.
탄제린은 한참 후에야 계단을 내려왔다. 그녀는 그들에게서 멀찍이 떨어져 섰다. 검정색 배경에 하얀색 장갑 그림이 그려진 파자마 바지 차림이었다. 머리는 위로 느슨하게 올려 묶었다.
"뉴스 봤소?"
아이크가 물었다. 그녀는 고개를 끄덕였다.

"제럴드가 당신을 아리아나와 바꾸자고 했소."

버디 리가 말했다. 탄제린은 그가 있는 방향으로 머리를 툭 떨구었다.

"우리도 이제 알아요. 명예로운 제럴드 윈슬롭 컬페퍼가 당신을 버리고 이 모든 엿같은 일들을 꾸민 작자란 걸. 데릭과 아이지아를 죽였고, 당신 어머니를 죽인 데다가 사람 죽이는 게 무슨 새로운 취미라도 된 양 당신까지 죽이려 들고 있지."

버디 리가 말했다.

"어떻게…."

"보기에는 좀 그래도, 우리 둘 머리를 합치면 그런대로 괜찮은 편이라오. 'W'는 윈의 약자겠지. 윈슬롭은 제럴드의 미들네임이고. 제럴드는 데릭의 양아버지요."

버디 리가 말했다.

"그래서 데릭이 그렇게 분노했던 거예요. 아이지아는 그에 대한 기사를 쓰려고 했고."

아이크가 말했다.

"그 가족이 꾸민 일이 아니오, 탠지. 그 아내가 아니라, 그자 본인이오. 이 모든 일을 벌인 당사자가 바로 그놈이란 말이오. 자기 부하들을 시켜 어린 여자아이를 납치하라고 시킨 것도 그놈이라고."

버디 리가 말했다.

"애가 곧 죽을지도 몰라."

아이크가 말했다.

탄제린은 거세게 고개를 흔들었다. 그녀의 길고 검은 머리가 어깨 주위로 떨어져 내렸다.

"내가 무슨 말을 하길 원해요? 내가 얼간이라고? 그가 정말로 날 사랑한다고 착각한 바보라고? 그래요, 축하해요. 당신들 말이 옳아요! 나도 그저 그 남자가 갖고 놀던 정부들 중 하나였을 뿐이에요!"

탄제린이 말했다. 그녀는 마지막 계단에 주저앉았다. 아이크는 트럭에서 몸을 일으켜 그녀에게 다가갔다.

"당신에게 면박을 주려거나 탓을 하려고 온 게 아니에요. 제럴드는 당신 말대로 당신이 생각했던 그런 사람이 아니에요. 깨닫기까지 힘들었지만, 그래도 부끄러워할 일은 아닙니다, 탄제린. 우리 모두 어떤 일에서 교훈을 얻고 혹은 남에게 그걸 알려주기도 해요. 이제 모두가 사실을 알게 됐으니, 이 일에서 더 이상 숨지 않아도 돼요."

아이크가 말했다.

"당신을 그들에게 넘기지 않을 거요. 그 옵션은 협상 테이블에 아예 오르지도 않을 거야."

버디 리가 말했다.

"윈슬롭이 당신을 넘기지 않으면, 애를 토막 낼 거라더군요."

아이크가 말했다.

"그런 일이 벌어지도록 둘 수 없잖소. 그러니 당신 도움이 필요하오, 자매님."

버디 리가 말했다. 탄제린은 손등으로 눈물을 훔쳤다.

"그 사람은 내가 어떻게 되든 전혀 신경 쓰지 않는군요, 그렇죠?"

그녀가 말했다.

"자기밖에 모르는 놈이라니까."

버디 리가 말했다.

"우리 엄마도 죽였어요."

탄제린이 울음을 터뜨렸다. 흐느끼는 그녀의 몸이 떨고 있었다. 아이크는 계단에 앉아 그녀의 어깨에 손을 얹었다.

"일을 바로잡도록 우릴 도와줘요. 놈이 대가를 치를 수 있게."

탄제린은 개츠비 컬페퍼의 토지로 이어지는 1차 편도로 트럭을 몰았다. 길 양쪽에 심긴 오크나무와 단풍나무의 긴 가지가 서로 얽혀 있었다. 탄제린은 완만한 곡선 길을 지나 2미터 높이에 매달린 '노스포인트' 표지판과 맞닥뜨렸다. 표지판은 어둠 속으로 180미터가량 뻗은, 시멘트가 깔리지 않은 진입로의 끝에 서 있었다. 그녀는 진입로에 접어든 뒤 트럭을 오목한 도랑 옆에 세웠다. 그리고 차례대로 전조등과 시동을 껐다. 쉐비는 아이크의 짐 트럭이었다. 작업 중에 보수해야 할 일이 발생하거나 문제가 생기면, 물자들을 실어 나를 때 사용하는 용도였다. 그는 도주의 편이성을 위해 문 옆에 부착해두었던 자석 명패도 떼어두었다.

정신 차려, 탠지, 탄제린은 생각했다. 그녀는 백미러로 화장을 확인했다. 그녀의 분장은 평소처럼 흠잡을 데 없었다. 그녀는 후드 스위치를 올리고 차에서 내렸다. 그리고 차 앞으로 돌아 후드를 열고 개츠비 컬페퍼가 침실 창밖으로 그녀를 훔쳐볼 경우를 대비해 엔진을 들여다보는 척했다. 그리고 이내 짜증이 난다는 듯 두 손을 공중으로 던진 뒤 나른한 걸음으로 그의 집 현관으로 향했다.

탄제린이 초인종을 누르는 동안 집 안에는 감미로운 〈월광 소나타〉의 곡조가 울려 퍼졌다. 집이라고? 이런 곳을 집이라고 부르는 건 타지마할을 지하실이라고 부르는 것이나 진배없었다. 기술적으로는 정확하지만, 전체적으로는 틀린 말이라는 얘기다. 노스포인트는 오크나무, 단풍나무, 층층나무의 군집으로 둘러싸인 거대한 대지의 절반이 넘는 면적을 차지하고 있는, 3층짜리 영국식 저택이었다. 2층에 불이 반짝 들어오더니 이내 1층에도 불이 켜졌다. 성의 도개교와 다름없는 커다란 검정 문이 벌컥 열렸다. 그녀는 누군가의 발자국 소리나 새벽 1시에 잠에 취해 깨어난 가련한 영혼의 소리도 전혀 듣지 못했다.

"도와줘요?"

문에 선 남자가 물었다. 그는 탄제린보다 몇 센티미터가량 더 키가 컸다. 왼쪽으로 가르마를 탄, 눈처럼 하얀 머리는 이마에서부터 뒤로 바짝 넘겼다. 그는 밝은 초록색의 골프 셔츠에 카키색 반바지 차림으로, 그녀가 처음에 얻었던 집보다 더 큰 현관에 서 있었다. 현관은 끝없이 뻗은 아치형의 천장과 연결된 광활한 공간으로 이어졌다. 그녀는 하마터면 못 보고 지나칠 뻔했다. 그의 왼손에 총이 들려 있었던 것이다. 《더티 해리》* 스타일의 거대한 권총의 긴 총구는 남자의 엉덩이께에 자리하고 있었다.

"도와줄까 물었는데."

개츠비가 말했다. 탄제린은 온몸이 굳었다. 입을 열어 뭐라고 답하려 했지만, 시선은 그 노인이 들고 있는 대포에 꽂혀 움직이지 않았다.

"아가씨?"

개츠비가 물었다. 탄제린은 고개를 바짝 들고 노인의 눈을 똑바

---

* 1971년부터 제작된 클린트 이스트우드 주연의 경찰 영화 시리즈. 현대 미국 사회에서 범죄에 대해 개인적인 징벌을 내리는 인물을 다루는 영화의 전형으로 꼽힌다.

로 쳐다보았다. 불가능하리만큼 큰 초록색 동공이었다. 그녀는 꿀꺽 침을 삼켰다. 친절한 사마리아인의 눈빛이 아니었다.

"아, 차가 고장 났는데, 마침 휴대전화도 먹통이에요. 괜찮으면 가서 봐주실 수 있을까요? 어쩌면 점프가 필요할지도 모르겠어요. 늦은 시간인 건 안지만, 제가 기계는 잘 몰라서요."

그녀가 말했다. 개츠비는 그녀를 훑어보았다. 탄제린은 그를 향해 미소를 지었고, 개츠비도 미소로 답했다. 30센티 떨어진 거리임에도 불구하고 그의 입에서 위스키 냄새를 맡을 수 있었다.

"그 대가로 뭘 해줄 건가?"

개츠비가 말했다. 탄제린은 노인의 도발적인 태도에 불현 듯 긴장이 풀렸다. 개츠비는 가볍게 웃음을 지었다.

"농담이야, 예쁜 아가씨. 가서 한번 보지."

개츠비가 말했다. 그는 등 뒤로 문을 닫고 그녀를 따라 진입로를 걸었다.

"이 길은 어떻게 찾았지?"

개츠비가 물었다. 그는 여전히 손에 총을 들고 있었다.

"친구 집에 다녀오던 길이었는데, 트럭이 갑자기 멈춰버렸어요."

"저런, 내 친구였다면 자고 가라고 했을 텐데."

개츠비가 말했다. 탄제린은 트럭 앞쪽에 자리를 잡으며 밀려오는 메스꺼움을 애써 가라앉혀야 했다. 개츠비는 후드 밑으로 몸을 숙였다. 그리고 펜더에 총을 기대어놓았다.

"여기, 내 폰 받아. 거기 불빛인가 뭔가가 나오는 버튼이 있을 거야."

개츠비가 말했다.

"찾았어요."

탄제린이 말했다. 그녀는 무릎으로 총을 부드럽게 쓸었고, 총은 펜더에서 미끄러져 땅으로 떨어졌다.

"젠장, 아가씨. 조심해. 탄환이 가득 들었다고."

개츠비가 말했다. 그는 총을 줍기 위해 몸을 숙였다.

그때 트럭 반대편 어둠에서 아이크와 버디 리가 나타났다. 그들은 파란색 반다나를 두르고 검정색 니트 소재 겨울모자를 쓰고 있었다. 버디 리는 6연발 권총을 멀리 발로 차버렸다. 노인은 몸을 바짝 일으켰다.

"대체 뭐야?"

그가 물었다. 항상 질문에 답을 받아왔던 사람의 어조였다.

아이크는 오른쪽 주먹으로 개츠비의 왼쪽 귀 뒤를 가격했다. 노인은 해머에 맞은 것처럼 바닥에 나동그라졌다.

"바닥으로 총을 떨군 건 아주 자연스러웠소."

버디 리가 44구경을 집으며 말했다.

"어서 트럭에 태우고 여길 벗어나요."

탄제린이 말했다.

그들은 그의 손과 발을 케이블 타이로 묶고, 입에 덕트 테이프를 붙인 다음 트럭 짐칸에 던져 넣고 무거운 방수포를 덮었다. 아이크는 운전석에 타고, 탄제린은 그 중간에 그리고 버디 리는 조수석에 올라탔다. 백미러로 노스포인트가 멀어지는 가운데 버디 리가 혀를 끌끌 찼다.

"왜요?"

"CCTV가 있지 않았을까."

버디 리가 말했다.

"마스크 썼잖아요."

아이크가 말했다.

"난 아니에요."

탄제린이 말했다.

"그 집 봤어요? CCTV 시스템이 있다면, 그 사람 휴대전화랑 연동된 최신형일 겁니다. 찾아서 지우게 하면 돼요."

아이크가 말했다.

"그걸 어떻게 지우게 해요?"

탄제린이 물었다. 아이크는 그녀를 흘끗 쳐다보았다.

그 질문은 공기 중으로 무겁게 가라앉아버렸다.

버디 리의 트레일러에 가까워졌을 무렵 시간은 새벽 2시를 약간 넘어서고 있었다. 아이크는 문을 향해 후진한 뒤 트럭을 주차했다. 그가 엔진을 끄자 버디 리가 훌쩍 뛰어내려 트럭 문을 열었다.

"훔쳐보는 사람이 있다면 바로 알려요."

아이크가 그의 뒤에 바짝 따라붙으며 말했다.

"예이, 예이, 대장님."

버디 리가 말했다.

아이크는 방수포를 걷은 뒤 개츠비의 골프 셔츠를 움켜쥐었다. 그리고 단번의 부드러운 동작으로 몸을 비틀며 저항하는 노인을 짐칸에서 끌어내려 트레일러 안으로 밀어 넣었다. 아이크는 버디 리의 소파 앞 바닥에 그를 내팽개쳤다. 개츠비는 테이프 뒤로 끙끙거렸고, 버디 리는 개츠비의 입에 붙은 덕트 테이프를 더 단단하게 고정시켰다.

"제길, 요 물건은 천 가지 쓸모가 있다니까."

버디 리가 말했다.

"맞아요, 잔디 스프링클러에 난 구멍도 그걸로 막은 적 있어요."

아이크가 말했다.

"거짓말."

"진짜."

아이크가 말했다. 버디 리는 입술로 바람을 획 불었다. 그리고 이내 개츠비에게로 허리를 숙였다. 그는 노인의 주머니를 뒤져 휴대전화를 찾아냈다.

"증거를 어떻게 없앨지는 우리끼리 방법을 찾을 수 있을 거요. 없애고 난 다음 행보는 뭐요?"

버디 리가 말했다.

"탄제린을 다시 데려다줘야죠. 그런 다음 그들이 맞교환 장소를 알려올 때까지 기다리는 겁니다. 갖은 요구를 해오겠지만 이제 제럴드가 탄제린보다 더 원하는 게 우리 손에 있으니, 우리가 더 우위예요."

아이크가 말했다.

"거래에 나서지 않으면?"

버디 리가 물었다.

"제럴드는 분명 뛰어들 겁니다. 착한 아들이라면 당연히 제 아빠를 구해야죠."

아이크가 말했다.

아이크는 재지의 집 진입로로 접어든 뒤 트럭을 세웠다. 탄제린은 손등에 턱을 괴고 있었다. 아이크는 트럭을 주차했다.

"CCTV 시스템이 있었던 것 같지 않아요. 그의 휴대전화고 어디고 어플 같은 건 없었어요. 적어도 우리 눈에 띄는 건 없더군요."

아이크가 말했다.

"미안하지만, 두 사람이 첨단 기술에 그렇게 해박한 사람들은 아니잖아요. 그 사람이 경찰에 신고할 걱정은 정말 하지 않아도 되는 거 맞아요?"

탄제린이 물었다. 아이크는 대답하지 않았다.

"어쨌든 내가 당신을 도운 건 아리아나를 되찾기 위해서였어요. 그 외 다른 일들은 걱정하고 싶지 않아요."

탄제린이 말했다.

"걱정 말아요"

아이크가 말했다.

"어떻게 그래요? 사람을 죽이고도 아무 일도 없었던 것처럼. 우리 집에서 말이에요. 우리 엄마를 뛰어넘어서는 늘 하던 일처럼 그놈들을 쏟아버렸잖아요. 그런데도 별로 개의치 않는 것 같고요. 난 우리 엄마에게 죄책감을 느껴요. 아이지아와 데릭에게도. 그래서 뭘 먹지도 자지도 못하겠고, 작은 소리에도 소스라치게 놀라요. 아무런 이유 없이 울기도 하고요. 하지만 당신과 버디 리는 그렇지 않잖아요. 마치 상어들처럼 그저 앞으로 나아갈 뿐이에요. 어떻게 그럴 수 있는지 모르겠어요."

탄제린이 말했다.

"아이지아나 데릭, 당신 어머니 같은 사람들은 그렇게 죽어서는 안 될 사람들이었어요. 내가 죽인 사람들은 살 가치가 없는 사람들이었고. 버디 리는 몰라도, 난 그래서 계속 나아갈 수 있습니다."

아이크가 말했다.

"일종의 복수?"

탄제린이 물었다. 아이크는 씁쓸한 미소를 지었다.

"아니, 증오죠. 사람들은 그게 마치 옳은 일이라는 듯 복수를 언급하지만, 그건 사실 겉만 그럴듯한 증오일 뿐입니다."

아이크가 말했다.

41

돔은 카르마 맹신자였다. 과오를 범하면, 그 열 배의 과오가 자신에게 돌아온다고 믿었다. 돔은 어린 여자아이를 납치한 것보다 더한 과오는 없을 거라 생각했다.

클럽하우스에 돌아온 뒤 그에게 곱슬머리 천사를 돌보는 임무가 주어졌다. 어떻게 해서 그가 맡게 되었는지는 몰라도 '투머치'한 사람이 아이를 데리고 있으면 안 된다는 생각이었다. 그런 사람은 자기 잭 다니엘스를 아이에게 먹일지도 모른다. 그가 담요와 합판으로 급히 꾸민 요람에서 아이가 잠을 자는 동안 돔은 리모컨을 계속 두드리며 백 번도 넘게 채널을 바꾸었다. 그들이 있는 공간은 원래 뒤편 포치였던 것을 체다와 그렘린이 함께 방으로 꾸민 곳이었다. 거실의 다른 형제들은 왁자지껄하게 떠들며 환호하고 있었다. 모두가 집에 불을 지르고 차로 여자를 받아버린 것에 대해 잔뜩 흥분하고 있었다. 돔의 머릿속에는 그 여자 앞마당에 쓰러져 죽은 그렘린과 체다 생각뿐이었다. 지금쯤 그들 위로 독수리들이 맴돌고 있을까? 입에는 구더기가 들어찼을까?

돔은 다시 채널을 바꾸었다.

그레이슨은 조직원들이 여자에게서 빼앗아 온 휴대전화의 화면을 슥슥 내려 보았다. 화면 구석의 시간은 오전 4시 45분을 알리고 있었다. 올해의 아버지들에게 전화할 시간이다. 이른 시간의 전화는 어린 풋덩이에게 닥친 죽음에 대한 공포로 망연자실해 있을 순간을 포착하기에 안성맞춤일 터였다. 그레이슨은 연락처 명단에서 아이크를 발견하고는 '통화' 버튼을 눌렀다.

두 번째 신호음 만에 그가 전화를 받았다.

"여보세요?"

"어이, 깜둥이. 피에는 피라고 했지. 아니, 계집년에는 애새끼라고 해야 하나. 이제부터 내가 시키는대로…."

"책임자와 얘기하지."

아이크가 말했다. 그레이슨은 실소를 터뜨릴 뻔했다.

"감히 나한테 명령하는 거야, 깜둥이 새끼가? 내가 책임자야."

그레이슨이 말했다.

"아니, 넌 그냥 심부름꾼이야. 제럴드 컬페퍼가 책임자지. 그 사람이랑 얘기하겠어."

아이크가 말했다. 그레이슨은 휴대전화를 꽉 쥐었다. 얼간이 같은 제럴드 새끼. 자기 와이프의 전남편과 말을 섞으면 안 되는 거였는데, 상처에 소금 문지르는 악당 역할이 그렇게나 하고 싶었나? 그는 이 짓거리에 아주 제대로 맛이 들려 있었다.

"나랑 거래해. 내가 이 거래에 당사자이니까, 넌 내가 시키는 대로 하지 않으면, 아주 좆 되는 거야. 설마 그 어린 잡종의 토막을 하나씩 받아보고 싶은 건 아니겠지?"

그레이슨이 물었다.

"그러면 나도 개츠비 컬페퍼의 토막들을 하나씩 보내주지."

아이크가 말했다. 사장 의자에 널브러져 있던 그레이슨이 즉시 몸을 일으켰다.

"방금 뭐라고 씨부린 거야?"

그레이슨이 물었다. 아이크는 대답하지 않았다. 대신 그레이슨은 누군가의 신음 소리를 들을 수 있었다. 재미있지도, 즐겁지도, 유쾌하지도 않은 소리. 그건 고통의 신음이었다.

"제럴드, 너냐, 아들아?"

개츠비가 말했다.

"씨발, 뭐야?"

그레이슨이 물었다. 아이크가 다시 수화기로 돌아왔다.

"이제 어떻게 해야 할지는 *내가 너한테* 알려줄게. 제럴드에게 전화해서 우리가 그놈 아버지를 데리고 있다고 전해. 그런 다음 다시 전화하면 어디서 만날지 알려주지. 우린 컬페퍼 노친네를 데려갈 테니 넌 아리아나를 데려와."

"그런 거래는 말도 안 돼, 너…."

"앞으로 말조심해야 할 거야. 안 그러면 개츠비 할아비의 이를 하나씩 뽑아 목걸이를 만들어버릴 테니까. 아 그리고 잘 들어, 애송이. 레드힐로 달려올 생각 같은 건 하지 않는 게 좋아. 난 요즘 TV에서 오토바이 소리만 들려도 바짝 긴장이 되서 말이야. 잘못하다가는 네가 스미스 앤 웨슨*을 휘젓기도 전에 컬페퍼 노친네의 머리를 반으로 쪼개어버릴지도 몰라. 헛소리 아니야."

아이크가 말했다.

전화는 끊어졌다.

그레이슨은 얼굴에서 휴대전화를 떼고 물끄러미 그것을 쳐다보았다. 당장에라도 바닥에 집어 던진 다음 그의 부츠 밑에서 플라스틱이 찰지게 부서지는 소리가 들릴 때까지 짓밟고 싶었다. 하지만 대신 그는 휴대전화를 테이블에 내려놓았다. 그건 더 이상 전화기가 아니었다. 이 더러운 똥폭풍의 물리적인 상징이었다. 깔끔하게 떨어지는 사각의 검정색 휴대전화는 이제 그가 발 딛고 있는 평행 우주를 들여다볼 수 있는 유일한 창이었다. 두 명의 늙은 전과자들이 그가 가는 길목마다 포진하고 있는 그곳.

그레이슨은 자리에서 일어나 차고 뒤쪽 선반에 놓여 있던 연장통을 집었다. 그리고 그 안을 뒤져 짧고 뭉툭한 목수용 연필을 찾아냈다. 그는 주머니에서 하디스 영수증을 꺼낸 뒤 테이블로 돌아가 아이크의 번호를 메모한 다음 다시 영수증을 주머니에 넣었다. 조직원들 몇몇이 마당을 서성이고 있었고, 다른 몇몇은 무릎에 여자들을 앉힌 채 제 오토바이에 기대어 앉아 있었다. 그레이슨은 바닥에 휴대전화를 내려놓았다. 그리고 한 걸음 떨어진 다음 등 뒤에서 357 구경을 꺼내 휴대전화에 여섯 발의 총알을 발사했다. 총에서 딸각 소리가 날 때까지 연신 방아쇠를 당기며 그는 포효했다.

그런 다음 그는 다시 안으로 들어가 제럴드에게 전화를 걸었다.

---

* Smith & Wesson : 미국의 총기 브랜드.

아이크는 자신의 커피에 달빛을 부었다.

버디 리가 온갖 질문으로 개츠비를 괴롭히는 소리가 들렸다. 노인의 입에 테이프를 새로 갈아 붙였기 때문에 그는 버디 리의 질문에 대답할 수 없었다.

"데릭이 대학 졸업했을 때 당신들 중 누구도 나타나지 않았던 거 기억나? 녀석이 말해줬어. 난 교도소에 있었으니, 어쩔 수 없었지만 당신은? 은퇴한 양반이 말이야. 아무리 양손자라고 해도 티타임 정도는 취소하고 가서 녀석을 축하해줬어야 하는 거 아니야? 잘 들어, 개츠비. 그건 남부 신사답지 않은 행동이야."

버디 리가 말했다. 개츠비는 웅얼거렸다. 놈의 사전에 있는 온갖 욕이 다 뒤섞인 말들일 거라 아이크는 예측했다.

그때 아이크의 휴대전화가 울렸다.

아이크는 화면을 터치한 다음 귀에 가져다 댔다.

"내 말 잘 들어, 이 망할 야만인 새끼야. 우리 아빠는 이번 일과 아무 상관없어. 그러니 당장 풀어줘. 지금 바로 당장. 그러면 그 잡종 애새끼 목 긋는 건 다시 생각해볼 수도 있어."

제럴드가 말했다.

"네놈들한테 입조심하란 말은 도대체 몇 번이나 해야 돼?"

아이크가 말했다. 그는 손가락을 튕겼다. 그러자 버디 리가 개츠비를 끌어다 제자리에 앉혔다. 아이크는 거실로 들어갔다.

"내 입 걱정이랑 말고, 애 걱정이나 해."

제럴드가 말했다.

"이봐, 아드님? 아이 머리에 머리카락 한 올이라도 건드렸담 봐. 네 아빠는 비명 지르며 저세상 가게 될 거야."

아이크가 말했다.

"아빠와 얘기하게 해줘."

제럴드가 말했다.

"5초 주지."

아이크가 말했다. 버디 리는 개츠비의 입에서 덕트 테이프를 뗐고, 아이크는 휴대전화를 그의 얼굴에 가져다 댔다.

"제럴드!"

개츠비가 말했다. 아이크는 휴대전화를 다시 거뒀고, 버디 리는 뗐던 덕트 테이프를 다시 붙였다.

"살아 있어. 그러니 아리아나도 살아 있어야 할 거야. 안 그럼 네 아빠를 커피 캔에 담아 묻게 될 테니."

아이크가 말했다.

"아빠랑 탄제린도 함께 데려…."

아이크가 제럴드의 말을 잘랐다.

"아니, 탄제린은 아니야. 네 아빠와 아리아나만이야. 그렇게만 거래하는 거야. 한 시간 뒤에 다시 전화하지."

아이크가 말한 뒤 전화를 끊었다.

"너무 밀어붙이는 것 같은데. 아이에게 손을 대면 어떡하지?"

버디 리가 물었다. 아이크는 휴대전화를 주머니에 넣었다.

"우리가 놈의 아버지를 데리고 있으니 그럴 일 없어요. 이제 놈들은 우리가 무슨 일이든 저지를 인간들이란 걸 알게 됐으니 아이를 다치게 했다가는 우리가 어떻게 나올지 알 수 없을 겁니다. 이제 만날 장소를 찾으면 돼요. 총도 좀 필요하고요. 될 수 있는 한 많이."

아이크가 말했다. 버디 리는 쓰읍 소리를 냈다.

"일석이조의 방법이 있소. 하지만 그러려면 사람들을 좀 만나야 하는데, 저자는 어떡한다?"

버디 리가 물었다.

"욕실 세면대에 사슬로 묶어놓으면 돼요."

아이크가 말했다.

"거참, 아이디어가 빨리도 떠오르는군."

버디 리가 말했다.

"처음이 아니라니까요."

"하여간 이쪽으로 재능이 있소."

버디 리가 말했다.

"네, 불행히도."

아이크가 말했다.

"여기서 꺾어."

버디 리가 말했다. 사슬이 감긴 담장에 부착된 철제 표지판에 일출 빛이 반사됐다. 표지판에는 백색 배경에 검은색 굵은 글씨로 '모건스 마리나'라고 적혀 있었다. 아이크는 열린 문을 통과해 좁다란 건물의 측면에 차를 붙였다. 건물 너머에는 소금물에 전 부두가 체서피크 만까지 길게 뻗어 있었으며, 만의 양옆에는 다양한 크기의 요트와 배들이 저마다의 부를 과시하며 정박하고 있었다. 아이크는 마침내 주차 기어를 넣었다.

"이젠 당신이 차에서 기다릴 차례요."

버디 리가 말했다.

"혼자 들어가도 괜찮겠어요?"

아이크가 물었다.

"그놈이 총기 밀반입자에 미치광이 극우파 민병대원일지는 몰라도, 여전히 내 배다른 동생이오. 괜찮을 거요."

버디 리가 말했다. 그는 트럭에서 내려 마리나 사무실로 향했다. 그가 건물로 들어서자 문에 매달린 방울이 딸랑거렸다. 계산대에는 인상 좋은 노인 두 명이 미끼값을 치르고 있었다. 체트는 미끼값을 계산한 다음 버디 리를 흘끗 본 뒤 그들에게 거스름돈을 내주었다. 남자들은 거의 무의식적인 남부식 환대로 버디 리에게 목례를 하며 자리를 떴다. 마침내 그와 체트, 단둘이 남았다.

"내 가게에 어떻게 저런 종자를 달고 올 생각을 했어?"

체트가 주차장을 가리켰다. 아이크가 트럭 옆에 서서 휴대전화로 통화를 하고 있었다.

"아, 네가 처녀자리 안 좋아하는 걸 깜빡했군."

버디 리의 말에 체트가 툴툴거렸다.

"원하는 게 뭐야, 버디?"

그가 물었다. 체트는 버디 리처럼 키가 크고 팔다리가 길었다. 하지만 대걸레처럼 두꺼운 백발에 비해 수염의 숱은 적었다. 그가 팔을 굽히고 펼 때마다 이두박근에 있는 '자유가 아니면 죽음을'이라는 글귀의 문신이 물결쳤다. 아직 오전 8시 30분밖에 되지 않았는데도 그의 회색 티셔츠의 두 팔 아래로는 벌써 땀자국이 흥건했다.

"부탁이 있어."

버디 리가 말했다. 체트는 계산대를 돌아 나왔다. 두 사람 사이 간격은 이제 3센티미터였다.

"지난번이 마지막이라고 했을 텐데. 너랑 딕 때문에 내가 얼마나 곤혹스러웠는지 알아? 출리가 그것 때문에 내게 스컹크 미셸을 보냈어, 그 스컹크 미셸을. 너랑 딕이 물건 배달에 실패하는 바람에 난 졸지에 끄나풀이 돼버렸다고. 그 거래에 내가 꼴아박은 돈이 수억이야. 덕분에 며칠 밤을 꼴딱 새웠다고. 근데 그런 나한테 부탁을 하겠다?"

체트가 말했다.

"난 그 일로 5년을 허비한 사람이야. 딕이 교도소 갔으면 걘 아마 죽었을걸? 근데 네가 말을 꺼냈으니 얘긴데, 나랑 딕이 걸리자마자 너, 불법 무기 소지 혐의를 벗었더구나. 그게 과연 우연이었을까?"

버디 리가 말했다. 체트는 그를 노려봤지만, 버디 리는 그를 향해 10킬로와트짜리 미소를 번뜩였다.

"걱정 마. 아무한테도 말 안 했으니까. 말한들 누가 믿겠어? 저 혼자 살겠다고 친형제들을 밀고한 남자가 있다고 말이야, 안 그래? 어쨌든 우린 모두 한 핏줄이잖아. 썩은 피일지는 몰라도 피는 피지. 어차피 다 지난 일 아니겠어?"

버디 리가 말했다.

체트는 뒷주머니에서 스콜*을 꺼내 턱 안쪽으로 한 덩어리 끼워 넣었다.

"해줄 거 없어, 버디."

체트가 말했다. 버디 리는 금전등록기 근처에 매달린 밝은 주홍색과 붉은색의 회전목마 모형을 손으로 건드렸다. 모형은 만화경처럼 빙빙 돌며 이 가련한 남자의 모습을 비추었다.

"스컹크 때문에 오줌깨나 지렸을 테니 네가 나한테 이렇게 성을

---

* Skoal : 미국의 씹는 담배 브랜드.

내는 거겠지. 괜찮아. 이해해. 나 때문에 큰돈 날렸다니 열받은 것도 이해하고. 물론 그 부분에선 내 의심이 완전히 해결되진 않았지만. 어쨌든, 그런 건 다 좋아. 하지만 네가 데릭을 외면하는 것만큼은 참을 수 없어. 그 아인 내 아들이야. 네 조카이기도 하고. 어떤 망할 놈이 녀석을 사슴 새끼 죽이듯 총으로 쏴 죽였어. 지금 나는 그놈을 잡으려고 포위망을 점점 좁히고 있는 중이고. 지금 내가 필요한 건 매슈스에 있는 그곳 열쇠야. 작업할 곳이 필요하거든. 근데 내 부탁을 못 들어주겠다? 그럼 나 말고 데릭의 부탁이라고 생각해. 그렇게 생각하고 들어줘."

버디 리가 말했다. 체트는 다시 계산대로 돌아가 계산대 아래 선반에서 스티로폼 컵을 꺼냈다. 그리고 짙은 색의 커다란 액체 덩어리를 그 안에 뱉었다.

"네 아들? 그 호…."

체트는 그 짧은 욕설을 채 마치지 못했다. 버디 리가 잭나이프를 들고 단번에 앞으로 튀어나와 그의 목에 칼을 들이댔기 때문이다.

"한마디만 더 뱉어봐. 내 아들한테는 안 돼. 욕은 이미 나한테 충분히 먹었으니까. 더 이상은 용납 못해."

버디 리가 말했다.

"내 목에 칼 들이댈 시간에 그 개자식이랑 끝장 보는 게 낫지 않아? 여기까지 와서 유령 얘기라니, 지랄 염병을 떠네."

체트가 말했다. 버디 리는 동생의 눈에서 자신의 눈을 보았다. 아버지에게서 물려받은 그 썩어문드러진 분노.

"넌 애국자니 전사이니 하며 개소리를 지껄이지만, 내가 데릭을 죽인 사람들을 찾고 있다고 하니까, 무슨 빌어먹을 바람을 줄로 붙들어 매달라고 부탁한 것처럼 구는군. 네 조카 일인데도 눈 하나 깜짝하지 않아. 그거 알아? 밖에 있는 저 친구가 나한테는 더 형제에 가까워. 하지만 너도 아직 늦지 않았어. 일을 바로잡는 데 도움을 줄 수 있단 말이야. 그러니 순순히 열쇠 건네. 안 그럼 피를 볼지도 몰라. 난 여길 빈손으로 나갈 생각이 없거든."

체트는 쥐처럼 자신의 갈색 이를 드러냈다. 버디 리는 체트의 팽팽한 살에 칼을 더 바짝 눌렀다.

"승부는 나중에 가르지, 형제여."

체트가 말했다. 그는 두 개의 열쇠가 달린 열쇠고리를 흔들었다. 마치 마술 같은 등장이었다. 버디 리는 그의 손아귀에서 열쇠를 낚아챘다. 그리고 여전히 그에게 칼을 겨눈 채 뒤로 물러섰다. 문손잡이가 버디 리의 등을 찔렀다. 그는 칼날을 접어 뒷주머니에 넣었다.

"이번 일은 제대로 갚아줄게, 버디. 망할 등 뒤나 조심해."

체트가 말했다.

"인생이란 게 그렇게 호락호락하지 않아. 어쨌든 그런 시도라면 언제든 환영이야."

버디 리가 말했다.

버디 리는 트럭에 올라탔다. 아이크도 차에 올라 시동을 걸었다.

"괜찮아요?"

아이크가 물었다. 버디 리는 재빨리 열쇠를 주머니에 집어넣었다.

"좋은 사람들은 왜 빨리 죽을까 생각 중이오."

버디 리가 말했다.

"그래서 우리가 아직 여기 있는 것 아니겠습니까."

아이크가 트럭에 기어를 넣으며 말했다.
"가서 장소부터 확인해봅시다. 일단 터부터 잡아놔야지. 예전에 한 번 가보긴 했는데, 아주 오래전이라. 스텝 밟기 전에 댄스 플로어부터 보고 싶소."

42

 아이크는 14번 도로에서 198번 도로로 우회전을 했다. 요 몇 년간 매슈스카운티에서 몇 번 작업한 적이 있었지만, 건수가 그렇게 많지는 않았다. 이쪽 동네 사람들은 대부분 직접 잔디를 가꿨다.
 "계속 이 길로 가다가 태버내클로드에서 좌회전이오."
 버디 리가 말했다.
 태버내클로드는 매슈스 마을을 관통한 뒤 좌측으로 제일 처음 나오는 포장도로였다. 그들은 식료품점과 우체국과 도서관을 지났다. 법원 건물에서 두 걸음 정도 떨어져 건립된 남북전쟁 조각상도 지났다. 아이크는 좌회전을 한 뒤 태버내클로드를 따라 달렸고, 마침내 버디 리는 먼지 쌓인 긴 집재로*를 향해 우회전을 지시했다.
 빽빽하게 들어찬 소나무 장막을 뚫고 난 길은 마문**이 달린 자갈길로 이어졌다. 아이크는 트럭을 세웠고, 버디 리는 열쇠를 들고 차

---

* 벌채된 임목을 집재하기 위해 개설된 임산 도로의 총칭.
** 말들이 다니는 문.

에서 내렸다. 그가 문을 열자 아이크가 트럭을 몰고 그 사이를 통과했다. 버디 리는 다시 차에 올랐고 두 사람은 자갈길을 계속해서 달렸다. 길 끝에는 광대한 목초지가 펼쳐졌다. 그들 왼쪽에는 빨간색 직사각형 모양의 조그마한 헛간이 있었는데, 직사각형 전면 가운데에 셔터식 문이 달려 있고, 문 오른쪽에는 창문이 하나 나 있었다. 건물의 길이는 거의 30미터 정도 되어 보였다. 또한 그들 오른쪽에는 전술 목표 여러 개가 배치된 사격 코스가 자리하고 있었다. 목표물 대부분은 합판 위에 종이 모형을 붙인 것들로, 그중 몇 개는 흑인과 히스패닉계 사람들의 만화 이미지였다.

"당신 동생, 진짜 개쓰레기로군요."

아이크가 그것들을 보고 말했다.

"그 점에 대해선 나도 할 말이 없소."

버디 리가 말했다. 아이크는 트럭을 세웠다. 그들은 차에서 내려 메인 건물로 향했다.

버디 리는 열쇠로 문을 열었고, 아이크는 그를 따라 안으로 들어갔다. 문의 오른쪽에는 벙크하우스용 테이블이 놓여 있고, 의자 몇 개가 테이블을 둘러싸고 있었다. 또한 공간 곳곳에 소소한 장식품들이 놓여 있었다. 낚싯대 두 개, 양쪽 벽에 걸린, 박제한 사슴 머리. '나를 밟지 말라' 깃발은 벽에서 떨어진 것이 분명했다. 왼쪽의 휑뎅그렁한 공간에는 스무 개가 넘는 목재함들과 플라스틱 수납함 그리고 마대 몇 개가 놓여 있었다.

버디 리는 홀로 목재함으로 다가가 그중 하나의 뚜껑을 열고는 휘파람을 휙 불었다.

"젠장. 이 썩을 것 하나면 떼로 몰려오는 코뿔소들도 막겠소."

버디 리가 말했다. 그는 회전 실린더가 부착된 완전 자동식 엽총을 꺼냈다.

"거기 들어갈 탄도 있습니까?"

아이크가 물었다.

"여기 다른 함에 상어 이빨보다 더 많은 탄이 있소."

버디 리가 또 다른 함 뚜껑을 열며 말했다.

"그 싹쓸이는 여기 주에선 불법이에요."

아이크가 말했다. 버디 리는 함과 상자들 위로 손을 내저었다.

"여기 불법 아닌 건 하나도 없소, 아이크. 그 밀리터리 인간들은 수정헌법 제2조* 외에는 싸그리 다 무시한다니까."

"ATF에서 당신 동생을 밀착 감시 중인 건 아닙니까? 오늘 밤 화려한 불꽃놀이가 예정되어 있는데 말입니다."

아이크가 말했다.

"연방수사국에서 붙었으면, 여긴 지금껏 남아 있지도 않았소. 그러니 오늘 밤에 사람들 이목 끌 걱정은 붙들어 매요. 게다가 여긴 숲 안쪽이라 또 다른 헛간을 만나려면 10킬로미터는 더 돌아가야 한다니까."

버디 리가 말했다.

"그렇다면야."

아이크가 말했다.

버디 리는 계속해서 함을 뒤졌다. 끝도 없이 나오는 전자동 소총과 라이플총, 권총 그리고—신이시여, 우리를 구하소서—지뢰들은

---

* 1791년 권리장전의 일부로 비준된, 주의 민병 유지 권리를 보장하는 내용으로 미국 시민의 총기 소유권을 합법화하는 조항.

그야말로 감탄스러울 지경이었다.

이걸 전부 써야 할지도 모르겠군, 버디 리는 생각했다. 그는 벽과 맞닿은 함을 열었다.

"젠장. 아이크, 이리 와보시오."

버디 리가 말했다. 아이크가 다가가 함 안을 들여다보았다.

"설마 내가 생각하는 그건가?"

아이크가 말했다.

"맞소. 체트처럼 망상 쩌는 놈들은 늘 든든한 대안을 마련해두는 법이지."

버디 리가 말했다. 아이크는 함을 쳐다보다가 고개를 들어 벙크하우스 문을 쳐다보았고, 이내 다시 함으로 시선을 떨구었다.

"우리한테는 총이 많아도 소용없어요. 그래봤자 둘뿐이니까. 그러니 우리도 대안을 생각해놓는 게 좋겠습니다."

아이크가 말했다.

"그 큰 대가리로 대체 뭘 생각을 하고 있는 거요?"

버디 리가 말했다.

"본전을 뽑고도 남아야 한다는 생각? 일단 레드힐로 돌아갑시다. 가게에 잠시 들러야겠어요. 내게 생각이 있거든요."

아이크가 말했다.

"무슨, 삽까지 동원할 생각이오?"

버디 리가 물었다.

"아니."

아이크가 말했다.

그들이 가게에 들러 필요한 것을 챙긴 뒤 다시 벙크하우스로 돌아와 그것을 제자리에 배치하고, 다시 버디 리의 집으로 돌아왔을 때에는 오후 1시가 조금 넘은 시각이었다. 버디 리는 자신의 트레일러에서 둔탁하게 쿵쿵거리는 소리를 들을 수 있었다.

"내가 이 트레일러를 조금이라도 아꼈다면, 저 소리 듣고 가만 안 있었을 거요. 아무래도 그 노친네가 노새처럼 벽을 차대고 있는 모양이오."

버디 리가 말했다. 아이크는 버디 리를 따라 집 안으로 들어갔다.

버디 리는 복도를 지나 욕실로 향했다. 그리고 문 사이로 머리를 들이밀었다.

"당장 멈추지 않으면, 다리를 분질러버릴 줄 알아."

버디 리가 말했다. 그의 말에 개츠비의 다리가 중간에서 멈췄다. 노인은 이내 다리를 바닥에 가만히 내려놓았다.

"그래야지."

버디 리가 말했다. 그는 다시 거실로 돌아왔다. 아이크가 소파에 앉아 있었기 때문에 그는 안락의자에 몸을 맡겼다.

"시간이 좀 있는데, 마야에게 가보지 않겠소?"

버디 리가 물었다.

"아까 당신이 동생이랑 얘기 나눌 때 병원에 전화했었어요. 차도가 없다는군요."

아이크가 말했다. 버디 리는 한숨을 내쉬었다.

"괜찮을 거요, 아이크."

"우리 중 누구 하나라도 정말 괜찮을 수 있을지 모르겠습니다."

아이크가 말했다. 그는 휴대전화를 꺼내 제럴드에게 문자메시지를 보냈다.

버지니아주 매슈스
태버내클로드 3493번지
저녁 8시

그는 휴대전화를 멀리 치웠다.
"내가 아는 건, 무슨 일이 있어도 오늘 밤엔 놈들을 땅에 묻을 거라는 겁니다. 놈들 전부를."
아이크가 말했다.
"아이크."
버디 리가 말했다.
"네?"
"결혼식에서 만났더라면 좋았을 뻔했소. 우리 둘 다 참석했더라면 좋았을걸."
"우리 할머니 말씀이, 바란다고 다 이루어지는 건 아니라고 했지만, 당신 말을 듣고 보니, 정말 그랬더라면 좋았겠다 싶군요."
아이크가 말했다.
"흠, 난 눈 좀 붙여야겠소. 긴 하루였으니. 중범죄를 최소 열다섯 건은 저질렀단 말이지."
버디 리가 말했다.
몇 분 후, 아이크는 그의 코 고는 소리를 들을 수 있었다. 아이크도 소파 뒤로 머리를 기댔지만, 눈을 감지는 않았다. 그는 알고 있었다. 잠이 들면, 아이지아가 그를 기다리고 있으리란 사실을. 그의 꿈에서, 어쩌면 그의 악몽에서.

43

 마고가《제퍼디!》* 챔피언 결승전을 보기 위해 막 자리에 앉으려던 찰나 누군가 그녀의 집 문을 두드리기 시작했다.
 "하느님, 맙소사."
 그녀는 현관으로 가며 중얼거렸다. 문을 열자 첫 번째 계단에 버디 리가 서 있었다.
 "세상에, 지난번보다 더 꼴이 말이 아니잖아. 잠을 자기는 해?"
 마고가 물었다.
 "당신 그 독한 말버릇은 알아줘야 한다니까."
 "이것도 재능이야. 대체 무슨 일이야? 트럭 새로 샀어? 의견을 묻는 거라면, 때가 됐지."
 마고가 말했다. 버디 리는 얼굴로 내려온 가느다란 머리카락을 쓸어 올렸다. 순간 마고는 오래전 한때 그러했을, 밝은색 눈동자의 잘생긴 시골 소년의 모습을 보았다.

---

* 《Jeopardy!》: 미국의 장수 퀴즈쇼.

"저건 동료의 트럭이야. 있잖아, 당신 참 좋은 이웃이라는 얘길 해주려고 왔어. 내가 술독에 빠져 죽진 않았는지 늘 들여다보고 챙겼잖아. 지구상에서 날 걱정하는 유일한 사람이었을 거야."

버디 리가 말했다.

"흠, 참 젠틀하네. 근데 왜 갑자기 전쟁 나갈 사람처럼 구는데?"

마고가 물었다. 버디 리는 그녀의 집 가장 위쪽 계단에 다리를 올리고 몸을 앞으로 기울였다.

"여자를 친구로 둬본 적이 없어. 여자들은 많이 알았지만, 친구라고 부를 만한 이들은 별로 없었거든. 아무래도 당신이 처음인 것 같아, 마고."

그가 말을 멈췄다. 마고는 그의 턱이 굳게 다물리는 모습을 바라보았다.

"당신은 좋은 여자고, 좋은 친구였어. 그러니 잘 지내."

버디 리가 말했다.

"버디 리, 무슨 일이야?"

마고가 물었다. 그는 씁쓸한 미소를 번득였다.

"자기 자신을 아끼면서 살라고."

그가 말했다. 그는 다시 계단을 내려간 뒤 그녀를 향해 두 손가락으로 인사를 날렸다. 그녀는 그가 동료의 트럭 조수석에 올라타는 모습을 지켜보았다. 트레일러 공원을 빠져나가는 그들 뒤로 먼지 안개가 일었다.

"어서, 개츠비. 종점이야. 다들 내렸어."

버디 리가 말했다. 그는 아이크를 도와 트럭 짐칸에서 노인을 끌어 내린 뒤 벙크하우스로 옮겼다. 그들은 또 다른 케이블 타이로 그를 접이식 철제 의자에 묶었다. 의자는 200리터의 철제 드럼통 옆에 자리해 있었다. 드럼통의 옆 바닥에는 선들과 납작한 원형 바퀴가 담긴 상자가 놓여 있었다.

"됐어요. 이제 난 트럭을 옮겨놓고 올 테니, 잘 감시하고 있어요."

아이크가 말했다.

"죽이지 않도록 해보겠소."

버디 리가 말했다. 개츠비의 눈동자가 휘둥그래졌다.

"진정해. 농담이야."

그는 다시 아이크에게로 고개를 돌렸다.

"잊지 말아요. 또 다른 입구를 지나면, 우체국으로 내려가서 유턴이오. 서두르시오. 여기로 들어오는 길은 하나니까. 체트는 우회로도 하나 만들어주지 않으면서 세금만 많이 뜯어 간다고 불평했더랬지. 어떻게든 사람들 이목을 피하는 거요."

버디 리가 말했다.

"다른 게이트가 잠겨 있지 않은 이상은, 괜찮을 겁니다."

아이크가 말했다.

아이크는 트럭을 다른 길의 시작 지점으로 이동시켰다. 그런 다음 오솔길을 따라 철제 창고 옆을 지났다. 지난 며칠 밤은 겨울의 잔재가 봄에 쉽게 자리를 내주고 싶지 않다는 듯 서늘했다. 하지만 오늘 밤은 계절에 맞지 않게 더웠다. 다시 벙크하우스로 돌아왔을 때 그는 전신에 땀을 한 겹 덧입고 있었다.

버디 리는 건물의 뒤쪽에 놓인 벤치에 앉아 있었다. 손에는 탄창을 확장한 AR-15를 들고 있었다. 아이크는 함에서 자동식 엽총을 집어 초고속 총탄을 장전했다. 그리고 건물 한가운데쯤에 놓인 테이블에 앉았다. 그는 손목시계를 확인했다. 저녁 7시 30분이었다.

"이게 끝나면 뭔가가 있겠소? 그러니까, 죽고 나면?"

버디 리가 물었다.

"당신 영혼을 걱정하는 겁니까, 버디 리?"

아이크가 말했다. 그는 갓난아기를 다루듯 엽총을 무릎에 눕혔다.

버디 리는 목청을 가다듬었다.

"그러니까, 그런 게 있다면 내가 어디로 갈지는 뻔하지. 그건 뭐, 아무래도 상관없소. 난 그냥, 그러니까, 죽으면 아이들을 다시 만날 수 있을까 해서. 이번 일이 잘못되면 지옥 가는 길에 우리 아이들을 잠깐이라도 볼 수 있겠소?"

버디 리가 말했다. 아이크는 창밖을 바라보았다. 어느새 해가 지고, 반달이 야간 근무에 나서고 있었다.

"안 그랬으면 좋겠군요."

아이크가 말했다.

"안 그랬으면 좋겠다고? 허, 시끄럽게 질러대는 목사들 헛소리 중에서 그나마 솔깃했던 것이 우리 아들을 다시 볼 수 있다는 말이었는데. 지옥의 사자들에게 끌려가기 전에 아들한테 살아생전 하지 못했던 말을 해주고 싶거든."

버디 리가 말했다.

"내가 아이지아에게 하고 싶은 말은 미안하다는 것뿐이에요. 영원토록 이야기해도 부족할 겁니다. 아무리, 아무리 이야기해도."

아이크가 말했다. 그의 말끝이 속삭임처럼 흐려졌다.

멀리서 오토바이 엔진의 으르렁 소리가 들렸다. 그들은 아무 말 없이 자리에서 일어났다. 버디 리는 접이식 의자에 묶여 있던 개츠비의 케이블 타이를 끊었다. 그리고 그의 발목 타이도 끊었다.

"일어나."

아이크가 말했다. 그는 개츠비의 팔을 잡고 셔터식 문으로 다가갔다.

아이크가 문 옆의 버튼을 누르자 문이 올라가기 시작했다. 그는 엽총을 단단히 쥐고 개츠비와 나란히 섰다. 버디 리 역시 반대편에서 똑같이 했다. 그는 손목시계를 확인했다. 저녁 7시 45분.

"우리보다 앞서 도착할 심산이었군."

버디 리가 말했다.

"늑대가 새벽 6시에 순무를 뽑으러 갔는데 토끼가 벌써 와서 뽑아 먹고 간 격입니다."

아이크가 말했다.

"그 이야기에서 우리가 토끼인가?"

버디 리가 말했다.

"네. 하지만, 늑대들처럼 놈들을 씹어 먹어야죠."

아이크가 말했다.

목초지로 오토바이 군단이 돌진했다. 그들은 전술훈련장 앞에서 속도를 줄여 건물을 마주 보고 섰다. 아이크가 스물다섯까지 세자 무리 뒤로 캐딜락 SRX가 모습을 보였다. 금발의 바이킹은 높다란 손잡이에 뒤쪽 보조석 안장 역시 높다란, 개조 오토바이를 타고 있었다. 보조석 안장은 초록색 자루로 덮여 있었다. 금발의 폭주족이

받침다리를 열고 오토바이에서 내렸다. 초록색 자루는 탄력성 있는 고무줄로 그의 안장주머니에 바짝 묶여 있었다. 그는 고무줄을 풀고 초록색 자루를 걷었다. 그러자 5킬로미터쯤 되는 밧줄로 안장에 둘둘 묶여 있는 카시트에 아리아나가 앉아 있었다.

아이크는 순간적으로 그에게 총을 뽑을 뻔했다.

으르렁거리는 엔진이 내뿜는 열기에 공기가 아른거렸다. 제럴드가 캐딜락에서 내렸다. 그는 카키색 바지에 흰색 셔츠를 입었는데, 목덜미 단추를 몇 개 열어놓았다. 그는 설렁설렁 걸어 바이킹 앞에 섰다. 제럴드는 엉덩이께에 두 손을 올리고 턱을 내밀었다. 버디 리는 자신의 라이플총을 꼭 쥐었다. 그는 저 멍청한 새끼의 수를 잘 알고 있었다. 염병할 심리학적 꼼수를 부려보려는 수작이다. 어쩌면 그는 정말로 자신이 지금 겁쟁이처럼 보이지 않는다고 믿는지도 모르겠다.

"괜찮아요, 아빠?"

제럴드가 소리쳤다. 개츠비는 고개를 가로저었다.

"대체 무슨 짓을 한 거야?"

제럴드가 말했다.

"멀쩡해. 빈민들 삶을 좀 체험해보셨지. 그것 말고는 별문제 없어. 이제 아이를 보내."

버디 리가 말했다. 그의 눈썹 위로 개미 한 마리가 지나가듯 땀방울이 흘러내렸다. 밤이 그들 모두를 뒤덮고 있었다.

"알렉산더 대왕과 타이어 섬에 대해 알고 있나?"

제럴드가 말했다.

"까고 있네. 빌어먹을 역사 교육이라도 시키려는 건가… 지금?"

버디 리가 물었다. 제럴드는 미소를 지었다.

아이크가 말했다.

"타이어는 난공불락의 섬이었지만, 알렉산더가 6개월 만에 정복했지. 거기서 핵심은 그가 다른 장군들보다 더 결단력이 있었단 거야. 이제 본론으로 들어가볼까?"

제럴드의 미소가 사라졌다.

"빌어먹을 책은 당신만 읽는 게 아니야, 윈슬롭."

아이크가 말했다.

"아빠를 넘겨."

제럴드가 말했다.

"거기 줄 풀고 아이부터 보내."

버디 리가 말했다.

"그레이슨."

제럴드가 말했다. 그레이슨은 카시트에 앉은 아리아나의 벨트를 풀었다. 그리고 아이를 바닥에 내려놓았다. 불어오는 바람에 아이의 곱슬머리가 마구 헝클어졌다.

"헤이, 꼬맹이!"

버디 리가 말했다.

"이리 오렴, 아가."

아이크가 말했다. 아리아나는 그들을 향해 한 걸음 내딛었다. 그때 난데없이 그레이슨의 손이 아이의 허리를 감쌌다. 아리아나는 꺅 소리를 질렀다. 순간 버디 리는 이를 앙물었다.

"아. 이. 를. 보. 내."

아이크가 말했다.

"그레이슨, 여기 통제권은 나한테 있어."

제럴드가 말했다.

"지랄 마. 통제는 무슨. 이 개새끼들이 아직 당신 아버지를 데리고 있는데, 이 잡종부터 순순히 돌려보낸다고? 웃기지 마. 동시에 해, 멍청한 새끼야."

"동시에. 그럼 서로 동시에 보내지."

버디 리가 말했다. 그는 개츠비를 쿡 찔렀다. 노인은 망설이듯 몇 걸음을 떼었다. 그레이슨은 아리아나를 놓아주었다.

"뛰어."

그레이슨이 말했다.

아리아나는 왼손을 귀 옆으로 올렸다. 그리고 몇 걸음 떼다가 이내 멈췄다.

"어서, 꼬맹아. 어서 이리 와."

버디 리가 말했다. 아리아나는 울음을 터뜨리기 시작했다.

"오, 아냐, 꼬맹아. 울지 마. 그냥 이리로 오면 돼, 꼬마 아가씨."

버디 리가 말했다. 개츠비는 들판을 절반 정도 지나고 있었다.

"아리아나. 어서 와, 아가야. 어서… 어서… 할아버지에게 와."

아이크가 말했다. 아리아나는 머뭇거리며 걸음을 떼었다.

"그렇지, 아가. 어서 할아버지에게 와."

아이크가 말했다. 아리아나는 뛰기 시작했다. 아이의 통통한 다리가 짧고 불안하게 위아래로 움직였다. 그녀는 제럴드를 향해 비틀거리며 걷는 개츠비 옆을 지났다.

"어서요, 아빠. 어서 여길 떠나요."

제럴드가 말했다. 그는 아버지를 향해 팔을 뻗었다.

나머지 무리들이 오토바이에서 내렸다. 퀵 컷* 편집기술을 쓴 듯 그들 손에는 어느새 총이 들려 있었다. 아이크는 엽총이 쓰러지지 않도록 어깨에 기대어놓은 채 한쪽 무릎을 꿇고 아리아나를 향해 팔을 뻗었다.

"그래, 아가. 그렇지. 할아버지에게 와."

아이크가 말했다.

그레이슨이 오른쪽으로 움직였다. 그는 허리춤에서 357구경을 뽑았다.

아리아나는 아이크의 품으로 뛰어들었다. 그는 한 팔로 아이를 단단히 안고 다른 팔로 엽총을 쥔 뒤 벙크하우스로 물러났다.

제럴드는 아빠를 향해 미소를 지었다. 노인은 결연한 손동작으로 입에 붙어 있던 덕트 테이프를 떼었다.

"제럴드, 대체 이번에는 또 어떤 진흙탕에 발을 들여놓은 게냐?"

개츠비가 성을 냈다.

버디 리가 셔터식 문을 내리는 찰나 총격이 시작됐다. 총알들이 철제 틀을 관통해 문 전체에 10센트짜리 동전만 한 구멍을 냈다. 버디 리는 창문들 중 한 곳으로 다가가 AR-15로 화답하기 시작했다. 그는 전방 목초지의 왼쪽부터 오른쪽까지 총알을 퍼부었다. 폭주족들은 바퀴벌레처럼 흩어졌다. 몇몇은 전술목표의 방어벽 뒤에 숨었고, 몇몇은 피크닉용 테이블을 뒤집은 뒤 그 뒤에 숨어 총을 발사했지만, 대부분은 목초지를 둘러싸고 있는 덤불 쪽으로 퇴각해 그림자 속에서 총질을 하기 시작했다.

아이크는 벙크하우스 뒤쪽 벽 근처의 함을 열어 그 안에 아리아나

---

* 화면 전환 효과 없이 이어지는 화면 전환 기법.

를 넣었다. 뜨거운 꼬챙이에 찔린 듯 불현듯 왼쪽 이두박근이 쓰라렸다. 아이크는 바닥을 기어 버디 리의 맞은편 창문으로 다가갔다.

어둠을 향해 총을 발사하는 가운데 자동 산탄총이 진동했다. SRX의 후면 주차등이 빨간 불을 반짝이며 목초지를 가로질렀다. 아이크는 폭주족 한 무리가 구역의 저쪽으로 달아나는 모습을 포착했다. 그들은 산탄총의 공격 속에서 고통의 환각에 빠진 광신도들처럼 펄쩍펄쩍 뛰었다.

아니, 아니지, 개자식들. 이렇게 빨리 파티장을 떠나다니, 안 될 말이지. 버디 리는 생각했다. 그는 SRX를 향해 연발을 가했다. SRX 차체의 섬유유리는 AR-15의 화력 앞에서 무용지물이었다. 총알들은 엔진에서부터 해치백에 이르기까지 쿼터 동전만 한 크기의 구멍을 냈다. 차는 도로를 벗어나 낮은 제방을 넘어 오크나무의 굵은 기둥과 충돌했다.

버디 리는 빈 탄창을 버리고 새 탄창을 끼웠다. 아이크도 탄창을 갈아야 했다. 폭주족들은 이 기회를 놓치지 않고 벙크하우스로 접근했다. 그들은 앞으로 전진하며 철제 건물을 향해 끝없이 총격을 가했다.

아이크는 눈을 닦았다. 다시 아래로 내려온 그의 손은 피에 물들어 있었다. 콘크리트와 철제 틀의 파편이 그들 위로 떨어졌다. 아이크와 버디 리에게 강력한 무기들이 많을지언정 머릿수로는 레어 브리드에게 밀렸다. 버디 리는 바닥에 엎드려 라이플총만 들어 올린 뒤 가장 가까운 창문 밖으로 마구잡이로 쏘았다. 아이크는 마지막 총격을 가한 뒤 자동 산탄총을 옆으로 던졌다. 브리드 무리를 몇 정도 해치웠겠지만, 그것으로는 충분하지 않았다. 전혀 충분하지 않았다.

그는 배로 바닥을 기어 200리터짜리 드럼통에 도달했다. 버디 리가 사방으로 총을 난사하고 있는 가운데 아이크는 '타이머'를 설정했다. 타이머는 CD플레이어의 일부 부품에 내장된 것으로, 단순 회로가 오래된 점화 스위치와 연결되어 있고, 점화 스위치는 드럼통 뚜껑 아래쪽에 테이프로 고정되어 있었다.

아이크는 특별한 함에 들어 있던 것을 보자마자 이 아이디어를 떠올렸다. 이것이야말로 그들의 유일한 탈출구였다. 이것으로 아들들에게 진 빚을 갚을 수 있을 것이다. 피로써.

제럴드와 그 수하들과 맞서기 위해서는 아주 강력한 무엇인가가 필요했다. 그들과 공평하게 맞설 수 있게 해줄 만한 무언가. 아이크의 공장 뒤편에는 질산암모늄이 풍부한 비료가 열 포대도 넘게 비축되어 있었다. 조경사들에게 총은 없어도, 그런 비료들은 넉넉했다. 이런 식의 사용은 처음이었지만, 구글이 다시 한 번 그들에게 도움을 주었다.

거대한 드럼통에는 비료와 휘발유가 가득했다. 타이머가 끝나면, 회로를 통해 점화 스위치가 올라갈 것이다. 점화 선은 스파크가 일기 좋도록 적당히 피복을 벗겨놓은 상태였다. 이건 단순하지만 효과 만점인 폭탄이다.

"갑시다!"

아이크가 말했다. 그는 뒤쪽 벽면의 함 안으로 사라졌다. 버디 리도 마지막 총격을 퍼부은 뒤 서둘러 함으로 달려갔다. 그리고 알루미늄 사다리를 통해 품에 아리아나를 안고 있는 아이크의 뒤를 따랐다. 그 안은 벙크하우스 아래로 이어지는 터널과 연결되어 있었다.

그레이슨은 건물을 향해 357구경의 총알을 모두 쏜 뒤 빈 탄창을 빼고 새 탄창을 넣었다. 이제 남은 탄창은 두 개뿐이었다. 탄환으로 세자면 열두 발. 돔 역시 자신의 MAC-11로 건물에 총격을 가했다. 조직원들의 총소리가 몇 번 더 이어진 뒤 그는 방호물에서 빼꼼 얼굴을 내밀어 건물 쪽을 살펴보았다. 건물은 구멍이 숭숭 뚫린 스위스 치즈 꼴이었다. 안에는 가느다란 전선에 간신히 매달린 형광등이 앞뒤로 나른하게 흔들리며 창문 밖으로 섬광등 효과를 발하고 있었다. 그레이슨은 창문을 향해 총을 세 발 더 쏘았다.

 하지만 반격은 없었다.

 "빌어먹을, 드디어 놈들을 제압한 것 같군!"

 그레이슨은 생각했다. 그는 몸을 똑바로 일으켰다.

 그러나 아무 일도 없었다. 이쪽을 내다보는 시선도 없었다.

 "해치웠어. 우리가 놈들을 해치웠어!"

 그레이슨이 포효했다. 그는 돔의 등을 찰싹 때렸다.

 "가서 끌고 나와. 제대로 된 본보기로 삼아주겠어."

 그레이슨이 말했다. 돔은 자리에서 일어났지만, 잠시 망설였다. 어린아이의 시체를 직접 확인하고 싶지 않았다.

 "두 번 말하게 하지 마."

 그레이슨이 말했다. 돔은 간신히 다리를 움직였다. 죽거나 다치지 않은, 남은 조직원들 역시 그를 따라 건물 안으로 성큼성큼 들어갔다.

 돔은 셔터식 문의 잔해를 발로 차 열었다.

 그때 주홍빛 섬광이 그의 시야를 가득 채웠다. 산화하기 직전 그의 머릿속에 떠오른 것은 단 하나의 단어였다.

 카르마

그리고 모든 것이 암흑으로 변했다.

아이크는 가짜 화장실 건물 바닥에 놓인 사다리의 차가운 철제 가로대에 손이 닿은 순간 하마터면 기쁨의 눈물을 흘릴 뻔했다. 그는 한 번에 한 칸씩 자신의 몸을 끌어 올리는 동시에 아리아나를 위로 올리며 마침내 건물 위로 완전히 올라올 수 있었다. 아이크는 문을 열고 아리아나와 함께 무더운 밤공기 속으로 나서며 크게 심호흡을 했다. 그을음을 뒤집어쓴 버디 리 역시 그들 뒤를 따라 나와 연신 기침을 해댔다. 아리아나는 어찌할 바를 모를 정도로 울고 있었다.

"괜찮아, 아가야. 이제 안심해."

아이크는 아이를 꼭 안으며 중얼거렸다.

"허, 하느님 맙소사, 체트 새끼, 터널 환기시스템에 신경 좀 써야겠어. 다른 건 죄다 갖다 놨으면서 쉴 수 있는 의자 하나 갖다 놓질 않다니."

버디 리가 말했다.

"일단 아이를 트럭에 데려다 놔야겠어요. 겁먹었어요."

아이크가 말했다.

"난 여기 남아서 숨 좀 돌리겠소. 이따 같이 가서 우리 친구들이 어떻게 됐는지 확인하자고."

버디 리가 말했다. 그는 또다시 기침을 하기 시작했다.

"금방 올게요."

아이크가 말했다.

"여기서 기다리지."

아이크와 아리아나가 오솔길을 따라 멀어지는 가운데 버디 리가 말했다.
 아이크는 아리아나를 조수석에 앉혔다. 그리고 과일 조각들이 날아다니는 휴대전화 게임을 설정한 뒤 아이 무릎에 휴대전화를 놓아주었다.
 "할아버지가 뭐 하나만 확인하고 올게, 알았지?"
 그가 말했다. 아리아나는 화면 위로 조그마한 손가락을 움직이느라 대꾸하지 않았다.

 아이크와 버디 리는 오솔길을 따라 조용히 목초지로 돌아왔다. 아이크는 그들 수작업의 결과를 냄새로 맡을 수 있었다. 염소와 알코올 그 중간 어디쯤에 고기 탄내와 강한 화학 성분 냄새가 섞여 있었다.
 "지리는군."
 목초지에 도달하자 버디 리가 말했다. 한때 목초지였던 곳이라고 표현해야 좀 더 정확할 것이다. 이전에 민군 본부였던 곳의 전방 30미터로 불띠가 동그랗게 일렁이고 있었다. 철제 건물은 온데간데없이 사라졌다. 건물이 서 있던 콘크리트 기반의 가운데는 쪼개졌고, 이쪽 끝부터 저쪽 끝까지 시커멓게 그을렸다. 슈팅 레인지도 흔적이 없었다. 사격 방호물에서 흩어진, 불붙은 건초 더미들이 온 사방을 굴러다니고 있었다.
 군인들처럼 대각선의 칼각으로 줄지워 서 있던 오토바이들도 이제는 기계라기보다 형체를 알아보기 힘든 철제 아메바들에 더 가까웠다. 간신히 정체를 간파할 수 있는 부속들이 여기저기 널려 있었다. 핸들, 발 받침대, 앞바퀴, 하지만 대부분은 가죽과 철, 무쇠 그리고 크롬이 뒤틀린 채 합쳐진 형체를 띠고 있었다. 그들의 주인들 역시 그것과 비슷한 운명을 맞았다.

아이크는 개츠비의 권총을 들고 있었다. 버디 리 역시 잭나이프를 든 채 가슴께에 AR-15를 가로 걸고 있었다. 그들은 자신들이 시작한 일을 마저 끝내기 위해 시체들 사이를 뒤졌지만, 이내 그럴 필요가 없다는 사실을 깨달았다. 브리드는 끝났다. 첫 폭발로 몸이 찢기지 않은 이들도 이어지는 충격파에 속까지 모두 녹아내렸을 것이다.

시체와 그 일부들이 파티용 색종이들처럼 여기저기 널려 있었다. 버디 리는 전략 코스 근처의 소나무를 바라보았다. 나무에 두 개의 팔이 올라앉아 있었다. 두 개 모두 왼팔이었다. 버디 리는 고개를 가로저었다.

"레어 브리드는 이쪽에서 완전히 멸종했다고 봐야겠소."

버디 리가 말했다.

아이크가 막 대답하려는 찰나 SRX 쪽에서 가련한 신음 소리가 들렸다. 아이크와 버디 리는 서로를 쳐다본 뒤 이내 차가 있는 곳으로 다가갔다. 폭발의 충격으로 창문은 모두 깨졌다. 아이크는 차 안을 들여다보았다.

개츠비가 옆으로 누워 있었고, 귀에서는 피가 흐르고 있었다. 그의 상반신과 무릎은 온통 붉은색이었다. 아이크는 차 안에서 흘러나오는 자극적인 오물 냄새를 맡을 수 있었다. 아이크는 창문 안으로 손을 넣어 노인의 목에 손가락을 가져다댔다. 맥이 느껴지지 않았다.

버디 리는 운전석 문을 열었다.

제럴드 윈슬롭 컬페퍼가 젖은 세탁물 꾸러미처럼 바닥에 쓰러져 있었다. 그는 널따란 가슴 깊은 곳에서부터 흐느끼고 있었다. 피에 물든 카키색 바지는 이제 자줏빛에 가까웠다. 제럴드는 온갖 쓰레기가 널린 숲 바닥을 향해 기어가기 시작했고, 버디 리는 제럴드의 뒤를 따르며 검은딸기나무 가지를 밀쳤다. 그리고 제럴드의 등 한가운데에 발을 올려 그의 전진을 막았다.

"어디 가게, 친구?"

버디 리가 우호적으로 물었다. 아이크는 차의 뒤편으로 돌았다. 손에는 44구경이 들려 있었다. 버디 리는 제럴드의 어깨를 움켜쥐고 돌려세웠다.

"제발 그러지 마."

제럴드가 쉰 목소리로 말했다.

"뭘 그러지 마?"

아이크가 말했다.

"제발 죽이지 마. 내가 잘못했어. 잘못했어."

제럴드가 말했다. 그의 넙대대한 얼굴은 땀으로 번들거렸다. 그들 주위를 둘러싼 화염이 점잖게 타닥거리는 소리가 온 밤을 채우고 있어 숲속에서 들리는 자연의 소리는 잘 들리지 않았다.

"다들 붙잡히고 나서야 잘못을 고백하지."

버디 리가 말했다.

"제발, 난 정상이 아니야."

제럴드가 말했다.

"오, 정상이 아니야? 왜, 탄제린과 함께 있는 게 좋아서?"

아이크가 물었다.

"그래! 난 도움이 필요한 사람이라고!"

제럴드가 헐떡였다. 아이크는 앞으로 몸을 숙이고 남자의 핏기 어린 눈을 똑바로 쳐다보았다.

"내 아들도 정상이 아니라고 생각하나? 저 사람 아들도? 탄제린도? 자기 자신 하나 제대로 감당 못하는 너 같은 새끼 때문에 우리 아이들이 목숨을 잃어야 했어?"

아이크가 물었다. 제럴드는 아무 말도 하지 않았다. 아이크는 다시 몸을 일으켰다.

"웃긴 건, 내 아들이 이 자리에 있었다면 네 놈을 가련히 여겼을 거라는 거야. 저 사람 아들은, 아마 당신을 용서했겠지."

아이크가 말했다. 버디 리는 잭나이프를 펼쳤다. 칼날이 제자리를 찾아가며 딸칵 소리를 냈다.

"하지만, 녀석들은 여기 없지, 안 그렇소?"

버디 리가 물었다.

"맞습니다."

아이크가 말했다.

아이크와 버디 리는 숲속 오솔길을 따라 트럭으로 향했다. 두 사람은 줄곧 말이 없었다. 달리 할 말이 남아 있지 않았기 때문이다. 아이크는 100년간이라도 잠들 수 있을 것 같은 기분이었다. 몸과 마음 모두 있는 힘껏 물기를 짜낸 빨래가 된 듯했다. 꽤 오랜 세월 만에 처음으로 버디 리는 술 생각이 나지 않았다. 이 순간을 무더지게 할 만한 그 무엇도 생각나지 않았다. 망할 그 무엇도.

그들은 마침내 트럭이 있는 곳에 도착했다.

그런데 조수석 문이 활짝 열려 있었다.

"아리아나?"

아이크가 아이를 불렀다.

"꼬맹아!"

버디 리가 외쳤다. 그의 심장이 쿵쾅거렸다. 두 사람이 자리를 비운 사이 아리아나가 빌어먹을 숲에서 길이라도 잃은 건가?

"애는 여기 있어."

걸걸한 목소리가 말했다.

트럭 앞에 그레이슨이 서 있었다. 그는 왼팔에 아리아나를 안고 오른손에는 357구경을 들고 있었다. 총구는 아이의 관자놀이를 향했다.

"총 내려놔."

그레이슨이 말했다. 그의 얼굴은 피와 흙먼지로 가득했고 입에는 긴 침 줄기가 걸려 있었다. 반달 빛에 비친 그는 마치 바이킹의 유령 같은 몰골이었다. 살아 있는 자들의 땅에 공포를 퍼뜨리기 위해 발할라*에서 탈출한 자의 얼굴 말이다.

"아이를 놔줘."

아이크가 말했다.

"염병 떨지 마. 총 내려놓고 열쇠 던져."

"열쇠? 지금 자전거도 못 탈 상태 같은데."

버디 리가 말했다.

"당신이라면 아주 질렸어, 당신들 다. 총 내려놔. 그리고 열쇠 던져. 당장, 안 그럼 이 어린 년 머리는 날아가는 거야."

---

* 북유럽 신화에서, 오딘을 위해 싸우다 죽은 전사들이 머무는 궁전.

그레이슨이 말했다. 날카롭게 터지는 숨결에 그의 얼굴이 찌푸려졌다.

고통의 긴 찰나 동안 그들 사이에는 아무 말도 없었다.

"아이크, 시키는 대로 해요. 우리 아버지라면 그렇게 했을 거요."

버디 리가 말했다. 아이크는 그를 쳐다보았다.

버디 리는 고개를 끄덕였다.

"그래, 시키는 대로 해."

그레이슨이 말했다.

아이크는 총을 떨구었다. 버디 리 역시 라이플총을 바닥에 내려놓았다. 아이크는 거창하게 주머니를 뒤지며 열쇠를 찾았다. 그레이슨이 아이크에게 집중하는 동안 버디 리는 뒷주머니에서 잭나이프를 꺼낸 뒤 자리에서 일어서면서 자연스럽게 그것을 손에 쥐었다. 아이크가 여전히 주머니를 뒤지는 동안 버디 리는 엄지로 조용히 칼날을 펼쳤다.

"여기, 열쇠."

아이크가 얼굴 앞으로 열쇠를 들어 올렸다.

"내 발밑으로 던져. 조심해. 나 지금 머리가 멍하거든. 실수로 손이 미끄러져 방아쇠를 당기면 큰일이잖아."

그레이슨이 말했다.

아이크는 열쇠를 던졌다. 열쇠는 그레이슨의 발에서 몇 센티미터 벗어난 곳에 안착했다. 그레이슨은 한쪽 무릎을 꿇었다. 그리고 오른쪽 팔꿈치 안에 아리아나를 가두면서 왼손으로 땅을 짚었다. 그는 마침내 열쇠를 집고 몸을 일으켰다. 그는 아리아나의 머리에서 총구를 거둬 버디 리를 겨냥했다.

"너희 아들놈 머리에 박았던 것과 같은 총알을 준비했어야 했는데."

그레이슨이 말했다.

"아이를 보내!"

아이크가 외쳤다. 그레이슨이 그를 휙 쳐다보았다.

순간 버디 리가 불의의 일격으로 그레이슨을 향해 칼을 휘둘렀다. 칼날은 축축한 소리와 함께 그의 목에 꽂혔다. 그레이슨은 되는 대로 총을 발사했다. 아리아나가 그의 팔에서 떨어졌고, 아이크는 앞으로 튀어나와 아리아나를 받은 뒤 품 안으로 감쌌다. 그리고 그대로 옆으로 굴러 아이를 총격에서 보호했다.

그레이슨은 술에 취한 듯 비틀거렸다. 그의 손에서 357구경이 떨어졌다. 목의 상처에서 수은처럼 미끄럽고 끈적한 피가 흘렀다. 그의 종말을 재촉하는 듯 피는 이제 간헐천처럼 뿜어져 나오고 있었다. 그는 앞으로 푹 수그러지더니 그대로 바닥에 얼굴을 박았다. 그런 중에도 그의 목에서는 연신 피가 거품을 일으키며 솟구치고 있었다.

아이크는 아리아나를 안고 자리에서 일어났다. 아이는 울지 않았다. 아무 소리도 내지 않았다. 아이크는 그것이 우는 것보다 더 심각하다고 생각했다. 놈이 죽은 것은 굳이 확인하지 않아도 분명했다. 그에게까지 흐른 핏줄기가 그 증거였다.

대신 그는 버디 리에게 다가갔다. 그는 트럭에 머리를 기댄 채 바닥에 앉아 있었다. 그는 두 손으로 복부를 누르고 있었다. 아이크는 아리아나를 트럭 후드에 앉혔다. 그리고 무릎을 꿇고 버디 리의 여윈 어깨에 팔을 둘렀다.

"일어나요. 병원에 가야겠어."

아이크가 말했다.

"난… 아무래도… 어렵…겠소, 친구."

버디 리가 말하며 손을 치웠다. 온통 피로 물든 그의 회색 셔츠는 달빛을 받아 검정빛을 띠었다.

"잔말 말고 어서 갑시다."

아이크가 말하며 그를 일으켜 세우려 했지만, 버디 리가 그의 팔을 붙들었다. 그의 손바닥은 차갑고 축축했다. 손도 온통 피투성이었다.

"승리 축하… 파티…는… 못 가겠는…걸."

버디 리가 말했다.

아이크는 다시 한쪽 무릎을 꿇었다. 버디 리의 숨이 점점 더 얕아지고 있었다.

"여기… 같이… 있어요…."

버디 리가 말했다.

아이크는 그의 옆에 앉았다. 그에게 두른 팔 아래로 그의 유약함을 느낄 수 있었다. 마치 아기 새를 안고 있는 것처럼.

"암이죠? 기침이니 뭐니 했던 것들."

아이크가 말했다. 버디 리는 고개를 끄덕였다. 달팽이의 걸음만큼이나 느린 동작이었다.

"아이들을… 볼 수… 있겠소?"

버디 리가 물었다. 아이크는 그의 말에 최대한 귀를 기울여야 했다. 그는 피가 날 정도로 아랫입술을 꽉 깨물었다.

"그랬으면 좋겠군요."

아이크가 말했다.

"나도."

버디 리가 말했다.

그리고 그는 아이크의 가슴으로 수그러졌다. 머리가 옆으로 떨어지더니 이내 몸이 뻣뻣해졌다. 아이크는 그를 팔로 감싸 가까이 끌어당겼다. 한참 후에 아리아나가 입을 열었다.

"아찌, 졸려?"

아이가 물었다. 아이크는 얼굴을 닦았다. 그리고 조심스럽게 버디 리를 바로 눕혔다.

"그래, 하지만 이제는 편히 쉬실 수 있을 거야."

아이크가 말했다.

44

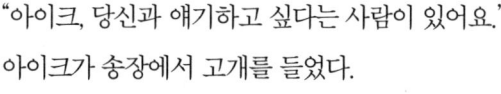

"아이크, 당신과 얘기하고 싶다는 사람이 있어요."

아이크가 송장에서 고개를 들었다.

"알았어요, 탠지. 잠시만요."

그가 말했다. 그는 책상에서 일어나 앞쪽으로 걸어 나갔다. 직원들은 이미 모두 출장을 나가고 없었다. 지금 사무실에는 그와 탠지뿐이었다. 이곳에서 일한 지 이제 2주째인 그녀는 딸꾹질을 하듯 빠르게 일을 배워나가고 있었다. 재지가 자주 들러 확인하고 있었지만, 탠지는 아주 잘해내고 있었다.

"다리만 나으면 떠날 거예요."

탠지는 그렇게 말하곤 했다. 아이크는 그래도 괜찮다고 했지만, 내심 그녀가 마음을 바꾸길 바랐다.

라플라타 수사관이 로비에서 그를 기다리고 있었다.

"라플라타 수사관님."

아이크가 말했다.

"랜돌프 씨. 잠시 얘기 좀 나눌 수 있을까요?"

"그럼요."

아이크가 말하며 카운터 아래 냉장고에서 물 한 병을 꺼냈다.

"젠킨스 씨 장례식은 훌륭했습니다."

라플라타 수사관이 말했다.

"네."

아이크가 말했다.

"거기서 부인과 손녀도 만나 반가웠어요. 컬페퍼 부인도요. 이번 일로 참 힘들어하시더군요, 안 그렇습니까? 전 부인이 나를 위해 그렇게까지 울어준다는 건 상상도 못할 일이에요."

라플라타가 말했다.

아이크는 아무 말도 하지 않았다.

"놀라울 따름입니다. 도대체 누가 당신 집에 불을 지르고, 손녀딸을 납치하고, 아내 분과 젠킨스 씨를 죽이려 했는지를 아무도 모른다는 사실이 말입니다. 근데 범인이 갑자기 마음을 바꿔 아리아나를 순순히 사무실 앞에 놓고 가다니요. 실로 놀랍기 이를 데 없는 일이죠."

라플라타가 말했다. 아이크는 물을 마셨다.

"기적은 매일 일어납니다."

아이크가 말했다.

"랜돌프 씨. 우리, 헛소리는 이만 집어치울까요? 손녀를 납치하고, 부인과 버디 리를 죽이려 든 데다가 당신 집에 불을 지른 이들이 레어 브리드라는 사실을 우린 다 알고 있잖습니까. 당신과 버디 리가 '자유의 아들들' 조직과 관련된 유령 회사가 소유하고 있는 부지에서 망할《와일드 번치》* 영화를 찍은 사실도 알고 있고 말입니다. 게다가 마침 젠킨스 씨의 동생이 그 '자유의 아들들'과 관계가 있더란 말입니다. 거기서 폭주족 무리와 전직 주지사 그리고 판사가 죽은 채 발견됐고요."

라플라타가 말했다. 아이크는 카운터에 물병을 내려놓았다.

"저도 뉴스 봤습니다. 판사가 폭주족 조직과 끈이 닿아 있었다죠? 놈들이 판사에게 돈을 받았다는 것 같던데. 12번 채널에서는 그 사건과 관련해 우리 아들과 녀석 남편 이름을 언급했다고 하더군요. 그 판사가 우리 아이들 사건과 관련이 있을 거라 보십니까?"

아이크가 물었다. 라플라타는 그를 유심히 쳐다보았다.

"음, 사실 이제 와 그게 뭐가 중요할까요, 안 그렇습니까, 랜돌프 씨? 죽은 사람을 기소할 수도 없는 노릇이고요."

라플라타가 말했다.

"그렇겠죠."

아이크가 말했다. 라플라타는 앞으로 다가와 두 손으로 카운터를 짚었다.

"하지만 설마 버디 리 젠킨스 혼자 그 조직원들과 컬페퍼 부자를 모두 죽였다고 생각하시는 건 아니겠죠. 중학교를 겨우 졸업한 사람이 어떻게 비료 폭탄이란 걸 생각해낼 수 있었겠습니까?"

라플라타가 물었다. 아이크는 왼쪽 팔에 난 상처를 건드리지 않도록 조심하며 팔짱을 꼈다.

"왜 오신 겁니까, 라플라타 씨?"

---

* 《The Wild Bunch》: 동료 조직원의 복수를 위해 유혈 참극을 벌이는 중년의 갱단을 그려낸 서부극 영화. 폭력 미학의 절정을 보여준다.

아이크가 물었다.

"라플라타 수사관입니다, 랜돌프 씨. 그리고 오늘 이렇게 찾아온 건 당신 주변에 죽거나 실종된 사람이 너무 많아서입니다. 다수가 나쁜 놈이긴 했지만, 모두가 그런 건 아니었어요. 슬라이스 월시가 몇 주간 보이지 않는다고 눈물 흘릴 사람은 그리 많진 않겠죠. 그레이슨 카마디의 경우는 조직원들조차 개자식이라고 했으니까요. 하지만 루넷 프레드릭슨은 자기 집 거실에 피를 뿜으며 죽기에는 아까운 사람이었어요. 솔직히, 이번 사건은 관할권이 많이 엮여 있어 제대로 정리되기는 어려울 겁니다. 당신 휴대전화 기록 하나 보려 해도 내게는 권한이 없으니까요. 상황을 아는 사람들 대부분은 모든 혐의를 버디 리에게 두고 이대로 사건이 종결되기를 바라고 있어요."

라플라타가 말했다.

"하지만 당신은 아니군요."

아이크가 말했다.

"네, 난 아니에요. 수많은 질문들이 여전히 답을 얻지 못한 채 머릿속을 떠도니까요. 맞아요, 난 이대로 흘러가도록 둘 수 없습니다. 왜냐하면 당신 같은 사람은 위험하거든요. 오늘은 아들에 대한 복수였지만, 내일은 그 분노가 당신에게 욕지거리를 내뱉은 웬 남자를 향할 수도 있죠. 내가 여기 온 건 계속 당신을 주시할 거란 걸 말씀드리기 위해서입니다."

라플라타가 말했다. 아이크는 물을 다 마신 뒤 빈 병을 쓰레기통으로 던졌다.

"얼마든지 지켜봐도 좋아요. 하지만 다음번 내 사업장에 들를 때에는 영장을 가져와야 할 겁니다. 안 그럼 상당히 모욕적으로 여길 테니까요."

아이크가 말했다. 라플라타는 그를 향해 경찰 특유의 날카로운 시선을 쏘아 보냈지만, 아이크는 그 시선에 당당히 맞섰다.

"당신에 대한 모욕은 아직 시작도 안 했습니다, 랜돌프 씨."

라플라타가 말했다.

그때 출입문의 차임벨이 울렸다.

"라플라타 수사관님."

마야가 모습을 보였다. 그녀는 커다란 샌더스 꾸러미를 들고 있었다. 수술 탓에 머리를 짧게 자른 그녀는 멋들어진 픽시컷을 하고 있었다. 아리아나 역시 깡총거리며 안으로 들어왔다. 그녀는 라플라타 옆을 지나 곧장 아이크에게로 향했다. 그가 그녀의 머리를 헝클어뜨리자 그녀는 장난스럽게 그의 바지를 잡아당겼다.

"안녕하세요, 랜돌프 부인."

라플라타가 말했다.

"이만 바래다 드리죠, 수사관님."

아이크가 말했다. 라플라타는 마야에게 목례를 했다. 아리아나는 그에게 손을 흔들었다. 라플라타도 손을 흔들어 답한 뒤 몸을 돌려 출구로 향했다. 아이크가 그의 뒤를 따랐다.

"우리 꼬맹이!"

탄제린이 친근하게 아이를 불렀다. 라플라타는 아리아나가 키득거리는 소리를 들었다.

라플라타는 문밖으로 나서려다 말고 아이크를 쳐다보았다.

"그럴 만한 가치가 있었습니까, 라이엇?"

그가 물었다. 아이크는 미소를 지었다.

"그건 내 이름이 아니에요. 그리고 가치에 대한 얘기라면 버디 리에게 물어야 할 겁니다. 그 친구가 아직 살아 있다면 아마 이렇게 말했겠지요…."

아이크는 목소리를 낮췄다.

"놈들은 수백, 수천 번을 죽여도 마뜩찮아. 하지만 가치를 따지자면 단 한 번의 시도로 충분하지."

아이크가 말했다. 하지만 초점을 잃은 죽은 눈빛으로 라플라타의 영혼을 쏘아본 이는 라이엇이었다.

라플라타는 한 걸음 뒤로 물러났다.

"안녕히 가십시오, 수사관님."

아이크가 말했다.

그리고 문을 닫았다.

45

아이크는 트럭을 세우고, 조수석에 있는 갈색의 종이 꾸러미를 집었다. 그는 차에서 내려 화강암 수풀처럼 묘지를 가득 채우고 있는 비석들 사이를 요령껏 걸었다.

야트막한 언덕을 오른 그는 버디 리의 묘소에 두 손과 무릎을 댄 채 앉아 있는 마고를 발견했다. 그녀는 빨간색과 하얀색 그리고 파란색의 피튜니아를 심고 있었다.

"안녕하세요."

아이크가 말했다. 마고는 고개를 들고 그에게 희미한 미소를 지었다.

"내 작업을 평가할 생각 말아요, 우리 조경 전문가님."

마고가 말했다. 그녀는 자리에서 일어나 자신의 청바지에 두 손을 닦았다. 그리고 노랫가락을 흥얼거리며 피튜니아를 받치고 있던 빈 플라스틱 받침들을 정리한 뒤, 조그마한 플라스틱 모종삽을 뒷주머니에 꽂았다.

"웬걸요. 보기 좋은데요."

아이크가 말했다.

"그 사람도 단장이 좀 필요하지 않나 해서요. 그 거지 같은 트레일러에는 눈곱만큼도 신경 쓰지 않고 살았지만."

마고가 말했다.

"마음에 들어 할 겁니다."

"하! 색깔이 뭐 이러냐고 불평하겠죠. 자기가 무슨 캡틴 아메리카냐고."

마고가 말했다.

"네, 아마도."

아이크가 말했다. 마고는 손등으로 눈가를 훔쳤다.

"하느님, 자비를 베푸소서. 못돼 처먹은 인간이긴 했지만, 그래도 그 꼬라지가 그립지 뭐예요."

마고가 말했다. 아이크는 숨을 들이마시며 쓰읍 소리를 낸 뒤 말을 꺼냈다.

"그러게요."

"자, 그럼 자리 비켜줄 테니 둘이 얘기 나눠요."

마고가 말했다.

"계셔도 됩니다."

아이크가 말했다.

"아뇨, 가야죠. 조금 더 있다가는 애들처럼 대성통곡을 할 판인데, 그런 꼴을 보여서야 되겠어요? 근데, 어차피 대답해주지 않겠지만 일단 물어는 봅시다. 이 사람, 뭔가 안 좋은 일에 휘말린 거죠?"

마고가 말했다. 아이크는 그녀를 빤히 쳐다보았다. 그녀는 그의 대답을 읽기 위해 그의 눈을 꼼꼼히 뜯어보았다. 그리고 마침내 고개를 끄덕였다.

"알았어요, 알았어."

그녀가 말했다. 그녀는 몸을 돌려 서둘러 언덕을 내려갔다. 아이크는 한동안 그녀의 뒷모습을 바라보다 이내 묘소로 고개를 돌렸다. 검정색 화강암 비석에는 '윌리엄' 대신 '버디 리'라고 적혀 있었다. 버디 리의 검시가 끝난 뒤 그의 여동생이 아이크에게 연락을 해왔다. 그의 장례식 비용 문제 때문이었다. 아이크는 두 가지 조건을 들어준다면, 그의 장례식 비용을 대주겠노라고 했다. 하나는 그 친구를 아이들 옆에 묻을 것. 그리고 또 하나는 비석에 '버디 리'라고 적을 것.

장례식 비용 부담을 덜 수 있다는 생각에 그녀는 기꺼이 아이크의 조건을 받아들였다.

아이크는 종이 꾸러미에서 맥주 한 캔과 술 한 병을 꺼냈다. 그리고 맥주를 따서 길게 한 모금 마셨다. 겨울철 첫 서리처럼 쨍하고 차가웠다. 그는 남은 맥주를 묘소에 뿌렸다. 술이 피튜니아에는 닿지 않도록 조심하면서.

"어이, 다음 주 아리아나의 생일 파티에 마고를 초대할까 해요. 옆에 사람들이 있으면 좀 낫지 않겠어요? 요즘 우리 모두가 그렇듯 말입니다. 탄제린은 아주 특별한 머리 스타일로 나타나 마야와 아리아나를 놀라게 해주겠다고 선전포고를 했어요. 그 셋이 얼마나 끈끈해졌는지 모릅니다. 보험사에서는 다음 주부터 새 집 건축을 시작할 거라더군요. 그래서 우린 아직 호텔에서 지내고 있어요. 근사하죠? 당신 말대로, 비단에 똥 싸는 신세가 따로 없어요."

아이크가 눈을 깜박였다.

"아리아나는 아주 똑똑해요. 탠지가 숫자 15까지 세는 법을 알려 줬고, 마야는 동물 낱말카드를 공부를 시키는데, 녀석이 벌써 개와 늑대를 구분하네요. 난 녀석에게 싸우는 법을 알려주려고 했는데, 마야가 고작 세 살짜리한테 뭘 하는 거냐며 잔소리예요. 그래도 주먹으로 내 손바닥 치는 연습은 자주 시키고 있습니다. 아주 좋아해요. 분명 2년 안에 글러브도 낄 수 있을 거예요. 언젠가 펀치백도 하나 더 달아야 하지 않을까요."

아이크는 목구멍에서 무언가 울컥 올라오는 것을 느꼈지만, 애써 그것을 눌러 내렸다.

"얼마나 금방 자라는지. 암튼, 이제 잠깐 애들이랑 얘기 좀 할게요. 참, 여기. 헤네시가 별로인 거 알지만."

아이크가 말했다.

그는 빈 맥주 캔을 버디 리의 비석 옆에 내려놓았다. 그리고 술병의 마개를 열어 다시 길게 한 모금 마셨다. 목구멍을 태우며 내려간 알코올이 그의 위장에 안착하면서 상체가 얼얼해졌다. 그는 코냑을 아이지아와 데릭의 묘소에도 조금 뿌렸다.

"사랑한다, 아이지아. 별로 그래 보이지도 않았고, 늘 표현하며 살았던 것도 아니지만, 그래도 너를 무척 사랑한단다. 아리아나에게 너와 데릭 이야기를 자주 해주고 있어. 잔해에서 겨우 건진 네 사진들도 보여주고. 아이가 얼마나 많은 사람들의 사랑 속에 자라고 있는지 말해주고 있단다. 나랑 할머니, 탄제린 이모. 그리고 두 명의 수호천사들에게까지."

아이크는 한쪽 무릎을 꿇고 앉아 코냑을 한 모금 더 마셨다.

"아이가 앞으로 무엇을 하든 사랑하는 사람들의 마음은 절대 변하지 않을 거란 믿음을 갖게 하마. 약속해. 너와 같은 일은 겪지 않도록 할게. 지난 나의 잘못을 절대 반복하지 않으마."

아이크가 말했다.

그는 새로 세운 비석을 어루만졌다. 아이지아의 이름이 새겨진 부분을 손가락으로 훑은 뒤, 데릭의 이름도 매만졌다.

"사랑에는 조건이 붙지 않는다고 네가 입버릇처럼 말했던 거 기억하지? 그땐 무슨 말인지 몰랐다. 아마 알고 싶지 않았던 거겠지. 하지만 이제는 이해해. 이 모든 일을 겪고 나서야 이해하게 된 것이 정말 미안하지만, 이제는 정말로 알 것 같구나, 그 말을. 내가 비록 좋은 아버지는 못 되었지만, 앞으로 좋은 할아버지는 될 수 있도록 노력할 생각이야."

아이크가 말한 뒤 자리에서 일어섰다.

"최선을 다하마."

아이크가 말했다.

다시 눈물이 흘렀다. 두 눈에서 솟은 눈물은 볼을 타고 흘러 그의 까칠한 턱 아래에 맺혔다.

이번에 흐른 눈물은 전혀 날카롭지 않았다. 그건 마치 비가 내리기를 기원한 그의 구슬프고도 오랜 기도에 대한 대답 같았다.

감사의 말

 소설은 협동 작업이다. 단어들은 나의 것이지만, 틀을 잡고 다듬는 작업은 여러 사람의 손을 거친다.
 나의 에이전트이자 내 저술에 있어 가장 큰 공로자인 조시 게슬러에서 감사 인사를 전하고 싶다. 나와 내 이야기를 믿어주는 그에게 고맙다. 운명이 우리 둘을 하나로 묶어주었으니, 이보다 더 행복할 수 없다.
 크리스틴 코프라치와 플랫아이언 출판사에도 감사를 전하는 바다. 남부식 구어 표현을 가르치는 건 나지만, 나 역시 그녀로부터 계속해서 배우고 있다.

이 작품의 초기 버전을 읽어준 내 친구들과 동료 작가인 니키 돌슨, P. J. 버논, 채드 윌리엄슨 그리고 제리 브룸필드에게도 고마움을 전한다. 당신들의 솔직한 의견과 응원은 내게 말로 표현할 수 없으리만큼 소중하다.

그리고 늘 그렇듯, 킴에게 고맙다.

이유는 알 테지.

항상 알고 있던 그대로.

내 눈물이 너를 베리라
Razorblade Tears

1판 1쇄 발행 2022년 12월 6일
1판 2쇄 인쇄 2023년 1월 5일

지은이 S. A. 코스비
옮긴이 박영인

발행인 김태환
편집 이윤정
표지 및 본문 디자인 미소소

펴낸곳 네버모어
출판등록 2016년 1월 7일 제385-2016-000002호
주소 경기도 안양시 동안구 귀인로 258, 108동 305호
전화 070-4151-5777
팩스 031-8010-1087
이메일 nevermore-books@naver.com
SNS https://twitter.com/nevermore_books

ISBN 979-11-90784-13-9

※ 이 책은 네버모어가 저자와의 계약에 따라 발행한 것이므로
　본사의 서면 허락 없이는 어떠한 형태나 수단으로도 이 책의 내용을 이용하지 못합니다.
※ 잘못된 책은 구입처에서 교환해 드립니다.
※ 책값은 뒤표지에 있습니다.